Las singularidades

John Banville (Wexford, Irlanda, 1945) ha trabajado como editor en *The Irish Times* y es colaborador habitual de *The New York Review of Books*. Con *El libro de las pruebas* fue finalista del Premio Booker, que obtuvo en 2005 con *El mar*, consagrada además con el Irish Book Award como mejor novela del año. Entre su obra destacan también *El intocable*, *Los infinitos* y la Trilogía Cleave, ciclo de novelas que incluye *Eclipse, Imposturas* y *Antigua luz*. Bajo el seudónimo de Benjamin Black ha publicado, con gran éxito de público y de crítica, *El Lémur, La rubia de ojos negros* —en la que, por invitación de los herederos de Raymond Chandler, resucitaba al mítico detective Philip Marlowe—, *Los lobos de Praga*, y la serie de novela negra protagonizada por el doctor Quirke, compuesta por *El secreto de Christine, El otro nombre de Laura, En busca de April, Muerte en verano, Venganza, Órdenes sagradas, Las sombras de Quirke* y *Quirke en San Sebastián*. En 2011 recibió el prestigioso Premio Franz Kafka y en 2013 fue galardonado con el Premio Austriaco de Literatura Europea, y, en España, con el Premio Leteo y el Premio Liber. En 2014 se le otorgó el Premio Príncipe de Asturias de las Letras, por «su inteligente, honda y original creación novelesca» y por «su otro yo, Benjamin Black, autor de turbadoras y críticas novelas policiacas». Su última novela es *Las singularidades* (2023).

Biblioteca

JOHN BANVILLE

Las singularidades

Traducción de
Antonia Martín

DEBOLS!LLO

Papel certificado por el Forest Stewardship Council®

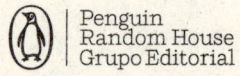

Penguin
Random House
Grupo Editorial

Título original: *The Singularities*
Primera edición en Debolsillo: abril de 2024

© 2022, John Banville
© 2023, 2024, Penguin Random House Grupo Editorial, S.A.U.
Travessera de Gràcia, 47-49. 08021 Barcelona
© 2023, Antonia Martín, por la traducción
Diseño de la cubierta: adaptación del diseño original de John Gall. Penguin
Random House Grupo Editorial
Imagen de la cubierta: Harry Brioche

Printed in Spain – Impreso en España

ISBN: 978-84-663-7371-5
Depósito legal: B-1.770-2024

Compuesto en MT Color & Diseño, S.L.

Impreso en Black Print CPI Ibérica
Sant Andreu de la Barca (Barcelona)

P 373715

In memoriam
Janet Elizabeth Dunham Banville
1944-2021

Singularidad *n.* El hecho de ser singular; peculiaridad; individualidad; rareza; originalidad; algo curioso o extraordinario; un punto del espacio-tiempo en el que la materia está tan comprimida que posee una densidad infinitamente alta.

The Chambers Dictionary

I

Sí, ha puesto punto final a su sentencia, pero ¿significa eso que ya no tiene nada más que decir? No, ni mucho menos. Ahí lo tenemos, en el fresco esplendor de una mañana ventosa de abril, saliendo con paso firme al mundo como un hombre libre, más o menos. ¿De dónde ha sacado el estiloso atuendo? Debe de haber alguien que se preocupa por él, alguien que se haya preocupado. Observad el abrigo de piel de camello, elegante aunque pasado de moda, con el cinturón atado al desgaire en vez de abrochado, la chaqueta de tweed a medida y con doble abertura en la espalda, los zapatos lustrados, de cordones, el destello del oro en los puños de la camisa. Fijaos sobre todo en el sombrero alto de fieltro marrón oscuro, nuevo como el día e inclinado en un ángulo garboso sobre el ojo izquierdo. Lleva con soltura del asa un maletín, como de médico, baqueteado y arañado pero modestamente bueno. Ah, sí, es todo un caballero. El Señor era su sobrenombre, uno de ellos, allá dentro. Sobrenombre: qué acertado. Su nombre a la sombra. Las palabras son lo único que queda para mantener a raya la oscuridad. Porque esta mañana luminosa es mi brumoso crepúsculo.

¿Quién habla aquí? Yo, un diosecillo, pues los dioses grandes se han largado.

De hecho, ha decidido cambiar de nombre. A pocos engañará con esa artimaña; entonces, ¿por qué tomarse la molestia? Veréis, es que se propone nada menos que llevar a cabo una transformación total, y en semejante empresa el comienzo más radical consistía en borrar el sello de fábrica, por así decirlo, y sustituirlo por otro de invención propia. La idea de una identidad supuesta entusiasmó al pobre infeliz. Como si un nombre nuevo pudiera ocultar pecados pretéritos. Aun así, pasó una media hora exasperante sentado con las piernas cruzadas en la estrecha litera de su celda, con lápiz y papel, como un colegial rezagado que empollara la lección, con el cuello de la camisa torcido y el pelo de punta, intentando crear un anagrama convincente a partir de lo que ya consideraba su antiguo nombre; pero había demasiadas consonantes y pocas vocales, y además, no se le daban nada bien esos juegos con palabras, así que, frustrado y molesto, tiró la toalla y buscó uno que ya existiera. El surtido era increíblemente amplio, desde el corriente John Smith hasta Rudolf de Ruritania. Sin embargo, al final encontró el que considera el nombre ideal.

El simple placer de ser libre, o al menos de estar en libertad, se ve atenuado por una pizca de decepción. Siempre había imaginado una excarcelación con el glamour azabache y níquel propio de las películas de gánsteres de su juventud. Habría una enorme puerta de madera lisa en la que se abriría hacia dentro otra más pequeña, un portillo, y él saldría presuroso con un traje de franela cruzado y una corbata ancha, sus escasas pertenencias bajo el brazo envueltas en papel marrón y una sonrisa fría y tensa tallada en una comisura de la boca, y cruzaría una tierra de nadie hecha de adoquines y sombras oblicuas hasta llegar a un coche ostentoso que lo esperaría con un matón al volante mascando un mondadientes y, repantigada en el mullido asiento de atrás, una rubia platino con una estola de piel blanca y medias con costura fumando un cigarrillo insolente. O algo parecido, si es que puede decirse que algo se parece a otra cosa; la teoría Brahma, como bien sabemos, pone en duda incluso el sentido de identidad. Pero cualquier posibilidad de que ese día se desarrollara un drama pintoresco quedó disipada por el hecho de que el proceso de excarcelación se había puesto en marcha con sumo sigilo mucho antes de que desecharan los cerrojos, abrieran de par en par la puerta de la celda y se situaran a una distancia prudente, con látigos y escopetas de corredera en ristre. Exagero, claro. Lo que quiero decir es que hace unos años llegó de las alturas la orden de que se le permitiera salir algún que otro fin de semana y festivos seleccionados, a escondidas y en el entendido de que ello no sentara ningún precedente. Las salidas resultaron ser tan estresantes que más le hubiera valido quedarse tranquilamente dentro. Luego lo trasladaron de Anvil Hill, la «Colina del Yunque», donde el martillo de la ley cae con fuerza, a las boscosas latitudes de Hirnea House, un centro de reclusión más relajada designado con el oxímoron de «prisión abierta». No había sido feliz allí; prefería con mucho la vieja y buena Anvil, donde había pasado unos veinte años de cadena perpetua en un módulo espacioso aunque aislado, satisfecho entre sus compañeros, sus compadres, condenados a perpetuidad como él.

Como comprenderéis, la palabra «satisfecho» se emplea aquí en un sentido relativo; las penas largas son penas largas, por muchas ventajas que se ofrezcan.

Sea como fuere, ellos, nosotros, el nosotros colectivo, lo hemos soltado por fin y ahí lo tenemos, caminando presuroso por un sendero de grava hacia un taxi, un modelo grande, negro y bajo de estilo antiguo, de gasolina —hoy en día no veréis muchos como ese en las carreteras—, con un morro chato como el hocico de un dugongo y tapacubos cromados con abolladuras en los que se reflejan curvilíneos los bosques circundantes. Porque estamos en el campo, entre colinas de escasa altura salpicadas de ovejas, colinas que ellos tienen la desfachatez de llamar «montañas», y nuestro hombre saborea el canto de los pájaros y el viento, emblemas de la libertad. Hirnea House, una mole victoriana aislada de ladrillo rojo y múltiples chimeneas, no había parecido precisamente un talego debido en parte a que hasta hacía poco no era una cárcel, sino un apartado centro de detención para los locos normales y corrientes.

El taxista, un vejete de cara chupada con una palidez amarillenta de fumador, lo observa con atención a medida que él se acerca; sabe muy bien quién es, pues el coche se encargó a su nombre, o sea, a su nombre de antes, que aún arrastra los pingajos de la infamia.

Nombres, nombres. Podríamos llamarle Barrabás. Pero, en tal caso, ¿a quién crucifican en el Lugar de la Calavera?

Abre la portezuela de atrás, arroja el maletín al interior, se agacha para entrar y se desploma con un gruñido en el asiento gastado y brillante. Debería quitarse de encima todos esos michelines. Ninguna de las dos partes exige un saludo. Tampoco disculpas por el retraso, claro está. Conduce, mi buen hombre. Olores viciados a humo rancio de cigarrillos, sudor fétido, cuero grasiento, mezcla a la que supone que él añade el hedor fatigado y grisáceo de alguien con muchos años en la trena. El buen hombre lo mira por el retrovisor con sus ojos de ostra.

—Un día magnífico —dice con voz áspera.

Y yo, ¿dónde estoy? Encaramado tranquilamente como acostumbro entre las chimeneas, disfrutando de la visión panóptica. Ya nos conocemos, pues coincidimos en uno de los intervalos de mi intermitente infinitud. Sí, hola, ¡soy yo otra vez! Ved cómo mi casco alado refulge en el resplandor matinal.

Tiene un amigo, Billy, antiguo compañero de celda en Anvil. A decir verdad, algo más que un compañero cuando no quedaba otro remedio, pues en la aridez de aquellos confines solitarios había que alimentar los fuegos de la carne con el combustible que hubiera más a mano. Pero ni una palabra más a ese respecto: hace mucho que sofocó cualquier chispa persistente de semejante *feu follet*. El dulce Billy ahora se hace llamar William. Se volvió legal y abrió un pequeño negocio, porque siempre le han interesado los coches. Mirad, aquí delante tenemos su tarjeta:

Alquiler de Coches Hipwell
Don Wm. Hipwell, propietario
Automóviles para los Lanzados

Y debemos tener un coche: lugares a los que ir, visitas que hacer. El permiso de conducir le caducó hace mucho, pero eso le importa un pimiento. Su colega Wm. velará por él.

Sin embargo, resulta que su colega se ha rajado, de modo que no le recibe el propietario, sino su ayudante, una señorita de aire claramente juguetón con un aro en la nariz —las modas, observa él, se han vuelto salvajes durante su largo periodo de encarcelamiento—. La joven lo mide con la mirada desde detrás del mostrador metálico y con una gruesa lengua gris desplaza hábilmente el chicle hacia el hueco del carrillo izquierdo a fin de atender la educada pregunta que él ha formulado. No, responde, el jefe ha tenido que salir por cuestiones de trabajo. Es una mentira flagrante, pero la suelta con un aplomo tan descarado que no ofende. Esforzándose por adoptar una expresión cándida, dirige una mirada cautelosa al maletín de doctor Crippen, el famoso asesino, que él ha dejado en el suelo.

Hay un coche preparado para él, dice la joven, «y aquí tiene su permiso de conducir, señor Mordaunt, aunque la fotografía no se le parece en nada». Él se pone tan contento que le regala una de sus escasas sonrisas, torvas pero solo un poco: es la primera vez que oye pronunciar su nuevo nombre o, mejor dicho, su apellido, y le ha gustado. Tiene un sonido lúgubre muy apropiado. No estoy pensando en *mort* o en *daunt*,* en absoluto, nada tan cargado de alusiones elitistas. Digamos que veo un gran animal desmañado y apolillado, un ciervo o un venado (¿hay alguna diferencia?), de cabeza enorme y ancas cortas, destinado a acabar en una placa colgada en la pared del pasillo de un barroco pabellón de caza señorial situado en lo más profundo de un bosque olvidado de, de, ¡oh!, de yo qué sé dónde. Ya me entendéis.

Antes de guardarse el carnet de conducir en el bolsillo no puede por menos que echar un vistazo a la fotografía de la ficha policial. ¡Puaj! ¿Cuándo y dónde la hicieron? No lo recuerda. La chica se equivoca: sí se parece a él. La semejanza

---

* *Mort* es el toque del cuerno de caza con que se anuncia la muerte de la pieza perseguida, y *daunt* significa «amedrentar, intimidar». *(N. de la T.)*

física es escasa, cierto, pero la despiadada cámara ha captado algo esencial de su persona en la línea amenazadora de la barbilla, en la expresión turbia de los ojos. Nos referimos a su esencia interior, porque el hombre exterior conserva su apostura musculosa y de mandíbula azulada por la barba, aunque ahora, en la primavera de su séptima década, se ha embrutecido de manera visible.

En la abarrotada oficina reina un desorden acogedor, como solía ocurrir en la parte de la celda de Billy. Aunque han pasado muchos años desde que vivían juntos, cree detectar en el aire un rastro del aroma, antaño familiar, de su compañero, un olor que misteriosamente recuerda la fragancia salobre de los veranos bronceados de la niñez.

Como es natural, le molesta que Billy —o sea, ¡ejem!, el señor Hipwell, como insiste en llamarlo la señorita del aro en la nariz, que lo corrige con firmeza al tiempo que se muerde el labio inferior para contener la risa— haya decidido ausentarse en vez de quedarse en la oficina para recibirlo en su primer día de libertad. Siente el escalofrío de una premonición. ¿Será esa la tónica general? Durante un cuarto de siglo ha estado aislado del mundo y muchas personas a las que conocía ya no existen, y sería un mal trago si los pocos que quedan de su círculo de antes rompieran con él de golpe y porrazo, por muy floja que fuera la unión de los eslabones de la cadena. No se da cuenta de que el universo estático en el que ha entrado, donde no existen propiamente el pasado, el presente y el futuro, sino tan solo una clase sosegada de no tiempo intemporal, está poblado por un nuevo elenco de personajes entre los que divertirse. Oh, sí, me froto las manos al pensar en el jolgorio de altura y las chanzas de baja estofa que nos esperan. Ya lo veréis.

Billy ha elegido para él un Sprite, un coche pequeño y veloz pintado de un llamativo color rojo, con asientos anatómicos tapizados en un material negro sintético mate tan suave como la piel de un bebé y tan nuevo que todavía resulta viscoso al tacto. Su pegajosa superficie gime con una exaltación minúscula cuando él desliza sobre ella sus posaderas cubiertas de tweed. Precedida de un leve tintineo metálico, la joven del aro aparece a su lado y su pelo brillante y lacado se sacude con el viento, que es fuertecillo.

—Aquí tiene la llave —dice haciéndola oscilar en un aro no mucho mayor que el de su nariz—. El depósito está lleno. Y no lo estrelle, o el señor Hipwell nos matará a usted y a mí.

Otra vez el tratamiento de «señor» y otra vez la sonrisita insolente mal reprimida. Se pregunta si esa gordita sonrosada y fragante honra con sus favores al jefe. Eso espera. Dentro, Billy suspiraba por la compañía femenina; siempre supo adaptarse, aunque prefería las chavalitas a los chicos, como se empeñaba en señalar. «A veces es como un dolor de muelas —decía mirando con añoranza aquel lejano serrallo empolvado y suave como la gasa que le estaría vedado una temporada tras las verjas neblinosamente doradas—, o una especie de dolor pulsátil en la parte más gruesa del final de la lengua». Así hablaban de ya sabéis qué, como colegialas enamoradas hasta los tuétanos; os sorprenderá saber que los condenados a cadena perpetua no suelen emplear expresiones obscenas.

La joven se queda ahí plantada mientras el imperioso señor Mordaunt mueve la palanca de cambios y se aclara la garganta con determinación. Quiere que la chica regrese a la oficina, pues teme hacer el ridículo ante ella porque no está seguro de saber manejar esos automóviles modernos. Además, le falta práctica. No conduce desde, ¡vaya!, desde aquella tarde de verano muy lejana pero imposible de olvidar en que llevó otro vehículo, también de alquiler pero mucho más grande y negro como un coche fúnebre, hasta un lugar pantanoso cercano a unas vías de tren, donde lo abandonó junto con la carga, que estaba toda ensangrentada y aún respiraba. Eso sucedió en otra vida, en otro mundo, y sí, la doncella está muerta. Sigamos. Meter la llave en la sugerente ranura, el brrrum, brrrum del motor, soltar el embrague y por fin rumbo a la carretera. Pero ocurrió que fue demasiado impetuoso con el embrague y el coche dio unas sacudidas, como un caballo espantado, y el motor bufó y se apagó entre inaudibles carcajadas celestiales. Una palabrota entre dientes, de nuevo la llave, de nuevo el embrague, esta vez *doucement doucement*, y en marcha.

Sin embargo, apenas se había alejado hacia la carretera cuando el pie flaqueó sobre el acelerador, de modo que el vehículo giró perezosamente hacia la izquierda y avanzó hasta detenerse con un suspiro junto al bordillo. Mordaunt se inclinó hacia el volante y, encorvado sobre él, miró sin ver a través del parabrisas con los ojos entornados. El coche deportivo, la ropa elegante, la oficinista con olor a laca y a algo dulzón y pegajoso, incluso los destellos de la inocente luz del sol en la luna de vidrio laminado que tenía delante: la cruda realidad de todo eso lo abrumó de repente. Es posible negar, sofocar e incluso olvidar casi todos los pecados, pero no el pecado imperdonable que por fuerza lleva en su interior como un feto marchito. ¿De qué sirven esa forma ampulosa de hablar, esa sorna rastrera que aspira a alcanzar el nivel del arte elevado? No le proporcionarán ni un minuto de alivio del espantoso brete de ser él mismo. Asesinó a un semejante mortal y, por tanto, dejó un minúsculo desgarrón en el mundo, una fisura diminuta que nada puede reparar ni llenar. Quitó una vida y lo encerraron de por vida.

¿Y si lloras un poquito mientras estás hundido en el lodazal de tu ser irredimible? ¿Tras unos cuantos sollozos te sentirás mejor? Ah, pero, como te dijiste hace tiempo, una vez que empieces no pararás. Así pues: mejor que no.

Sobreponiéndose con esfuerzo, endereza los hombros y agarra el volante con mayor firmeza entre sus puños peludos, y con un ímpetu varonil dirige el coche hacia delante. No hay vuelta atrás. Han liberado al pobre primate en la selva y el horrible estruendo de la puerta de la jaula al cerrarse tras él todavía resuena en sus oídos como el ruido de los portones del refugio. No, no hay vuelta atrás. Mirad cómo roza el suelo con los nudillos mientras se aleja farfullando, solo y con el trasero rojo, hacia la pavorosa maleza del mundo.

Aún siente el impulso de volver al hogar, así que se sorprende dirigiéndose hacia Coolgrange, la casa solariega, *maryah*, como decimos en gaélico, ignorante de los prodigiosos cambios con que se topará. Porque no podíamos permitir que dejaran las cosas como estaban. Una piedra arrojada sobre otra piedra, un par de manos de pintura, la modificación de esta o aquella perspectiva. Vamos, que apenas reconocerá el lugar ni se reconocerá a sí mismo en él.

Sentiréis curiosidad, aunque no una curiosidad insaciable, por saber cómo llenó los días, imposibles de llenar, de su estancia en chirona. Fue extraordinariamente larga, pues se negaron a dejarle salir, no por afán de venganza, que él mismo reconoce que habría estado de todo punto justificado, sino debido tan solo, según cree él, a la inercia burocrática. Esta mañana, mientras esperaba en la puerta principal la llegada del taxi, que acudió tarde —como soy un diosecillo travieso, me divirtió atormentarlo con un último breve retraso—, sumó el tiempo exacto que había pasado dentro y le desconcertó e incluso le ofendió un poco descubrir que, contando los años bisiestos y hasta la campanada de las doce de la noche anterior, el total ascendía a unos míseros ocho mil novecientos noventa y cuatro días, trece horas, veintisiete minutos y unos cuantos segundos. ¡Bah! Desglosado de ese modo, no era tanto tiempo, pese a que le había parecido el prototipo de la eternidad; ¿por qué había hecho tantos aspavientos durante todos esos años? ¡Cuánto tiene que aprender ahora que se aventura en este rincón de apariencia engañosamente conocida del multiverso! ¡Cuánto le queda por aprender sobre la verdadera naturaleza del tiempo!

Los primeros meses de condena, una época que ahora se antoja inmemorial, experimentó la duración en dos niveles. En primer lugar estaba el aspecto cósmico. Mientras el enorme arco de la existencia giraba a su alrededor con un movimiento apenas perceptible, él parecía una ardilla correteando desesperada por los peldaños de una noria que daba vueltas tan deprisa que sus radios semejaban una bruma destellante. Por las mañanas se despertaba en un estado de pánico, exhausto tras una noche de sueños turbulentos, y pasaba el día en una precipitación incesante, hasta que se apagaban las luces; entonces se sumía en algo que no era tanto el sueño como una parálisis provocada por la angustia. No obstante, pese a toda la aceleración e impetuosidad de su mente, el tiempo, en otro de sus aspectos, lo que podríamos denominar el tiempo individualizado, pendía grávido sobre él, una sustancia un tanto húmeda y pegajosa, como sábanas recién lavadas y colgadas en un tendedero que, cada vez que él se esforzaba por atravesarlas, lo envolvían por completo en cálidas marañas mojadas y asfixiantes. No había nada que hacer, y en consecuencia eso era lo que hacía, durante todo el día, todos los días, con febril aplicación.

Inevitablemente, en particular en las primeras etapas de reclusión, pensó en poner fin a todo aquello haciendo un nudo corredizo en una de aquellas sábanas húmedas y ahorcándose de uno de los tres cortos barrotes de hierro, gruesos como mancuernas, de la ventana alta y pequeña de la celda, en concreto del barrote del medio. La perspectiva de lo que entrañaría lo disuadió de dar ese paso desesperado. El dolor físico y el sufrimiento espiritual no serían, ni mucho menos, lo peor. Ante todo le resultaba intolerable pensar en la vulgaridad del espectáculo que ofrecería: los ojos desorbitados, la lengua fuera, hinchada y amoratada, las manchas en los bajos y el hedor. No, debía salir adelante, aguantar; no le quedaba otro remedio. Toda vida es una condena de por vida, se decía, pero no le servía de consuelo.

Por cierto, en aras de la precisión, o debería decir de la verosimilitud, la ventana de su celda de Anvil Hill no era alta, no era pequeña y no tenía barrotes. Vidrio reforzado con malla metálica, sí, y afuera una larga caída hasta la superficie inflexiblemente dura del patio de ejercicio. Tampoco las vistas eran nada del otro mundo. Al lado estaba el patio aquel, donde por las tardes los más correosos de los condenados a cadena perpetua jugaban lánguidos partidos de fútbol, y en un lateral había una franja de hierba de aspecto irreal —por lo que él sabía, tal vez fuera falsa, un felpudo de rejilla de plástico colocado para ahorrarse la necesidad de un cortador de césped y la máquina correspondiente—, y más abajo, en diagonal hacia la derecha, un árbol raquítico que ni crecía ni se moría, sino que, obstinado, continuaba allí, y un año tras otro, en primavera, echaba de mala gana unas cuantas hojas apáticas que parecían marchitarse con el simple roce del aire y que con el primer hálito fresco del otoño se caían sin contemplaciones, lacias y amarillentas. De la ciudad no atisbaba nada más que un chapitel lejano que emergía de la niebla tóxica como el dedo de su Dios de dioses apuntando admonitorio en la dirección equivocada.

¡Cómo agradecía la generosidad opulenta del cielo, el espectáculo espléndido y cambiante que le brindaba!

No nos detendremos en los pormenores de las estrategias de supervivencia y de mantenimiento de la semicordura que había logrado reunir con los escombros que le quedaban tras llegar, con sorprendente celeridad, al límite de la desesperación. Baste decir que metió la nariz en muchos libros —la biblioteca de la cárcel de Anvil estaba muy bien surtida, y lo estuvo aún más después de que él difamara y consiguiera la destitución del bibliotecario, un inofensivo corruptor de menores, y se instalara en la trona aún caliente del difunto delincuente sexual— y renunció a todas sus aficiones. De día compensaba la falta de sueño de la noche quedándose dormido a cualquier hora y en cualquier parte. Se sumía en ese estado con la suavidad de una hoja de árbol que surcara las aguas de la crecida del deshielo; el sueño diurno era un estado flotante de estupor, venturosamente exento de los terrores nocturnos.

Uno de sus primeros intentos de fuga de mentirijillas fue el siguiente: mientras estaba tumbado boca arriba en la litera con las manos entrelazadas en la nuca —¿a que os parece verlo?—, fantaseaba que se hallaba de cena en casa de unos amigos, y que, ahíto de la buena comida y los excelentes vinos de precio exorbitante, y fatigado por la brillantez de la compañía y demasiado deslumbrado por las estelas trazadoras del ingenio refulgente que cruzaban zumbando la mesa, se había escabullido a una estancia cercana y se había acomodado en un sofá tapizado de damasco para disfrutar de un poco de paz y tranquilidad. Imaginar que había otras personas cerca y en un ambiente festivo mientras él estaba recostado a solas le proporcionaba una pizca de consuelo solitario. No obstante, con el paso de los años la idea misma de estar a tiro de piedra de una alegre reunión social fue pareciéndole cada vez más inverosímil, un sueño insoportable de afabilidad y encanto propios de otro mundo.

En la olla sofocante de sus noches —según su experiencia, la cárcel está siempre demasiado caldeada—, una de sus formas de evasión más gratificantes consistía en revivir con minucioso detalle alguno de los paseos por los campos en torno a Coolgrange que solía dar con entusiasmo en los días arrebatados de su juventud. Porque de niño había sido un andarín incansable y había amado la naturaleza en todos sus aspectos, tanto la salvaje como la domesticada. Admiraba sobre todo los depredadores, el furtivo zorro, el halcón en descenso veloz, el gato doméstico. Así aprendió a tierna edad que la muerte violenta es una constante de la vida. Sin embargo, no era morboso, en absoluto. De hecho, lo que más le fascinaba era el florecimiento de las cosas. A sus ojos todo tenía vida, en especial los árboles, y a algunos de ellos les tenía más aprecio del que jamás habría sentido por un congénere humano. Percibía el puro ser en todo, tanto en las bufonadas de la locura como en las sutilezas más rigurosas de los ritos religiosos, y en las juergas más zafias de los hijos de los granjeros en la misma medida que en el efecto del más dulce soneto. Y en el ser del ser percibía su propio ser. Sí, sí, era un alma sensible, y siempre distinguía el destello del muslo bruñido del dios entre las hojas agitadas del laurel: *et in Arcadia* un servidor, como veis. ¿Por qué otro motivo nos habríamos molestado en sacarlo de su cautiverio, aunque fuese tarde? No tiene mucho sentido que sea libre si no es para aprovechar la abundancia de la libertad.

Con todo, no deseó ni nunca había deseado beber de la fuente de lo sublime. Se entregaba feliz a la anciana naturaleza en su forma más sencilla. Si le daban un modesto parque urbano en pleno abandono, con juguetonas ortigas y hierba cana y cabeceantes amapolas de color rosa carmín, estaba contento; si por él fuera, que los demás se quedaran con el abismo insondable y el peñasco eminente. Tampoco apreciaba demasiado los gorjeos histéricos del ruiseñor ni los tan ensalzados narcisos, cuyas flores, como todos saben pero les da vergüenza reconocer, no son doradas según se dice, sino de un intenso amarillo verdoso, el color de la bilis de un bebedor de absenta.

El cielo, como ya se ha dicho, era su vía más elevada de evasión; jamás se cansaba de las nubes, de la estupefacción que le provocaban con su satinado esplendor reconcentrado y cambiante.

Tenía un paseo preferido, o al menos debía de preferirlo a los demás porque lo daba a menudo. El inicio oficial, oficial para él, era un sendero corto que, por el motivo que fuera, siempre estaba embarrado. Arrancaba del patio trasero de Coolgrange House y, tras cruzar una verja, discurría hacia un pequeño robledo y luego seguía hacia el campo sin límites. La verja con sus cinco travesaños gastados por el viento y la lluvia convertida en una filigrana delicada, la herrumbre como una capa de canela molida toscamente: en este mismo instante la visualiza con toda claridad y experimenta una fugaz punzada de dulce pena inexplicable. Con las bisagras casi sueltas, la pobrecita da la impresión de encorvarse sobre sí misma hundida en el desaliento, exhausta y con los ojos llorosos, vencida por los años. Sí se abre, pero él prefiere encaramarse a ella y disfrutar viendo cómo la puerta se tambalea presa de un pánico geriátrico, oyendo su tintineo y su castañeteo. La acción de pasar una pierna por encima de la barra superior lo obliga a hacer un medio giro elegante al estilo de un sacacorchos, de modo que por fuerza acaba mirando hacia atrás, a la pared trasera de la casa de la que acaba de salir, con sus desordenadas hileras de ventanales deslumbrados por el sol que parecen mirarlo con vidriosa desaprobación. En lo alto de la puerta, imagina que es un intrépido lobo de mar feliz en la cofa bamboleante de un buque de guerra de velas cuadras que surca el vasto océano. Como veis, un niño es un niño, incluso este. Y es cierto: era un chiquillo normal, que no pensaba en actos malvados ni en asesinatos. Eso llegó más tarde, ¿y quién sabe por qué o de dónde salieron esas ideas?

Justo al otro lado de la verja se extendía un campo en pendiente atravesado por un terraplén ancho y plano cubierto de hierba y construido por la mano del hombre en tiempos inmemoriales, aunque sin un propósito conocido. En él se alzaban tres nobles hayas, creo que eran hayas, que son hayas, dispuestas en fila a intervalos idénticos, prueba una vez más de la intervención humana. Tal vez otrora se celebrara allí un ritual rústico, con cerveza y música, doncellas, flores de espino albar y alegres mozalbetes con cintas en el sombrero que brincaban dando los pasos torpes de una danza tradicional y entrechocaban con brío sus bastones de fresno. O, una opción menos imaginativa, quizá los hubiera plantado un granjero usurpador de tierras olvidado tiempo ha para crear un límite al que no tenía derecho.

En esos árboles tuvo el privilegio de ver un día un cuco, la más tímida de las aves, el trovador de la monotonía. Era una criatura carente de atractivo, gris pizarra, con un pequeño pico afilado y hosco y ojos como brillantes tachuelas negras ovaladas. Al acercarse él, el cuco interrumpió su canto y lo miró entre las hojas, y el niño habría jurado que le oyó tragar saliva, ya fuera por la sorpresa, el susto o ambos. Durante medio minuto pájaro y chiquillo se observaron, conscientes de encontrarse en una situación comprometida de la que no sabían bien de qué forma salir, como un caballero y su ayuda de cámara al darse de bruces por desgraciada casualidad en el salón de un burdel clandestino. Al final, el ave hizo una especie de aspaviento resuelto, pareció recogerse las faldas y voló hasta el segundo árbol; luego, al ver que el niño lo seguía, pasó al tercero, y después se alejó como una flecha y desapareció tras la cumbre de la colina.

Cuando en su mente daba uno de esos paseos sinuosos por la Senda de Mnemósine, siempre le asombraba lo mucho que recordaba de su pasado remoto y la profusión de detalles con que en su imaginación aparecían los paisajes por los que vagaba su yo fantasma. No obstante, pese a enorgullecerse de tener una memoria tan buena, también dudaba de ella. Tan claras y convincentes eran sus remembranzas de aquel encuentro con el cuco y de otros muchos similares —por ejemplo, con la lechuza que, en un atardecer teñido de violeta, voló casi a ras de su cabeza en medio de los campos y con sus grandes alas pareció crear tras de sí una cavidad movediza en el aire cada vez más oscuro—, que sospechaba que no eran recuerdos, sino productos de su imaginación, y que, acurrucado entre sus propios olores bajo las mantas de la prisión, se entregaba a una forma de ensoñación nocturna. Y sin embargo, tan intensa parecía la realidad, la —¿cuál es la palabra?— haecceidad de los lugares y objetos con que se topaba, y su presencia entre ellos tan palpable, que tenía la impresión de volver a estar allí de veras, un granuja fortachón —de nuevo, exagero—, vivo como la vida misma, que deambulaba por la libertad de los campos, y no envuelto en esa mazmorra caliente como la sangre al modo de un cigoto adherido a la pared del útero; por tanto, ahora que por fin está libre, no le sorprendería que, cuando vea otra vez esos campos afortunados en la supuesta realidad, tanto estos como él se desvanecieran con apenas un minúsculo plaf, como el sonido mudo de una pompa de jabón al reventar, pues sin duda la materia del mundo tal como él lo conocía y su antimateria, que es él, deben de anularse mutuamente al instante.

Resultaba extraño que en esos solapados fines de semana de libertad que le habían concedido a lo largo de los años no se le hubiera ocurrido ni una sola vez regresar a Coolgrange para echar un vistazo a los escenarios de su juventud. Tampoco es que tuviera en gran estima el lugar. Además de que no le gustaban nada sus antepasados ni sus actos —supone que, a juzgar por cómo es él, su descendiente actual, los hombres fueron todos unos canallas y las mujeres unas pelanduscas—, nunca había pisado fuerte en la tierra de su infancia. No, debió de ser una especie de timidez lo que le retuvo, si bien no estaba seguro de qué era lo que le cohibía. Tal vez algo de sí mismo que aún persistiera allí, algo de la persona que había sido antaño, el original lozano que más tarde acabaría apaleado y mancillado. La casa se había vendido tras la muerte de su madre a fin de proporcionar, o eso se esperaba, una mísera suma para que vivieran la esposa del hijo —casi escribo «la viuda»— y el hijo, el hijo de Mordaunt, el hijo de ambos. La cantidad obtenida en la subasta fue decepcionante, aunque no una sorpresa, pues la tierra se había agotado hacía tiempo, los edificios anexos estaban medio desmoronados y la casa en sí apenas se mantenía en pie. Él había pensado que su llamativa mala reputación permitiría añadir unas cuantas libras al precio, pero ni siquiera la perspectiva de dormir en la cámara sangrienta donde de niño había dormido la bestia fue incentivo suficiente para que los posibles compradores se rascaran sus roñosos bolsillos. De todos modos, tampoco importó demasiado, porque al final, pese a los vigorosos esfuerzos en los tribunales de su triste capitán Maolseachlainn Mac Giolla Gunna, consejero jurídico, D. E. P., ni su parienta ni él vieron un solo penique del dinero conseguido, que fue confiscado y terminó en las arcas públicas en virtud de alguna ley vetusta de responsabilidad civil según la cual, siendo un convicto, el susodicho solicitante no tenía derecho a subvención alguna, etcétera. Entretanto la propiedad había cambiado de manos y ahora moraba en ella el hijo de un erudito famosísimo. El anciano había muerto pese a su inmortal renombre y sus teorías habían derribado de un plumazo las nociones del mundo y de sus sabios acerca de qué es qué y dónde es dónde y cómo es cómo. ¿He mencionado ya al ilustre personaje? El profesor Adam Godley, artífice de la teoría Brahma (*vid.*). Él también vio vida en los bultos en apariencia inánimes del mundo, aunque con poca admiración y menos deleite. Da la casualidad de que nuestro hombre lo conoció un poco hace tiempo; de hecho, da la casualidad de que Godley se acostó una vez, o probablemente más de una, con la mujer de nuestro hombre. Engranajes pequeños dentro de otros mayores, todos girando sin descanso.

Se preguntaba si los nuevos moradores habrían cambiado el antiguo nombre del lugar —¿acaso no había cambiado él el suyo?— con la esperanza de difuminar así la asociación entre Coolgrange y él y su infamia. La posibilidad le inquietaba por razones todavía ignotas. No le cabía la menor duda de que habrían introducido otras modificaciones más tangibles, pues a buen seguro habría sido preciso efectuar reparaciones y reformas; como ya se ha dicho, la casa a duras penas era habitable cuando él vivía allí, y eso no fue ayer ni anteayer.

Mientras conducía empezó a experimentar la curiosa sensación de que todo se abría continuamente ante él como un enorme e inagotable huevo sin yema. ¿Cómo iba a lidiar con la prodigalidad de la tierra? La cárcel había aventado la profusión de cosas, pero ahora se veía arrojado de nuevo al centro del caos. Había demasiado de todo —¡mirad!—: automóviles, casas, tiendas, semáforos, plátanos de sombra, hospitales, morgues, bandas de música, manifestaciones, terremotos, hambre, incendios e inundaciones, desastres naturales y no naturales, campos de batalla sembrados de cadáveres, exterminios masivos, implosiones de estrellas, galaxias en expansión, y siempre, claro está, gente; siempre gente. Demasiada, demasiada. Se le encogió el corazón.

Se le ocurrió la idea de desviarse para ir a la playa. ¿Acaso había bálsamo mejor para el alma herida por el pecado? Sí, iría a ver el mar, pero no ahora, no hoy. Todas esas fruslerías saliendo en tropel de aquella cáscara de huevo que se abría sin cesar y rebotando en silencio en el parabrisas eran lo máximo que podría soportar. La inmensidad acuosa tendría que esperar para otro momento.

Ser libre, aunque en libertad condicional, pero libre para siempre si es un buen chico, le resulta extraño. No acaba de creérselo y no le sorprendería que una cinta elástica sujeta con un gancho a los fondillos del pantalón llegara al límite en cualquier momento y lo arrastrara hacia atrás (¡boing!), como suele sucederle al pobre Silvestre, el gato de los dibujos animados con el pompis de goma. Para alguien encerrado tanto tiempo entre cuatro paredes, el exterior es un lugar aparte.

Era media mañana cuando llegó a Coolgrange, o lo que antes se llamaba así. Hay dos vías de acceso. La verja principal se abre a un camino corto que discurre entre dos hileras de tilos grandes hasta la casa. Él la evitó —los que viven en los márgenes no usan la entrada principal— y tomó la carretera que sigue el recodo de la tapia de la antigua finca solariega. Tras un par de leguas más o menos llegó a una curva abrupta a la derecha en cuyo ángulo, hacia la izquierda, había un rincón frondoso con un estrecho arco de piedra gris que rodeaba algo parecido a una puerta de la resurrección,[*] si ese es el nombre correcto, oculta de la carretera por una maraña de zarzas y cubierta por un espino nudoso. Se detuvo ahí y aparcó en un triángulo de hierba tan pareja y de un verde tan poco natural como la superficie de una laguna de bosque cuajada de verdín. Salió del coche y se quedó quieto. Para él, aquel lugar siempre había estado impregnado de cierto aire siniestro. Reinaba una sensación de distracción soñadora, de que todo miraba hacia otra parte, dirigía la atención hacia otro sitio. El viento alborotaba lánguidamente las hojas dentadas, brillantes y oscuras del espino. La luz del sol parecía ahí más difusa, más brumosa. No cantaba ningún pájaro.

Se inclinó hacia el estrecho asiento trasero para recoger el maletín; era tan ligero como su vida, lo que quedaba de ella. Con un espíritu de irresponsabilidad resurgido de los viejos tiempos, no cerró el Sprite con llave, aunque se guardó esta en el bolsillo. Que le hiciera el puente quien quisiera. ¿Qué le importaba a él? Ni siquiera era suyo. O tal vez, haciendo honor a su nombre, el Sprite se internara en la espesura y mediante una primitiva magia mecánica se transformara en una

---

[*] Las puertas de la resurrección, o *lychgates*, palabra usada en la novela, son portales techados construidos entre los siglos XIII y XV a la entrada de los cementerios. Los cadáveres se custodiaban en ellos hasta el momento del entierro. (*N. de la T.*).

ninfa del bosque, una dríade de alas ligeras, y fuera feliz allí, entre los primaverales robles.*

Al pasar por debajo del arco de piedra —la verja, baja y roída por la intemperie, tenía un cerrojo oxidado, pero no candado— notó un efecto extraño. Fue un estremecimiento, o una especie de reverbero, como si él no fuera él sino su propio reflejo que atravesara una fisura del cristal de una ventana o, mejor dicho, que ondulara sobre una grieta de un espejo de cuerpo entero. Y, más extraño aún, lo que salió al otro lado no era del todo él, o era él pero cambiado, a la vez menos y más de lo que había sido, de golpe menguado y al mismo tiempo aumentado de algún modo. La cosa no duró nada, terminó en un abrir y cerrar de ojos; con todo, el efecto fue palpable y profundo. Algo le había tocado y le había dejado su marca indeleble.

Se preguntó cómo se habría sentido el hijo pródigo cuando la fiesta acabó, los huesos del ternero cebado quedaron limpios y los invitados se fueron a casa, cuando las lágrimas derramadas por el anciano y cariñoso padre sobre el hombro del muchacho perdido durante tanto tiempo se secaron y la vida comenzó de nuevo. ¿Volvería a ser todo como era antes, igual de deprimente, o acaso los bordes de todas las cosas quedaron iluminados por una fría llama caprichosa, el resplandor de lo nuevo, de lo renovado?

Al salir de la sombra del arco enfiló el angosto sendero que recordaba, dominado a ambos lados por pugnaces setos de espino —de nuevo con frutos, señal de mala suerte—, madreselvas silvestres, trémulas fucsias y otros muchos arbustos y matas cuyo nombre debería conocer pero desconozco, todos en flor o con capullos a punto de reventar. Esa entrada posterior era conocida como el Paso de la Señora, aunque nadie a estas alturas recordaba ya por qué. De niño tomaba a veces ese camino al volver de la escuela. Se atrevía a internarse en él pese a que nunca se sentía tranquilo allí —o quizá

---

* *Sprite* es un duendecillo, un elfo o un espíritu del aire. *(N. de la T.)*.

por eso mismo—, pues le inquietaba su angostura y el aspecto amenazador del follaje apretujado sobre él, incluso en lo más crudo del invierno, cuando en teoría los árboles carecen de hojas. Ni la ropa ni el calzado que llevaba ese día eran apropiados, las oscilantes zarzas le tenían el ojo echado al abrigo de piel de camello, y habría estado en consonancia con el momento que un pájaro sobrevolara el lugar y se le cagara en el sombrero. ¿Cómo se le había ocurrido regresar nada menos que allí? Ese ya no era su hogar, si es que alguna vez lo había sido. Y, no obstante, se sentía arrastrado cada vez más hacia el fondo de un mundo familiar transformado, un mundo transustanciado.

Helen Godley lo vio acercarse con paso firme por el sendero de atrás. Se detuvo en el rellano de la primera planta, ante la larga ventana arqueada, con la mano derecha posada apenas sobre la barandilla. Lo que le llamó la atención fue el color amarillo crema del abrigo, que vislumbró mientras él caminaba por detrás del seto. Desde esa distancia, por un segundo no supo qué era lo que veía. Podía tratarse de un animal de cualquier tipo, un leopardo, una llama, un canguro —un camello fue lo único que no se le ocurrió—. No era una idea tan descabellada. El verano anterior, o un verano de hacía pocos años, Adam había arrendado durante una semana a un circo uno de los campos colindantes con Hunger Road, de modo que en los prados anegadizos pastaban toda clase de bestias exóticas: un par de cebras, un pequeño poni de las Shetland irritable con un primoroso flequillo rubio e incluso una jirafa de paso lento que parecía caminar sobre zancos y que mascaba las matas de tojo, pues sus labios, ásperos y melindrosos, eran inmunes a las espinas.

¿Cómo se llamaba el espectáculo? El Circo No Sé Qué de No Sé Quién. Era más bien un teatro ambulante, con una larga carpa rectangular, una especie de escenario en un extremo y sillas y bancos colocados en hileras. Convenció a Adam para que la llevara una noche. Él se había resistido, pero al final, al verla de morros, cedió, como ella sabía que ocurriría. Los números circenses se alternaban con canciones, escenas cómicas y satíricas. Actuaban solo unos pocos artistas que asumían distintos papeles: el malabarista, el robusto hombre forzudo, el mago con una capa de lentejuelas, la menuda contorsionista, de nuevo el mago, que, vestido esta vez con un roñoso frac blanco, hizo juegos de naipes, se metió un pollo bajo el brazo e hipnotizó al pobre bicho levantándole muy despacito el pico con un dedo, de modo que el ave bizqueó y el hombre aflojó la presión, pese a lo cual el animal no movió ni una pluma y se quedó bajo la axila con las patas encogidas, mirando hacia arriba, paralizado. En el intermedio, el que parecía ser el director, un tipo achaparrado y musculoso con pantalones cortos de cuero brillante y chaleco tirolés, se sentó ante el escenario y, tras cruzar una rodilla rosada y regordeta sobre la otra, tocó canciones antiguas en un acordeón. Una era «Abdul Abulbul Amir», recordó Helen, y «Yes, We Have No Bananas» y «The Boys of Wexford». Entre los focos, el ruido y la música estridente, Helen, sentada en primera fila, volvió a parecer una chiquilla, hechizada e inmóvil como la gallina hipnotizada, con la cara vuelta hacia la luz cargada de motas de polvo que caía sobre ella desde el escenario. El hombre forzudo, caracterizado de payaso gordinflón con una cámara de neumático de coche en la cintura debajo del traje, intentó sacarla para que participara en su número, pero ella no quiso, pues iba a dejarla en ridículo y, además, siempre le habían dado miedo los payasos. El individuo olía a maquillaje, a sudor y a algún alimento en vinagre que debía de haberse zampado antes de su actuación. Cuando Helen se negó a subir al escenario, el hombre montó en cólera, la insultó por lo bajini echando su apestoso aliento y se alejó. Huelga decir que Adam fingió no darse cuenta.

¡Próspero! Ese era el nombre, le vino a la cabeza de pronto. El Circo Mágico de Próspero. Se preguntó si aún estaría de gira; lo dudaba, porque seguramente esa clase de espectáculos eran cosa del pasado. Sin embargo, si volvía, ella iría a verlo. El malabarista, con una camiseta negra ajustada, pantalones negros muy ceñidos y zapatillas del mismo color, tenía un perfil delicado y era esbelto como una niña o como el hijo de una cerviz y una monja; Helen se había fijado en cómo le sobresalían los huesos de la cadera y en la delgadez de sus muñecas. Al día siguiente de que la troupe se marchara, con la carpa plegada y atada sobre un carro tirado por dos caballos, Duffy, el vaquero, había encontrado una serpiente que debía de haberse escapado de la jaula y se había deslizado en una zanja, donde había muerto sin que los del circo se hubieran molestado en buscarla antes de partir. Era un bicho grande, grueso como el brazo de un hombre. Duffy dijo que era una pitón, o quizá una boa constrictor. Se había ofrecido a llevar a Helen a los marjales para que la viera, pero a ella le había dado escrúpulos; además, sabía que no debía dejarse arrastrar a lugares apartados por individuos como el atrevido señor Duffy.

Tenía un pie apoyado en el último escalón y el otro sobre el rellano. Se vio a sí misma plantada allí, en un haz de trémula luz del sol, admirando la curva de su mano sobre la curva barandilla, como una de las heroínas que había interpretado años atrás, la Cleopatra de Marco Antonio, por ejemplo, o Hedda, o la desesperada esposa de Torvald, al entrar en escena, con todo el dramatismo que seguiría, los parlamentos, las risas, los gritos y las lágrimas, y al final el áspid, el disparo o el portazo en la casa de muñecas. Todavía añoraba aquella vida pasada en la que tenía que representar tantas vidas.

Pero ¿quién sería aquel individuo del abrigo elegante que caminaba a zancadas por el sendero como si supiera exactamente adónde dirigirse? Ya nadie entraba por la parte de atrás, por la Entrada de la Señora o comoquiera que se llamase. Por el porte del hombre, corpulento y más bien alto, y su aspecto decidido, como si fuera el dueño del lugar, Helen dedujo, incluso desde aquella distancia, que era un tipo muy seguro de sí mismo. Quizá fuera un pariente; tal vez su difunto suegro tuviera un hermano desaparecido hacía tiempo o un hijo natural del que no había hablado a nadie —lo que a ella no le extrañaría— y que se presentaba para reclamar su parte de la herencia. Se estremeció de emoción al imaginar que todo se trastocaba de arriba abajo, lo que hizo que se sorprendiera de sí misma. Debía de estar aún más harta de lo que suponía. O hasta la coronilla, como decían cuando iba al colegio. «La verdad, chicas, estoy hasta la punta de la coronilla», decía posando en la frente el dorso de una mano lánguida y alzando hacia el techo una mirada atormentada, ya toda una actriz en aquel entonces. Bien, sin duda el forastero del abrigo de color mostaza animaría un poco el cotarro. De todos modos, debía de ser tan solo un vendedor, un ganadero adinerado u otro de esos agentes inmobiliarios intrigantes que se colaban por el sendero de atrás para tender una emboscada a Adam y enredarlo con otro negocio seguro que les costaría un dineral y no reportaría ningún ingreso. Helen se preguntó por qué se había casado y se había dejado arrastrar a aquel sitio agreste. El campo no era para ella, nunca lo había sido y jamás lo sería. Las calles y las farolas de las ciudades, el tráfico incesante, el ambiente cálido e intenso de los restaurantes y la penumbra aterciopelada de los bares, el olor del humo de los cigarrillos, el vino y los hombres: había sacrificado todo eso. Había imaginado que, dada la fama del padre, la vida con el hijo estaría llena de emociones, que a todas horas recibirían visitas de otras celebridades y que los reporteros la abordarían para rogarle que les diera alguna exclusiva sobre el viejo. Que quizá su fotografía saliera en los periódicos, como en la época en que ella misma era famosa. Y abrigaba esperanzas.

Todavía no se había vestido, pues era una de esas mañanas, cada vez más frecuentes, en que se levantaba tarde. Llevaba puesto su pijama de seda de color salmón con mangas demasiado largas y la bata azul descolorido de Adam. Iba descalza. Había estado pintándose las uñas de los pies en su dormitorio y el esmalte aún no se había secado. Sin duda tendría el pelo alborotado. Si se detenía junto a la ventana, que llegaba hasta el suelo, ¿el Hombre del Abrigo la vería al otro lado del cristal, con el reflejo del sol? Podía arrimarse al vidrio, desabrocharse quizá un par de botones y mostrarse así ante él; eso atraería la atención del individuo, sí señor.

Regresó a la habitación y se quitó el pantalón del pijama para ponerse una falda. Es espantoso el olor, dulce pero penetrante, que la laca de uñas deja en el aire; también se percibía el olor de Helen, que hasta ese momento no reparó en él, un olor mate, carnoso, cálido como el algodón. Miró la cama revuelta, la revista de moda abierta boca abajo sobre la sábana, el hueco en la almohada donde su cabeza había reposado toda la noche. Se sintió como si fuera su propio fantasma y hubiera regresado para habitar el lugar donde había muerto hacía un par de minutos. Morirse es algo muy extraño, pensó, muy extraño. Cerró la puerta al salir y bajó presurosa, con la bata ondeando tras ella y a los lados. Silbaba la melodía de una canción que tenía en la cabeza desde que se había despertado y cuyo título no recordaba, aunque de pronto le vino a la memoria: el vals de «La viuda alegre», sí, esa era. *Naa, na, na, na, naa na na na, naa naa naa.* ¡Oh, los bailarines, la orquesta, las destellantes lámparas de araña!

Al llegar al pie de la escalera giró hacia la derecha y cruzó deprisa el vestíbulo de atrás, que siempre la hacía temblar porque era oscuro y estrecho. También tembló al pisar descalza las frías baldosas. De joven sabía asir objetos con los dedos de los pies, no solo cosas fáciles como tapones de corcho y pelotas de pimpón, sino también lápices, monedas de medio penique e incluso cerillas usadas. Se preguntó si aún sería capaz de hacerlo. Estaba segura de que era algo que nunca se olvidaba, como nadar o montar en bicicleta. Pero pensó que no debía ponerse a prueba, pues quizá descubriera que había perdido esa habilidad o, peor aún, que los dedos se le habían anquilosado. Al cabo de un par de meses cumpliría cuarenta años. ¡Cuarenta! Cada vez que se acordaba, notaba una sensación espantosa en la zona del abdomen, como la que uno experimenta cuando un ascensor da una sacudida y de repente empieza a bajar muy rápido.

La cocina tenía un aspecto furtivo, como siempre que Helen entraba en ella. Parecía que los objetos, la mesa y las sillas, las cacerolas y las sartenes de las repisas, el tarro de mermelada con los tulipanes mustios en el alféizar hubieran estado tramando algo y se hubieran detenido al llegar ella al umbral. Había supuesto que encontraría allí a Ivy Blount afanándose con su acostumbrado aire ensoñador, pero no fue así.

Ivy estaba volviéndose chiflada, no cabía duda. Siempre había sido rara, pero últimamente había empeorado. Vivir a la espera de que Duffy se casara con ella estaba desquiciándola. Él le había propuesto matrimonio hacía años e incluso le había regalado un anillo, aunque, a los ojos escépticos de Helen, parecía un obsequio sorpresa que a Duffy le hubiera salido en el pastel de Halloween.

Duffy era un individuo extraño, como suele serlo la gente de campo —cuando menos, la que ella había tratado—, extraño, hosco y hermético. Helen le tenía miedo, no, no miedo, sino respeto, sí, eso era. Duffy no iba tras la locamente enamorada Ivy, sino tras la casa de Ivy y las contadas hectáreas que esta había conseguido como parte del contrato de compraventa cuando el viejo Adam, padre del joven Adam, marido de Helen, adquirió la casa y la tierra a los Blount hacía no sabía cuántos lustros.

¿Qué edad tenía Ivy? ¿Sesenta? En todo caso era un poco mayor que Duffy, su displicente novio. Qué pena daba pensar en los dos: la pobre Ivy esforzándose por mostrarse efusiva y juvenil, y Duffy discurriendo la manera de hacerse con la tierra sin la solterona adjunta. «Muy trágico regocijo». ¿De dónde era esa cita? Antes era capaz de retener en la mente escenas enteras, personajes enteros, pero ahora solo le quedaban frases sueltas y algún que otro fragmento de diálogo.

La cocina era oscura, húmeda y olía a gas porque el horno tenía una fuga. Era una estancia demasiado grande para su función. Siempre estaba en penumbra, con sombras bajo los ángulos del techo incluso en pleno verano. A Helen le evocaba el decorado de la cueva de un alquimista: «¡Oh, instante, detente! ¡Eres tan bello!». El suelo era de piedra, y había una cocina económica negra grande y un aparador también negro, una enorme mesa cuadrada de pino llena de marcas y ralladuras, y un fregadero lo bastante ancho y hondo para bañar en él a un bebé grandote.

Helen se mordió el labio inferior con tanta fuerza que pensó que se haría sangre y emitió un sonido que era en parte un suspiro y en parte un sollozo. Un bebé grandote. Cuando nació su Hercules, su querido Clem, era apenas más grande que las manos de Helen, en las que se había quedado ovillado, inmóvil, con los párpados hinchados y la piel aún caliente, aunque ya empezaba a enfriarse. Ivy Blount se lo había llevado luego para envolverlo en un pañuelo de Adam, tan pequeñito era el niño. Ivy se portó bien con ella aquel día. Tenía buen corazón pese a estar medio chiflada.

Pero ¿qué había sido del Señor del Abrigo?

Junto a la puerta de atrás había un par de botas de agua cortadas por encima del tobillo, negras y brillantes como brea fundida y con la punta torcida hacia dentro. Metió los pies en ellas agarrándose a una jamba para mantener el equilibrio. Ya debía de haberse secado el pintaúñas y, si no, qué más daba. Las botas eran de Adam, pero a Helen no le quedaban demasiado grandes. Para ser un hombre tan corpulento, tenía unos piececitos minúsculos, y así caminaba él, como si corriera de puntillas detrás de alguien para darle una sorpresa. Se fijó en que el roce entre sí de los tobillos de Adam al caminar había desgastado un redondel en la parte interior de cada bota. Frunció el ceño. No podía por menos que sentir cariño por él, incluso ahora, por aquel hombre corpulento, tierno, inofensivo y con los pies varos que era su marido. Le fastidiaba ese amarlo y no amarlo. Ella quería una vida distinta; lo deseaba desde hacía tanto tiempo que ese sueño se había agriado.

Abrió la puerta de atrás y salió al patio adoquinado, donde las botas de goma chapotearon como si fueran los zapatones de un payaso. Se acordó otra vez del Circo Mágico y del malabarista flaco con cara de santo famélico. El aire olía a gallinas aunque no había ni una desde los tiempos en que la madre de Ivy Blount vendía huevos a los transeúntes en un tenderete montado junto a la verja trasera, para vergüenza y furia muda de Ivy. Cómo cambian las cosas con el tiempo: ahora Ivy tiene unas cuantas gallinas y las trueca a escondidas por bolsas de golosinas y botellas de licor de grosella negra con el viejo señor Petit en la tienda de comestibles de este.

¡Una vida provinciana! El doctor Anton conocía bien el percal.

Aunque ya brillaba el sol, el aire matinal todavía era fresco, de modo que Helen se arrebujó en la bata. Se percató de que tenía las canillas brillantes, de un color rosa grisáceo y salpicadas de manchitas. No estaba acostumbrada a ver su piel desnuda al aire libre, bajo la descarnada luz del día.

El desconocido había llegado al final del sendero y se había detenido en la otra punta del patio. Estaba inmóvil, de espaldas a ella, y parecía mirar con atención algo en lontananza. En la mano derecha tenía un sombrero caro de color marrón que parecía nuevo y se golpeaba suavemente el muslo con él. Había dejado a sus pies un maletín anticuado de piel de cerdo con hebillas. Rex, el perro, estaba sentado a su lado sobre los adoquines, igualmente de espaldas, como si también él observara el mismo objeto distante, fuera lo que fuese. Se hallaba muy cerca del hombre, casi reclinado sobre su pierna izquierda. El individuo había apoyado la mano izquierda en la cabeza del animal y con el meñique le rascaba lentamente detrás de la oreja. A Helen le impresionó la extrañeza de la imagen, con el hombre fornido y el perro grandote quieto a su lado bajo la cruda luz de la mañana, contemplando los dos algo indistinguible en la distancia. Aunque Rex ya era viejo y estaba medio ciego y cojeaba a causa de la artritis, siempre se ponía a ladrar cuando se acercaba al patio alguien a quien no conocía. Quizá sí conociera al hombre, quizá este no fuera un extraño, quizá fuera en efecto un pariente del que nada sabían desde hacía años, un Anfitrión de regreso de las guerras —«Cuando vuelvas, ¿quién serás sino tú?»—, pues los perros no olvidan un olor por mucho tiempo que haya transcurrido desde la última vez que lo captaron. En serio, qué estampa más extraña ofrecían los dos vueltos de espaldas a ella y a la casa. Helen intentó ver qué era lo que observaban tan absortos, pero solo atisbó los árboles y las cosas habituales. Helen no entiende por qué la gente da la matraca hablando de las maravillas de la naturaleza; para ella, la naturaleza es solo naturaleza, solo lo que hay ahí, conque ¿qué sentido tiene lanzar exclamaciones de admiración a todas horas?

—¡Hola! —dijo demasiado alto, por lo que pareció más bien un desafío, aunque no era lo que pretendía.

En el pasado algunos críticos, los más amables, habían mencionado su capacidad de proyectar la voz hasta que se oyera al fondo de la platea y aun así conseguir un tono dulce, al parecer sin el menor esfuerzo.

—¿Desea ver a alguien? —preguntó, en un registro más suave.

Ninguno de los dos se dio la vuelta, ni el hombre ni el perro, aunque al cabo de unos instantes Rex dirigió un ojo hacia ella y le lanzó una mirada que pareció de fatiga y desdén. Siempre había sido un animal peculiar, muy seguro de sí mismo y con ideas propias; Ivy Blount decía que era una lástima que, cuando nació, a nadie se le hubiera ocurrido informarle de que era un perro como el resto de la camada. Tras mirarla durante unos largos segundos se levantó con un esfuerzo penoso, se alejó de la verja cojeando para enfilar el sendero y desapareció. Entretanto el hombre había vuelto la cabeza y miraba a Helen. Sonrió, o al menos esbozó una especie de sonrisa mostrando un diente al que el sol arrancó un frío destello blanco. Helen pensó en la pinta que debía de tener con las botas de agua cortadas, la falda torcida, la chaqueta rosa brillante del pijama y una bata de hombre deshilachada. Bien, y a ella qué le importaba. Había pasado disfrazada buena parte de su vida, ¿y acaso no le tocaba ahora interpretar otro papel? Aun así, se arrebujó aún más en la bata. Se arrepintió de no haberse detenido a ponerse unas medias. No quería que el desconocido viera las manchas de sus piernas desnudas.

El hombre recogió el maletín y cruzó el patio en dirección a ella sin apresurarse. Oh, qué seguro de sí mismo estaba; Helen lo advirtió por sus andares y su mirada.

Está sentado en la cavernosa cocina, un hombre corpulento y dorado —en cierto modo, así lo recuerda ella: recio, radiante y hueco por dentro—, con la cabeza erguida, las rodillas cruzadas en una postura cómoda y la mano y el antebrazo izquierdos posados en la enorme mesa de pino. Helen le mira la mano, se fija en los pelillos negros y brillantes que cubren el dorso y salpican la gruesa parte carnosa que separa los nudillos; como una araña pálida o una rana a punto de saltar. No se ha quitado el abrigo, solo se ha desatado el cinturón. Un gemelo parpadea en el puño. Está a sus anchas, con una prestancia de señor del lugar. ¿Y por qué no?, diría él. ¿Acaso la casa no fue suya? Bueno, de su madre. O eso cree él; la cuestión de quién es la propiedad, o incluso de qué propiedad se trata, se volverá cada vez más incierta con el paso de los días y las semanas, aunque solo para él.

¿Dónde ha dejado el sombrero? ¿Qué ha sido de él? Ah, ahí lo tiene, en el regazo.

Helen ni siquiera le ha preguntado quién es o el motivo de su presencia. La llegada del hombre, aunque inesperada, le resulta muy natural. Casi como si estuviera —¿cómo se dice?— predestinada. Recuerda cómo le ha visto recorrer el sendero con desenvoltura, aparecer en ráfagas en los huecos del seto cual fuego fatuo diurno. Sí, Helen no encuentra incongruente que esté sentado a la mesa de la cocina, tenerlo justo delante. Es como si llevara horas ahí, siglos, toda una eternidad. Se pregunta qué podría ofrecerle a modo de refrigerio, porque salta a la vista que ese viajante un tanto apuesto y canoso ha recorrido un camino largo y agotador. Da la impresión —y es algo a lo que Helen no está acostumbrada— de que ella le interesa menos que el entorno que la enmarca. El individuo echa vistazos alrededor. Busca algo que parece sospechar que no encontrará, no ahí, ya no. El corazón le late despacio; lo nota hinchado. Se acuerda de su padre, plantado ante esa misma cocina, encorvado y resollando, con una bufanda roja anudada al cuello, enfrascado en la lenta tarea de morir.

—Yo viví en esta casa —dice frunciendo el ceño con aire nervioso—. Cuando era pequeño.

Helen intenta imaginarlo como un niño, un chiquillo, un pillastre mocoso, pero no puede.

—¿Es usted un pariente?

—¿Un pariente de quién?

—De la familia. De los Godley.

Él apenas parece escucharla.

—¿De los Blount? —apunta ella.

—No.

Entonces ¿quién es? La familia de Ivy Blount construyó la casa y vivió en ella durante, ¡buf!, durante siglos, un dato bien conocido, hasta que Adam Godley la compró. ¿Cómo es posible que este desconocido diga que también vivió ahí? Tal vez sea pariente de Ivy, un primo lejano. ¡Ay, por favor, ojalá lo sea! ¡Qué divertido!

—¿Ha estado fuera?

Al hombre le hace gracia la pregunta.

—Desde luego que sí —responde—. Durante mucho tiempo.

—Y ahora ha vuelto.

Él le lanza una mirada de perplejidad.

—¿He vuelto? —dice. Dirige su mirada escéptica hacia la enorme ventana que hay sobre el fregadero. Más allá, el maniaco mundo mundea, como suele hacer—. Sí, sí, todo ha cambiado —susurra, más para sí que para Helen, con una especie de asombro sereno—. No lo entiendo lo más mínimo.

—Sí, debe de parecerle... muy distinto.

Helen no sabe qué ha querido decir con esa frase: ¿qué debe de parecerle muy distinto de qué? El lugar, la cocina y todo lo demás sigue igual que estaba antes de que ella naciera, y probablemente antes de que naciera él. Se detiene junto a la cocina económica con un dedo apoyado en la mejilla. Todavía no la han encendido —¿dónde está Ivy, dónde se habrá metido esa mujer?—, pero aún conserva un residuo del calor de ayer.

Se pregunta si el individuo habrá perdido la memoria por culpa de una caída o un golpe en la cabeza. Ha oído hablar de personas con recuerdos falsos convencidas de que son reales. Ese trastorno tiene un nombre, pero ahora no lo recuerda. No es amnesia, sino algo similar, algoesia. Porque es evidente que el tipo imagina cosas. Por lo visto cree de verdad que la casa fue suya, o al menos de su familia, aunque no cabe duda de que es imposible. Qué interesante. Helen recuerda a medias la historia de alguien que se presentó como ese hombre en un sitio asegurando que había vivido allí en una vida anterior. ¿Acaso es un demente? ¿Oye voces y cree que es suya cualquier casa en la que esté? Por otro lado, la gente decía una y otra vez que todo estaba cambiando y que cualquier cosa era posible debido a lo que su suegro había demostrado que era una realidad al parecer radicalmente diferente de la que todo el mundo había supuesto siempre que era. Su marido ha intentado explicárselo con la actitud que siempre adopta al hablar de su padre y de los logros y la fama paternos: esa actitud soñadora y al mismo tiempo tensa, con la frente arrugada y los ojos desencajados y brillantes. Ella solo comprendió retazos sueltos, y en cualquier caso no entendió a qué venía todo aquel alboroto. Sin duda las cosas son lo que son y punto, al margen de lo que una persona piense o diga sobre ellas. Es evidente.

—Sí, distinto —dice el hombre— y, al mismo tiempo, igual.

Levanta la mano de la mesa, se mira la palma y ve la mancha de color canela claro que le ha dejado la verja oxidada. El suelo empapado del otro lado de la verja le ha embarrado los zapatos; unos zapatos, observa Helen, que no se compró en la sección de oportunidades de una tienda ni nada por el estilo. El hombre tiene un aire anticuado, que se percibe en ese resplandor dorado mate de antigualla que irradia.

—Es muy raro —dice él—. Me siento como si... —su voz se va apagando—. Me siento...

Sí, está nervioso. Al desconcierto provocado por el lugar se añade el hecho de que hace años que no estaba tan cerca de una mujer. Intenta pensar. En el intervalo entre su detención y la condena a cadena perpetua debió de haber señoras con las que se hubiera rozado, abogadas, reporteras y demás —de hecho, ahora que lo pienso, la primera vez que compareció en un tribunal fue ante una jueza de distrito—, pero esta es una mujer en flor, una hembra de pies a cabeza, en toda su otredad. Imagina que percibe su olor; o no, no son imaginaciones, pues su olfato sigue siendo tan fino como siempre. Capta el inevitable olor del sueño, el aroma a pino del jabón, el olor a sudor, a humo de cigarrillo —¿sí?— y un tenue rastro, un rastro muy tenue, apenas una traza —disculpad que lo mencione—, de excrementos, porque la mujer todavía no se ha dado el baño matinal. La mira. Todos los mortales están desnudos bajo la ropa, pero ella está más desnuda bajo la mirada penetrante de él. En la actitud de Helen detecta un dolor, una herida profunda y antigua, con el tejido cicatricial caliente y tierno incluso ahora. Como veis, es capaz de experimentar cierta empatía. No ha sido siempre un asesino, aunque siempre lo será.

—Dígame —Helen está decidida a obtener del hombre una respuesta clara, sin evasivas, sobre lo que sea—, dígame qué estaba mirando en el patio.

—¿Estaba mirando algo?

—Sí, usted y Rex estaban mirando algo.

—¿Rex?

—El perro. Parecía que los dos estuvieran en trance mientras miraban a lo lejos.

Él reflexiona un instante.

—Ah, sí, debía de ser la luna. ¿No la ha visto? Muy pálida y fina. Todavía está ahí. —Señala la ventana—. Siempre sorprende verla durante el día.

Helen lo mira sin parpadear, un poco en trance ella también.

—Por cierto, me llamo Mordaunt —dice él sintiendo el tenue estremecimiento de la transgresión. Le encantan las mentiras; incluso las más pequeñas y las más piadosas le producen un placer siniestro.

—¿De veras? —Helen esboza una sonrisa irónica, desdeñosa, como si él hubiera tratado de hacer un chiste y no lo hubiera logrado—. Yo soy Helen.

—Yo Felix.

—¿Ah, sí? Es la primera vez que conozco a un Felix. ¿Es así como se pronuncia?

—Sí, así lo pronuncio yo —una breve pausa— casi siempre.

Félix, al estilo francés. Se pregunta si no se habrá excedido un poco. Para ser efectiva, para dar resultado, la mentira exige sutileza, contención, un toque de mesura. Lo que significa, para empezar, que nada de pronunciaciones sofisticadas. *Infelix ego.*

Helen hunde la mano en el bolsillo de la bata que no es suya —es de su marido, ¿os acordáis?— y saca una cajetilla de cigarrillos baratos, sin filtro. Así pues, el olfato no ha engañado a Mordaunt: sí que fuma, es una chica mala. Pero quizá ahora fumen todas; en sus tiempos todavía era un poco lo que distinguía a las golfas. Ella se acerca a la cocina de gas —primero la cocina económica y ahora una de gas; deben de guisar mucho en esa casa— y enciende un redondel con algo que encuentra a mano rascando un pedernal en una lima para crear una chispa; qué ingeniosos son nuestros pequeños e industriosos prometeos. A Mordaunt el artilugio le hace pensar en los candiles y los hornillos portátiles. De nuevo siente una punzada de algo —¿de qué?, ¿de nostalgia?, ¿él?— al recordar los tiempos fenecidos y ya lejanos. Sí, sí, a veces es bastante sentimental, a su manera, aunque nadie lo diría viéndolo y sabiendo las cosas que hace e hizo.

—¿De verdad viviste aquí? —le pregunta Helen, que pasa a tutearle. Desea seguir con el tema, le interesa demasiado para dejarlo.

Ha hecho girar la punta del pitillo en la bonita llama de gas azul y ahora se apresura a darle una calada para que no se apague. Levanta la barbilla y lanza un hilo impetuoso de humo hacia arriba, en un ángulo pronunciado. La luz de la ventana le ilumina la garganta, tensa y brillante. Vuelve a estar descalza, pues se ha quitado las botas, que no eran suyas, al entrar en la casa por delante de Mordaunt. Tiene los pies bonitos, largos y delgados, con el empeine bien arqueado. A él le maravilla que no le moleste apoyarlos en el tosco suelo de piedra; las mujeres siempre se quejan de tener los pies fríos, al menos aquellas con las que él se relacionaba. Uñas pintadas de rojo grana. Le vienen a la cabeza un tajo, la sangre del mártir; menuda mente tiene, menuda mente..., pero ¿cómo no iba a tenerla?

—Sí, nací en esta casa —responde, con displicencia pero con firmeza.

Se sobresalta de inmediato, no por la afirmación, sino por la crudeza del simple hecho de que el cordón se rompió hace tanto tiempo que ahora le resulta increíble la idea de haber nacido. Le parece que siempre ha estado aquí; le gustaría saber si a otras personas les ocurre lo mismo o si son capaces de rescatar su primer recuerdo y por tanto saber en qué momento comenzó la vida consciente. Porque viven en el pasado, un lujo desconocido para nosotros, los inmortales, para quienes el presente perfecto es el único tiempo verbal.

—No he oído decir nunca que en la casa haya vivido ninguna familia Mordaunt —comenta Helen con aire pensativo.

Una familia, una pandilla, un hatajo de Mordaunt. De nuevo se pregunta, inquieto otra vez, si el apellido, si el nombre y el apellido han sido una elección acertada. En fin, ahora ha de apechugar con ellos. Es Felix Mordaunt para bien o para mal. Y conociéndolo como lo conocemos, es fácil adivinar para cuál de los dos será.

—Y sin embargo, así es —dice—, hace mucho tiempo vivimos aquí, padre, madre, abuelos.

Dirige a Helen lo que considera una sonrisa irreprochable, aunque ella ve exactamente lo mismo que en el patio: una especie de rictus desagradable, la pura marca de la locura tal como imagina que debe de ser. Tal vez el individuo, ese Mordaunt el Majara, haya ido a matarla, o a matar a alguien, a quien sea. Acaricia la idea con despreocupación. Ser asesinada tendría su aquel. Por un momento vuelve a verse en el escenario como un personaje trágico, como Casandra, muerta a manos de una reina vil, o como Ifigenia, inmolada por su padre, el compañero predestinado de la susodicha reina. Ah, cuánto echa de menos las tablas. Muchos días, el maquillaje matinal es como un bofetón. Lo que le recuerda que aún no se ha arreglado y que tiene la cara igual que la cama de la que no hace tanto que se ha levantado. ¿Qué aspecto tendrá? «Ah, señora, sed fiel a vos misma sin afeites». Se pregunta si él sabrá que no lleva nada bajo la falda. Se mira el pie izquierdo y mueve los dedos de uñas pintadas. Verlos la anima un poco y ahuyenta un poco más el pensamiento del hijo muerto, de sus dos hijos muertos, o uno y medio, pues uno murió antes de llegar a nacer; como si la pérdida de uno no fuera suficiente para una madre, se dice desalentada. Observa al hombre dorado, que sigue sentado a la mesa. Probablemente no le importaría que la asesinara. La presencia del individuo lo ha trastornado todo, algo que ella deseaba que ocurriera, aunque ahora no está segura de si le gusta el trastorno provocado. Nota un cosquilleo en la nariz, entre los ojos, como si estuviera a punto de llorar. Y, no obstante, le parece que también podría echarse a reír.

—La familia que construyó la casa se apellidaba Blount —dice en voz muy alta para recalcar sus palabras—. Blount. Se pronuncia Blunt, pero se deletrea *oh you*.

—¿Oh, tú? —Él la mira fijamente. Debe de haberse distraído un momento—. ¿Oh, yo, qué?

—Debería preparar el té o algo —dice ella ladeando la cabeza.

Aun así, no se mueve del sitio, sino que continúa con la cadera apoyada en la cocina de gas, los tobillos cruzados, la palma de una mano sobre el pliegue del otro codo doblado y el cigarrillo entre dos dedos rígidos delante de la cara y fumándose afanoso a sí mismo. Soñadora. Ahora agita todo el pie, alargado pero chato y con la punta de color rojo sangre. No llorará, claro que no. En ocasiones piensa que ya ha agotado todas las lágrimas que tenía asignadas para esta vida.

—¿Tienes hambre? —pregunta—. ¿Vienes de muy lejos?

—Sí, de muy lejos —responde él, y se ríe entre dientes.

Al parecer encuentra divertidas todas las preguntas que ella le formula. Eso debería molestarla, pero a ella no le molesta.

Pasan los minutos. *Tictac, tictac.* La sombra de una nube oscurece la ventana y al cabo de un instante el sol regresa con un silbido de velocidad. Menuda vaga estoy hecha, piensa Helen complacida. En general se gusta tal como es. Si no fuera por el tirón de ese dolor antiguo debido...

—Quieres ver a mi marido, ¿no? —pregunta—. ¿Por eso has venido?

Piensa que le dice: En esa mesa, justo en el lugar donde tienes la mano, la hermana de mi marido se cortó una vena del codo y murió desangrada. ¿Qué te parece, señor Como-en-verdad-te-llames?

—¿Está aquí? —pregunta él mirando alrededor, aunque es evidente que le parece improbable—. Me refiero a tu marido.

En su mente está cuenta que te cuenta: ocho mil novecientos noventa y cuatro días, trece horas, veintisiete minutos y ya no recuerda cuántos segundos. Un largo trecho; mucho tiempo.

—Sí, está aquí —contesta ella, y añade—. Sí, prepararé té.

Se hizo un corte con la cuchilla justo por encima del hueso de la risa del brazo izquierdo. Helen no se imagina rajando su propia carne, le faltaría el valor necesario; solo de pensarlo se estremece y le dan náuseas. Pero qué lista era Petra, pues sabía dónde se encontraba la arteria. Petra sabía muchas cosas como esa; podría haber sido enfermera, médica o incluso una catedrática con bata blanca y gafas de pasta. Tras su muerte encontraron el proyecto en el que todos sabían que había estado trabajando, supuestamente en secreto, durante años. Era un grueso libro de contabilidad con tapas de cartón de un bonito azul verdoso oscuro repleto de nombres, definiciones e ilustraciones pegadas. Llevaba el título de *Relación alfabética de todas las enfermedades conocidas que afectan a la humanidad*, escrito con tinta roja en unas letras gordas de dos centímetros y medio de alto en el interior de cubierta. Solo había llegado hasta «chancro», que por definición no es siquiera una enfermedad; debía de haberlo incluido solo porque era algo espantoso. Menuda cantidad de sangre dejó en la mesa, y menudo trabajo costó limpiarla: Ivy Blount, con un *oh* y un *you*, no volvió a ser la misma después, como no se cansaba de decirle a cualquiera lo bastante interesado en escucharla. Si te inclinas y miras con atención, todavía verás manchas oscuras entre las grietas de la madera; no se van, ni siquiera restregándolas con un cepillo, ni siquiera con lejía. Helen dice todo esto solo para sus adentros.

Petra, la pobre Petra, ya es pasado.

—Adam se empeñó en conservarla —dijo.

—¿Qué? —Él la miró fijamente, despistado, sin pizca de curiosidad.

—La mesa. Yo la habría quemado o cortado en trocitos.

No sabe de qué le estoy hablando, pensó ella con un placer malicioso. Se dio la vuelta y arrojó la colilla en el fregadero, donde produjo un tenue siseo, como el sonido de una rápida aspiración de aire: el cigarrillo se daba otra calada apresurada a sí mismo, la última. A la larga, todo se acaba.

—Pero no, hay que conservarla —prosiguió Helen—. Desayuna todas las mañanas en ella. —Y con un acento cursi añadió—: Es de lo más macabro, ¿no te parece? —se interrumpió y volvió a hablar con un tono más áspero—. Oye, ¿quieres té o...?

De pronto parecía enfadada, como si él se hubiera presentado a propósito para fastidiarla y hacerle perder el tiempo. Pero no estaba enfadada; solo que, ¡ay!, era otra cosa, no importa. Siempre le ocurre lo mismo por las mañanas, todo es inconexo e irritante; detesta esta hora del día.

—Me tomaría una copa de vino —dijo Mordaunt.

La mano peluda que salía del puño seguía sobre la mesa, ahora no como una araña o una rana, sino como un animal más veloz que descansara tras una carrera. Qué quietud la de ese hombre; apenas se había movido desde que había llegado y se había plantado en mitad de la cocina como una estatua que hubiera erigido a sí mismo en el acto. Y de repente a Helen le asaltó la idea, nacida no sabía cómo ni dónde, de que el individuo había pasado mucho tiempo recluido y que ese mismo día lo habían dejado en libertad y por fin había salido parpadeando a la luz. Porque desprendía algo, abulia, hastío, el olor a cerrado de un desván o una trastienda bajo llave, algo que restaba brillo a los elegantes zapatos, al bonito sombrero nuevo y al suntuoso abrigo de cantante de ópera. ¿Un monasterio? ¿Un manicomio? ¿El psiquiátrico de Charenton?

—¿Qué clase de vino? —le preguntó Helen con aires de superioridad, adoptando de nuevo el acento afrutado de una dama.

Lo cierto es que se siente un poco agitada al pensar en ese hombre y en lo que podría ser en realidad, y también un poco emocionada, bueno, más que un poco, motivo por el cual sigue alzando la voz y parece al borde de la histeria, como le ocurre a Ivy a todas horas. El individuo la asusta de un modo muy estimulante.

—Da igual —respondió él—. Antes tomaba ginebra. Y vino —de nuevo la sonrisa, de nuevo el destello de un colmillo—, *o* vino, o sea, no los dos en el mismo vaso, ¡ja, ja!

Helen asintió y frunció el ceño, como si él hubiera dicho algo que exigiera su comprensión y ella no estuviera dispuesta a dársela. ¿Cuáles son las normas de etiqueta cuando se recibe la visita de un expresidiario? Porque Helen ha llegado a la conclusión de que Mordaunt estaba en la cárcel. Siempre ha tenido un don para ver enseguida el meollo de las cosas. Clarividencia, una palabra preciosa. *Au calme clair de lune triste et beau.* Antes cantaba un poco: *L'invitation au voyage, Die schöne* no sé qué más, *Les nuits d'été son chant plaintif.* Suspiró, se inclinó y abrió los armarios y volvió a cerrarlos mientras tarareaba irritada. La verdad es que no sabe dónde se guardan los cacharros; ese es el reino de Ivy, la cocina de la bruja. Aun así, encontró una botella medio llena de un líquido oscuro y de aspecto imponente. Miró la etiqueta: «1ᵉʳ Grand Cru Classé». Eso debería servir. No entiende nada de vinos. El tapón estaba hundido hasta la mitad. Cuando lo sacó, no sin dificultad, el corcho emitió un minúsculo chillido de dolor e hizo pum, y ella captó un olorcillo a podredumbre y a arcilla, y volvió a pensar en tumbas. Sacó una copa, la examinó para asegurarse de que no tenía polvo, escanció el vino y la deslizó sobre la mesa hacia Mordaunt, estampando la base de cristal sobre el relieve de las vetas, entre las cuales, como ella sabe y él no, acechaban las terribles manchas negras de sangre. Mordaunt la miró. Helen imaginó que la agarraba por la cintura y le aplastaba los huesos como si fueran

51

un manojo de ramitas; no dudaba de que podría hacerlo con esa mano que tenía.

—¡Salud! —le dijo con tono jovial e irónico al tiempo que le dirigía una sonrisa torcida, como una chica de vida alegre en el *saloon*, y balanceaba la botella asida por el cuello.

Él cogió la copa y bebió. Su mano y su brazo se deslizaron con fluidez hacia arriba siguiendo un hábito abandonado durante mucho tiempo, pero nunca olvidado, un hueco imposible de llenar. Era un inválido en recuperación que estiraba y flexionaba músculos agarrotados durante un largo periodo, con cautela al principio y luego con una sorpresa placentera por la facilidad y familiaridad de los movimientos. El vino era demasiado añejo; demasiado añejo y demasiado frío. No le importó. Estar sentado a una mesa con una copa en la mano. La luz de abril en la ventana. Esa mujer. Y la luna diurna, su talismán. Todavía se ve a través de un pequeño cristal en la esquina superior de la gran ventana, una moneda de oro blanco repujado, delgada como una oblea, transparente en apariencia, con la cara de un emperador borracho estampada. Tiene la sensación de que algo dentro de él, un homúnculo encorvado, solloza y llora con amargura mientras él no vierte ni una lágrima. Es práctico disponer de un hombrecillo interior que haga su duelo por él. Deberíamos haber concedido uno a todo el mundo. ¿O acaso lo hicimos?

Helen volvió a apoyarse en la cocina económica y, como antes, adoptó una pose estudiada, en posición para abrir fuego.

—Mi marido está en la cama —dijo, de nuevo alzando la voz, como si esperase que la contradijera. Habían empezado a dormir en camas separadas, cada uno en una habitación, a causa de los hijos muertos—. Está dormido.

—¿Sí?

El marido debía de ser Adam, pensó Mordaunt, el único y mediocre hijo de su homónimo, el legendario agitador de mundos.

—Tiene que viajar a América —explicó ella—. Necesita descansar.

—Desde luego que sí.

Mordaunt tomó otro trago de vino. Sí, demasiado añejo, pese a lo cual paladeó su sabor acre e intenso. Por una asociación misteriosa, el amargor en la boca le recordó que no tenía casa.

—Necesito alojamiento —dijo.

—¿Qué?

—Un sitio que pueda alquilar, me refiero, donde pueda vivir.

Advirtió que Helen reprimía la risa, como había hecho la oficinista de Billy; él sabe que por hache o por be las mujeres encuentran muy graciosos a los hombres.

—¿Cómo? O sea, ¿aquí? —preguntó ella incrédula, y él soltó una carcajada, aunque breve.

—Donde sea, pero aquí me vendría bien, si...

Alguien se acercaba con paso rápido pero grávido. En el otro extremo de la cocina, en lo alto de tres escalones de madera, una puerta estrecha en la que Mordaunt no había reparado hasta entonces se abrió hacia dentro desde un pasillo y un hombretón rubio agachó la cabeza para entrar.

Bueno, quizá no rubio —nos gusta el efectismo—, pero sí de cabello claro, eso seguro. De cabello claro, corpulento, tímido, torpe y, en este momento, desaliñado después de dormir hasta tarde. Llevaba un jersey azul de pescador, sin camisa debajo, pantalones holgados y unas enormes sandalias toscas. Tiene la frente y el caballete de la nariz de color arena, mientras que las mejillas son rosadas y tersas, como si todavía no hubiera empezado a afeitarse, aunque es evidente que no es posible. ¿Unos cuarenta y cinco años? ¿Más? Ojos azul lechoso, angustiados y caliginosos. Ahí lo tenemos: Adam Godley el joven, un hombre fornido de mediana edad y rostro dulce, calzado con unas sandalias poco prácticas de suela de esparto con las que un monje mendicante jamás se dejaría ver.

Al reparar en el desconocido sentado a la mesa se detuvo indeciso, con el pulgar aún en el pestillo. A continuación miró a su mujer, que estaba descalza y llevaba puestas la vieja bata de él, una falda y poco más, como saltaba a la vista.

Mutis y entradas, ¿dónde estaría yo sin ellos? En cuanto ese hombre apareció en un extremo de la cocina, en la otra punta se abrió la puerta de atrás con un cencerreo de bisagras flojas y entró Ivy Blount.

Al ver tanta gente en la estancia soltó un gritito y giró sobre sus talones, y habría huido si Helen, con su voz teatral, no la hubiera llamado con brusquedad y le hubiera ordenado que regresara.

—La cocina económica está apagada —le dijo con tono acusador.

Desde el umbral, Ivy miraba al desconocido. ¿Quién es ese señor sentado a...?

—Este —prosiguió Helen al tiempo que se daba la vuelta para dirigirse a su marido, que aún oscilaba en el peldaño de madera— es el señor Morden.

—Mordaunt —apuntó el falso Mordaunt con educación, aunque no sin énfasis.

—Necesita alojamiento —añadió Helen sin inmutarse pese a su error.

Adam la miró con cautela —nunca está seguro del humor de su esposa, sus caprichos y las diversas máscaras móviles que se pone y se quita a voluntad— y luego observó al intrigante hombre sentado con un abrigo de un curioso color beige.

—No hay leña —repuso Ivy Blount mientras para sus adentros maldecía a su supuesto enamorado, el irresponsable Duffy—. Imagino que tendré que ir a cortarla yo misma.

Ivy es demasiado alta y demasiado delgada, y tiene una maraña de pelo canoso en la que un pájaro podría construir su nido. Posee un alma gentil, pero su corazón se ha convertido en un sequedal. Desprende una mezcla de olores, a polvo de la casa, a agua de fregar y a los cigarrillos baratos que su pretendiente, que la ha pretendido ya muy tarde, se empeña en fumar en su presencia aunque sabe —o quizá por eso— que a ella le molesta, y también a algo tierno y amable, el aroma del viejo y dulce no sé qué del amor de un pasado lejano. Ivy es una criatura fuera del tiempo.

—Señor Mordaunt —dijo Adam a modo de saludo, y con su corpulento torso bajó con pasos delicados los escalones para entrar en la cocina en sí—. ¿Es usted de la...?

—No —se apresuró a responder Mordaunt, que esbozó su sonrisita.

Una gota de luz carmesí brilló en el fondo de su copa. Él no es de nada, no es de ningún sitio; desea que quede claro desde el principio. Él es un ser totalmente nuevo.

—Ah —dijo Adam con tono de alivio—. Pensé que tal vez fuera el agente del profesor Jaybey o —dudó— algo por el estilo.

Con la mención de ese nombre, el hasta este momento desconocido Jaybey se convierte en una presencia en la cocina, una sombra parpadeante y sin rostro que enseguida se desvanece.

Adam avanzó haciendo gestos informes con el brazo derecho, como si se dispusiera a estrechar la mano a Mordaunt, pero no lo hizo. Algo pareció inclinarse de forma violenta sobre la mesa, los cuatro lo notaron, algo como una güija movida por un fantasma, y luego pareció enderezarse.

Ivy se había arrodillado delante de la cocina económica y removía sus entrañas cenicientas con un palo chamuscado.

—¿Te quedarás a comer? —preguntó Helen a Mordaunt. Luego se volvió hacia Ivy, que seguía de rodillas—. Se quedará a comer.

Ivy no dijo nada. Se incorporó de pronto y se quedó acuclillada; pareció a punto de estornudar; no estornudó; después lo hizo. Se limpió la nariz con la manga de su fina chaqueta de punto gris. Llevaba unos pantalones de franela que se dirían de hombre, viejos, ajados y demasiado grandes para ella, por lo que los fondillos le colgaban. No tenía mucha cadera, ni mucho de nada en esa zona, a decir verdad. En el pasado fue una sílfide: nuestro lirio de los valles, decía su padre, de todos los valles. Ah, ¡cómo corroe el tiempo a los mortales! Los años los minan, los consumen.

Rehuyendo al desconocido, Adam Godley frunció los labios y revisó con dedos raudos las cartas del correo de la mañana, bien apiladas en una esquina de la mesa, con los bordes alineados. Dio un bostezo descomunal, hasta el punto de que le crujieron las articulaciones de la mandíbula. Bosteza siempre que está tenso; es algo que ha advertido sobre sí mismo. Como su esposa bien sabe, no le gusta tener extraños en casa. ¿Qué hace ese individuo ahí y por qué le ha dejado entrar Helen?

—Debería ir yéndome —dijo Mordaunt, como si intuyera los pensamientos del otro. Sin embargo, no se movió de donde estaba sentado tan a gusto.

—Hemos dicho que te quedas a comer —le recordó Helen con tono enérgico—. ¿Quieres más vino?

Él no contestó y ella volvió a descorchar la botella y rellenó la copa. Qué especial, piensa Helen, es el olor suave, húmedo y agrio del vino por la mañana; como una nota errónea en una melodía. Eso sí: a menudo toma un traguito matutino, y más de un traguito, como veremos.

El maletín de Mordaunt estaba a su lado en el suelo como un cerdito marrón gordo y terso con las manitas escondidas. Tal vez tuviera una pistola dentro, o incluso una bomba, pensó Helen con total despreocupación. ¡Fiuuuu!, y la casa entera volaría por los aires, y lloverían sillas, mesas, cacerolas y sartenes y partes del cuerpo de las personas, ¡un estruendo!, ¡pumba!, salpicaduras y manchas.

—Ivy tiene una habitación que podría alquilar —comentó sin dirigirse a nadie en particular, y particularmente no a Ivy.

Quien pareció no haberla oído. Se levantó con un esfuerzo y se limpió el polvo de sus delgadas manos, antaño blancas como lirios, ahora resecas.

—Queda un trozo del pastel de carne y riñones de anoche —dijo.

Helen se volvió hacia Mordaunt y transformó su rostro en una cómica máscara trágica, con las comisuras de los labios hacia abajo, con lo que la boca adquirió la forma grotesca de una salchicha. Una vez un director le había dicho que podría haberse convertido en una de las grandes payasas, una

Josephine Baker o una Lotta Crabtree. ¿Lotta qué? No tenía ni idea de quién era, pero se la imaginaba: una tía gorda con colorete en las mejillas, tirabuzones, un gorro y un enorme lazo de terciopelo. Muchas gracias, seguro que sí.

—Podría preparar una ensalada para acompañar el pastel —añadió Ivy de improviso—. O patatas.

Durante unos instantes nadie habló. Permanecieron de pie o sentados y con la mirada fija en el vacío. Perciben mi presencia moviéndose entre ellos sin reconocerla, la perciben de manera muy muy débil, como un céfiro, un suspiro, un tenue remolino de aire. Mordaunt escudriñaba la copa de vino que tenía junto al codo apoyado en la mesa, un cáliz sobre un tallo, y se decía que los objetos poseían su forma ideal. Una copa de vino es una copa de vino y no puede ser más ni menos, aunque Godley el Impío y sus teorías afirmen lo contrario.

—Tengo el coche aparcado en la carretera de atrás —dijo, como si fuera un dato importante.

Los demás, incluida Ivy, volvieron los ojos hacia él. Mordaunt respondió a sus miradas con una mirada afable propia.

—Junto a la verja del Paso de la Señora —precisó.

¿Cómo es que conoce el nombre de los sitios de la finca?, se pregunta Helen. A fin de cuentas, quizá sea un hijo bastardo del viejo Adam o un pariente lejano de los Blount y viviera aquí hace tiempo, aunque es evidente que Adam, su marido, no lo reconoce y que Ivy no se malicia nada. Un hombre misterioso, sí señor. Helen se alegra de que se quede. ¿Quién sabe?

Un suspiro, un céfiro, un levísimo movimiento, luego quietud, como si todo estuviera siempre inmóvil. Veo la escena dentro de un recipiente del más frágil cristal, mis afanosas criaturitas recluidas en una redoma, con una imagen curva y detallada de la ventana de la cocina reflejada en miniatura en su redondeada panza.

Alguien tiene que velar, se ha dicho. Alguien tiene que estar ahí. Alguien.

En las últimas semanas —no es que las haya contado, no es que sea capaz de contar, porque allí donde está, perdida en esa titilante nada eterna, la aritmética más simple escapa a sus facultades—, se le ha metido en la cabeza que, aparte de ella, hay más gente en la casa. La criada no cuenta, pues la conoce, si bien no recuerda cómo se llama; cree que tiene el nombre de una planta o una flor..., de algo relacionado con la horticultura, de eso está segura. La mujer le lleva las comidas en una enorme bandeja de plata: gachas de avena o un huevo duro por las mañanas; sopa a mediodía, por lo general grisácea y glutinosa, aunque a veces es clara, tirando a clara, con pedacitos de algo hundidos en el fondo y grajeas de grasa flotando, y por las noches un plato de una masa indetermina-nada, casi siempre de color hueso, como puré de patatas, crema de coliflor, colinabos, aunque no está segura de que sean colinabos, ni siquiera está segura de saber qué es un colinabo, nunca ha pasado mucho tiempo en la cocina, en cualquier caso, algo hervido hasta formar una pasta grumosa, junto con lonchas de carne gris, de pollo o ternera o de esa de cerdo de color pálido, todo le parece igual, y también le sabe igual, todo un poco un humeante y con un brillo horrible. No prueba siquiera la comida, o toma solo un poquito, no vaya a ser que la mujer le grite, poco más que un bocado, un peda-cito, una pizca. En cambio, sí se acuerda de la bandeja, una bandeja de los viejos tiempos, aunque deberían ser los jóve-nes tiempos; ¿por qué los califican de «viejos», cuando todos eran jóvenes, o lo eran todos los que ella recuerda? Tiene un borde de plata con volutas y unas asas delicadas que le re-cuerdan las orejas de Adam, que tenían una forma preciosa, ahora mismo le parece verlas, sí, muy bonitas, lo cual es curioso, porque en general las orejas no son bonitas, y menos aún su interior. La criada es vieja, no tanto como ella, pero ya no es una jovencita, desde luego. Apenas habla, solo dice hola, cómo estamos hoy, le traigo el desayuno, el almuerzo, el té, la cena, el vaso de la leche de la hora de dormir con una pastilla de buenas noches desmenuzada en él. La mujer, la criada, es un espantapájaros, escuálida, con las piernas largas y flacas, el pelo como un estropajo de aluminio; por la forma en que se le levanta, con ásperos mechones ondulados que apuntan en todas direcciones, parece que le haya caído un rayo o haya recibido una descarga eléctrica; no debe de peinarse nunca. Por lo visto le pasa algo, está enferma, tal vez se esté muriendo, aunque, desde luego, nunca lo dice. Habría que limpiar la bandeja, no hay que dejar que la plata buena se ennegrezca, el negro la corroe, se lo comentará a la mujer, la doncella, si es que puede llamarse «doncella» a una mujer tan vieja, pero teme que se ofenda y no aparezca nunca más y todo se vuelva aún más sombrío. Y bien podría ser que la mujer dejara de ir, pues, por lo que ella sabe, nadie la obliga, a menos que lo haga esa gente, los desconocidos que cree que están en la casa, abajo. Pero pongamos que deja de ir, entonces ¿qué? Se vería cuesta abajo y sin frenos. Ji, ji.

En la casa se oyen ruidos debajo de su habitación, está segura. Intenta concentrarse y aguzar el oído para captarlos, pero su atención se dispersa, de modo que solo los percibe una vez que han cesado, si eso es posible, así que tal vez sean imaginaciones suyas. Pasos, está convencida de que se oyen pasos, y a veces también voces muy tenues y lejanas, o tenues porque suenan lejos, y ruidos en la cocina, alguien que remueve las cenizas de la cocina económica, trastea con las sartenes y abre el grifo del fregadero. Y risas alguna que otra vez, solo alguna que otra vez, y solo un momento. Tal vez la mujer sea el ama de llaves y los que arman jaleo sean los sirvientes, la cocinera, la fregona, el limpiabotas descarado, que hace payasadas cuando todos ellos deberían estar trabajando. Pero no cree que haya sirvientes, ya no, si es que alguna vez los hubo. Además, sabe que la cocina está muy lejos, por lo que es imposible que le lleguen sus ruidos, quizá simplemente esté recordándolos, recordando los sonidos de la vida que discurre como suele discurrir. Ella vive en su mente, en su memoria, en lo que le queda de ella. De hecho, en ocasiones hasta ella misma parece tan solo algo recordado. Está perdiendo la vista, el oído también le falla; pronto será como una pequeña nuez arrugada, extraviada y olvidada en la cáscara hueca de la casa.

El orinal que hay debajo de la cama huele mal. Tendría que decírselo a la mujer, la doncella, el ama de llaves, lo que quiera que sea, para que lo vacíe, pero le da vergüenza porque ella misma es el origen del tufo. Tendrá que esperar a que sea tan fuerte que la mujer no pueda seguir pasándolo por alto. Qué horrible es todo.

Sombrío. ¿Qué significa? ¿No tiene algo que ver con sombras? *Ombra mai* la, la. Tararea la melodía en voz alta con un falsete trémulo. Todos sus recuerdos, todos embrollados. Preguntará a Adam lo de sombrío. Adam lo sabrá; lo sabe todo. Solo que Adam está muerto. Es su difunto marido. El que fuera su marido. Nunca se hará a la idea, jamás. ¿Y por qué «fuera» y no «fue»? Ella, la que es, la que fue, de los Alerces, su domicilio de Ballymore el Munificente. Fuera del mundo.

Una vez fue joven. Una vez fue niña. Siente una gran compasión por la pobre criaturita pálida y asustada que fue, el vivo retrato de Petra. No sabía casi nada y esperaba impaciente que el futuro llegara y lo cambiara todo, y deseaba a medias que eso no ocurriera. ¿Cómo podemos vivir de mayores habiendo sido pequeños? Qué valientes son los niños, piensa: se enfrentan con temor, pero también con intrepidez, al mundo que les hemos construido, como soldaditos que marcharan hacia una batalla sabiendo que morirán o que, si sobreviven, no volverán a ser quienes eran. No nos los merecemos y están atados a nosotros. Ella quería ir a un internado, pero no le dejaron. Muy caro, le dijeron, ¿de dónde vamos a sacar tanto dinero? Nunca les faltaba para asistir a las carreras, comprarse un coche o disfrutar de unas vacaciones en la Côte d'Azur. La Côte d'Azur. Oh, el azul ahí abajo, los hoteles blancos a lo largo del paseo marítimo, más allá el azul del mar y luego el cielo azul atravesado lentamente por un minúsculo avión destellante.

De repente se acuerda de que tiene un hijo, que también se llama Adam, válgame Dios, ¿cómo ha podido olvidarlo? ¿Tan mal está? Quizá sea él quien haga los ruidos que cree oír abajo, no los de la cocina, sino los otros, los pasos y las voces apagadas que conversan, y en ocasiones un grito, o un chillido, o quizá sea tan solo la radio, un programa que suene en la radio. Tal vez su hijo esté en la casa, con su familia, con ¿cómo se llama?, con su esposa y sus hijos, porque tienen hijos, ¿no?, niños pequeños, ¿o son niñas? Pero si hubiera chiquillos, habría más jaleo. Si algo sabe de los niños es que son escandalosos. Además de valientes. No ve ninguno desde hace mucho. No, Adam no tiene hijos, eso es, su esposa, la esposa de su hijo, ¿cómo se llama?, los pierde. En cuanto salen de su cuerpo, perecen. Debe de ser muy triste, para ella, para él y también para ellos, desde luego, para las criaturitas, las no criaturitas. ¿Sabrá un bebé que se está muriendo? Imagínate, acabar de salir de una oscuridad para ir a parar a otra. Antes existía el limbo, que era adonde los enviaban, pero eso sería peor que no estar en ningún sitio, ¿no?

Acosada por la rigidez y los viejos dolores, intenta darse la vuelta en la cama en busca de alivio y descubre que no está en una cama, sino medio sentada, medio recostada en el viejo sofá o butaca que antes estaba en la habitación astral, la Sala del Cielo, o lo que quiera que fuera el mueble desproporcionado y medio raído en el que Adam se arrojaba cuando no le salían los cálculos y se enfadaba y tenía que echarse y quedarse quieto para tranquilizarse. Una vez, mientras Adam estaba de viaje, ella mandó retapizar la butaca de terciopelo rojo intenso, de un precioso burdeos que le evocaba a los papas, y cuando él regresó y vio lo que había hecho, montó en cólera y le dijo que parecía un sillón de un burdel, y bueno, tú lo sabes todo sobre ese mundo, pensó ella, aunque no tuvo el valor de decirlo. Cuando el sol de la ventana toca la tela, cuyo rojo se ha desvaído hasta convertirse en un rosa entre blanquecino y grisáceo, desprende un olor cálido y seco que le recuerda el de los estores de lona que, cuando ella era niña, en Ballymore, la gente elegante colgaba en verano sobre la puerta principal para que el sol no desconchara la pintura. O no, no estaban colgados, sino extendidos de algún modo, tiesos de arriba abajo, con algo que los sujetaba por la parte inferior, una barra, sí, una barra de latón con embellecedores también de latón en forma de piña o de capullo de flor. Recuerda el ruido de los estores cuando se agitaban con el viento, como banderas, como velas de barco, o más fuerte, más agudo, ¿quizá como látigos? No, velas, como velas. O banderas. Es curioso que de joven una reparara en pequeñeces como esa, reparara en ellas y las retuviera y las guardara, como si pensara que llegarían a ser importantes o útiles en el lejano futuro. En aquella época tenía una colección de sellos. ¿Qué fue de ella? Ahora valdría dinero, miles de libras, quizá incluso decenas de miles. Unos colores muy bonitos, unos dibujos minúsculos y minuciosos. Madagascar. Malasia británica. Los Estados de la Tregua. Su padre los compraba en sus viajes al extranjero y se los enviaba, paquetitos de sellos envueltos en papel de celofán, delicados como alas de mariposas, aunque en ocasiones se los mandaba en sobres. Pero ¿a qué lugares del extranjero iba? ¿Adónde viajaba y por qué, y cómo era que podía enviarle cosas? Ay, no lo recuerda, no recuerda nada, es frustrante. Sin duda era curioso recibir un sobre con sellos en un sobre sellado. Una cosa dentro de una cosa igual.

Cuando abre los ojos espera que los párpados chirríen un poco, como si fueran un par de diminutos postigos de madera. Aquella vez en ¿dónde?, en algún lugar del sur, ¿tal vez el Rosellón?, en la habitación cuadrada con enormes vigas negras y una sola ventana, también cuadrada, Adam abrió de par en par los pesados postigos, que, según le dijo, eran de madera de olivo, para que entrara la luz de la mañana, al principio una neblina turbia deslumbradora que la cegó, hasta que aparecieron las vistas como un cuadro que se pintara a sí mismo de un brochazo, la tierra del color de la herrumbre y los negros cipreses sinuosos cual nubes de humo grasiento, y a lo lejos las colinas, que parecían poco más que una serena aguada lisa y transparente de un azul pálido. Él se rio de ella, de sus ohs y sus ahs. «Creado deprisa y corriendo para ti por el holandés de una sola oreja», le dijo con su sonrisa más ancha y más delgada al tiempo que se apartaba hacia un lado y se inclinaba en una profunda reverencia, con la cabeza ladeada y sus finas manos de dedos finos levantadas, una encima de la otra, la palma de una y el dorso de la otra, en el papel de empresario teatral o de maestro de ceremonias, como si le presentara las vistas, que ahora a ella le parecen empañadas, echadas a perder por Adam, por sus burlas y sus risas a costa de ella. Siempre que viajaban juntos se acordaba de la difunta esposa de Adam, a la que nunca conoció aunque tenía la impresión de que sí, pues era una presencia palpable en la vida de ambos, la de él y la suya. Se quedó detrás de ella junto a la ventana —Adam le sacaba una cabeza— y posó las manos sobre sus hombros. Era un día de mucho calor, muy caluroso, y las cigarras envolvían los árboles con ese terrible sonido vibrante suyo, el que hacen con las patas traseras, ¿no? «Mi osita parda» la llamaba él por la rapidez con que el sol del sur le atezaba la piel y por su nombre, Ursula, de *ursus*, que en latín significa «oso», un nombre que Adam sabía que ella odiaba y del que se mofaba con una actitud juguetona, cruel e implacable. ¿Por qué la llamaron así? Tal vez ignoraran lo que significaba en latín; pese a las ínfulas que se daban, no eran muy cultos.

Él no tenía piedad. Guardaba en una cajita de terciopelo dos perlas que le habían regalado y, cuando ella se peleaba con él, o sobre todo cuando le imploraba algo, se metía una en cada oído para no oír su voz, se reclinaba, se cruzaba de brazos y la miraba con esa sonrisa suya ancha y delgada que hacía que la boca pareciera pintada, como la de un payaso. Oh, cuánto disfrutaba viéndola sufrir.

Y aquella mujer, la madre de Adam, la Viuda Godley, nos amargó la vida, me la amargó a mí, mientras vivió. Le digo lo que ella me diría: caiga sobre ti la maldición de los siete huérfanos desvergonzados, vieja bruja. Al principio trató de deshacerse de mí. Muchas veces pienso que Adam se casó conmigo solo para fastidiarla.

Desde la ventana que tiene enfrente, la ventana de lo que supone que es su habitación, su cuarto de estar con alcoba, donde ella hace la vida —como si fuese vivir y no morir lo que se trae entre manos—, se ven una valla y un sendero lodoso que lleva a una vieja verja oxidada, con un bosque de robles detrás. A decir verdad, no es una valla, sino un muro bajo, un murete, sí, esa es la palabra. Con lo mal que tiene la vista, más que ver imagina el mundo del otro lado del cristal, por lo que no sabe si en realidad hay un sendero, un murete y un bosque, o si se trata de imaginaciones suyas, de imágenes que la asaltan. De todos modos, la casa debe de ser real, ese caserón feo y viejo que siempre ha detestado. ¡Ojalá desapareciera! ¡Habría que destrozarlo, derribarlo, quemarlo hasta los cimientos! Ojala tuviera un hacha, un martillo, una cerilla.

Los ratones van y vienen, también oye el minúsculo y tenue repiqueteo de sus patitas. A ella no le importa, hay espacio para todos. De pequeña tenía un ratón mecánico, con ruedas; le daba cuerda, lo dejaba en el suelo y salía disparado como un ratón de verdad. Hay otro animal más grande y desgarbado, que avanza con una rapidez asombrosa, furtivamente, pegado al rodapié, y de pronto se para y se sienta sobre las patas traseras, de modo que parece una gruesa pera podrida que haya criado pelo, y muestra su barriga de un blanco rosáceo y la mira con evidente interés y con lo que parece una pizca de regocijo al tiempo que mueve los bigotes, su húmeda nariz y el hocico hendido mientras olfatea los aromas, deliciosos para él, que desprenden ella, la cama y lo que hay debajo. Sabe que es una rata, pero se obliga a creer que es un ratón grande, gigantesco, el cabecilla del grupo, el rey Mus Musculus el Magistral.

Murete. Una palabra curiosa. Como si hubiesen alterado el orden las letras.

¿Qué? Alguien ha entrado en la habitación. Ella intenta volver la cabeza para ver quién es, pero no puede, le resulta imposible girarla, o girarla con la rapidez necesaria, pues tiene el cuello agarrotado. Da igual, debe de ser Petra. Siempre es Petra, a menos que sea la doncella. Petra suele aparecer a esta hora, más o menos a esta hora. No es una visita, sino mi visitante, mi visitante constante.

Algo ondea en la habitación, algo destella, parece que en el aire hubiera surgido un pliegue vertical que se mueve despacio, como el de una cortina de gasa empujada por el viento que entra por una ventana abierta, una ventana abierta al sur. Fueron más al sur del Rosellón, ¿adónde? Grandes hoteles blancos a lo largo del paseo marítimo, con vistas a la Baie des Nosequé, ¿dónde? Ella quería seguir viaje para ver Venecia, pero él se negó. Bastantes lágrimas había vertido allí, dijo él, y se enfadó cuando ella le preguntó por qué había llorado, ¿lágrimas?, ¿por qué?, ¿por quién? Pero él no se lo dijo, jamás le permitió acceder a su pasado, donde, entre otras personas, vive su primera esposa, la que murió. Tenía secretos, demasiados secretos, los protegía como si fueran sus hijos, y tal vez lo fueran, un hijo en cada puerto, ¡ajá! Y la hacía rabiar, la hacía rabiar con sus secretos hasta provocarle el llanto, y entonces se metía las perlas en los oídos y la miraba fijamente como si ella fuera un objeto curioso, un fenómeno de feria.

Petra siempre está muy enfadada cuando va a la habitación, siempre está muy enfadada con su madre, como si ella, la madre, tuviera la culpa de todas las cosas horribles que le suceden a ella, la hija, cuando en realidad todo es horrible para todos. Pero a su hija enseguida se le pasa el enfado, se aburre y tiene que ser otra cosa, otra persona. Todo le aburre. Ella le habla, Petra le habla, le habla a su madre de un joven del siglo XIX que vivía en Francia, cree que era ahí, o quizá fuera Londres, o Berlín o Moscú, o la ciudad de Mulligatawny, no lo recuerda, da igual, un joven que se voló la tapa de los sesos y dejó una nota para decir que se mataba porque estaba harto de abotonarse y desabotonarse y que no lo aguantaba más. Todo ese abotonarse y desabotonarse, escribió con su impecable caligrafía, no, no, mucho mejor una bala. Y Petra se ríe, suelta su aguda risa de loca, que ahoga de inmediato apretándose tan fuerte los labios con los nudillos que se le vuelven blancos.

Su hija y ella charlan, hablan de todo. De los viejos tiempos, de los jóvenes tiempos, de los tiempos felices, pero ¿fueron felices? A veces. Algunos momentos. Intervalos. Murmullos. Petra tararea con los labios pálidos muy apretados, entre los cuales sale un hilo de sonido, un hilo fino, fino y plateado como una telaraña, un hilo que sube y baja, más un gemido que un susurro. Está sentada en el suelo, apoyada sobre un puño, con un hombro levantado y las escuálidas piernas dobladas detrás, como si fueran la cola de una sirena. Su madre ve la trama de cicatrices nacaradas en la cara interna del brazo, desde la muñeca hasta el codo. Silencio entre ellas, un largo silencio. Luego vuelven a hablar. Hacen cábalas sobre el joven que se pegó un tiro por aburrimiento. Lo imaginan alto, pálido, indolente, con zapatos estrechos de charol, blandos como zapatillas, pantalones inflados en las caderas y estrechos en los tobillos, chaqué verde botella, chaleco de nanquín y cuello almidonado con el borde superior manchado por el roce de la piel, ya sucia a esa hora de la mañana. Se pasea por una habitación penumbrosa de una casa de huéspedes lúgubre, se detiene ante una ventana baja y se inclina para asomarse con una mano apoyada en el marco, del mismo modo que Petra tiene la suya apoyada en el suelo. Cara delgada, de frente pálida y ancha, un rostro como el de Adam, mejillas hundidas, ojos fatigados e inexpresivos. Es un día gris de invierno y el viento es un gemido tenue y fino. Ve tejados apiñados y un chapitel a lo lejos. Chapiteles y agujas por doquier, en cada aldea, pueblo y ciudad del país, agujas y chapiteles, ¿son cosas distintas o son lo mismo, dos palabras para designar una sola cosa? No, la aguja está sobre el chapitel. Eso le parece. Se alegra de haber despejado la duda, pues una cuestión como esa puede atormentar a una persona durante días. Un carretero pasa por la calle profiriendo su grito incomprensible entre el trapaleo de su caballo, que avanza con la cabeza caída, los costados huesudos y bamboleantes, famélico el pobrecito. Una ráfaga de humo se abate sobre la calle y se desplaza un poco hasta que el viento la hace jirones. En aquellos tiempos, dice Petra, en aquellos tiempos debía de haber muchos botones; el hombre los tendría, por ejemplo, en un lado de sus brillantes zapatos y en los extremos de las perneras cónicas de sus pantalones de cintura abullonada, en los puños de la chaqueta y en la misma chaqueta, en el chaleco e incluso en la parte posterior del cuello postizo, solo uno, no un botón sino otro tipo de cierre que lo mantuviera sujeto; qué molesto sería tener que abrocharlos y desabrocharlos todos. Ve claramente la cara del joven, su boca apretada y cáustica, las fosas nasales como dos perlas negras en forma de lágrimas y los brazos levantados formando unas alas puntiagudas cuando se lleva las manos a la nuca y sus dedos toquetean el cierre de acero del cuello postizo. Y después el arma. ¿Un mosquete, un fusil con llave de chispa? No, ya estaban obsoletos. Negra, con un cañón largo y fino y una recámara que gira. El ruido en la habitación, el estruendo, el fogonazo, el humo y el joven, que, arrojado contra la pared por la fuerza de la detonación, se va desmoronando con todos sus botones bien abrochados.

Sí, dice su madre, sí, pero quitarse la vida solo por eso. Ay.

Tiene un picor, y lo tiene en una zona que no se puede rascar. Ya no quiere saber nada de sus partes nobles, ni siquiera pensaría en ellas si no le picaran e hicieran otras cosas; quedan tan lejos que bien podrían estar en la otra punta del mundo. Siempre le ha parecido grotesco que hubiera un acceso tan fácil a las entrañas de una. Incluso cuando era una muchacha en flor tenía miedo de esa parte de su cuerpo, más incluso que de la boca, las orejas u otros orificios, miedo de lo que tal vez encontrara si la explorara con un dedo, quizá un duendecillo al acecho, listo para salir de un salto, para abalanzarse sobre ella agitando sus gruesas y cortas manos y lanzando grititos chirriantes. ¿Qué hacen con los restos de un bebé que nace muerto? ¿Lo entierran? ¿Lo queman? En cualquier caso, no es un tema adecuado para conversar con su hija, que de todos modos está muerta, como ella bien sabe, muerta igual que su padre.

¿En qué estación estaremos?, se pregunta. Supone que es primavera, porque el día, o lo que vislumbra de él, tiene un aire primaveral, fresco y brillante por la humedad. Antes invernal, ahora primaveral. La ventana debajo de la cual está acurrucada es alta, no tiene cortinas y se alza sobre ella como un cadalso. Se da cuenta de que hoy todo tiene un toque claramente rococó: primero el joven decadente con sus botones y la bala en los sesos, y ahora la guillotina. ¿Qué vendrá a continuación? ¿Una *fête galante*?

¿Qué le ha pasado para que esté tan dispersa, tan nerviosa? Tal vez la idea de que hay gente en la casa la haya aturdido. No le cabe duda de que están dentro. Si son muchos, podrían bajarla y montar una fiesta en toda la casa y ¡cuidado con el aparador!, diddly-idle-dee.* Ah, casi se ríe. Pero sabe que está engañándose a sí misma, haciendo el tonto, lo sabe, bailoteando a las puertas del cementerio.

¿Quién hay ahí, quién puede haber, aparte de ella misma y su hija, su Petra, su yo en sí misma, las dos, la extraviada, las extraviadas?

Recuerda otra vez el día que se fugó, la noche, llevándose a Petra consigo. Se habría llevado también a Adam, su hijo, pero él no quiso, se negó a salir de su habitación, le daban miedo la noche y la oscuridad, el ulular de los búhos y la furia del vendaval entre los árboles. Debería darte vergüenza, pensó ella, un chico grande como tú, pero no tuvo valor para decírse-

---

* Se alude a la canción irlandesa «Around the House and Mind the Dresser», cuyo título evoca los bailes que se celebran en casas, donde que hay que tener cuidado con los muebles. *(N. de la T.)*

lo. ¿Qué había pasado? Una pelea, como de costumbre, gritos, golpes, objetos lanzados y estrellados contra la pared, el rostro de Adam, su marido, blanco como la ceniza y la mirada asesina de sus ojos gélidos, que no parpadeaban. Ella subió en coche a las colinas, arriba y arriba, sin importarle adónde se dirigía, con la luz de los faros dando bandazos como si buscara frenéticamente algo en una orilla de la estrecha carretera sinuosa, convertida al final en poco más que una trocha, entre los rugidos y chirridos del motor, con el parabrisas al parecer empañado por la lluvia, que resultaron ser lágrimas, las lágrimas que le nublaban la vista. Luego siguió a pie, tambaleándose como un maniquí roto, con la niña de la mano, el viento un muro compacto en sus rostros bajo un cielo aterrador cuajado de estrellas, colmado, más luz que oscuridad, un paño dorado repleto de minúsculos agujeritos y sin el menor rastro de la luna, que se habría escondido en el otro confín del planeta. Después el camino desapareció y se abrieron paso entre helechos tan altos como la niña, más altos, mientras un animal mugía por su cría perdida. Se acurrucó al pie de un risco, donde el suelo estaba seco, sobre un lecho de pinaza, y apretó a la niña contra su cuerpo en un abrazo enloquecido, a su hija loca, Petra, la piedra en su corazón. No hacía frío; ¿por qué no hacía frío? Petra debía de darle calor, los niños tienen mucho calor en su interior, calor de sobra. ¿Sucedió todo eso o lo soñó? La noche en las colinas, a oscuras, bajo la tormenta, al pie del peñasco, mirando el cielo, un inmenso paño de estrellas, con el valle abajo salpicado por las luces dispersas de las granjas, las luces, las lucecitas de...

¡La botella! ¿Dónde está, dónde? Ay, si la perdiera, si la perdiera. Hunde las manos en los huecos entre el cojín y los brazos de la butaca, primero un lado y luego el otro, y sus dedos marchitos buscan frenéticos el objeto preciado. Tienen razón, piensa, sí, tienen razón, a esto se refieren con segunda infancia, una boca con bigotes que, en las profundidades de una manta, se cierra con avidez en torno al cuello de su botella.

Adam fue sensato al irse cuando lo hizo, aunque tardara tanto tiempo, un tiempo extenuante. Las noches que pasó sentada junto a la cama de Adam mientras él se afanaba por morir, ¡los días y las noches! Y eso que él no se movía, ni un espasmo, ni una sacudida, solo ese pecho enorme que subía y bajaba de aquella forma temblona. Su cuidada barba se volvió desgreñada, y ella no sabía cómo cortarla, cómo arreglarla. Se sentía como una devota fiel y abnegada que custodiara la sagrada estatua de un dios antiguo mientras la luz del ocaso refulgía unos instantes antes de desvanecerse poco a poco y la noche teñía de gris las ventanas y luego las ennegrecía. Su gran hombre, abatido y arrollado por el tiempo. ¿Dónde está ahora? ¿Cómo es posible que un hombre tan lleno de vida esté muerto? ¿Cómo es posible...?

Aquí está, ¡ay!, la pilluela. Sus inquisitivos dedos han encontrado por fin la botellita rechoncha y de hombros caídos de Powers. ¿Cómo se las ha arreglado para meterse ahí abajo entre el polvo, los pedacitos de comida reseca y las monedas que ella ya no se molesta en recuperar? Manipula el corcho con dedos trémulos, lo saca, toma un sorbo y suelta un gritito ahogado seguido de un suspiro. ¡Ahhh! El alivio del corazón. ¿De dónde sale el whisky? ¿Cómo es que siempre dispone de una provisión? Debe de llevarlo la mujer, el ama de llaves, o tal vez Adam, el hijo, tal vez él sea su copero, ¿cómo se llamaba?, el copero celestial, ¿veis?, también ella es culta, más de lo que eran sus padres, conoce a los dioses y sus historias, debió de ser una erudita en sus tiempos, aunque él siempre la miraba por encima del hombro y se reía de ella cuando soltaba algo de sopetón, cuando decía algo mal dicho. ¿Es otra botella? ¿Son botellas nuevas o es siempre la misma y quienquiera que sea se la lleva para llenarla, rellenarla, una y otra vez? Intenta leer la etiqueta, ver si las letras doradas han perdido el brillo de tanto toquetearla. La catarata del ojo le impide distinguirlas. No, sí puede.

John Power & Son
John's Lane Distillery

y las tres golondrinas que descienden en picado. ¿Acaso
es eso lo que quieren decir, las han puesto a modo de chiste,
una especie de juego de palabras, un retruécano visual? Porque es cierto que la botella da para poco más que tres buches,
es así de pequeñita. Toma otro trago, este más grande, y se
relame los labios. Más poder para ti, John Power & para tu
hijo. Se acuerda de las calderas de cobre humeantes y los barriles colocados en enormes pilas piramidales en el amplio
patio, los caballos y los carretones, los hombres con ropas
anticuadas y gorras de tela y una pipa entre los labios y los
bajos de los pantalones atados con un cordel por miedo a que
las ratas se les metieran por ahí, les subieran por las piernas y les
mordieran las partes íntimas. Sí, un bebé carcamal es lo que
es ella, aferrada a su Baby Power, la tetilla de la que mama.

Petra, ¿se ha ido Petra? No, sigue aquí, sentada medi-
tabunda en el suelo y apoyada en su pobre brazo lleno de cicatrices. Por la forma en que inclina la mejilla sobre el hombro
levantado le recuerda una, ay, ¿cómo se llama esa flor? ¿Amaranto? Sí, la flor del amaranto. Cuesta pronunciar el nombre
de Petra sin decir antes la palabra «pobre». Es una cortadora,
dice ella de sí misma, y lo dice con orgullo. Le gusta cortarse o,
mejor dicho, se hace cortes, le guste o no. Utiliza, utilizaba
la vieja navaja de afeitar de Adam, con mango de marfil. Se la
robó cuando él se dejó barba y la escondió en su habitación.
Fíjate en las cicatrices que tiene en los brazos, en su cérea blancura. También me birló a mí el quimono, mi quimono verde
jade, para vestirse como una geisha, no, no como una geisha,
sino como una sacerdotisa de pagoda. Mi niña, la extraviada,
la piedra, la piedra filosa en mi corazón, que un día se cortó de
una buena vez, de una mala vez.

El día que su marido murió, ella le quitó el reloj de la muñeca y desde entonces lo lleva puesto. Ahora se lo acerca al oído y escucha con maravillado pasmo el sonido del tiempo, el mismo tiempo que le arrebató a Adam y pronto se la llevará también a ella. Piensa en aquellos enanitos suizos, deben de ser enanitos para crear algo tan pequeño golpeando con sus diminutos martillos de plata, ajustando tornillos del tamaño de una fracción de una cabeza de alfiler, apretando los resortes, haciendo girar los engranajes, incrustando los rubíes, fijando las manos del reloj. ¿Manos? ¿Por qué manos? Tienen forma de flecha. La flecha del tiempo volando en la oscuridad con un silbido. Flechero. Enanitos y flecheros. Tiquitac-toc. Las manos del tiempo.

Y ahora se sume en el sueño, o se eleva, pues es un sueño en el que flota. Se mantiene a flote en la superficie de una materia clara y fresca que es mitad líquido, mitad aire. ¿Cómo se llamaba aquel río, el griego, el que los muertos tienen que cruzar? El Leteo, eso es, ¿o era la laguna Estigia? «Y me hundiese en el Leteo». ¿Ves?, otra cosa que recuerda de su juventud, siempre fue una gran lectora. La forma en que algunas palabras, algunos versos se quedan grabados en la mente y otros no.

Nunca sueña, o tal vez sí sueñe, tal vez lo único que haga sea soñar, lo cual explicaría mucho de lo que parece que está sucediendo.

Abre sus chirriantes ojos y el sol, sí, el sol, está ahí. Se ha desplazado por la ventana y la disposición de todo ha cambiado, y ahora ella está rodeada de luz, una luz, oh, tan intensa, dorada y brillante como la de un icono. Petra se ha ido. Da igual, volverá mañana. De momento, esperar, aguardar a que acuda alguien más, aunque sabe que solo irá la doncella, el ama de llaves, la enfermera, lo que quiera que sea, o solo Petra otra vez, solo su pobre Petra.

Y los caídos serán, serán, los caídos serán ¿qué? ¿Levantados? Ah, pero ¿quién hay ahí para ocuparse de sostenerlos?

Un ruido a su espalda, ah, a ver si es la niña, que regresa tan pronto arrastrando sus penas tras de sí como aquel santo mártir que llevaba a cuestas su piel desollada y ensangrentada. Pero no, gracias a Dios, no es Petra, sino el perro, Rex, ella nunca olvida su nombre, y eso que a veces se olvida del propio aunque solo sea un segundo, sí, ahí viene Rex, encorvado. Tiene cuatro patas pero camina torcido y tambaleante como si solo tuviera tres, martirizado por las articulaciones igual que ella, repiqueteando con sus uñas sobre el parquet, y se desploma a su lado sobre los flácidos cuartos traseros. En años de perro, es mayor que ella; parece mentira. Miran juntos hacia la ventana, con la cara iluminada por la luz del día primaveral. Ella ve a lo lejos un pájaro o lo que le parece un pájaro, aunque quizá solo sea una mota en el ojo, una mota oscura que flota. ¿Es mañana, noche o tarde? Donde ella habita ahora hay siempre una especie de meridiano inmóvil. Así pues, ahí están los dos, mujer y perro, compartiendo la inmensa quietud en la que el perro resuella suavemente, con un sonido semejante al que antes emitían, entre estremecimientos, los motores de los coches cuando todavía funcionaban con gasolina, cuando ella todavía era una niña. Es como si todo se hubiera detenido en todas partes, como si la tierra hubiera sido abandonada. Intenta decir en voz alta el nombre del perro y le sale un sonido ahogado que el animal parece reconocer, de modo que poco a poco levanta su gran cabeza cuadrada y la mira con sus ojos serenos y desencantados, diciéndole con un silencio más elocuente que las palabras cómo están él, ella y el pródigo mundo.

La historia, sí, la historia considera que el creador de la rama irlandesa de la familia Godley es un tal sir Tristram Goodley, Gudeley o Gudley —la ortografía era una ciencia incierta en aquel entonces—, el cual pisó estas tierras, aquellas tierras, el vigésimo tercer día de agosto del año mil ciento sesenta y tantos —la fecha, como otras muchas cuestiones, es objeto de debate—, al desembarcar en Passage, en la frontera entre los condados de Waterford y Wexford, siendo uno de la partida de medio centenar de caballeros que acompañaban a Richard fitz Gilbert de Clare, conde de Pembroke, señor de Striguil, apodado Strongbow, «Arco Fuerte», quien había llegado de Gales con el propósito de reforzar una invasión decididamente desastrada de esos territorios, llevada a cabo poco antes por una turba de mercenarios cambro-normandos que se hacían pasar por nobles lores y que se habían unido a las huestes de Diarmuid MacMurrough, discutido rey de Leinster, a fin de ayudarlo en su lucha contra Tiernan O'Rourke, indiscutido rey de Breffny, a cuya esposa había secuestrado con la entusiasta colaboración de lady O'Rourke. Por supuesto, cabe la posibilidad de que todo hubiera sucedido de otro modo, como acontece a menudo con estos asuntos fundacionales.

Solo hay un saltito de ocho o nueve siglos desde sir Tristram hasta los tiempos de Adam Godley, miembro de la Royal Society, etcétera, etcétera, tema de la biografía que proyecta escribir vuestro humilde servidor, William Jaybey, miembro de la Royal Society of Literature, etcétera.

¿Por qué, me pregunto, por qué, oh, por qué tomé a Godley, tomé la biografía a mi cargo? La tarea que me aguarda es descomunal, descomunal, y no estoy seguro de tener agallas para acometerla, ni la cabeza necesaria, a decir verdad. ¿Qué sé yo, newtoniano impenitente, del extraño inframundo de corpúsculos y fuerzas inimaginablemente diminutos, partículas sin masa y probabilidades improbables, ámbito en el que Godley realizó sus descubrimientos más radicales y cosechó sus mayores triunfos? No puedo afirmar que no sea consciente desde el principio del carácter incierto del cometido, porque lo soy; sabía, y sé, que bien puedo darme un batacazo monumental, pero aquí estoy y aquí debo estar para llevar a cabo mi tarea lo mejor posible. Me siento como uno de esos bobos viejos-jóvenes decadentes aquejados de una melancolía incurable y una ligera histeria que encontramos en los dramas rusos decimonónicos, hombres exiliados en una inmensa propiedad a unas mil verstas del centro más cercano de supuesta civilización que se entretienen trabajando en un tratado que nunca terminarán sobre la reforma agraria, la cuestión de los siervos o el uso y mal uso del subjuntivo en las obras de Lérmontov, mientras suspiran en secreto por la esposa del tonto terrateniente, una mujer de encanto sobrenatural, despiadadamente provocativa y de todo punto inalcanzable. Oh, Dios.

Así es como ocurrió. Esto es lo que sucedió.

Pero incluso eso, o sea, la mera idea de tratar de contar cómo empezó todo, hace que me entre el hormiguillo en el cuerpo. ¿En qué instante puede decirse que comienza algo, lo que sea? Como bien sé tras haber hundido con cautela la punta del pie en las insondables profundidades de las teorías, totalmente contrarias al sentido común, del Gran Godley, el empeño de ubicar el punto de inicio deviene un proceso de regresión infinita. Para llegar al principio podría retroceder hasta el momento de mi concepción, pero ni siquiera eso sería suficiente. Tendría que investigar mis orígenes y los orígenes de cuanto soy y cuanto hago remontándome hasta una mota del polvo primigenio de una estrella situada a una distancia colosal y desintegrada hace mucho, o incluso más atrás, hasta el instante infinitesimal en que se encendió la mecha que puso en marcha el espectáculo pirotécnico con una explosión devastadora cuyos retumbos aún se detectan con la ayuda de instrumentos de precio astronómico concebidos para efectuar esa única tarea, sin duda baladí. ¿De qué nos sirve captar los débiles vagidos remotos del cosmos?

Me pregunto qué es exactamente el hormiguillo y cómo entra en el cuerpo. Debo investigarlo.

Hombres más sabios que yo han intentado convencernos de que cuanto fue, es y será ya ha sucedido, forma un todo, un bloque de materia múltiple e inamovible, y que los mortales hacemos lo que hacemos porque ya lo hemos hecho y, por ende, no podemos actuar de otro modo. En su primera época Godley aceptó que esa era la situación real, mas no pudo por menos que darle vueltas y desmenuzarla como un perro famélico que mordisquea un hueso pelado y sin médula. ¿Cómo podía alguien tan testarudo aceptar que, al igual que el resto de nosotros, estaba predestinado a seguir un curso en el que no se había permitido ni se permitiría el menor desvío? Él no podía. Sin duda, dijo, sin duda llegará un día en que, en esta lluvia constante de todo cuanto existe, una gota se apartará de la línea recta y provocará que el chaparrón retumbe como un montón de varillas metálicas. Ese fue el punto de partida de Godley, la gota que dio un viraje; después de ella, el diluvio.

En este aspecto, aunque no en muchos otros, coincido con él. Porque, como ya he confesado, soy un indeciso nato, puntilloso hasta el extremo de la parálisis; es un milagro que haga algo. Cuando llego a una supuesta conclusión acerca del empeño más simple, como la compra de una caja de cerillas, pongamos por caso, o el alcance de la naturaleza del supratiempo godleiano, no solo me sorprendo, sino que recelo de inmediato. Pues, si resulta difícil indicar cuándo empezó todo, igual de incierto, o más, razono no sin razón, es que algo termine, ya que el hecho más insignificante se ramifica en todas las direcciones, en el tiempo y el espacio. En realidad, me pregunto si puedo hablar siquiera de un hecho aislado, de algo distinto y discreto que haya acaecido de manera independiente de otros sucesos y acontecimientos que tengan lugar en otra parte de la forja infinita de universos existentes. No, no puedo. Porque nada existe en solitario, de forma aislada; solo existe el continuo, en el que todo es extensión de todo lo demás y lo empuja y lo roe.

Sí, no se me escapa que por definición no puede haber más que un universo. Lo sé. Gracias.

Pero esperad, esperad. ¿Y si Godley hubiera sido el primero en señalar que no existe tal cosa como un todo único e indivisible, etcétera? ¿No habría sido eso el principio de algo, un algo nuevo en el mundo que no existía antes? ¿O todo es solo una trampa del lenguaje, de la manera en que expresamos las cosas o en que estas deciden expresarse?

Y luego está el problema de...

¡Basta! ¡Basta ya! Toma aire y empieza de una vez por todas. No puede ser tan difícil, dado que otros lo hacen sin parar y al parecer con suma facilidad, a menos que finjan, lo que me consta que es posible siendo el mundo como es y quienes lo pueblan como son. Pero aun así.

De modo que dejemos a un lado esos escrúpulos y declaremos como punto de partida claro e identificable el momento en que llegó la carta. Siempre cabe confiar en que una carta dé inicio a algo, pues es el tipo de mecanismo que impulsaría a actuar, o cuando menos a cavilar, incluso a nuestro imaginario Timófey Timoféyéovich Továrich en su angustioso exilio en las estepas nevadas. La misiva en cuestión llegó —de la mano enguantada de blanco de un mensajero de Thurn & Taxis con sombrero de copa que tocó su corneta de latón— en uno de esos sobres alargados y estrechos de papel áspero al tacto, como si en el proceso de fabricación se hubieran mezclado con la pulpa limaduras de un metal fino y precioso. Era la clase de sobre que se utiliza para anunciar la concesión de un premio —«¡Querido Cher Herr Señor Signore Lärd profesor! Nos complace sobremanera comunicarle que los Miembros de nuestro Jurado han decidido galardonarle con el Premio Jopé de Jobar por Pardiez de Rediez»—, y confieso que de inmediato le eché un vistazo, con el corazón brincando —no pude contenerme—, por si llevaba matasellos de Estocolmo. Ni por pienso, o quizá debería ser ni pensarlo. Ya veis, una vez más las inevitables quisquillas. Mi vida está sembrada de distinciones banales como esa, pedruscos en mi camino que siempre me hacen tropezar y caer de nalgas.

Naturalmente, conocía el nombre de Adam Godley. ¿Quién no? Más aún, cuando abrí la carta y me fijé en la firma, recordé que lo había visto en persona, me refiero al padre del signatario, hacía mucho, en un congreso internacional dedicado nada menos que a un tema tan estrambótico como la multidimensionalidad. Me cuesta imaginar por qué me invitaron a participar en un acto sobre una materia tan abstrusa. Por aquel entonces Godley había recibido todos los premios y honores existentes. Cuando nos presentaron, me desairó. Godley tenía la mala reputación de ser un gran desairador, y lo convirtió en un arte.

Alto, delgado, encorvado pero de manera elegante y con una sonrisa que expresaba tolerante desdén, en aquella época ya se había instalado en la imagen de su propia leyenda. La barba en forma de pala acentuaba notablemente el aspecto satánico que gustaba de cultivar. Por supuesto, me impresionó, pues se hallaba en la cúspide de su fama, pero al mismo tiempo lo encontré un tanto risible al verlo moverse majestuoso en la aureola de su inabollable y reluciente autoestima. Aquel hombre exhalaba antipatía cual un aroma, denso y penetrante como el de la civeta. A quienes cometían la temeridad de cruzarse en su camino con una mano extendida, les respondía, por muy augustos que fueran, con un regocijo apenas contenido, un temblor en los labios y una ceja arqueada en un gesto socarrón, como si la audacia que mostraban al acercarse a él se le antojara tan divertida como ridícula.

En aquel momento, es decir, en el momento de aquel primer, que no único, y menos que cordial encuentro, yo era profesor invitado en la Universidad de Arcadia, en aquellas tierras occidentales de legendaria espontaneidad, y dirigía un seminario sobre el pintor Vaublin y su disputa con los *philosophes* y su mal pergeñada *Encyclopédie*. Pese a ser un mero creador de cuadros, el sabio y buen Vaublin era muy consciente del abismo hacia el que se encaminaban aquellos caballeros y sus ideas protoilustradas arrastrando consigo a buena parte del mundo. ¿El Siglo de las Luces? De las Tinieblas, diría yo.

Fue en esa misma Arcadia donde unos años antes en dicho siglo el mismo Adam Godley desencadenó la gran innovación que habría de cambiarlo todo para siempre —y para mal, como afirmarían más que unos cuantos con algo que decir al respecto— y de revelar, entre otras muchas cosas, que el infinito tiene sus límites y, además, que nuestro infinito es tan solo uno entre la infinidad de infinitos. Cuando menos, así entendí y entiendo la teoría que ha constituido una plaga curiosamente profusa en nuestro pobre e inocente planeta. El propio Godley decía con desdén juguetón que sus descubrimientos y los efectos de estos eran un misterio para él tanto como para el resto de la humanidad. Con todo, amaba la venerable institución en cuyo seno había obrado semejantes maravillas, la amaba tanto como era capaz de amar algo que no fuera él mismo, y aquel día en Arcadia, pese a la altivez de su actitud, mostró lo que en su caso se consideraba un talante benévolo, incluso complaciente. Sin embargo, no duró; nunca duraba.

En una pausa de las conferencias estaba yo matando el tiempo junto a una enorme ventana con vistas de la costa arcádica, azul y beige a la luz del sol, cuando Godley se detuvo al pasar y se dirigió a mí. Yo pensaba que el titán me habría olvidado apenas nos presentaron, pero al parecer no fue así.

—¿Cómo dijo que se llamaba? —me preguntó arrastrando las palabras al tiempo que arrugaba su amplia frente, blanca como el papel, en un gesto despectivo—. Ah, sí. Jaybey. ¿Cómo se escribe?

Cuando se lo dije, se mostró aún más escéptico.

—Es la primera vez que oigo ese apellido. ¿No se lo habrá inventado?

Imagino que era lo que él consideraba una broma. Yo todavía era joven, o más bien joven, y con el aplomo del impenetrable caparazón de la juventud logré aguantar sin menoscabo la insolencia desenfadada del individuo, su desenvuelto desprecio.

—Es anglonormando —le dije con tono jovial—. Igual que Godley. Creo que los dos llegamos con los saqueadores.

Godley esbozó una sonrisa fría de labios fruncidos y deslizó la palma de la mano derecha por su barba en una caricia reflexiva, uno de sus gestos característicos y, estoy seguro, bien medidos. Advertí que preparaba una réplica, pero que al final concluía que ya había sacado cuanto podía sacarse de ese intercambio de palabras —le producía una árida diversión la triste comedia de las miserables vidas ajenas—, y tras encogerse de hombros y esbozar otra sonrisa, esta aún más fría, siguió adelante en busca de una presa más sustanciosa que yo entre la multitud pululante.

Debería haberme molestado que me despachara de forma tan apresurada, pero no fue así; quién sabe, quizá presintiera que llegaría el día en que se me brindara la oportunidad de vengarme, aunque a título póstumo. Godley se había presentado en el lugar como una deidad de visita que exigía la adoración de la muchedumbre, expresada en encomios corales, con libaciones de sangre y chillidos de doncellas sacrificiales. Observé que caminaba con la arrogancia y parsimonia de la celebridad hecha a sí misma al cien por cien. Había acudido allí para recibir un doctorado *honoris causa* y una medalla, condecoraciones que aceptó con un breve discurso sarcástico y, al final, levantando con gesto regio una mano larga y pálida. Tras un aplauso indeciso se elevó un tenue alboroto. Todos coincidieron en que el homenajeado había demostrado ser un imbécil integral. Al marcharse dejó la caja con la medalla en el lavabo de caballeros, en el borde de un urinario, lo que quienes se la habían concedido interpretaron, no dudo que con razón, como un desaire deliberado.

Siempre he sido de la opinión de que, a fin de ofrecer un relato veraz, medido y equilibrado de una vida humana, un biógrafo debe considerarse, en cierto nivel esencial, superior al objeto de su obra. En la actualidad, el nombre de Adam Godley está grabado entre las estrellas —se bautizó en honor de Godley, el perro, un agujero negro de la galaxia del Can Mayor—, pero su biógrafo está aquí para deciros que no era una lumbrera ni lo es en la versión del infinito dondequiera que su sombra esté proyectando formas en las paredes y dando sustos de muerte en un mundo fantasmagórico más allá de este. Un genio de la especulación, sí, supongo que debo concedéroslo, pero, en la vida normal y corriente, un metal que resuena y un címbalo que tañe. Debo decir que me sorprende que ningún mocoso inteligente y dotado de una fría ambición haya atacado aún esos pies de barro en concreto y derribado en medio de un remolino de polvo la fama de sabiduría, altruismo y olímpica objetividad del profesor Godley. La tarea ha recaído en mí. La llevaré a cabo lo mejor posible, es decir, presentando el peor retrato posible del hombre. Ya estoy picando con el mazo y el cincel, aunque de momento con cautela y circunspección. He comenzado por un dedo gordo del pie y en Navidad habré llegado a la rodilla, o más arriba. Los orígenes de Godley fueron más humildes de lo que se sabía hasta ahora, y me propongo iluminar ese aspecto con una luz despiadada. Luego tendré que explorar el resto de su vida, en cuyas desiertas extensiones calibraré su colosal ruina.

Empero, hago una pausa. ¿Qué me ha ocurrido? ¿Por qué tanta hostilidad, tanta ponzoña? No pueden deberse al desaire que me hizo en el Salón Hermes de la Universidad de Arcadia hace todos esos años. ¿O sí? No soy tan ruin. ¿O sí? No, no. Soy un hombre con una misión. No se me escapa que mis motivaciones están contaminadas en parte, y de forma turbia, por mi, ¿cómo decirlo?, mi aprecio sentimental por la nuera de Godley —ya llego, ya llego—, pero confío en la justicia de mi determinación de arrancar las falacias y malentendidos que durante tanto tiempo han velado la figura de Adam Godley a los ojos admirados, aunque engañados, del mundo. Qué diantre, existe eso que se llama el compromiso con los hechos. Y reconozcámoslo: Godley era un mal tipo.

Pero estaba hablando del día en que la corneta del cartero tocó ante mi puerta y oí la carta caer en las baldosas del recibidor con el chasquido de rotunda irrevocabilidad con que tales comunicaciones anuncian su llegada. «Cuando reciba esta petición —parecía decir el sonido—, se le exigirá que efectúe cambios radicales en su patética vida».

¿Es preciso que entremos en mis circunstancias personales en aquella época? Contentémonos con unos cuantos apuntes: matrimonio finiquitado, lo que me parece bien, el paso paulatino de los años, unos pocos chelines en el banco, cuerpo larguirucho convertido en escuálido y con barriga de capa caída, eccema estacional, caspa imposible de erradicar, dientes sanos o tirando a sanos e hígado no tanto. Diría que eso lo resume, me resume. Aquel año, el año en que nos hallamos, me encontraba de nuevo en Arcadia, aunque esta vez con cierto esplendor, pues tenía el trasero aposentado magistralmente en la cátedra Axel Vander de Estudios Deconstructivos, nada menos. Como es lógico, las mermas que mi reputación académica había sufrido de forma inexplicable en los últimos tiempos no se captaban en el otro extremo de aquel lejano continente. Tenía dos clases breves a la semana, unos cuantos alumnos cuya apatía me venía muy bien, carecía de deberes administrativos y compartía poco o nada con esos individuos de la facultad que se engañaban considerándose colegas míos. En otras palabras, era un chollo y un alivio muy necesario para mis viejas y huesudas posaderas. Como ya os habréis percatado, soy, a mi manera ladina y estudiada, tan arrogante como el hombre cuya vida y carácter me dispongo a diseccionar.

Era abril; ¿acaso no es abril siempre que sucede algo? Estaba sentado en el rinconcito del desayuno —sí, mi bombonera en la ladera arcádica contaba con ese espacio, acogedor y siempre muy mono, y de él alardeaba la señora, sumamente distraída, a quien la universidad había alquilado la casa—, no enfrascado en la lectura de la misiva, como cabría suponer, sino mirándola de reojo, precavido. Siempre me ha resultado difícil digerir las cartas, más que casi cualquier otro tipo de textos, por muy abstrusos y densos que sean. Creo que en parte se explica por la brusquedad con que llegan, sin pedir permiso y cuando uno menos se lo espera: nadie puede resistirse a la llegada del cartero, ni el ermitaño más tímido ni el misántropo más amargado. Luego está la impertinente familiaridad con que se dirigen a sus destinatarios. ¿Cómo es posible que sea Apreciado por tantos desconocidos?

Oh, mirad, hay una mancha de mermelada en una esquina del sobre. La mermelada es una sustancia increíble, siempre acaba en todas partes por mucho cuidado que uno tenga con la cuchara. Parece algo de otro mundo, como si tuviera su origen en otro sitio, en un planeta con unas leyes de la masa y la viscosidad diferentes de las que rigen en este. Creo que ocurre lo mismo con otras muchas cosas. Cada vez con más frecuencia e intensidad, nada es lo que parece.

La firma, lo primero que vi, me sobresaltó: Adam Godley a secas, sin el «hijo» distintivo. Pues recordad que estamos hablando del hijo, dejémoslo claro desde el principio, aunque sea inevitable cierta confusión. Considero que, en rigor, un hijo que lleve el nombre de pila de su padre puede prescindir del calificativo tras el fallecimiento del progenitor. Aun así, por un instante tuve la sensación de que era convocado desde las alturas por uno de los inmortales, pese a que en el caso de Adam Godley padre, «inmortalidad» es sin duda un término figurado.

Eché un vistazo rápido y nervioso al texto deteniéndome aquí y allí con la precipitación de quien camina sobre brasas por primera vez. Luego me tomé otra taza de té y repasé la misiva, esta vez más despacio, emocionado y al mismo tiempo con el alma a los pies. Asimilé la propuesta esbozada en ella, medité la respuesta durante más o menos un segundo y resolví —como si hubiera algo que decidir en el asunto— contestar de inmediato y decir pues claro, sí, ¡por supuesto!, quitándome el sombrero y haciendo una inclinación lacayuna, y otra reverencia, ¡gracias, gracias, gracias! ¿Imagináis que no lo hiciera? ¿Que el biógrafo, antaño célebre por poco tiempo y ahora apenas recordado, de Isaac Newton se negaría a escribir la biografía del Newton de nuestros tiempos? ¿Que dijera que no? ¡Cuántas clases de majadero habría demostrado ser! No era una cuestión de dinero, que la carta no mencionaba en absoluto. Sencillamente, era imposible declinar la invitación y yo no lo haría, desde luego. Se me presentaba la oportunidad perfecta de sacar brillo a mi deteriorada reputación y devolverle su esplendor. Además, en aquella época corría el rumor, un rumor convincente, de que Pavel Popov, mi viejo pero infatigable rival, esperaba confiado la entrega de la invitación que acababa de llegar corriendo con la mayor celeridad —¡tururú, tururú!— colina arriba hasta mi recoleto rinconcito, y que me aspen si iba a permitir que se me adelantaran personas como el badulaque de Popov. Tenía muy presente que mi enemigo polaco ya había escrito —«emborronado» sería tal vez una palabra mejor— una monografía sobre la vida y la obra de Godley con el denigrante título de *El brahmán*, una chapuza insidiosa plagada de errores, conjeturas falsas y mentiras flagrantes. ¡Abajo el hombre!

No obstante, mientras tapaba con cautela el tarro de mermelada, mi estado de ánimo se ensombreció. Me sentí avergonzado, abochornado diría incluso, por mostrarme tan entusiasta y cobardemente dispuesto a aceptar la propuesta del joven Adam. Ah, se habían fijado en mí, y no solo eso, sino que además me habían elegido. Últimamente me había convertido en un gran llorón, tirando del bajo de la falda de mamá y gimoteando para llamar la atención.

Fuera como fuese, la suerte estaba echada y en el dado había salido un seis bien gordo tres veces seguidas. Ese mismo día hablé con mi jefa de departamento, una solterona taciturna, la profesora de la cátedra De Winter de Filología Pospunk y célebre autora de un ensayo de enorme influencia titulado *Tropos «queer» en el Diccionario Webster*. Le pedí que se ocupara de encontrar un sustituto para mis clases de esa tarde y de la mañana siguiente, y con un ánimo angustiado y aventurero me preparé para partir hacia el este sin dilación. ¿Por qué no había de escribir yo la vida de Godley? ¿Acaso no era un hombre polifacético, distinguido con innumerables honores académicos, autor de *La fuerza de la gravedad: Isaac Newton y su tiempo*, titular de la cátedra Axel Vander en la Universidad de Arcadia y de otros importantes puestos honoríficos?

A primera hora de la mañana siguiente, un tren de tubo de vacío me propulsó de la costa oeste a la este, de modo que bastante antes del mediodía ya había llegado a la recién rebautizada Nueva Ámsterdam. Allí se me ofreció un espectáculo estilizado del tiempo primaveral, con chaparrones chispeantes, nubes presurosas y magníficas franjas de repentina luz solar que cruzaban raudas la faz de los *'schrapers*, el apelativo cariñoso que los triunfantes holandeses han dado a esas torres encumbradas, muchas de las cuales sufrieron daños durante la reciente invasión y continúan en ruinas. Como siempre que me encuentro en las hendiduras de esa ciudad de altos edificios, imaginé que pisaba el angosto lecho de un vasto río cuya superficie azul traslúcido fluía plácida por encima de mi cabeza, una cabeza que, cuando salí de las profundidades tiznadas de hollín de Stuyvesant Central, parecía haber estado atrapada en un tornillo de banco durante las últimas tres horas y media de viaje sin fricción a supervelocidad de vértigo a través de la oscuridad carente de aire; odio esos trenes, aunque van mucho más rápido que los aviones, ahora arrumbados, cosa que no lamento. Adam Godley —es decir, Adam Godley hijo, como ya estoy harto de recordaros— había propuesto que nos citáramos en uno de esos grandes hoteles pomposos de la parte sur del parque. Era, según escribió el señor G. en tono de disculpa, el único lugar de la ciudad con el que estaba familiarizado, pues había sido el favorito de su padre en los viejos tiempos, cuando Gotham todavía era Gotham. A mí, el otrora estudiante pobre que recibía becas a cambio de realizar ciertas tareas, me impresionó, por no decir que me acobardó un poco, que se me permitiera entrar sin objeción alguna en semejante *paleis* de distinción, elegancia y trabajo duro.

Observé que Adam II era un individuo grandullón pero amable, de mirada cohibida. No era en absoluto como yo esperaba y no se parecía a su padre ni en el físico ni en el trato. Tiene el aire callado y absorto de quien se debate en las redes de una pena oscura e inmemorial, una carga que un alma más recia se habría sacudido de encima hace tiempo. Se había hablado de algún problema o tragedia sufridos por él y su esposa, pero yo no recordaba los detalles, si es que alguna vez llegué a conocerlos. Le pregunté cómo había sabido de mí, a lo que respondió con una sonrisa dulce y encantadora afirmando con timidez que sin duda serían pocas las personas de relevancia que no hubieran oído el nombre de William Jaybey. Como sabemos, eso no es cierto —¿acaso es el mío un nombre conocidísimo entre vosotros?—, de modo que sometí al adulador a un escrutinio intenso y concienzudo. Ignoraba que Adam Godley es del todo ajeno a la ironía, pero no tardaría en descubrirlo. Lo toma todo al pie de la letra, lo que vuelve loca a su esposa, según dice ella. Helen, con su vestido azul claro y sus sandalias doradas, sí nos vuelve locos a nosotros, o en cualquier caso a mí; mi corazón, demasiado humano, pronto acabará roto en pedazos. Debería haber mostrado mayor cautela, haber recelado más de lo que se me proponía, sí, debería. Pero aquel día la cabeza me dio vueltas de tal modo que enseguida se me subieron los humos, por lo que parecía más que posible que acabara escarmentado, con la testa sobre una bandeja.

El momento en que albergué más serias dudas fue cuando me enteré de que había sido el profesor Benjamin Grace, catedrático emérito de Estudios Posestructuralistas en la Universidad de Arcadia —lo sé, no puedo escapar del lugar—, quien, hablando *ex cathedra*, o sería mejor *ex culo*, me había propuesto como la persona idónea para ocuparse de la biografía autorizada de Adam Godley padre. «El profesor Grace era amigo de mi padre —como si su padre tuviera amigos— y un gran admirador suyo», me comentó Adam hijo, con la frente de color arena enrojecida con el fulgor de su propia seriedad. Por su mirada errante deduje que, por muy amable que fuera su actitud hacia el mundo en general, tenía calado al inefable Benny Grace. ¿Un «gran admirador»? Me pareció oír a Benny decirlo con una vibración de franqueza impostada en la voz y, en los ojos, el brillo de una risita reprimida.

Que la grotesca sombra de Benny proyectada metafóricamente sobre la mesa no me impulsara de inmediato a ponerme en pie y salir corriendo indica lo halagado que me sentí. No estoy precisamente acostumbrado a que me den jabón y a que se inflen mis méritos; las instituciones académicas por las que me abro paso a trompicones son risueñas rara vez y áridas con frecuencia. El caso es que me recosté en las profundidades del sillón, que daba un calor terrible y era bajo, por lo que enseguida parecía que uno se había repantigado, me puse los anteojos y leí la carta de bebidas. Docenas de cócteles, ¡docenas!, cada uno más sofisticado que el anterior, y ni uno solo que conociera. Dudé —ya estamos otra vez— entre el haarlem globetrotter y el my old dutch, con el nombre de la canción cockney, pero al final me decanté por el anticuado old fashioned, que parecía que ni pintado para mí. El camarero, con chaleco de rayas y esas ridículas correas metálicas extensibles que, no sé por qué, llevan en la manga de la camisa por encima del codo —sí, sí, me irrita un sinfín de cosas—, esbozó una sonrisa de persona confianzuda y se alejó pavoneándose.

La familia, me decía el joven Adam, como si no lo hubiera mencionado ya en la carta, la familia y él habían decidido encargar una biografía de su padre, la oficial, y habían convenido en contratarme para que la escribiera. Su tono al hablar de «la familia», de sus deseos y decisiones, me evocó una sala revestida de azulejos, con altas ventanas emplomadas y una mesa de madera de roble rodeada por una docena de próceres de semblante grave con sombreros cónicos negros y cofias ajustadas, todos vestidos de azabache con gorguera blanca, una escena como las de los lienzos de Frans Hals o De Hooch. Ahora bien, prosiguió, más entusiasmado con la tarea, querían un relato preciso, pormenorizado y completo de la vida de Adam Godley, no un...

—... ¿cómo se dice? No me sale la palabra.

—¿Una hagiografía?

—Iba a decir un lavado de imagen, pero sí, una hagiografía, eso es, o sea, no es eso, o sea, no queremos eso, de ninguna manera. Buscamos un retrato del hombre con todas sus imperfecciones. Y repito que consideramos que es usted la persona ideal. El profesor Grace habla muy bien de usted, muy bien.

Tras asentir con la cabeza me inspeccioné las uñas al tiempo que fruncía el ceño. ¿Debía creer en la sinceridad forzada de ese hombre? En cierto modo tenía el aire de un timador acosado de repente por la mala conciencia. ¿Y qué estará tramando Benny?, me pregunté. ¿Por qué no se había quedado él con ese encargo fabuloso? El Benny Grace al que conocía desde hacía tiempo no habría dejado escapar una oportunidad tan poco común de sacar provecho y progresar.

Llegaron las bebidas. El joven Adam había pedido cerveza.

—Y aquí tiene, señor, su clásico manhattan —me dijo el camarero de los brazaletes.

Apoyó la base de la copa en un posavasos de papel con volantes depositado sobre la mesa ante mí con un brioso movimiento de muñeca, como el de quien aprieta un tornillo. Un mechón leonado le cruzó la frente; Ganímedes otra vez. Estamos en todas partes, bajo todas las apariencias; lo que pasa es que no reparáis en nosotros. La copa tenía forma de cáliz de cristal; la miré con recelo. ¿Y si contenía veneno?

Señalé con cierta aspereza que había pedido un old fashioned. El camarero me dirigió una mirada de compasión al tiempo que mostraba sus dientes blanqueados con una sonrisa de oreja a oreja.

—Es lo mismo, señor —respondió.

De ese modo me puso en mi sitio con suma destreza. Carraspeé de manera exagerada y, como suele hacer uno cuando su ignorancia queda al descubierto, me retorcí un poco mientras tiraba de las rodillas de los pantalones, avergonzado y sonrojado, con mis bigotes de ratón de campo temblando. El grandullón don Godley contempló con paciencia y mirada afable el pequeño contratiempo; estaba acostumbrado a situaciones sociales mucho más embarazosas, pues su padre montaba con frecuencia escenas escandalosas en público.

Todo aquello, mi confusión respecto al cóctel, la falsa madera ahumada del Salón de Roble, incluso los brazaletes metálicos elásticos, todo quedaba ensombrecido por el espíritu de Benny Grace, a quien imaginé suspendido sobre la mesa con unas alas coriáceas de color negro, como un murciélago pentecostal. Hay ciertas personas —y he conocido a unas cuantas— que, con solo que pensemos en ellas, provocan una grisura mohosa y mediocre que lo cubre todo como una plaga. Su cometido consiste, entre otras cosas, en recordarnos los insignificantes desliz es e ignominias del pasado que acosan la vida de todos y nos hacen retorcernos cada vez que nos vienen a la mente sin poder evitarlo. Ajá, dicen, ¿de verdad creías que habíamos olvidado lo que hiciste y dónde y cuándo, como por ejemplo aquella vez que se te escapó un pedo muy fuerte en un ascensor atestado y todos lo oyeron y te miraron, o la noche en que te presentaron al hermano de tu novia y lo confundiste con la hermana, de modo que te dirigiste a él por el nombre de la hermana, o aquel otro día —esta es buena, ¿estáis escuchando?— en que, en una fiesta, te volviste hacia la mujer de detrás para suplicarle con un susurro gutural que te rescatara del pelmazo redomado que llevaba veinte minutos martirizándote, y la señora te informó con tono glacial de que el tipo, el pelma, era su marido? Eso es Benny para los demás: primero te echa un brazo al cuello en un gesto de lo más cordial y a continuación te derriba y te deja resollando en el suelo entre las colillas y los escupitajos.

Tomé un sorbo de mi empalagoso cóctel y observé al joven Adam, que en ese momento estaba pensando en otra cosa. Estaba sentado en el borde del sillón, encorvado, con los ojos vidriosos, los codos apoyados en las rodillas y las manos entrelazadas. No pude por menos que compadecerme de él, pues parecía luchar contra un sufrimiento íntimo e inaplacable. Estaba pálido, tenía los ojos inyectados en sangre y despedía un cálido olor como a levadura. Había viajado toda la noche recorriendo muchos miles de kilómetros por el borde de la mismísima estratosfera, de modo que es probable que una parte de su cabeza aún experimentara el vértigo de estar en las alturas, en aquella zona de un brillante negro azulado; esos dirigibles aerodinámicos y aeropropulsados no tendrán éxito, o al menos eso espero. Abomino de esos artilugios que se inventan sin cesar, ingeniosos y desmañados a un tiempo. Prefiero mi pergamino y mi pluma, mi gorro con borla y mis zapatillas puntiagudas, mi león tendido junto a mi sillón y, enmarcada en una ventanita cuadrada sobre mi cabeza, una vista de la ciudad ideal, una miniatura resplandeciente; y es que no me considero parte de este nuevo mundo alocado que se corroe sin cesar y alberga tales horrores.

Seguimos conversando y durante un rato nos centramos en el asunto, pero pronto titubeamos y empezamos a divagar, a tararear nerviosos y a tamborilear con los dedos sobre el brazo de nuestros respectivos sillones, a mirar al techo sin saber qué decir y a fruncir el ceño con la vista clavada en el incierto vacío. Así ocurre por regla general hoy en día en este mundo godleiano recesivo. Es un fenómeno curioso, aunque todos estamos sometidos a él pese a que ya apenas lo notemos. Recuerdo cuando en nuestra juventud un grupo de nosotros bajaba corriendo por la pendiente de una playa iluminada por el sol y nos lanzábamos impetuosos en las olas, y de inmediato nos deteníamos de golpe, o casi, incluso los más fuertes, ya que el peso del agua nos dificultaba el avance y nos retenía, por lo que quedábamos sometidos, quisiéramos o no, a la lenta resaca del mar. Eso mismo nos sucedió en aquel momento, cuando con aire soñador nos sentimos perdidos en las aguas turbias del Salón de Roble del hotel Grand Plexus, junto a Central Park Zuid.

Salí de mi ensimismamiento con un sobresalto. Adam había vuelto a hablar, pero ¿lo había oído bien? Me pareció que había dicho que me hospedaría en casa de los Godley durante el tiempo que me ocupara la biografía. Y sí, eso fue lo que dijo. No lo planteó como una sugerencia, sino como una decisión ya acordada e inamovible; a fin de cuentas, Adam Godley el joven tiene una pizca de la imperiosa determinación de su padre. Era de lo más conveniente, decía, que me alojara allí, en Arden House, el hogar de la familia, donde se encuentra el grueso de los papeles de Godley, depositados en una cámara de acero cuya fabricación e instalación se financió con fondos públicos para salvaguardar un tesoro nacional de valor incalculable. Las instituciones académicas de todas las esquinas del mundo —y el redondo mundo tiene esquinas, infinidad de ellas, ninguna imaginada, junto con una incontable infinidad de almas, como, en contra de toda lógica, la teoría Brahma demuestra— habían exigido que se comprara esa fabulosa joya. Sin embargo, Adam se había mostrado inflexible. Los papeles se quedarían en Arden. Y al parecer yo con ellos.

Pero alto ahí, ¡sooo! Todo avanzaba a un galope aterrador, y me exhorté a frenar el impetuoso corcel antes de que fuera demasiado tarde. Debía presentar, si no una objeción, al menos mis reservas respecto a un encargo que me veía forzado a aceptar, o que ya había aceptado. La vaguedad de la propuesta en sí resultaba preocupante. Por ejemplo, cuando le pregunté con qué editores habían hablado, el individuo adoptó una expresión de perplejidad y cierta alarma. Esa cuestión no se había abordado, murmuró empañando las palabras. Creía más bien, añadió, que la familia imprimiría y encuadernaría por su cuenta el texto. Las cejas se me alzaron. Los libros así editados, repuse tras una pausa, rara vez se toman en serio, pues se da por sentado que las numerosas editoriales a las cuales se ha ofrecido han juzgado que carecían de valor comercial para su publicación. Godley meditó mis palabras y al cabo de unos instantes se le iluminó la cara. Afirmó que Benny Grace le había asegurado que él sería el Juan el Bautista de mi Mesías, y el profesor Grace, como todo el mundo sabía, no solo era un hombre de palabra, sino también una persona muy influyente en el mundo académico y en las publicaciones académicas, y sin duda conocería a otros influyentes cuyo apoyo podría recabar. Entrelazó las manos una vez más y me miró con gesto casi implorante. Ahora me tocaba a mí meditar. A despecho de mis reservas, deseaba escribir el libro. Sin duda me daría impulso profesional y, como ya he señalado, en ese aspecto estaba muy necesitado de un acicate. Aun así, dudaba. Había llegado a Nueva Ámsterdam previendo una negociación larga y compleja, pero de alguna manera ya se habían acordado incluso las condiciones. ¿Cómo había sucedido? No me había oído decir sí a nada y, sin embargo, ahí estaba, con el pijama y el cepillo de dientes prácticamente en la maleta, dispuesto a alojarme en la casa solariega de los Godley. Me sentía comprometido. Me sentía como un escribiente menesteroso contratado en el acto y a punto de ser despachado deprisa y corriendo a Doughty Hall, donde sería el escritor fantasma de las memorias de sir Digby Doughty y me enamoraría sucesivamente de dos o tres de sus retozonas hijas. Era de lo más descabellado y, aun así, el trato se cerró. Bajé el labio superior hacia los posos de mi bebida, que sabían a humo. La aceituna del palillo parecía una cabecita clavada en una pica.

¿Nos escupimos en la palma y nos dimos un apretón de manos para cerrar el trato? No. Pese a haber conseguido lo que había ido a buscar, Adam el joven parecía más inquieto y agobiado que nunca. ¿Qué le ocurría? Hay quien nace para consumirse de preocupación; fijaos en mí. Adam parecía, siempre parece cavilar sobre algo distinto del asunto que tiene entre manos, como un general angustiado que discurre una estrategia para la próxima batalla, pero de una guerra que ya sabe perdida. ¿Era real o fingido? En cualquier caso, reflexioné, los dos dábamos la nota, yo patético con mi ridículo cóctel y el demacrado Godley con sus párpados enrojecidos y sus manos nerviosas y desmanotadas.

Aquella noche, todavía tensos por la fiebre del viaje y eufóricos por el feliz resultado de nuestra negociación, salimos juntos de farra en busca de diversiones en la Grote Apfel, el nombre alegre pero poco imaginativo que los holandeses de mejillas coloradas han dado a la ciudad conquistada. Hubo alcohol, chicas, una pelea en un bar y una noche en el calabozo, y por la mañana la comparecencia de ambos, ebrios y avergonzados, en un tribunal, seguida de una deportación sumaria y la advertencia atronadora de que jamás debían volver a vernos la cara por esos lares... No, claro que no hubo nada de eso; francamente, os creeríais cualquier cosa. Lo que sucedió fue que, cuando la entrevista concluyó, o, mejor dicho, languideció, nos despedimos con un apretón de manos sin escupitajos y cada uno se fue por su lado, Godley arrastrando los pies en pos de una hazaña indeterminada, mientras que yo me encaminé hacia el este y crucé con paso meditabundo el parque, con la incertidumbre clavada en mí como una espina bajo una uña.

Había reservado habitación en las magnificencias ajadas del Pantaloon Club. Una vez en mi cuarto, cavernoso e incómodo —el edificio es casi tan antiguo como el país—, me tumbé sin desvestirme en la majestuosa cama alta y pasé la tarde dormitando a ratos. Luego me levanté, agarrotado y sudoroso, y de nuevo crucé sombrío el parque, y a mi regreso cené temprano en un comedor sepulcralmente desierto. Me pregunto si hay alguien que pueda cenar solo sin sentirse objeto de lástima y desprecio; el camarero, un anciano patoso con chaqueta blanca, me atendió con aire de conmiseración dirigiéndose a mí en un murmullo en el que intercalaba pequeños suspiros sibilantes. Desde la alta ventana que tenía al lado se veía la manada interminable del tráfico de hora punta avanzando en estampida en la oscuridad iluminada de la Vijfde Avenue. En busca de consuelo, pedí una botella de clarete añejo y me la bebí. Cuando el camarero me llevó la cuenta, las cejas se me alzaron hasta el nacimiento del pelo; ¿osaría cargar un Cheval Blanc del 93 a la fundación Godley? Al final no lo hice; por escrúpulos o cobardía, como siempre.

En mitad de la noche me desperté entre las garras de un terror inenarrable, o al menos fue inenarrable hasta que recordé que pocas horas antes había picado el anzuelo que Adam Godley me había echado en la mesita baja del Plexus, donde los trémulos rescoldos de numerosos tratos nefastos flotan como ectoplasmas en el aire carbonizado y excesivamente refrigerado. Me quedé boca arriba, arropado hasta la barbilla, agarrando con las dos manos el borde de la manta como un marinero aferrado al palo de su barco naufragado. Las farolas de la calle arrojaban un resplandor amarillo pálido en el techo y una pared. ¿Qué he hecho?, me pregunté. ¡Lo que he hecho!

Por la mañana volví a Arcadia en el supermetro. Cada vez que entro en uno de esos artilugios, tengo la sensación de que me introduzco en el cañón de una pistola de juguete gigantesca. Estaba resacoso y con tembleque después del vino de la cena y la posterior copa de cristal tallado llena de Frapin Fontpinot que tomé en el club del Harlequin Bar —donde el camarero lituano, de librea, con una peluca empolvada y encajes plisados en las muñecas se cargó, con un estrépito líquido, un ratón fugitivo aplastándolo con el tacón— antes de subir a rastras hasta mi cama y sumirme en el olvido. O no, no en el olvido. Dormido profundamente antes del sobresalto que a las cuatro de la madrugada me despertó aterrorizado, tuve un sueño. En él, al bajar del tren me salía al encuentro...

Durante muchos años, de hecho durante la mayor parte de su condena, Felix Mordaunt tuvo la sensación de ser un reloj. No un reloj convencional, cuidado y ajustado con diligencia, que marcaba con brío las horas y los minutos, pero un reloj a pesar de todo. Sus días en la cárcel estaban estructurados de manera rigurosa, como los de las figuras mecánicas que cada cuarto de hora realizan su ronda en las torres catedralicias situadas en plazas céntricas de ciudades medievales bien conservadas; al igual que ellas, estaba unido a un invisible mecanismo arcaico formado por tornillos y ruedas, trinquetes y palancas. No le importaba demasiado; siempre había apreciado las pautas. No quería las libertades que tenía; ¿de qué le servían? El tedio de la vida penitenciaria le provocaba un estado de letargo solo un tanto agitado, que afectaba asimismo a cuantos se hallaban en la prisión, no solo a sus colegas reclusos, sino también al personal administrativo y los celadores, a todo el escalafón hasta el alcaide, un solterón taciturno de maneras solapadas con un tic muy marcado en la mejilla izquierda. Lo experimentaban incluso las visitas, las esposas y novias que, al final de la hora concedida, salían por la puerta principal arrastrando los pies, con el bolso asido con fuerza, el rostro demudado de color, los brazos y las piernas rígidos como los de los autómatas. Llegará un día, musitaban todos para sí, ah, sí, llegará un día en que encenderemos unos hachones y marcharemos hacia las verjas y romperemos los candados con nuestras propias manos y abriremos de par en par las puertas de las celdas y guiaremos a los presos, que saldrán tambaleantes, con los ojos y los brazos levantados hacia el aire y la luz —*O welche Lust!*—, sí, sí, algún día. Pero en el fondo sabían que eso no ocurriría; ¿de dónde iban a sacar la energía?, ¿cómo reunirían el valor necesario? El suyo es un mundo decadente, igual que el nuestro, claro está, solo nos cabe aceptar el hecho.

Por muy irritados que estuvieran los reclusos con sus cadenas, no se quejaban de la penosa situación, no mucho, no de manera sentida. Reconocían tácitamente, al menos los más reflexivos, que la languidez y la inercia eran un estado natural, establecido y conveniente, adecuado no solo para ellos, sino también para los demás, los despreocupados del exterior, que pasan los días y las noches negándose a oír el tintineo de los hierros invisibles que, ligeros pero imposibles de forzar, les atenazan las muñecas. La cárcel es el lugar caído que jamás olvida que antes hubo un paraíso, y estar encerrado es el castigo indicado para los expulsados, como ellos bien saben. Esto, o algo parecido, es lo que todos habrían dicho si alguien hubiera sentido la necesidad de preguntarles. Sí, bien mirado, la jaula es el lugar ideal para ellos, para nosotros.

Mordaunt está ahora fuera, entre los presos con largas condenas que se empeñan en soñar que son libres, y su perplejidad se acentúa día a día. Desde su regreso aquí —si es que se trata de un regreso y de un aquí, lo que todo y todos continúan asegurando con indiferencia que no es así—, ha experimentado una y otra vez un efecto, una sensación de suspensión general, como si un gran número de diminutas turbinas intentaran ponerse en movimiento sin conseguirlo, sobre todo en ciertos aspectos, como una fecha, un momento, un lugar. Le había sucedido el primer día cuando, al enfilar el Paso de la Señora, tuvo la impresión de convertirse, de haberse convertido en una forma nueva de sí mismo. E igual cabía decir de los otros: en ocasiones, en muchas ocasiones, parecían no ser los otros que eran hacía un momento, sino otros. Ese fenómeno, ese estado en el que continúan sumiéndose y en el que él sigue sumiéndose con ellos, está marcado por una especie de, ¿cómo decirlo?, de carácter evasivo nostálgico; todas las preguntas parecen incitar a los preguntados a retraerse, apartar la mirada, volver la cara, como si los hubieran pillado en una pequeña marrullería que ellos habían olvidado y no querían que les recordasen.

Pero no es del todo eso. Mordaunt es incapaz de definir ese efecto, pues se torna borroso y no dura lo suficiente para permitirle entenderlo. Quizá sean imaginaciones suyas, quizá se trate de una alucinación, algo que sucede en su mente y no en el mundo. Pero sabe que no es así, sabe que ocurre, ve los resultados. En su lucha con este enigma y otros similares, ha empezado a preguntarse si no estará volviéndose loco. Piensa que, en tal caso, se trata de una metalocura, la locura del loco que ve más allá y con mayor claridad que los cuerdos de su alrededor, aunque le desconcierte lo que ve. Ha estado mucho tiempo fuera, lo ve todo con ojos inocentes, o al menos ignorantes. Nosotros sabemos bien lo que él solo puede conjeturar.

Discurre de forma más confusa que nunca sobre la naturaleza del tiempo, no sobre la entidad misteriosa que, pese a no existir, nos lleva pataleando y chillando de la cuna a la sepultura, sino sobre el otro, con todas sus variaciones, el que se contrae y se expande, se deforma y se dobla, y en el que Adam Godley hizo un nudo que nadie puede deshacer. Pensad en el momento en que, borrachos como una cuba, aflojáis la mano y la copa de vino resbala de entre los dedos y, antes de que caiga, veis en un instante cuanto ocurrirá en su integridad, desde la explosión en forma de estrella en el suelo del comedor hasta la astilla que os atraviesa el calcetín y os perforará el dedo gordo pasado mañana; esa clase de tiempo. Mordaunt conoce, o conocía, su filosofía natural y en el último cuarto de siglo no le han faltado ratos libres para mantenerse al corriente, en buena medida, de las últimas sinuosidades de esa compleja disciplina que ahora, con la pasión por otorgar nombres fatuos a las cosas de siempre, llaman «superfísica», que parece la marca de una bebida salubre. Pero en aquellos años los avances habían llegado en forma de retroceso y presentaban nuestro universo como una bola menguante de pelusa bajo una cama vacía de una mansión deshabitada situada en un bosque enmarañado de una isla helada de un planeta moribundo que flotaba con un movimiento retrógrado en medio de las tinieblas ilimitadas del multiespacio. No hay progreso, pues, solo regresión; no hay expansión, solo contracción. ¿Y cuál será el final? ¿Un simio en la sabana fabricando un hacha de sílex? Ni siquiera eso. Ni siquiera nada. Un conjunto de singularidades, puntos infinitesimales de masa infinita a punto de estallar, y sin que nosotros hayamos sido imaginados siquiera todavía.

Oh, él conocía a su Godley, eso no le preocupaba. Había leído sobre los síndromes godleianos, todos terriblemente nocivos; cada dos semanas parecía surgir uno nuevo que se elevaba como un cohete y teñía la bóveda celeste de un tono de amarillo azufre aún más bilioso. Leía y se mostraba escéptico. Protegido por los barrotes de la cárcel frente a un mundo que se ramificaba sin cesar, había visto la radical revaluación de Godley como una fantasmagoría, un espléndido espectáculo de luces hipotético presentado a modo de juego en un ámbito imaginario. Es cierto que se sintió tan fascinado como los demás cuando el efecto de interferencia godleiano derivado de las ecuaciones de campo de la teoría Brahma —un efecto cuya existencia todavía rebaten de manera encarnizada los deterministas, los sacerdotes y los cortos de entendederas, como todos nosotros sabemos muy bien— mostró que cada aumento de nuestro conocimiento de la naturaleza de la realidad incide directamente en esa realidad, y que cada luminoso descubrimiento que realizamos produce un oscurecimiento igual y opuesto y abre un orificio en la pared de la gran esfera que es el tiempo y el espacio y todo lo demás. Como observó Adam Godley, sin duda con una risilla que casi me parece oír: «Cada idea genial de cada cráneo privilegiado añade otro agujerito a la corteza». Con todo, en su nebuloso y embrutecedor aislamiento, Mordaunt entendió que de ese modo se establecía un principio de simetría universal, el equilibrio de x frente a y con z como resultado previsible. Pero no lo era y no lo es; concluyó que, por muy increíble que resulte, Godley había mostrado que vamos desgastando el mundo a base de especular sobre él en ciertos ámbitos especializados. Aun así, cuando se dictó la prohibición universal de la geometría godleiana y se cerraron los departamentos universitarios y se jubiló a los profesores —corrió el rumor de que se haría entrar en un coma profundo a los más brillantes a fin de sofocar sus catastróficas cavilaciones—, Mordaunt siguió empeñado en que se estaba haciendo una montaña de un grano de arena, convencido de que aquello era el resultado de otro de los ataques periódicos de nerviosismo que asaltaban a la humanidad y que pronto pasaría. Repetimos que se equivocaba, pero se empecinó en su error.

Ahora que es un hombre libre, o bastante libre, le llama la atención que fuera ocurra lo mismo que dentro. Nadie se queja, nadie se rebela, nadie plantea una pregunta parlamentaria. Apenas se habla de la calamidad gradual que tiene lugar en la sustancia del mundo. La enorme vaguedad se intensifica día a día y la mente en general se embota cada vez más, al tiempo que poco a poco todo se ralentiza por doquier. Aun así, Mordaunt no se habría tragado ni por asomo lo que él consideraba las patrañas pretenciosas de Adam Godley; porque, sí, se había incorporado con convicción a las filas de los negacionistas. Lo habían liberado de la ronda de varillas y radios de rueda y le habían permitido bajar de lo alto del campanario y mezclarse con los ilusos espectadores embobados junto a la catedral, y sin embargo tenía la sensación de ser uno de los pocos despiertos, o quizá fuera el único espabilado, en ese tropel de sonámbulos. Estaba seguro de que si se acercara a uno de ellos, lo tomara por los hombros y lo zarandeara, en los ojos vidriosos del durmiente no alborearía ninguna luz.

Y eso era lo que más le consternaba, el estado de lasitud en que tales patrañas habían sumido los asuntos humanos. En los primeros días de libertad apenas reparó en ello, acostumbrado como estaba al ritmo soñoliento de la vida entre rejas. No obstante, no tardó en advertir que ocurría algo grave, aunque no estaba seguro de qué se trataba; no estaba más seguro de nada que los demás. Era como si se encontrara en el extranjero en uno de esos largos días de pleno verano, con el cielo cubierto de nubes luminosas, en que la luz intensa y resplandeciente se parece más a una oclusión y las figuras que se mueven en ella adquieren un brillo metálico que deslumbra y engaña a la vista.

El lugar, ese Arden que antes había sido Coolgrange, fue lo primero que le impresionó. Mientras recorría confiado la costa en el pequeño automóvil rojo de Billy Hipwell, había pensado que regresaba a casa. Sabía que no quedaría con vida nadie de su juventud, pero confiaba en encontrar algo familiar al menos en la vieja casa destartalada y su entorno, en las carreteras, los árboles deleitosos, las vistas a lo lejos...; en definitiva, lo que perdura. Y al llegar reconoció muchas cosas, por ejemplo el arco de entrada del Paso de la Señora, el sendero embarrado y la verja herrumbrosa, las ventanas traseras protegidas del sol, el patio, que todavía olía al gallinero desaparecido hacía tiempo, y dentro de la casa objetos conocidos, humildes, es cierto, colocados con entusiasmo ante él, suplicando que los identificara: el colgador de sombreros en el vestíbulo, el juego de atizadores para la lumbre en una chimenea, la cavernosa cocina con sus cacerolas y sus sartenes, y los tulipanes sobre la mesa. Con todo, cuando examinó de forma más inquisitiva esos talismanes, hasta ellos se le antojaron extrañamente cambiados, menos ellos mismos de lo que serían en un sueño. ¿Qué había ocurrido? ¿Qué transformación en la textura de las cosas había convertido el Coolgrange que él conoció antaño en ese desconocido Arden? ¿Era de nuevo obra de Godley y de sus infernales mangoneos en la esencia de nuestro pobre planeta?

Desea aclaraciones, una explicación. Gran parte de lo que conocía, al haberse transformado, ha sembrado la duda en él, además de cierto temor, por muy estentóreas que sean sus continuas negaciones. ¿Qué ha sido de su mundo? Podría iniciar una investigación, pero ¿cómo formular las preguntas?, ¿cómo aplicar el tercer grado...? ¿cómo y a quién aplicárselo? Todavía está dentro, a fin de cuentas; dentro mirando hacia fuera. Salvo en un espejo, ¿cómo puede el ojo verse a sí mismo?

Por eso se le ocurrió la idea de volver sobre sus pasos con la esperanza de rebobinar así el tiempo. Una mañana, muy temprano, entró por la puerta principal, que nunca se cerraba con llave —¿se habría erradicado el latrocinio del país, junto con otras muchas cosas?— y atravesó con sigilo la casa dormida hasta llegar, de manera inexorable, a la cocina, ese vórtice que apenas gira y que inexorablemente atrae a todos. Se sentó y apoyó el antebrazo en la mesa, igual que el día que llegó y Helen lo invitó a pasar. Para cada ranura hay una lengüeta, para cada milano, una cola. Le pareció que la luz caía de forma extraña en la ventana, pero pensó que a esa hora del día todo ofrecía un aspecto extraño, pues era la hora deshabitada en que se imponen las cosas inanimadas. Aún no había desayunado y se sentía en cierto modo vacío y un poco mareado. También parecía que fueran a saltársele las lágrimas, unas lágrimas nebulosas, aunque ignoraba que tuviera motivos para llorar, o al menos ninguno concreto. Se levantó de la silla exhalando un suspiro, abrió la chirriante puerta trasera, cruzó el patio y enfiló el sendero arbolado. Luz húmeda y mezcla de fragancias, a arcilla y lilas, a madreselva silvestre y musgo cubierto de rocío. El perro apareció de improviso sin hacer ruido y avanzó renqueante sobre sus inestables patas. Se diría que hubieran realizado juntos un largo y fatigoso viaje desde una remota región legendaria. Llegaron a la puertecita de madera que se abría en el arco de piedra envuelto en espinos. Ese era el lugar donde un par de meses atrás había atravesado algo así como su propio reflejo y entrado en ese otro mundo de espejos y laberintos. Debería ser capaz de retroceder a través de esa ondulación, ese desgarrón en la tapicería del mundo, y entonces todo daría marcha atrás. Debería, pero no podía. Algo se lo impedía, un muro de luz, un bloque de aire. Como sabemos, el descenso al Averno es fácil, pero intentad volver a subir y veréis. Y así se quedó, con la mano sobre la puerta baja y los ojos serenos del perro fijos en él, mirando con añoranza hacia el otro lado de todo, donde se encontraba el más allá perdido.

Se preguntó si acaso durante todo este tiempo no habría estado él equivocado y Godley en lo cierto.

... me salió al encuentro en la estación de ferrocarril un hombretón moreno de cejas pobladas que me saludó con una afabilidad siniestra. Debió de decirme su nombre, pero tan bajito que no lo oí. ¿Quién o qué era el individuo? No dio cuenta y razón de su persona, limitándose a informarme de que lo enviaban de Arden House, sin especificar en calidad de qué. No pertenecía a la familia Godley, de eso no me cupo la menor duda, pero tampoco se comportaba como un sirviente. Por su atuendo —chaqueta de tweed y corbata de lana, camisa de rayas, pantalones de sarga con la raya marcada, un borsalino marrón, elegante, de ala ancha y no tan nuevo como cuando lo vimos la última vez— podría ser un abogado de pueblo, aunque de moralidad dudosa. No era joven mas tampoco viejo —le eché unos sesenta y pocos—, y lo envolvía una aureola curiosamente húmeda, como si acabara de recuperarse de una enfermedad larga y un tanto debilitante. Quiso llevarme la bolsa y me la quitó de la mano con la gentil habilidad de un carterista consumado. Me comentó que tenía el coche fuera y que nos esperaba un trayecto breve en dirección a las colinas. Me planteé pedirle que repitiera su nombre, pero no lo hice por miedo a infringir alguna norma del código rural de cortesía; soy un urbanita y nunca me siento del todo a gusto sin la tranquilizadora solidez de un pavimento urbano bajo los pies.

Me sentía claramente tembloroso. A mi regreso a Arcadia tras el viaje a Nueva Ámsterdam tuve una segunda entrevista con la glacial profesora Dickinson —conocida en la facultad como Diccionario Dickinson, o Dic-Dic para abreviar—, quien guardó silencio, apretó los labios y me fulminó con sus ojillos brillantes cuando le anuncié que dejaba la cátedra Vander. Dic-Dic siempre conseguía ponerme nervioso con su manera de juntar las cejas y hundir la barbilla. Según los términos de mi contrato, me recordó con firmeza, me quedaban todavía seis semanas lectivas ese semestre. A continuación se produjo una tensa disputa, en la que ambas partes nos expresamos en un tono de fría cortesía, tras lo cual logré rebajar las seis semanas a tres. Embalé mis libros, incluida media docena que había sacado tiempo ha de la biblioteca universitaria, y pedí al bedel, un individuo tan gordo que más que caminar, rodaba, que las llevara cuesta abajo hasta la oficina de correos en su maleta Pelican con tracción en las cuatro ruedas, de la que se siente muy orgulloso.

Después no tuve nada más que hacer salvo buscar formas de matar el tiempo. Los días transcurrían lentos y las solitarias noches, antes agradables y apacibles, me resultaban insoportables. Cenaba en el Parnassus Club, donde la mayor parte de las veces tenía el local para mí solo mientras su aburrido personal se pavoneaba con aire soñador en torno a mi mesa sobre sus chirriantes suelas como si yo no estuviera allí. En ese estado de suspensión fui presa de una extraña melancolía que no supe a qué atribuir. Me sentía como un amante abandonado, aunque nadie me amaba para poder abandonarme. Daba paseos solitarios por la orilla de la bahía bajo la inagotable luz del sol y la sombra gigantesca en forma de mantis del enorme puente larguirucho de color rojo herrumbre. Una noche, en el Paris Bar del campus —llamado así no por el París de Francia, sino por el Paris de mi hermanastra Helena, la hija de Leda—, una joven a quien confundí con una de mis alumnas me invitó a acostarme con ella; luego me pregunté si no sería Trudy Tring, que, vestida de cuero y rejilla, hacía la calle para pagarse la matrícula.

Y de pronto, una mañana normal y corriente, era libre; por extraño que resulte, fue una sorpresa, amén de un alivio, porque en esta nueva era de declive universal siempre supongo que inevitablemente lo inevitable no sucederá. Dejé a mis alumnos una larga lista de lecturas soporíferas, me sacudí de mis alados talones el dorado polvo de Arcadia y allí estaba, de regreso en la tierra natal, con el pulso acelerado y el corazón intranquilo. Mis dudas sobre el encargo que me había endosado Adam Godley se acentuaron sin cesar a medida que me alejaba de Arcadia. ¿Y si mi biografía de su padre resultaba ser una chapuza? Ya imaginaba las reseñas: «por encima de sus posibilidades...», «singularmente mal preparado...», «conocimientos científicos insuficientes...», «pifias imperdonables...», «un disparate vergonzoso». Ojalá hubiera hecho caso omiso de la carta de Adam Godley, ojalá la hubiera roto en pedazos y me la hubiera comido. Debería dejar el campo abierto a Popov, plagado de acederas y cardos como estaba. El piélago occidental había quedado atrás y los días del alción habían acabado para mí. No volvería a sentarme en las mullidas cátedras de Arcadia ni a ocupar ningún otro puesto académico comparable, no si dependía de la profesora Dic-Dic, y yo no dudaba de que así sería.

El coche fue una sorpresa. Esperaba un vehículo viejo, grandioso y maltrecho, digamos que a medio camino entre un landó y una carroza fúnebre. Nunca había subido a un Sprite, y me morí de vergüenza cuando, tras mucho retorcerme y estrujarme, y después de rasparme los tobillos, por fin encajé mi largo y huesudo cuerpo en el abrazo inquietantemente íntimo pero nada acogedor del asiento envolvente del pasajero. La capota estaba bajada. Nos pusimos en marcha. El chófer conducía airoso, girando con destreza el volante con solo el pulgar y dos dedos de la mano derecha, mientras con la izquierda movía el pomo de la palanca de cambios como un maestro del ajedrez mostrando una estrategia de apertura. Bordeamos la ciudad —chapiteles gemelos, olor a pescado, humo de carbón— y entramos en una carretera estrecha y anormalmente recta que recorría colinas y hondonadas a lo largo de kilómetros y kilómetros sin una sola curva ni desvío.

—Se llama Hunger Road —me informó el hombretón—. Un proyecto inútil para crear puestos de trabajo en los años de la hambruna.

Avanzamos a toda velocidad, como un bólido, en aquel cochecito entusiasta. A la derecha, un estuario de un azul grisáceo que iba estrechándose; a la izquierda, un marjal. El viento me revolvía el pelo y me sacudía las orejas.

—Dígame, señor, ejem...

—Mordaunt —murmuró el chófer.

—Sí, disculpe, no le oí cuando... —Un carraspeo vigoroso—. Dígame, ¿sabe usted por qué Adam Godley se estableció en estos pagos?

Mordaunt alzó las cejas pero no apartó la vista de la carretera. Lo entendí: ¿acaso no era yo el supuesto biógrafo del hombre y, como tal, no cabía esperar que conociera la respuesta a preguntas como esa?

—Creo que nació aquí —contestó tras unos instantes de silencio apuntando con el pulgar por encima del hombro—. En la ciudad.

—Sí, pero...

Aparcamos el tema, que parecía haber llegado a un punto muerto, y lo abandonamos. Los kilómetros discurrieron silenciosos y líquidos. Sobre la masa de agua de la derecha, a esas alturas reducida a un río de buen tamaño, se arqueaba un cielo inmenso moteado de nubes, mientras que los terrenos empapados de la izquierda estaban salpicados de haces oblicuos de luz acuosa. Las charcas cenagosas brillaban como discos de peltre bruñido.

—Debo decir que el coche no es mío —me informó Mordaunt con esa extraña forma suya de hablar, en un susurro íntimo y grave; era como si estuviese transmitiendo un dato de suma importancia que solo habían de compartir unos cuantos privilegiados. Bajó aún más la voz—: Es de alquiler.

Con el aire veloz me entró frío; Mordaunt, sin abrigo, parecía ajeno a las condiciones climáticas. Aquel abril increíblemente largo quedó atrás hace tiempo y ahora nos acercamos al inicio de un junio más fresco de lo normal. Subimos por la pendiente poco pronunciada de una colina baja oyendo el zumbido del motor. En estos pagos abundan las colinas como esa, aunque a decir verdad más que colinas son montículos redondeados cubiertos de hierba, con forma de pudin, como mi casco. Son de una especie más modesta que las que rodean Hirnea House. Existe una palabra concreta para denominarlas, pero la he olvidado. Soy omnisciente, sí, pero solo a veces. ¿Morrenas? No, eso son piedras y otros detritus. Bueno, da igual, esto no es una visita turística.

—Da la casualidad de que yo también soy matemático —dijo Mordaunt de pronto con una vivacidad inesperada y el aire de quien lanza triunfante la carta ganadora. Enseguida recapacitó—: Bueno, lo era. Ya no.

—Entiendo —repuse, con un espasmo de inquietud—. Así pues, ¿por eso...?

Esperó con la cabeza un tanto inclinada hacia mí y, al ver que no acababa de formular el interrogante, se enderezó, apretó los labios y asintió, como si de algún modo hubiera oído lo que no le había preguntado.

—No, podría decirse que estoy aquí por casualidad —declaró.

Pensé que tal vez fuera un actor sin empleo que se ganaba unos chelines con un trabajillo temporal de chófer y chico para todo. Por su voz y su porte bien podía serlo.

—Ah, creí que tal vez estuviera haciendo algo sobre..., algún proyecto sobre...

Por alguna razón, el hombre encontró divertidas estas palabras balbucientes.

—¿Sobre Adam Godley? No, no. —Una pausa—. Aunque de hecho yo también nací aquí.

—¿Sí?

—Por eso volví.

—Así pues, no está aquí por casualidad.

—No, pero me he quedado por casualidad. Es lo que quise decir.

—Ah.

La conversación, si es que podía llamarse así, se interrumpió de nuevo. Mordaunt miraba fijamente la carretera con expresión impasible y aquellos dos dedos enganchados con desenvoltura en el volante y tocando la punta del pulgar. Se me antojó que se volvía más intangible por momentos. No era que no manifestase emoción alguna; era tan solo que parecía ocupar un lugar aparte, un espacio de distanciamiento inerte e inexpresivo. Cuando acababa de decir algo, se sumía de repente en la inmovilidad, como si dentro de él se hubiera apagado un motor a fin de conservar la energía y prepararse para la siguiente salida.

Pero de pronto, y una vez más para mi sorpresa e incluso moderada consternación, inició un discurso torrencial sobre su familia, sus orígenes e historia en ese rincón del sudeste del país bañado por las olas y, por lo demás, carente de interés. Los Mordaunt no habían sido ni eran gente desdeñable, según el relato que su descendiente me ofreció de ellos y sus obras. Habían luchado en guerras de conquista y, cuando fue preciso, también en rebeliones; eran una estirpe fuerte, hombres de caballo, frío acero y mosquete; hombres de saber y determinación cívica; mecenas de poetas y pintores, de eruditos y cantores; maestros de la artesanía y la agricultura; en resumen, un linaje noble y distinguido. Me contó todo eso en tono monocorde, con una voz apagada y sosa que no se correspondía con sus grandilocuentes afirmaciones, como si se las hubiera aprendido de memoria; sí, quizá hubiera sido actor en sus sin duda muchas vidas anteriores.

Me sentí muy a disgusto; los excesos jactanciosos de los demás siempre me sumen en un estado de opresión nerviosa en que se me humedecen las palmas de las manos y que debe de ser turbación, aunque más bien parece un terror absoluto; fue como si me rugiera un león voraz. Creo que de no haber sido por la velocidad que llevábamos me habría armado de valor para tirarme del coche saltando por encima de la baja portezuela y habría emprendido una huida desesperada hacia las colinas a través de la marisma. A esas alturas sospechaba que había caído en manos de un peligroso impostor, un demente sagaz, refinado y astutamente convincente, fugado quizá de un centro sanitario de la zona. ¿Quién demonios era ese individuo? ¿Me había llamado por mi nombre al presentarse ante mí en la estación? No, solo había dicho el suyo, o el que creí que era el suyo, en aquel tono bajo susurrante y tímido. ¿Sabía siquiera quién era su pasajero o me había elegido al azar? Quizá acostumbrara deambular por la estación para abordar a los viajeros incautos diciéndoles que lo habían enviado de Arden House a recogerlos y, en lugar de conducirlos allí, los llevaba a un lugar agreste del campo para darles una muerte sangrienta. Todo era posible allí, en aquella bárbara región ignota.

Mordaunt guardaba silencio. Por lo visto la historia familiar que acababa de contar había agotado sus recursos, al menos de momento, y el motor interior había vuelto a apagarse por sí solo. Coronamos la suave colina —hay quienes afirman que los principios de la teoría Brahma están aplanando los mismísimos contornos del planeta— y por fin, para mi considerable alivio, llegamos al que debía de ser nuestro destino.

—Ahora la llaman Arden House —dijo Mordaunt con una carcajada cavernosa y despectiva—. En mis tiempos era Coolgrange. Que alguien me lo explique.

Abandonamos la carretera y pasamos entre un par de pilares de piedra deteriorados por la intemperie. La casa se alza al final de un corto camino recto lleno de baches. No tiene el aspecto de haber sido construida, sino más bien de haberse ido ensamblando a sí misma al azar a lo largo de dos o tres siglos anodinos. Los últimos Blount, debilitados de espíritu y cada vez más empobrecidos, descuidaron el lugar, y aunque los Godley, en arranques de entusiasmo esporádicos, habían emprendido sucesivos programas de restauración, todo había decaído, de modo que impera un aire de oropel, improvisación, provisionalidad. La vivienda en sí es un espacio diseminado, con tejados inclinados, paredes encaladas que con el tiempo han adquirido una tonalidad amarilla y ventanas que parecen torcidas y tienen postigos de un azul desvaído que de manera incongruente evocan el sur provenzal. Pese a que no se advierte desde la parte frontal, el edificio se distribuye en torno a un cuadrilátero cerrado que forma una especie de patio interior techado hace años con láminas de cristal transparente a instancias de Adam Godley padre. El cerramiento no se hizo bien, por lo que en el emplomado se producen filtraciones que causan problemas al parecer insolubles con la humedad y el moho. En todas las habitaciones la madera cruje, las corrientes de aire circulan a sus anchas cual fantasmas domésticos y, en las noches de lluvia, un popurrí de goteos constantes e ilocalizables en las plantas superiores se convierte en la pesadilla de los insomnes. En otoño, montones de hojas secas taponan los antediluvianos canalones, mientras que en verano la planta baja se transforma en un pozo de aire estancado, cargado y bochornoso.

El elemento más llamativo de la casa es una torre alta de madera adosada a la esquina delantera izquierda, la izquierda mirando al frente, con ventanas en tres lados y tejado metálico en forma de cono y coronado por una veleta; el conjunto parece una imitación chapucera de una de las extravagancias bávaras menos brillantes del rey Ludwig. En las últimas semanas yo había estudiado el lugar en numerosas fotografías, en dibujos en sepia y en una reproducción de un óleo sumamente malo, y me sobrecogió verla en tres dimensiones y a escala. No entendí a qué se refería el loco sentado a mi lado al decir que antes tenía otro nombre, pues, según mis investigaciones —debo admitir que preliminares—, era Arden House desde siempre. Con todo, reflexioné, cabía la posibilidad de que existiera otra versión de la vivienda, idéntica en todo a la original. Según se dice, en la casa de Brahma, tan espaciosa, extraña y múltiple, existen infinidad de mansiones.

Mirad esas minúsculas moscas afanosas sobre la copa recortada en forma de globo de aquel laurel en miniatura; ¿qué están urdiendo con su serpenteo?

Y ahí estaba ella, mi lucero, para saludarme. Aunque jamás la había visto, ni en la vida real ni en fantasías ni en sueños, y nada sabía de ella en general, la reconocí nada más verla en lo alto de los escalones de la entrada, envuelta en la luz fresca y húmeda de la mañana, con un antebrazo sobre los ojos para protegerlos de las relumbrantes flechas del sol. Su imagen hizo que se empañaran mis anteojos de ratón de biblioteca, con montura de alambre. Vestido azul sin mangas, piernas bronceadas —de tobillos bien torneados, delicados como mariposas—, cabello del color del oro viejo y recogido en lo que creo que llaman «rodete». Llevaba algo en la mano, en la que tenía levantada, que no era una rama de laurel, aunque a mis ojos ya hechizados se lo pareció. Qué ridículo, qué ridículo quedar sometido al instante a una mujer a quien apenas conocía, pues hay muchísimas y de una gran diversidad. Sin embargo, la mirada se posa en esta o aquella y al punto todo se torna radiante. Ni siquiera nosotros, en la eterna morada del Olimpo, lo entendemos, y por eso no nos cansamos de tratar de averiguar cómo es la experiencia; pensad en todos los disfraces, desde los de cisnes y toros hasta los de lluvias de monedas de oro, que mi padre se ha puesto a fin de llevarse al huerto a tal o cual joven terrenal del momento. Es irracional, sí, pero os pregunto: ¿de qué sirve la razón en los asuntos del corazón?

Naturalmente, no había salido a saludarme, no de manera intencionada, no a propósito. Había ido al jardín a cortar un ramillete de lo que quiera que tuviera en la mano y de regreso a la casa se había detenido al oír que se acercaba el garboso cochecito de color carmín.

—No entiendo cómo una persona de tamaño normal puede caber en un trasto tan pequeño —dijo, o reconvino, desde el escalón superior, enmarcada en las oscuras profundidades de la puerta abierta, al tiempo que señalaba el Sprite con un movimiento divertido de la barbilla. A continuación me miró a mí y me dirigió una sonrisa ancha y jovial, como si yo fuera justo lo que necesitaba para alegrarle el día—. Usted es el tipo de la biografía —añadió adoptando un acento cockney—, que ha venido a poner verde a mi suegro ahora que está muerto.

Hace años sacó de algún sitio la idea de que estrecharse la mano es un gesto hipócrita, amén de poco higiénico, y por tanto nunca se la da a nadie, como no tardé en descubrir; pocas veces se mantiene fiel a sus principios, pero a este sí. Subí los escalones siguiendo los pasos lentos y rotundos de

Mordaunt y me quedé plantado en lo alto sonriendo como un idiota —no me cabe ninguna duda— ante esa criatura esplendorosa, vencido por la timidez. Al instante, cautivado sin remedio, hinché las mejillas y empecé a agitar los brazos en un movimiento de aleteo; parecía un maldito pingüino, me dije, moviendo sus malditas y ridículas aletas. Pero es que estaba, estaba descompuesto. Dentro de mí había un hueco en forma de mujer y ella había avanzado y encajado en él y se había encerrado en su interior con un clic. ¡Amor a primera vista! Qué poco original. Jamás me había sucedido nada semejante y me costaba creer que estuviera ocurriéndome justo cuando había alcanzado una edad en la que Eros, descorazonado, se dispone a descolgarse el carcaj y desencordar el arco.

Mordaunt me había subido maleta. La dejó en el suelo y, tras una seca inclinación de la cabeza, dio media vuelta y bajó la escalera, se sentó al volante del coche y se alejó en una nube de gases salobres del tubo de escape. Desde el peldaño superior, un hombre normal y corriente y una mujer esplendorosa lo vieron marcharse.

—¿Cómo le ha ido con el Maromo de Ivy? —preguntó Helen.

—¿El qué de Ivy?

Señaló con la cabeza el cochecito que se alejaba zumbando carretera abajo. En mi mente resonaron con claridad las palabras «de alquiler» musitadas por Mordaunt.

—Así lo llamamos —dijo ella—. De todos modos, sospecho que utiliza un nombre falso. Adam está seguro de haber visto antes a ese tipo, o al menos una fotografía suya en algún sitio. En un cartel de «Se busca», diría yo. Se presentó una mañana de sopetón y mi marido, en su infinita sabiduría, le dejó quedarse. Él lo niega, claro, y dice que fui yo. Sí, le invité a quedarse a comer el primer día. Un error. Ahora no hay forma de desembarazarse de él. Vive por allí —añadió señalando con un gesto exagerado en dirección a otra colina baja no muy lejana—, con Ivy, nuestra sufrida fregona, y de ahí el apodo del tipo, aunque usted no debe decirles ni a él ni a ella que lo llamamos así. Yo lo habría mandado a freír espárragos, pero Adam es tonto y acogería a cualquier perro calle-jero. ¿Qué tal fue la entrevista en —esta vez emitió una espe-cie de gemido nasal con acento neerlandés— Nuu Ams? Yo quería que me llevara, pero se negó en redondo. Solo he esta-do una vez allí, hace años, cuando todavía era Nueva York, interpretando a Rebecca West en aquella obra absurda. Un desastre. Era muy joven y no sabía nada sobre nada ni dentro ni fuera del escenario.

Avanzó un paso y con gran presteza me arrancó algo de la solapa con el índice y el pulgar.

—Un pulgón —dijo enseñándome la mancha de color hierba de la punta del dedo—. Este año estamos infestados de esos bichos.

Echó un vistazo por encima de mí y, canturreando baji-to, miró alrededor, lo que me permitió verle la línea de la mandíbula y la espiral de la oreja.

—¿Tuvo que apretarle las clavijas? —me preguntó—. Me refiero a Adam..., para que escriba el libro ese. Dice que es us-ted la persona ideal para el trabajo. Se le metió en la cabeza que había que contar la vida de su padre y le dio por ponerle a es-cribirla de inmediato. Creo que deseaba hacerlo otra persona, pero él le quería a usted. Es muy testarudo, aunque nadie lo diría al verlo. Estoy impaciente por leer lo que escriba. ¡La de esqueletos que saldrán repicando de ese armario! Por cierto, ¿ha encontrado ya alguno? ¿Algún esqueleto?

Me encogí de hombros débilmente, incapaz de dar una respuesta más firme. La voz no parecía funcionarme como es debido; estaba seguro de que si intentaba decir algo, me sal-dría un zumbido mosquil de pánico y angustiada turbación. Inmovilizado por el tormento de la timidez, como un hereje encerrado en una virgen de hierro, me quedé muy tieso y er-guido, con el brazo izquierdo estirado detrás de la espalda y la mano izquierda agarrada al codo derecho. Un idiota de remate. De todos modos, pese a que el corazón me palpitaba con fuerza, me daba perfecta cuenta de que ella se había me-tido en el papel de heroína teatral, obstinada y nerviosa, en-claustrada en una casa vieja, en un lugar remoto de la campiña, sin nadie que apreciara su belleza, encanto e inteligencia aguda aunque velada, es decir, nadie salvo su público, constituido en aquel momento únicamente por mí. Me dirigió de nuevo aquella sonrisa suya luminosa y destellante, aunque capté en ella una mota de tristeza sincera que no formaba parte del personaje, una pena profunda, la misma que había detectado en los ojos de su marido. Por lo general no soy tan perspicaz en lo referente a los vivos —recordad que mi primera vocación fue la historia—, pero el amor repentino atisba hondo.

—Soy Helen —dijo.

Y Helen fue.

Le tendí la mano y se apresuró a esconder las suyas tras la espalda. No me pareció una descortesía por su parte. Sin embargo, me sentí desesperado al percatarme de que probablemente esa iba a ser mi única oportunidad de conocer el tacto de su piel, y ella me la había arrebatado. Nada de apretones de mano. Un principio es un principio. Pero, ah, ¡besar el tierno hueco de vuestra mano!

Resollé y tosí y en un murmullo ronco pregunté si su marido no estaría...

—Ah, ha salido a hacer no sé qué con las vacas.

Es evidente que está orgullosa de su voz, un instrumento grave y oscuro con el que le gusta practicar.

—Todavía se las da de granjero, pero es un inepto. ¿Ha llegado usted antes de tiempo? Seguro que él quería estar aquí cuando... —se calla y, con una sonrisa desenfocada y evanescente, se aparta de mí para internarse en la oscuridad de la entrada. Luego se da la vuelta—. ¿Solo ha traído esto, esa bolsa y esa mísera maleta?

—El resto está en camino. Mis libros.

—Pues claro. Sus libros.

He aquí la casa. El vestíbulo principal tiene un colgador de sombreros y un espejo soñador. El salón: parquet brillante, cretona raída, utensilios de latón para la lumbre, un reloj tictaqueante sobre la repisa de mármol de la chimenea. Un libro desechado pero aún abierto boca abajo hace el espagat en el suelo junto a un sillón mullido que se ladea porque le falta una rueda. El parquet empieza a temblar un poco bajo nuestros pies. Miro a Helen.

—Se acerca un tren —dice—. Las vías están al otro lado de aquella valla. Nosotros nos hemos acostumbrado, pero a quienes no se lo esperan se les ponen los pelos de punta al ver cómo vibra todo.

Luego la cocina, el corazón de la casa, como ya sabemos. Ya conocéis la cocina económica y demás.

—¿Le apetecería tomar algo? —me pregunta Helen frunciendo el ceño. Todo esto ha ocurrido antes, piensa—. ¿Una taza de té o...? —Sí, exactamente eso.

Deja sobre la mesa un ramo de jacintos silvestres húmedos y mustios. Eso era lo que llevaba en la mano cuando se protegió los ojos: ¡jacintos silvestres! Qué curiosa la forma en que de repente las cosas se hacen valer avanzando a codazos hacia el frente para tener su momento. Este mundo, el que creamos para ellas, es un mundo asertivo; algún día se impondrá y las hará desaparecer. ¡Ah, el silencio que sobrevendrá entonces! Y nosotros sin nada más que hacer que mirar el espejo de nuestro ser inmortal por toda la eternidad.

Luego las habituales zarandajas de la llegada: ella me preguntó si necesitaba ir al baño y yo fingí que estaba impaciente por deshacer la maleta y acomodarme. Sé que se alegró de que no quisiera té; definitivamente, la cocina, con sus enseres, no es lo suyo.

Dice que me enseñará mi habitación y me muestra el camino. Yo llevo mi bolsa. Alguien me subirá la maleta. Ascendemos por tramos de escalera cada vez más angostos. El último solo nos permite ir en fila india. Sigo adelante, con sumo cuidado para conducirme como un caballero, con mi vieja bolsa de cuero llena de Dios sabe qué apretada contra el pecho, como un enorme bebé blandito y marrón con hebillas. No obstante, debo reconocer que me gustaría echar un vistazo a Helen por detrás. No sé si la leve vaharada de perfume que percibo es suya o un vestigio persistente de los jacintos. Pienso en esas flores muriéndose sobre la mesa donde

Helen las ha dejado y en mi interior se hincha una burbuja aleteante de algo cálido; qué sensible soy súbitamente a esas sutilezas, bisoño y sensible, más recién nacido que el bebé bolsa que llevo en los brazos. Ya ha sido un día muy largo y tiemblo de la cabeza a los pies; nada volverá a ser igual; mi vida está revuelta y turbia como si la hubieran removido con un palo. Helen abre una puerta pequeña enrasada y llegamos al pie de otro tramo de escalones de madera, siete exactamente según mi rápido recuento y considerando el de arriba como tal. Igual que antes, subimos uno detrás de otro hacia la luz, que cae tamizada sobre nosotros como un torrente de polvo luminoso.

—Y esta —dice ella (¡ella, ella!) adelantándose y abriendo de par en par la puerta, sobre la que apoya la espalda para permitirme ver el interior—, esta es la Sala del Cielo.

Entretanto —palabra, por cierto, que la teoría Brahma ha vuelto superflua—, entretanto, repito, Mordaunt se dirige en el Sprite a la entrada sin verja de la casa de Ivy Blount y se queda sorprendido, por no decir pasmado, al ver un lustroso Dolphin negro aparcado en la hierba ante la vivienda, envuelto en un halo de incongruencia. Su asombro dura solo un segundo; enseguida cae en la cuenta: ¿quién iría dando botes hasta ese bucólico lugar remoto en un cochazo tan elegante sino su viejo amigo Billy Hipwell? Sin duda ha venido a reclamar el Sprite. Pero ¿cómo ha sabido adónde debía ir? Según recuerdo, y recuerdo mucho, os lo aseguro —un dios menor solo olvida lo que no le gusta recordar—, no le dejamos ninguna dirección en Alquiler de Coches Hipwell. La señorita del aro en la nariz debe de haberle seguido el rastro. El Dolphin, nuevecito, está al sol y emite un leve tictac al tiempo que despide una mezcla de olores a agua salada quemada, caucho y pintura antiarañazos. Mordaunt se baja de su vehículo, esto es, del vehículo de Alquiler de Coches Hipwell, un coche de pronto muy menguado, y rodea despacio ese otro automóvil magnífico y disparatado deslizando los dedos de una mano por su suave piel ardorosa.

Titubea. Reflexiona. Sopesa en la balanza. Podría subirse al Sprite e irse lejos, lejos, lejos, sin que nadie ni nada lo detuviera, pues es un hombre libre. Pero ¿por qué va a hacerlo? ¿Qué ha de temer de su Billy Boy? Aun así, duda y se queda junto al suntuoso coche de Billy, cuyo imponente brillo aporta un reluciente resplandor adicional a la circundante luz del sol. No pondrá pies en polvorosa. ¿Acaso no ha decidido crear una nueva versión de sí mismo, convertirse en su propio avatar? ¿Y eso no le exige deshacerse en la medida de lo posible del pasado y sus cargas? Es muy consciente de adónde ha regresado, aunque para él Coolgrange no es tanto el pasado como un lugar imaginado a medias o un estado de antigüedad presente. Y ha sido borrado de allí, o casi, por una broma gastada por un universo escurridizo que se ramifica sin cesar. Sobre todo le exaspera el cambio de nombre. Sin embargo, ¿qué importa a la larga? ¿Acaso hemos de recordarle que él mismo se ha inventado uno para sí? Por tanto, ¿por qué no iba a hacerlo su antiguo hogar, o dejar que se lo hicieran? Y quizá esas transmutaciones, de Coolgrange a Arden House y demás, al final lo favorezcan. El viejo Magwitch puede quedarse aquí sin traba alguna, desconocido y no reconocido, de momento.

Del interior de la casita sale una ristra de carcajadas grotescas. Mordaunt reconoce el tono de su casera, en el que detecta un inusitado frenesí de alegría. Exhala un suspiro elocuente. Se siente agobiado por muchas pequeñas molestias, de las que Ivy Blount no es ni la menor ni la más pequeña.

Se encamina hacia un lado de la casa con paso cauteloso, pues las gallinas de Ivy dejan sus excrementos por doquier —blanco de zinc, esmeralda y verde oliva—; los ha pisado muchas veces. Y, en efecto, se topa con una de esas aves de comicidad barroca y cara con ojos relucientes escarbando en la grava; el animal se asusta al acercarse él —Mordaunt ha amagado una patada más de una vez— y se aleja a la carrera con sus tiesas patas, su paso bamboleante y sus enaguas ondeando. Mordaunt entra por la puerta de atrás, que no tiene el pestillo echado porque Ivy es un alma ridículamente confiada, al igual que, al parecer, todos los demás en Arden. Para él, traspasar un umbral siempre señala una serie de transiciones minúsculas pero importantes: del exterior al interior, de la luz a la sombra, de aquel él a este él. Nada como el trullo para intensificar la autoconciencia del yo, inexistente o no.

La puerta, esta puerta trasera, da directamente a la cocina, donde Mordaunt encuentra una escena animada. Ve tres figuras sentadas a la mesa redonda de madera cruda, cubierta para la ocasión con un mantel blanco inmaculado con una cenefa bordada azul. Han tomado el té de media mañana —¡el de las once! *Elevenses* se llama— y reina un ambiente casi festivo. El paso de Mordaunt al entrar cae amenazador en el suelo de piedra. Ivy está contando algo con gran entusiasmo —no será un chiste, ¿verdad?—, pero al ver el cuerpo robusto que oscurece el hueco de la puerta se interrumpe y se le nubla el semblante.

—Ah, es usted —dice con voz más apagada.

Billy viste un terno marrón oscuro de raya diplomática desacertadamente ancha. En el ojal de la solapa lleva metido algo sorprendente: un ramillete de prímulas alicaídas.

—Hola, viejo amigo —dice dirigiéndole uno de sus guiños sin malicia.

Hace más de doce años que no se ven, pero a Mordaunt le llama la atención lo poco que ha cambiado Billy. Le sorprende más que si su amigo se hubiera convertido en un anciano encorvado.

—Hola, Billy.

Billy está sentado al lado de su insolente joven ayudante. Pongamos que se llama Deirdre, que ella pronuncia Dear-dri.*

—El señor Hipwell ha venido a buscar su coche —dice Ivy con un destello de satisfacción. Guarda un profundo rencor a su huésped, que le endosaron ya no recuerda cómo.

—¿Ah, sí? —replica Mordaunt con una sonrisa velada.

Contempla la mesa con los cacharros del té. Ivy ha puesto sus mejores tazas y platillos, además de platos de borde ondulado, todos con la misma imagen del monte Fuji pintada, un azucarero de plata, unas pinzas muy pequeñas bañadas en plata y, sobre un salvamanteles también de plata, la tetera como una gallina blanca lisa y caliente, con una frágil voluta de vapor que asciende desde la punta de su pico vuelto hacia arriba. Hay también un pastel de pasas, al que ya le falta un pedazo impresionante, un cuenco con fresas y una jarra con nata. Ivy, que es de buena cuna, sabe cómo preparar un festín.

---

* Deirdre es un personaje de la mitología irlandesa. Su nombre se pronuncia *deardra* en irlandés y *deardri* en inglés británico. *(N. de la T.)*

—Acerca una silla —dice Billy, efusivo, como si fuera el dueño de la casa.

Mordaunt finge no oírle y continúa de pie mirando con una sonrisa tensa a los tres. Le resulta cada vez más extraño, desconcertante incluso, ver a Billy en gran medida igual que cuando lo conoció y, no obstante, cambiado, en un entorno distinto, con ese traje desafortunado, como una figura que está atrapada en un bloque de piedra esculpida y al mismo tiempo va surgiendo de él, aunque cabe preguntarse quién querría esculpir a Billy Hipwell. Al mirarlo con más atención se da cuenta de que los años lo han desdibujado un poco —una fina franja pálida por el retroceso de la línea del nacimiento del pelo, párpados caídos, polvo de mármol espolvoreado por las patillas de marrullero, demasiado largas y finas—, pero sigue siendo Billy, nuestro Budd. Mordaunt tiene la sensación de ser él mismo una estatua que se balancea en su pedestal con la réplica escalofriante de un terremoto lejano.

Deirdre le sonríe; tiene el aire impertinente de quien sabe más de la cuenta; ¿cuánto le habrá contado Billy de él y de sus condenas compartidas en Anvil Hill? Advierte que la joven ha dedicado una gran atención a su atuendo para la excursión al campo. Lleva una chaqueta de tweed a cuadros de estilo amazona con coderas de cuero y ceñida con elegancia en la cintura; en el cuello luce un plastrón suelto de seda de color crema con un alfiler de ópalo. Cuando la muchacha se levante, a Mordaunt no le sorprendería verla con pantalones y botas de montar. ¿Y espuelas? No, sería demasiado pedir. La chica ha arrimado mucho su silla a la de Billy, lo cual, junto con cierta expresión de engreimiento de propietaria, confirma la sospecha que Mordaunt albergó en su primer encuentro con ella en las oficinas de Alquiler de Coches Hipwell: que, por decirlo sin rodeos, se está tirando al jefe. Hasta ahora no ha pronunciado ni una sola palabra. Está esperando el momento oportuno. Mordaunt reconoce a una meticona en cuanto la ve.

Cuando por fin se sienta, las puntas de las patas de la silla rechinan en el suelo de losas. Él suele comer en esa mesa mientras Ivy Blount, con su delantal, su chaqueta de punto y unos ásperos pantalones masculinos de tartán, lo observa con indignación contenida. En cuanto a Adrian Duffy —ese nombre de pila decadente le quita cierto peligro, ¿no?—, no se le ha visto ni se ha sabido nada de él aquí desde que Mordaunt acudió en busca de alojamiento, lo cual, para los ojos constantemente ofendidos de Ivy, es otro punto en contra de ese intruso llegado de no se sabe dónde; la mera presencia del hombre en la finca es bastante imposición, sin que tenga que ahuyentar además a su galán.

—Estás la mar de bien aquí —dice Billy a Mordaunt con aquella lenta sonrisa familiar, a un tiempo tierna y ladina. El ramillete de prímulas de la solapa está dando sus últimas boqueadas; qué breve es el día de las flores del campo.

Podría llevarlo a las colinas y matarlo, piensa Mordaunt —no debemos perder ese coche—, pero ¿y la chica? Podría encargarse de Billy si lo pillara desprevenido, pero sospecha que Deirdre sería un cráneo más duro de roer. Le resulta inquietante esa mirada suya alegre y burlona. Sin embargo, no es más que una chiquilla, ¿y acaso no se cargó ya a una de esas hace mucho tiempo?

—¿Le sirvo una taza de té? —le pregunta Ivy de mala gana.

Él no responde y actúa como si no la hubiera oído; la guerra que libran es muda en su mayor parte. El silencio flota por encima de la mesa igual que el vapor que sale del pico de la tetera. Rex, el perro, aparece en la puerta y se detiene al ver a Mordaunt, que extiende una mano. El animal avanza muy serio hacia él, sin menear el rabo. Hombre y perro han llegado a un acuerdo; han creado un vínculo. Y pensar que Mordaunt, antes de ser Mordaunt, aborrecía a las bestias, fueran cuales fuesen su raza, edad y sexo.

Como si realizase un truco de magia, Billy saca una pitillera antigua de plata, la abre con el pulgar y se la ofrece a los demás sobre la palma de la mano derecha. Al parecer es el único fumador.

—Bueno, mejor para mí —dice haciendo otro guiño.

Elige un cigarrillo, da elegantemente unos golpecitos con un extremo sobre la tapa gastada y cubierta de delicadas rayas entrecruzadas, y enciende el mechero. Todos esos juguetes caros, observa Mordaunt con amargura; a Billy le ha ido muy bien.

—Me echaré uno —dice Deirdre con un exagerado gesto impulsivo.

—De acuerdo, nena —contesta con indulgencia su jefe, que vuelve a abrir la pitillera y se la acerca.

Podría matarlos a los dos, piensa Mordaunt, a él y, sí, también a la gordita, que sería la más lista, y esparcir las mortecinas prímulas sobre sus tumbas a ras de tierra. Pero sabe que se trata de una simple fantasía. Ha dejado atrás los días sanguinarios, o eso supone.

—¿Ha ido a la estación? —le pregunta Ivy con displicencia.

Él asiente y se encoge de hombros. A ella le satisface que Mordaunt, con todas sus ínfulas de grandeza, haya tenido que hacer un recado.

—¿Y qué tal es ese doctor como-quiera-que-se-llame?

Mordaunt, que está acariciando al perro detrás de la oreja, frunce el ceño y medita unos instantes la pregunta, como si lo mereciera.

—Seco —responde diplomáticamente.

Ivy resopla.

—Bueno, usted entiende de eso.

—Y es profesor, no médico.

Deirdre se ríe de ese intercambio de palabras. Luego traga saliva, lanza un vistazo de reojo a su jefe y se lleva tres dedos gordezuelos y rosados a su boquita escarlata. Nerviosa, da unos golpecitos en el borde del cenicero con la brasa del cigarrillo. Mordaunt está seguro de que la chica se ganará un bofetón si suelta una risita sin venir a cuento. Aunque es romántico hasta la médula, Billy siempre se muestra estricto con las chicas; según sus propias palabras: «Si dejas que se suban a la parra, solo conseguirás malacostumbrarlas».

Ivy se levanta, recoge la vajilla con brusquedad y la deposita en el fregadero con un estrépito ofendido. Su enfado va en aumento porque, como ella misma diría, está abochornada, con lo que quiere decir avergonzada, pero también, en este caso concreto, se siente frustrada. Hace un momento todo iba de maravilla; ahora todo se ha torcido. Mordaunt es como un pariente, un tío tarambana que hubiera vuelto de la ignominia y el destierro y se hubiera presentado por sorpresa en el momento más inoportuno. A ella le ha hecho tilín de inmediato el señor Hipwell, a quien perdona la raya diplomática e incluso la pindonga con cara de doguillo que ha traído consigo; de hecho, se llevaban muy bien los dos, gracias. El señor H. ha estado contándole anécdotas del negocio automovilístico —es un gran narrador cuando te acostumbras a su acento de gallito dublinés de clase baja y entiendes la mayor parte de lo que dice—, y entretanto la observaba descaradamente. Qué pena que Duffy no esté aquí, se dice Ivy. Si a Duffy le molesta Mordaunt, debería echar una ojeada al más que apuesto don Wm. Hipwell. Sí, el hombre le ha dado su tarjeta de visita, vaya, se la ha dado Deirdre, que por orden de su jefe la sacó como si fuera el as de corazones del pulcro mazo sujeto con cintas elásticas que guarda en el bolso y se la tiró sobre la mesa de muy mala gana. Ivy, la pobre, honrada y angustiada Ivy, cómo desea encontrar un asidero, pero no puede agarrarse a nada ni controlarse. Aunque se ha permitido albergar una esperanza pequeña, muy pequeñita, el juguetón Billy pronto partirá hacia el gran mundo, adonde ella no puede seguirle. ¿Volverá? Ah, sí. Todo vuelve, hasta la luz de la luna entre los árboles, la araña en su tela.

Está hablando Deirdre, con la cabeza ladeada y el mentón alzado, de nuevo una empresaria enérgica.

—Me llevaré la llave del coche —le dice a Mordaunt.

Emplea un tono formal e incisivo, pero él vuelve a notar que a la joven le cuesta reprimir la risa. O todo le resulta gracioso, o esa cara enrojecida y los ojos saltones son normales en ella; en opinión de Mordaunt, seguramente sea lo primero. A fin de cuentas, a la muchacha no le faltan motivos para estar contenta, pues ha tenido la suerte de pescar a un viejo rico, aunque sea uno que en su juventud —es poco probable que ella lo sepa— cumplió condena por una amplia variedad de delitos, entre ellos alteración del orden público, agresión con agravantes que produjo lesiones graves a la víctima y, oh, sí, sodomía, siendo el sodomizado un chavalín bravucón de once años con dos hermanos mayores muy grandotes y un enorme celo protector. Ah, sí, los primeros años de Billy estuvieron llenos de color, sobre todo del rojo sangre; que no os engañe el aire de picardía juvenil que todavía luce.

Mordaunt está reflexionando sobre la llave —¿debería entregarla o negociar mediante amenazas?— cuando otra sombra, esta mucho menos resuelta que la suya hace un ratito, ocupa el umbral.

Los años no han menguado la belleza de Anna Behrens, solo la han refinado. O al menos eso le parece a Mordaunt al verla después de tanto tiempo. Es alta, sigue siendo esbelta, se la ve quizá un poco demacrada, incluso un pelín macilenta; tiene los hombros más marcados, los pómulos más prominentes, y su pelo, antes del color del trigo bruñido por el viento, ha adquirido el tono plateado suave de las cenizas húmedas. Pero qué prestancia, qué gracia, qué aplomo. Continúa en la entrada, apoyada en un bastón de ébano, e incluso así irradia elegancia. Viste un traje azul claro con falda estrecha bajo un impermeable azul marino con mangas de quimono. Toda ella posee un brillo nacarado, quebradizo e iridiscente. Ha llegado de ese otro mundo que a Ivy le da miedo, el de las rubias de ojos perezosos y trajes de seda azul que empuñan bastones caros, y la triste cocina parece retroceder de repente ante su mera presencia. Mordaunt desvía un instante la vista y deja al descubierto el blanco de la comisura externa de un ojo, Billy Hipwell se apresura a ponerse en pie y Deirdre ya lanza miradas fulminantes. Ivy forma con los labios un pequeño círculo apretado, pero no emite sonido alguno. El perro gruñe bajito.

—Iba camino de la casa —dice Anna dirigiéndose a Mordaunt con una especie de asombro risueño— y en el sendero me topé con un hombre muy raro que me dijo que te encontraría aquí.

—Y aquí estoy —afirma Mordaunt sin inflexión alguna.

Lo han asaltado recuerdos nada desagradables y un batiburrillo de pensamientos. De todos modos, Anna es la última persona que él habría supuesto que lo localizaría. Se acostaron una vez, más de una, hace muchos años. Poco queda de aquello; poco, pero algo, sin duda algo.

Mira a los demás: a Billy, de repente cohibido, y a su malhumorada novia, y a Ivy con su pelo rebelde. Es demasiado, demasiado..., no sabe qué pensar. Tras un instante de silencio, todos empiezan a hablar a la vez y se interrumpen de inmediato. Da la sensación de que existe un público invisible en la oscuridad, al otro lado del arco del proscenio, espectadores apretujados que se remueven en sus butacas con alegre regocijo en este momento de comicidad involuntaria, cuando los actores olvidan sus frases, el escenario se viene abajo o al protagonista se le tuerce el peluquín.

—Esta es Anna Behrens —dice Mordaunt. De pasada piensa que es extraño que todo el mundo deba tener un nombre, un nombre y un apellido—. Anna, este es mi viejo amigo Billy Hipwell y...

—Deirdre —dice la chica con tono cortante, los ojos entornados y la brillante punta de su nariz respingona temblando.

—Y Deirdre —repite suavemente Mordaunt como un eco—. Y...

Ivy se precipita hacia delante para hacer valer su derecho como propietaria a tomar la palabra.

—¿Eres de los Behrens de Whitewater House? —pregunta a Anna.

—Sí. —Anna frunce el ceño y luego sonríe con cautela—. Y tú eres...

—Ivy...

—¡Ivy Blount! ¡Dios mío, qué...!

—¡Sí!

La concurrencia humana es asombrosa, como he comentado a menudo.

Mordaunt fija en Anna su mirada calibradora de estrangulador. ¿Tendrá que matarla también a ella? ¿Qué demonios va a hacer con tantos cadáveres, dónde va a enterrarlos? ¿Y cómo es que Ivy conoce a los ricachones Behrens de Whitewater House? Es de lo más inquietante.

—Lo siento, pero tengo que sentarme —dice Anna—. La maldita rodilla.

La semana pasada, informa a los de la mesa quitándose su precioso impermeable y torciendo el gesto, se dislocó la rótula; un accidente con un caballo. Billy, que ya va camino de enamorarse perdidamente, acerca una silla a toda prisa mientras explica con fervor que conoce a un hombre que coloca bien los huesos y...

—La gente le tiene una fe ciega —asegura a Anna, y adelanta con presteza la silla para que reciba las bonitas posaderas ceñidas por la falda.

Ella le dirige una sonrisa radiante de dulce desdén.

Ivy señala la tetera, que está empollando sobre su soporte.

—¿Te apetece...? —De nuevo la ceremonia del té—. Prepararé más ahora mismo.

Recibe por respuesta otro atisbo de aquella sonrisa ausente. Anna siempre ha tenido un porte regio, reflexiona Mordaunt. Le preocupa que la mujer le llame por su nombre, por su antiguo nombre, el único por el que le conoce. Sería una situación peliaguda. Nota un cosquilleo de risa en los senos nasales. ¿Qué hacer, oh, dios de las encrucijadas, qué hacer?

Y, naturalmente, es sencillo, como ahora demostraré. Entregar la llave del coche a la ceñuda Deirdre —la llegada de Anna le ha borrado del todo la sonrisita de suficiencia—, estrechar la mano a Billy y musitar que esperas volver a verlo pronto, dirigir una inclinación a Ivy, conseguir que Anna se levante, impulsarla, apoyada en el bastón, hacia la puerta y sacarla. Los guío sin que nadie me vea, aunque ellos crean que actúan por sí solos. El perro, colocado como una esfinge bajo la mesa, observa a Mordaunt y profiere un gemido herido al verse abandonado: para un perro, cada acto es absoluto y cada partida, definitiva. A mí me mira enfadado; es el único de ellos que me ve.

Mientras camina, Anna vuelve la cabeza hacia Mordaunt y se echa a reír.

—Por el amor de Dios, Fre...

—¡Chist!

Qué tímida e indecisa parece la playa con un tiempo vaporoso al principio del verano. Es decir, así se lo pareció a él aquel día concreto de nubes finas cuando llegó, con Anna al lado, a la turística y ventosa población costera de Ballyless. Porque ¿cómo va a saber él cómo es el mes de mayo en Madagascar, por ejemplo, o en las orillas del Caspio o, ya puestos, en la playa de Copacabana, donde ahora no está a punto de empezar el verano, sino el invierno, y las jóvenes de color miel casi desnudas aprovechan para retozar en las olas antes del final de la temporada? Después de sacar a Anna por la puerta de la casita de Ivy Blount, no le había quedado más remedio que seguirla, y así lo hizo, bastante pegado a sus talones. Fuera cual fuese la intención de Anna, había recorrido muchos kilómetros para verlo, de manera que él no podía darle la espalda: hasta un asesino debe cuidar sus modales. De todos modos, era imposible continuar en la cocina de Ivy tras la resplandeciente aparición de Anna, inverosímil como la de un ángel anunciador. Pero ¿qué debía hacer con ella? No podía dejar que fuera a la Casa Grande, como la familia se refiere de forma cariñosa aunque socarronamente irónica a ese edificio en ruinas que siempre ha sido —con el debido respeto a los recuerdos entrañables y cada vez más desintegrados de Mordaunt— su hogar. La mera idea de presentársela a Adam Godley, y más aún a su esposa, le resultaba ridícula, sin duda grotesca, si bien ignoraba por qué. Desde luego, no hay necesidad de echar a Anna deprisa y corriendo, pues ella es una grande en todos los sentidos, no tanto si hablamos de clase como de dinero, y así es. En cualquier caso, es un estorbo y, pese a toda su opulencia, se impone sacarla de la finca, y rapidito. Representa una especie de amenaza de una especie de trastorno —una vez más, Mordaunt no sabe qué tipo de amenaza ni qué tipo de trastorno—, ahora que él ha conseguido instalarse de manera inamovible. Y, pensándolo bien, se siente bastante a gusto ahí. Tiene una habitación bonita en la planta superior, con bonitas vistas de los prados y las colinas hasta la fina franja reluciente del mar en el horizonte, e incluso de momento no le resulta difícil aguantar a Ivy mientras planea qué hará durante el resto del áureo, o cuando menos dorado, otoño de su vida; el invierno será otro cantar.

Anna se rio al ver aquel cochecito tan mono y se negó a subir.

—¿Con esta rodilla? —dijo—. Además, le has dado la llave a aquella chica.

Sí, así era. El Sprite y él no volverían a correr espiritosos, pensó apenado, pero se dijo que no importaba y que quizá fuera lo mejor. El vehículo era demasiado pequeño para él; él era demasiado grande para el vehículo. Sabía que debía de tener un aspecto ridículo al volante, como un hombre hecho y derecho, un hombretón con alma de niño, maniobrando muy serio y tranquilo un coche infantil de pedales.

Al pensar en la infancia recordó que el día de su puesta en libertad, mientras cruzaba en el coche un mundo que se escindía, le había pasado por la cabeza ir a la playa en busca de una pizca de solaz para su alma incierta. Entonces había aplazado la visita, pero ¿por qué no ir ahora?

El aguijón de la sospecha de nuevo le hace dudar.

—¿Cómo supiste que debías ir a la casita? —interrogó a Anna con cierta agresividad.

—Ya te lo he dicho. Me crucé con un hombre en el sendero y le pregunté dónde podía encontrarte. Y no me hables en ese tono.

—¿Qué clase de hombre?

—Tosco, de cejas pobladas, un labriego, diría yo.

Mordaunt asintió.

—Sería Duffy —afirmó con tono sombrío—. Pero, dime, ¿cómo supiste que estaría en Coolgrange? —Soltó una risotada furiosa—. O en Arden House, como han decidido llamarla.

Ella negó con la cabeza.

—No me acuerdo.

Mordaunt advirtió que la mirada de Anna se había vuelto imprecisa y que su expresión se había difuminado, como si mentalmente estuviera alejándose de él, de sí misma, de todo, de manera irresistible. Ahí está otra vez, esa forma que tienen las cosas de quedarse en blanco y dar la impresión de hundirse.

De repente piensa que tal vez el motivo por el que le resulta familiar esa sensación de avanzar desorientado y somnoliento por un mundo que poco a poco, muy poco a poco, va quedándose sin cuerda según la primera, la segunda o la centésima cuadragésima séptima ley de tal o cual, quedándose sin cuerda pero sin llegar a detenerse del todo, quizá la razón por la que le parece reconocerla sea que así se sentía en la prisión. ¿Podría ser? ¿Así de simple?

Anna habló.

—¿Qué te pasa?

—¿Cómo?

—Parece que estés pensando en las musarañas.

El coche de Anna estaba aparcado en el camino al otro lado de la entrada de Ivy. Era un Cachalot descapotable, un vehículo magnífico, más pijo y grande incluso que el gran y pijo Dolphin de Billy. La capota era negra como el hollín y la carrocería estaba pintada de un gris brillante, como el del vientre de un pez recién capturado. Anna abrió la portezuela del conductor y arrojó el bastón al asiento de atrás, donde repiqueteó sobre algo.

—Sube y vamos a dar una vuelta —dijo.

A Mordaunt le alivió ver que volvía a ser la de siempre, que se había recuperado a sí misma, porque es de nuevo como era hace unos instantes, clara y directa, Anna y su enorme coche desenfadado y reluciente.

—Me gustaría ver el mar —dijo él. *La mer, la mer, toujours recommencée!*—. Me gustaría ir a la playa.

Y así fue como llegó a Ballyless, a Ballyless on Sea.

Conocía el lugar, pues de niño había pasado los veranos en la localidad, y algo de su infancia perdura todavía aquí, aunque solo sean el olor del aire salado y el aspecto pintoresco de todo. El pueblo es una extensión de hoteles, pensiones, villas descoloridas por el sol y tiendecitas dispuestas a un costado de una carretera recta de más o menos un kilómetro y medio; al otro lado hay un margen indeciso de dunas cubiertas de juncos, y más allá está la playa. Anna conducía despacio, con la capota y las ventanillas bajadas, como si su pasajero fuera un héroe que debiera desfilar ante su público, un comandante en su regreso victorioso de una Troya aún en llamas o un poeta camino del Parnaso; solo faltaban las serpentinas, la corona de laurel, la multitud vociferante. Mordaunt se sintió como un imbécil.

Le sorprende que se le haya permitido llegar hasta aquí sin problemas, mientras que el otro día no consiguió trasponer la puerta de la resurrección. En cierto modo aquella debe de ser una vía de entrada y salida del viejo mundo a la que ya no tiene acceso. De ser así, sería como intentar retroceder por el cuello de un reloj de arena.

Ballyless, el pueblo, transmite la sensación convincente de no haber cambiado. Los dos hoteles, el Beach y el Golf, están como antes, al igual que Myler, la tienda de comestibles y pub, y la iglesia con tejado de zinc, cuyo interior, los domingos de verano por la mañana, despedía una mezcla de olores nada santificada a pintura al temple y madera caliente, y probablemente todavía huela así. Mordaunt observó todo eso desconcertado, y de haber sido otra persona habría derramado una lágrima. Era un día nublado, como ya hemos visto, pero las nubes son muy altas y delgadas, meros jirones de algodón sobre el azul, el aire tiene un brillo blanquecino y todo se ve austero y con contornos definidos, como en una fotografía sobreexpuesta.

—¿De verdad vives con esa mujer? —le preguntó Anna.

—Soy su inquilino.

—¡Su amancebado! ¡Dios mío! ¿Te lleva cuencos de caldo nutritivo y te frota el pecho con linimento por la noche?

Mordaunt miró las manos apoyadas sobre el volante. Tendones, venas hinchadas, unas cuantas manchas de la vejez. Le excitó el espectáculo de una criatura tan delicada al mando de un coche enorme, con tantos medidores e indicadores, con su olor a almizcle y el suave rugido amenazador del motor. Se mordisqueó el interior carnoso y aterciopelado del labio inferior, algo que siempre le ha gustado hacer, una especie de toqueteo íntimo a sí mismo.

—¿Piensas seguir viviendo allí? —le preguntó Anna—. O sea...

Él apartó la mirada y deslizó los dedos por el reposabrazos de cuero calentado por el sol que había en la portezuela. Palpó un cenicero empotrado, bajo cuya tapa curva cromada vio un acre puré de colillas. ¿De quién, Sherlock? De algún canalla sofisticado, de algún libertino con casa de campo. Anna siempre sabía elegirlos; ¿acaso no lo había elegido a él, aunque no lo hubiera conservado mucho tiempo?

—Has sido muy amable al venir a verme —dijo—, sin que te haya invitado. ¿Quieres decirme qué buscas?

Ella se echó a reír y pisó a fondo el acelerador, de modo que el coche salió disparado como si lo hubieran pinchado por detrás, pongamos que con un tridente.

—Ay, Freddie, nunca cambiarás.

—Me llamo Felix —replicó él con tono severo. Esta vez lo pronunció al estilo británico; no quería que Anna se riera de él, con ganas, enseñando sus dientes blancos y húmedos, como suele hacerlo—. Y la gente no cambia.

—Cambia de nombre, señor... —Hizo girar dos finos dedos de una mano levantada con impaciencia—. ¿Cómo es?

—Mordaunt.

—¿Mordaunt?

—Mordaunt.

—Perfecto. Ajá. Te va como anillo al dedo.

Anna llevaba los labios pintados de un color pálido y, cuando sonreía, se le estiraban y adquirían un tono gris refulgente. Un par de gusanos, pensó él, uno extendido pegajosamente sobre el otro, y sonrió para sí, contento con la imagen. Es la clase de pensamientos que le pasan por la cabeza. Anna le había dicho en aquella época lejana que lo amaba. No era cierto, él lo sabía tan bien como lo sabe ahora; solo lo había dicho para oír qué respondía o ver qué hacía. A Anna le habían divertido los fervores del joven que él había sido, su narcisismo, su anhelo del mundo que en aquel entonces tal vez ella encarnara pero que no podía ni quería darle. Era un par de años menor que Mordaunt, pero a él siempre le había parecido tan vieja como Eva. Se habían acostado dos veces, y una tercera formando un trío con Daphne, su esposa. Hubo una cuarta vez, muy posterior, pero eso no es de nuestra incumbencia. En aquella relación sexual a tres bandas fue a Daphne a quien Anna más deseó. Mordaunt visualiza todo lo relativo a aquella vez como si lo viera en la ilustración de un libro antiguo con una borla para marcar la página, con un *seigneur* adusto vestido con una túnica del tono azul propio de los hermanos Limbourg y rodeado de un grupo de damas, todas con rostro de porcelana y sombrero puntiagudo e increíblemente alto con un velo de gasa prendido arriba del todo, una de las cuales tiene un unicornio en el regazo. Su pasado está enmarcado en la leyenda, lo que resulta ridículo.

—Qué bien me conoces —dijo Anna con un tono alegre y vibrante—. Da la casualidad de que tengo que pedirte un favor.

—La casualidad.

Ahí está el paso elevado del tren, ahí la pequeña estación, atemporal como un juguete. Mordaunt estira una mano y agarra a Anna del brazo.

—Para, da media vuelta...

—¡Ay! Me haces daño.

—... da media vuelta y retrocede.

—¿Por qué?

—Quiero verlo otra vez.

Anna obedeció a regañadientes. Giró el volante, los neumáticos chirriaron a modo de protesta y una furgoneta que avanzaba en dirección contraria dio un brutal viraje y pasó junto a ellos con un indignado ¡piiiiiiiiii!

Mordaunt miró alrededor con más entusiasmo aún que antes, más perplejo y cautivado.

—¿Es como lo recuerdas? —le preguntó Anna.

—Sí, igual, casi. —Caviló desconcertado—. No lo entiendo. Algunas cosas son como eran y otras son distintas, irreconocibles.

—Bueno, has estado fuera mucho tiempo, «señor Mordaunt».

Él intenta discurrir la manera de describirle su perplejidad. ¿Y no nos inspira lástima? Es como si al regresar a casa tras largos viajes por tierras remotas y mares exóticos hubiera encontrado inexplicablemente transformado cuanto había conocido ahí, en Ítaca, reformada su casa, cambiadas las cerraduras, las criadas convertidas en unas guarras, una esposa desconocida en su cama, hoscos y con el nombre cambiado aquellos a quienes creía sus hijos y un gato distinto sobre el felpudo contemplándolo de hito en hito con una mirada verde y malévola. Es un gato atigrado, sobre un felpudo de ratán, inmóvil y con el oído aguzado por si percibe el ruido de un ratón. Sí, nos gusta ser precisos.

—Ah, bueno, eso es obra de nuestro difunto amigo, el nada pío Adam —dijo Anna—. Hizo sus diabólicas sumas y lo trastocó todo. Las cosas iban tirando muy bien, gracias, hasta que él metió un pulgar en las ruedas y rompió los engranajes.

—¿Y ya está? —murmuró Mordaunt maravillado, con la voz de quien atisba por el borde de un precipicio y ve las nubes muy abajo, como si el mundo estuviera patas arriba—. ¿Solo hizo falta eso?

—¿Solo?

—¿Unas cuantas ecuaciones?

—Unas cuantas ecuaciones.

¿Cómo podía mostrarse tan tranquila, tan despreocupada? ¿No estaba a su lado allá arriba, plantada en el mismo borde, con todos los demás? Mirar a través del hueco entre las nubes y ver la magnitud de la caída.

Otro tramo de carretera se abrió bajo el coche. Anna estiró los brazos y aferró el volante con las dos manos, se reclinó en el asiento y suspiró.

—Debería estar fumando un cigarrillo y riendo contenta —dijo—, con el pelo ondeando al viento, como la chica del anuncio de tabaco. Antes lo hacía, ¿te acuerdas? Cuando éramos jóvenes y atractivos.

—Lo recuerdo.

—Qué va.

—Sí.

El coche descendió suavemente por la empinada Station Road —ahí está Los Cedros, en un estado mucho más lamentable que antes—, al pie de la cual, en un hueco entre dos edificios bajos, está la playa, seguida de la curva añil del mar y, más allá, un harinoso cielo alto y plano. Mordaunt se anima de repente, como si en alguna parte se hubiera abierto una puerta.

—¿Y qué me dices de mí?, ¿he cambiado? —preguntó.

—Sí, sí. Tienes..., no sé... —Anna lo miró de reojo para examinarlo—. Es como si te hubieras convertido en tu hermano mayor y más sombrío. Y ya que estamos, con ese modelito pareces una antigualla.

Él hundió la barbilla en el pecho y se miró con ojos evaluadores.

—Creía que era un estilo clásico. ¿No dicen que el tweed nunca pasa de moda?

Ella volvió a observarlo, esta vez con mirada más crítica y reprimiendo la risa.

—Conservado en salazón —dijo ella.

—En formol, querrás decir. Si quieres ser ofensiva, emplea bien las palabras.

Ella lo miró y dijo:

—Al menos el sombrero es nuevo. Gracias, Anna.

Mordaunt lo había lanzado al asiento de atrás. Sí, ella lo había encargado y se había ocupado de que se lo entregaran la mañana que quedó en libertad; un regalo por su salida, escribió en la tarjeta que deslizó tras la cinta. ¿Cómo había sabido qué talla comprar? Otro pequeño misterio.

—Pensé que el día debía celebrarse de alguna manera —prosiguió ella—. Recordé que los sombreros siempre te dan un aire turbio. Aunque, por supuesto, eres una persona turbia, ¿no? ¿Te lo llevaron a la celda en una bandeja de plata?

—Les encantó la cinta rosa con que ataste la caja. ¿O la ató el sombrerero creyendo que se trataba de mi salida del armario? Un lazo muy bonito, por cierto.

Giro a la izquierda. El Café Playa. Enfrente, una tiendecita marrón que Mordaunt recordaba exactamente tal cual estaba, a menos que fuera una reproducción exacta de la original, con redes de pesca sobre delicadas cañas de bambú, una bolsa de malla con pelotas de playa rayadas y un manojo de molinetes con aspas rosas y blancas colocados en un cubo rojo ante la estrecha puerta, siempre abierta, cuya parte de cristal más estrecha está cubierta por dentro con una delicada cortina de cretona amarilleada por los años. ¡Sí, sí, estaba todo allí! Y en el escaparate una exposición de golosinas —caramelitos ácidos, caramelos de menta, sobres de sidral— y un tarro alto lleno de discos de regaliz como gruesos cordones de zapato negros y relucientes. La gente se deslomaba en las fábricas para elaborar esos productos. Mientras Mordaunt contemplaba el local, un niño, que tal vez fuera quien él había sido hacía cincuenta años, salió por la puerta cortinada comiéndose un cucurucho de helado con la delicadeza y concentración de un alfarero que crea un objeto delicado a partir de una masa informe de porcelana.

Un reflejo del sol destelló y se apagó de inmediato. El día había adquirido un fulgor de magnesio. Con qué rapidez cambia la luz bajo esta alta capa blanca de nubes. Todo se mueve, sigue su camino precipitado e irreflexivo, nada es lo mismo al cabo de un instante.

—¿Todavía tienes mis cosas? —preguntó él—. ¿O mandaste que se las llevaran y las quemasen?

—Están en un baúl de un desván de no sé dónde, o al menos lo que no se han comido las polillas. Tenemos que ir de compras y equiparte como es debido.

—Tú correrás con los gastos, ¿no? Estoy sin blanca.

—¡Anda ya! Debes de nadar en dinero después de vivir tantos años mano sobre mano a merced del Estado. ¿Y no os pagan por estar en la cárcel?

—Dos peniques por saca de correos cosida.

—Ya verás que con el tiempo se multiplican. Apuesto a que tienes tu botín en una olla enorme guardada en alguna parte, la pasta que ahorraste en los malos tiempos para gastarla cuando llegara un día bueno.

—Qué ideas tienes.

—Dime, ¿llevabais flechas pintadas en la ropa?* ¿Había muchas violaciones? Imagino que tenías un muchacho sin los dientes delanteros. He leído en algún sitio que se estila en..., ¿cómo lo llamáis? ¿La trenza?

—Trena. Talego.

—¿Por qué talego?

—No lo sé. ¿Porque es pesado estar allí?

Anna se rio: un gorjeo en el fondo de la garganta.

—Aquel hombre del traje chillón, el que estaba en el sitio donde te hospedas, te echaba miraditas raras.

Mordaunt apretó las mandíbulas y arqueó las cejas, lo cual, como bien sabe, siempre hace que parezca la viva imagen de su madre.

—Eres muy perspicaz —repuso—. De hecho, durante un tiempo fue mi bardaje. Y no digas que conoces la palabra.

—No necesito conocerla; ya imagino lo que significa. Me he fijado en que han vuelto a crecerle los dientes delanteros.

El hotel Golf otra vez. La tienda de Myler de nuevo. El campo con los chalets. Él había estado ahí en el pasado; ese había sido su lugar una vez, un sitio que conocía. ¿O que había conocido? Cuando era niño, un día, caminando por el mar, había pisado un lenguado que, aterrorizado, había salido agitándose de debajo de su pie, y por un segundo el universo se tambaleó. Ningún lugar es el hogar.

---

* Desde finales de siglo XIX hasta principios del XX, los uniformes de los presos del Reino Unido llevaban puntas de flechas estampadas. *(N. de la T.)*.

—¿Me echaste en falta? —preguntó Anna—. ¿Pensaste en mí siquiera una vez?

—No estabas allí para que te echara en falta. No estabas en ningún sitio.

En cierto sentido, era y es verdad. Cuando la gente no está con Mordaunt, deja de existir por lo que a él se refiere. No fue necesario que lo encerraran para que así fuera, pues así ha sido siempre para él. Se pregunta si será un caso de falta de imaginación. Quizá parezca puro solipsismo, pero no lo es. Está dispuesto a aceptar la realidad de los demás, pero solo en abstracto y solo porque para él carece de importancia que existan o sean una quimera tan variopinta como el mundo. Tampoco se trata exactamente de indiferencia; él no es Adam Godley. Es más bien una cuestión teórica; un poco como una proposición en lógica: yo soy en toda mi soydad y, por lo tanto, ellos no son si no puedo verlos ni oírlos y no están aquí ni son palpables para que pueda darles vida. El árbol que cae en el bosque sin que nadie lo oiga hace o no hace algo, de momento Mordaunt no recuerda el qué. Sencillamente le resulta imposible formarse la idea de Anna Behrens, por poner un ejemplo inmediato, imaginar que ha estado en otro sitio, donde sea, haciendo cosas —caminando, charlando, comiendo, durmiendo incluso— durante todos esos años, un cuarto de siglo, sin él al lado para materializarla. Esto nada tiene que ver con el amor y la lejanía irremediable de *die ferne Geliebte*; no amó a Anna más de lo que ella lo amó a él. Mordaunt sospecha que, si el amor requiere la entrega del yo, él jamás ha amado a nadie, porque, según afirmará, no existe, para empezar, un yo que entregar. Hay un fenómeno análogo al que hemos comentado, bueno, que yo he comentado: Mordaunt supone que, cuando abandona la compañía de otras personas o estas abandonan la suya, él, por su parte, deja de existir para ellas a todos los efectos y propósitos, a todos los efectos y a todos los propósitos de esas personas.

Ahora bien, respecto al árbol del bosque, el viejo castaño: siempre habrá alguien o algo que repare en su caída, aunque solo sea un zorro, un ratón, un nematodo o simplemente el aire, que ondula en ondas y partículas, en ondículas.

—¿Qué tal una copa? —dijo.

El estado de ánimo alegre de hacía un momento había desaparecido y ahora era preso de una insidiosa desazón. Anna le había dado un susto con su repentina llegada; un susto pequeño, pero susto al fin y al cabo. Habría deseado que no lo hubiera buscado. Hasta entonces había estado contento, o casi. Se había adaptado a Arden, su medio casa, incluso estando entre desconocidos en un lugar ajeno, que era Coolgrange, Ninguna Parte a Orillas del Leteo, ese río brumoso otra vez. Y de sopetón había emergido del pasado esa mujer, con su sentido del humor provocador y su malicia traviesa, en cuya compañía se había sentido eufórico durante un rato, animado, a punto de volver a ser la persona audaz de los espléndidos tiempos de su juventud. Qué desconcertante. Era como un mamut en el permafrost: las grandes placas se habían movido y el hielo se había resquebrajado con un crujido y un rugido tremebundos, de modo que habían entrado el aire y la luz embriagadores, vistas llenas de vida, distancias neblinosas, el sonido de vientos vigorosos. Eso era justo lo que no había querido, es justo lo que no quiere. Lo que anhela con toda el alma es no ser, o ser y no ser, las dos cosas a la vez. Sobre todo, estar más allá del parloteo, el parloteo incesante y soporífero que lo rodea siempre y en todas partes, incluso en Arden, un lugar hundido aunque sea en su propia soledad.

—¿Cómo es que conoces a Ivy Blount? —preguntó—. ¿Cómo es que te conoce?

—Mi padre y el suyo eran amigos. Bueno, más o menos; ya sabes cómo era papaíto. Blount el Granuja y su hija, Ivy la Escuálida, solían ir a Whitewater. Una vez mi padre se hizo con un cuadro del Granuja. Uno de Bonington, bonito como un sol.

—¿El de los niños pescadores en la playa?

—Qué buena memoria.

—¿Cómo no iba a recordarlo?

—¡Pobre Granuja! El muy tonto no sabía lo que tenía, con lo espabilado que era para otras muchas cosas. Pero así era mi papá-bah, siempre al acecho de alguien a quien estafar.

Se dirigió hacia la entrada del hotel Golf. ¿O es el Beach?

Le preguntó cómo era la vida en la cárcel («la vida de verdad») mientras conducía despacio por los caminos de chirriante grava en busca de una plaza de aparcamiento. Los techos de los coches alineados brillaban como jorobas de multitud de ballenas jorobadas que la corriente hubiera colocado en fila sobre la playa; el Cachalot, camuflado, se sentirá como en casa. Mordaunt se esforzaba por poner en orden sus ideas, su pensamiento. Persistía un vestigio del letargo que se había apoderado de él hacía un rato, de la sensación de encontrarse paralizado de algún modo entre dos mundos, entre muchos mundos. ¿No estará pensando de nuevo en la cárcel? Todo condenado a muerte es forzosamente un ermitaño.

¿Cómo describírsela a Anna?, ¿cómo? Él había experimentado un proceso de refinado que en buena medida lo había dejado igual que era antes pero que también —bueno, no lo había absuelto, claro, eso sería un mal chiste—, pero que también lo había dejado privado y despojado, sí, hasta el extremo, consumido en espíritu. Prefiere estar así. Es un estado natural, su estado natural, sobrio, escueto y purgado.

—Aburrimiento —dijo por fin, sin saber que lo diría; la palabra salió por sí sola y lo sobresaltó. Frunció el ceño.

—¿Qué?

Anna está distraída. Ella también frunce el entrecejo mientras maldice todos esos coches y a sus condenados dueños.

—Me has preguntado cómo era la vida en la cárcel.

—Sí, ¿y...?

—Acabo de decírtelo. La esencia del aburrimiento. La quintaesencia.

—¿Cuál es la diferencia?

—¿Qué?

—Entre esencia y quintaesencia.

—La quintaesencia es la esencia de la esencia. Piensa en la sangre como la esencia y en la linfa como la quintaesencia.

El maestro Eckhart... —Mordaunt se interrumpió y señaló con un dedo imperioso—. ¡Hay un sitio!

—¿Qué? ¿Dónde?

—¡Allí, allí! —La impaciencia de antaño se desató—. ¡Mira!

—Vale, no te sulfures. —Anna admiró, como otras muchas veces, la elegancia con que el largo y grácil coche bajó el morro cuando los frenos se impusieron sin contemplaciones—. Háblame del maestro como se llame y de la esencia del aburrimiento.

Él siguió en silencio, de cara al parabrisas.

—Oh, vamos, Freddie, explícamelo.

Pero de nada servía tratar de convencerlo. Ella conocía aquella expresión hosca de labios apretados y las comisuras de la boca y los ojos caídas. El momento había pasado, Mordaunt no diría nada más al respecto. Qué pena. Anna disfrutaba cada vez que él iniciaba una de sus conferencias, con su gran mentón azulado por la barba encajado en el cuello de la camisa como un adoquín y la boca moviéndose con el aleteo de las branquias de un pez fuera del agua. El maestro Eckhart, pues sí.

Anna dejó una mano en el volante, apoyó la otra en el respaldo del asiento, se giró a medias, volvió la cabeza e hizo retroceder el coche describiendo una veloz curva amplia, como un jinete de doma que lleva un purasangre al establo.

Él observó su rostro. Dedujo que estaba pensando otra vez en Godley; el aire estaba cargado del hedor pestilente del individuo. Por eso lo había buscado, se dijo indignado, no porque quisiera verlo, sino para invocar un fantasma.

—Supongo que te acostaste con él en aquel entonces.

—¡Bingo! —exclamó ella tras aparcar con destreza. Apagó el motor.

Y ahí los tenemos, en el salón del hotel, sentados uno al lado del otro en un sofá largo y bajo con cojines tan fofos que ambos parecen estar repantigados en las aguas cálidas y poco profundas de una playa. La estancia tiene todo el aspecto de la salita de la casa de un sacerdote: un pequeño hogar revestido de azulejos beige, con una estufa eléctrica de una sola barra empotrada; papel pintado del color del cartón chamuscado, con un estampado de rosas desvaídas que se precipitan, y un reloj en la repisa de la chimenea que avanza con un sonido pausado, fuerte y reprobador. En cambio, la pared que tienen enfrente es audazmente moderna: una sola lámina de vidrio de suelo a techo y de lado a lado. Más allá hay una franja de césped muy corto con aros de cróquet, un minigolf, tres palmeras inverosímiles y una bandera desconsolada prendida a un alto mástil blanco que produce un trallazo categórico y sordo como el disparo de una pistola cada vez que el viento pasa por la fina driza blanca. El sol brilla con valentía cumpliendo así con su necesaria obligación. ¿Hace un rato no había nubes que salpicaban de blanco el cielo? Las había y se han desvanecido; enseguida aparecerán otras, y más amenazadoras. En el césped, el surtidor de una fuentecita sencilla pero afanosa bulle con minúsculos arcoíris que vibran y revolotean como una bandada de colibríes. Dentro del hotel, los dos amigos, los dos lo que sean, toman gin-tonics, imprudentemente, según supone Mordaunt; aun así, la parte de él que todavía es capaz de deleitarse se deleita con el brillo azul cristalino del líquido, el burbujeo hormigueante, el alimonado limón y, helo ahí, el hielo, un grupito de icebergs en miniatura que se mecen, chocan y se resquebrajan en un suplicio voluptuoso.

—¿Alguna vez pensaste —dijo Anna apoyando la pierna rígida sobre una mesita baja y admirando su caro zapato— que todo aquello tal vez significara algo?

—¿Qué quieres decir con significar algo? —preguntó él receloso, preso otra vez de la inquietud. Pero sabía bien que se refería al hecho de que se hubiera cargado a una doncella, a una criada, a una sirvienta, mientras llevaba a cabo la espinosa tarea de robar un cuadro en la casa solariega del padre de Anna, una historia ya narrada en otra parte y que no hay necesidad de repetir aquí—. ¿Qué tipo de algo?

Anna se masajeaba distraída la rodilla; era la izquierda, o tal vez fuera la derecha. Él frunció el ceño al ver la ancha y ceñida venda elástica de color carne que llevaba bajo la media; le evoca a su madre, algo que preferiría que no ocurriera, ni ahora ni nunca.

—Entonces tuve la sensación —dijo ella—, y todavía la tengo, de que todo era tan, no sé, tan alambicado que debía de formar parte de..., ¿cómo decirlo?, de un plan. ¿Me entiendes?

Mordaunt advirtió con moderado horror que la entendía. ¿Acaso no había contemplado él mismo esa idea o una similar? Por supuesto que sí. Incluso los nihilistas creen en la nada. Ah, pero eso era peligroso, un terreno plagado de peligros, lo bastante blando para hundirse en él y quedar atrapado en un periquete, o incluso acabar succionado por completo. Había habido mucho de eso, el valioso cuadro codiciado y la inoportuna joven del servicio doméstico revolcándose en su propia sangre, luego la captura, el juicio y la cárcel, los años, los años, y ahora ahí estaba él, en ese triste salón de hotel en un día de verano, con un vaso alto entre sus fríos dedos, oyendo cómo las burbujas zumbaban y reventaban de golpe mientras su mente contempla consternada la posibilidad de lo que..., de lo que..., oh, qué importa qué. Para que algo signifique algo tiene que estar dirigido por alguien, como una obra de teatro. Y luego está la cuestión del punto de vista. Desde una distancia sideral, las carreras más veloces dan la impresión de inmovilidad y el caracol avanza al mismo paso que la pantera.

Se sentía un poco mareado. Debería haber aceptado la taza de té que Ivy le había ofrecido y una porción de pastel de pasas para proteger el estómago. Nunca bebas con el buche vacío, solía advertirle su anciano padre; era uno de sus muchos y manidos apotegmas. Dios mío, primero su madre y ahora su padre; ¿qué otro demonio necrófago levantará la cabeza en el salón de los horrores?

—Al hablar de planes y significados estás hablando de teleología —dijo.

—Pero ¿no crees...?

—Y la teleología es teología por otros medios. No me digas que tienes una religión.

—Siempre la he tenido —respondió Anna con tono jovial—. Maldita rodilla —añadió haciendo una mueca.

Él había girado el torso hacia un lado para mirarla. Anna recibió su mirada censuradora con una expresión serena y se rio.

—Así me miraba mi tía Minnie —comentó—. ¿No deberías hacer un puchero, como si estuvieras a punto de decir «¿cómo?»?

—¿Quieres decir —preguntó él pasando por alto la broma— que crees en todo, en la muerte y la resurrección, el Niño Jesús y la vida futura...?

—Bueno, sí, en casi todo.

—¿... el Espíritu Santo? ¿El purgatorio? ¿Los santos?

—Ah, en los santos desde luego que sí —contestó Anna con una demostración de fervor que él esperó que no fuera sentida—. Son mis amigos. Siento especial devoción por santa Catalina de Siena. Tenía los estigmas pero nadie podía verlos, se casó con Jesucristo y está enterrada en Roma, en una iglesia construida sobre un templo dedicado a Minerva. ¿Quién era Minerva? ¿Lo sabes? Tú lo sabes todo, hasta quién es el maestro Eckhart.

Mordaunt respiró hondo y de forma audible y miró alrededor como si se sintiera acorralado. Necesitaba otra copa. Había olvidado el hechizo que poseía esa mujer ladina, traviesa y especialmente exasperante y la forma que tenía de apabullarlo. Miradlo ahora, en un tris de ser derribado de su pedestal, ¿y por qué y para qué?

—Te estás riendo de mí —dijo con aire amenazador.

—No —repuso Anna fingiendo indignación, y se echó a reír.

Si la teoría Brahma de Adam Godley es correcta —y hasta ahora nadie ha conseguido refutarla, aunque no han faltado intentos—, entonces, en algún lugar de la maraña de posibilidades infinitas, la pobre criatura a quien Mordaunt mató no murió y él es un hombre inocente. La idea le produce vértigo, y no es la primera vez que la acaricia.

—Antes tú mismo te dedicabas a eso —comentó Anna distraída—, a hacer ecuaciones y demás.

En efecto, durante un breve periodo se habría dicho que tenía facilidad para las matemáticas. La teoría de la probabilidad era su campo, o el campo por cuya puerta aspiraba a entrar, pero el tiempo y Adam Godley lo habían desengañado de ese necio propósito. Nadie podía seguir a Godley hasta donde había llegado llevándose consigo el saco con el trofeo, la bolsa con el botín, en definitiva, todo y más.

—Por cierto —prosiguió Anna—, responderé a tu pregunta: sí, me acosté con él, desde luego que sí. Y tu señora esposa también. —Volvió la cabeza y le dirigió una mirada que reflejaba una maliciosa curiosidad—. ¿No lo sabías?

Le habían informado del fallecimiento de su esposa y su hijo, su único descendiente, no mucho después del traslado de Anvil Hill a Hirnea House. El alcaide de la prisión, aquel pobre hombre bondadoso, bienintencionado y adorablemente inepto, lo había mandado llevar a su despacho, con vistas a esas colinas bajas neblinosas que han llegado a resultarnos irritantes por su ubicuidad, y le había comunicado la noticia de la doble tragedia. Más tarde él solo recordaría de aquel momento la mancha amarillo pálido de la luz del sol sobre la pared detrás del hombro izquierdo del alcaide, no, el derecho —cómo se dan la vuelta las cosas—, lo que por un proceso proustiano le evocó un haz de luz similar en una pared parecida de *Retrato de mujer con guantes*, de no sé quién, el cuadro por el que había matado, o por lo menos eso se afirmaba en la acusación presentada contra él. Recordaría eso y al alcaide diciéndole que ambos habían muerto en el acto, Daphne al volante, con su hijo al lado, y también se recordaría a sí mismo pensando que la frase «muerto en el acto» resultaba extrañamente judicial, procesal, como si la aniquilación de su esposa y su único vástago se hubiera ejecutado con rapidez y siguiendo una orden estatal.

Se quitó una pelusa de la manga de su chaqueta de tweed; debía hacerse con una más ligera para los días felices que no tardarían en llegar. Tiene una chaqueta fina entre las pertenencias que Anna le guarda en el desván. Tal vez algún día vaya a recogerla; ¿por qué no? No había nada que le impidiera ir a donde se le antojara, hacer lo que deseara; al menos en teoría.

Sí, se había enterado de que Daphne se había acostado con Adam Godley hacía años. Anna seguía observándolo con su expresión burlona. ¿Y qué?, se preguntó Mordaunt, ¿qué importancia tenía un devaneo pretérito? No obstante, experimentó un pequeño dolor desconocido en el corazón. O no: no era exactamente un dolor, sino la conciencia del dolor y su proximidad, como cuando, en el sillón del dentista, el taladro toca el nervio anestesiado y el cuerpo chilla mudamente de terror por el sufrimiento no experimentado. En los últimos tiempos, lo que él siente no es sentir, sino la sensación de lo que se siente al sentir.

Casi nunca piensa en su esposa ni en su hijo. Tiene la extraña impresión de que se han incorporado a las filas de sus antepasados. Daphne podría ser una tataratataratatarabuela legendaria por su belleza en los anales de la familia, y el chico —el hombre cuando murió—, un poeta guerrero caído antes de tiempo en una batalla antigua, en el sitio de Münster, pongamos por caso, o en la tierra cubierta de sal de Cartago. Atribuía ese curioso efecto de distanciamiento a que habían muerto en su ausencia, a espaldas de él, por así decirlo: recordad lo que hemos comentado más arriba sobre el hecho de que la gente no está en ninguna parte cuando no se encuentra ante él. No había pedido que le permitieran asistir al doble funeral —lo que causó sorpresa y murmullos de desaprobación incluso entre los más endurecidos de los duros veteranos de su módulo—; de todas formas, los padres de Daphne habían dejado claro que para ellos la presencia de Mordaunt ante la tumba de su hija y del hijo de su hija sería una muestra de pésimo gusto por su parte, un sentimiento que, en conciencia, él no podía criticar.

Anna dijo que debía ir al servicio de señoras —de hecho, dijo que tenía que hacer pis, «maldita sea»— y con la ayuda del bastón se levantó con dificultad y un gemido entre dientes. Para ser exacto, no es un bastón, como Ivy había observado con resentimiento, sino un elegante junco de Malaca antiguo, fino y dúctil, con contera de latón y aro de plata repujada donde la empuñadura se une a la vara. Había pertenecido al difunto padre de Anna. Mordaunt imaginó al viejo tirano blandiéndolo para fustigar a unos hotentotes con taparrabos que se arrastraban de mala gana en fila india hacia la boca de una de las fabulosamente productivas minas de diamantes que el tipo había heredado de su padre y del padre de su padre. Observó cómo la mujer se alejaba cojeando, aunque, más que cojear, daba bandazos, adelantando una cadera como si impulsara con una pértiga una batea pesada a través de unos bajíos plagados de carrizos. De repente le pareció muy avejentada; era como si el simple acto de ponerse en pie le hubiera echado años encima. Intentó calcular su edad, pero no pudo. Es cierto que Anna sigue siendo una belleza a su manera, rubia, audaz y brillante, como hemos observado, y no carece de gracia ni siquiera dando bandazos. Pero sin duda le ocurre algo. Tal vez sea solo el efecto de estar con él; Mordaunt tiene a menudo la sensación de ser una fuerza incapacitante sobre los demás, ¿y por qué no iba a experimentarla ella también? Pero no, no, en este caso el mal que se ha apoderado de ella con semejante rapidez no es obra suya. Anna ha dejado salir algo; es como si hubiera estado conteniendo el aliento durante mucho tiempo y de repente lo hubiera exhalado en una gran bocanada que la ha dejado desmadejada y encorvada. Se detuvo ante la puerta y volvió la cabeza para dirigirle lo que pareció una mirada fatigada y calculadora, como para ver si él se había percatado de la súbita transformación.

El reloj de la repisa de la chimenea tictaqueaba y el tiempo, según lo dispuesto, pasaba. Mordaunt se preguntó qué tipo de bragas llevaría Anna. No le pareció poco caballeroso por su parte, y a nosotros tampoco debería parecérnoslo; lo mismo daba que especulara sobre la ropa interior de Anna que sobre su alma. Para él siempre había sido una cuestión de primer orden hasta qué punto es posible retirar las capas de la cebolla antes de que dejemos de ser lo que queremos que el mundo nos considere y nos convirtamos en nuestro yo verdadero, sin adornos, despojados de la cubierta protectora y el colorido y arrojados al páramo para que temblemos en paños menores.

Nuestro yo verdadero, sin adornos. Río por lo bajini.

Un muchacho larguirucho de llamativo pelo rojo y con una rabiosa erupción de acné apareció ante él con una bandeja en sus manazas pecosas y de nudillos descarnados. Mordaunt pidió otros dos gin-tonics («Mi esposa —dijo, solo porque sí— volverá enseguida») y el joven farfulló una palabra antes de retirarse con sus andares desgarbados. Mordaunt lo observó alejarse. El chico llevaba una chaqueta de color negro parduzco y pantalones negros de aspecto metálico con una raya oscura brillante en la parte exterior de cada pernera. Los pantalones le iban demasiado largos, por lo que la vuelta de los bajos estaba muy deshilachada. Para Mordaunt, siempre hay algo conmovedor en la ropa de la gente, no en el hecho de que deban llevarla, sino porque nunca parece quedar bien del todo, por más que se haya confeccionado con sumo esmero; en la cárcel había pocas cosas más tristes que la imagen de un joven recluso recién llegado, con las orejas enrojecidas y la nuca afeitada, perdido dentro de un uniforme desteñido y demasiado grande, o constreñido en uno demasiado pequeño.

Mientras seguía examinando su archivo de recuerdos, le vino a la memoria que a Anna, en la época en que la conocía a fondo, le gustaba sobre todo una curiosa prenda íntima de gruesa tela gris, algo a medio camino entre un bañador de bañista victoriano y unos pantalones de contendiente de lucha turca, con perneras casi hasta las rodillas y, a menos que fueran imaginaciones suyas, una ingeniosa bragueta con portañuela y botones. Bueno, en aquellos tiempos los jóvenes en flor lucían las vestimentas más estrafalarias, que en su mayoría, tanto las de las chicas como las de los chicos, parecían herencia de sus bisabuelos. Ah, días de alegría y desastrado glamour, qué pronto terminaron, qué pronto quedaron atrás, aunque él nunca fue glamuroso ni mucho menos alegre.

Consultó su reloj. Hacía un buen rato que Anna había ido al baño; les habían servido la segunda ronda y los cubitos de hielo ya empezaban a derretirse. Contempló sin interés el campo de minigolf, donde un par de viejos asexuados vestidos en tonos pastel jugaban tambaleantes y a paso de tortuga una especie de partido de algo parecido al golf.

Así pues, bajo nuestra ropa está nuestra piel, el mayor órgano del cuerpo humano, porque, sí, es un órgano. La piel ejerce para él una profunda fascinación; ¿cómo no maravillarnos sin cesar de esa funda resistente y flexible que oculta nuestras vísceras con absoluta discreción y casi siempre con gran eficacia, ayudándonos así a guardar el recato e impidiendo que los demás vean la purulencia interna? Caminamos por el mundo como una especie de salchicha mal hecha con forma de mandrágora y repleta de órganos e inmundicia, huesos y sangre, y pocas veces, por no decir nunca, pensamos en el envoltorio rosa, negro o amarillo que nos contiene sin grandes alharacas. ¿Y qué decir de la capa más gruesa, la carne, que nos salvaguarda de las agresiones leves de los días? Uno de esos *petits mâitres* merecidamente olvidados de la desafortunada época cubista, creo que Braque, pintor de brocha gorda y acordeonista, o quizá Pablo Ruiz, el diablillo de ojos negros, afirmó una vez que una casa hecha de carne no duraría mucho. Y, sin embargo, las cosas hechas de carne sí duran, sí resisten, y más tiempo, en realidad, de lo que el sentido común supondría o prevería.

Anna volvió.

Tenía aún peor aspecto que antes. Su rostro había adquirido una palidez grasienta y tenía los ojos hundidos en las cuencas. En general mostraba el aire severo y grave de quien ha mirado el fondo de un espejo y ha visto en él una verdad incontrovertible. El deterioro que había experimentado en tan poco tiempo resultaba sobrecogedor, pero también era un fastidio. Mordaunt se consideraba tan preocupado como el que más por el bienestar del prójimo —es decir, casi nada—, pero le habría parecido demasiado en el caso de que Anna lo hubiera buscado, a él y solo a él, a fin de revelarle una enfermedad espantosa y posiblemente terminal. ¿Acaso no tiene él suficientes desgracias sin necesidad de que se espere que comparta la carga que ella lleva encima, sea cual sea? Anna se sentó con cautela, dejó a un lado el bastón y trató de encontrar una postura cómoda para la rodilla vendada. ¿Qué diría a continuación? ¿Iba a...? ¡Oh, no, por favor! ¿Tendría el mal gusto de confiarle su atroz secreto? Para anticiparse a la posibilidad, Mordaunt inició de inmediato un relato cómico —pretendía ser cómico— de la larga y triste campaña de Ivy Blount para obligar al vaquero Duffy a convertir su noviazgo, fatigosamente prolongado, en una unión feliz. Advirtió que ella no le escuchaba, pese a lo cual siguió adelante. Agotado el tema de Ivy y su desventurado amor, pasó a toda velocidad a otros —la belleza de la playa, cuánta gasolina gastaba el gigantesco coche de Anna, el *Tratado de la naturaleza humana*, etcétera—, como un hombre en el patíbulo perorando desesperado ante el impaciente verdugo sobre cuanto le pasa por la cabeza, a fin de posponer un poco más el momento en que se la corte.

—Freddie —dijo Anna al fin, tocándole la muñeca con la punta de un dedo—, cierra el pico.

—Me llamo...

—Ya sé cómo te llamas, coño. Haz el favor de escucharme.

Se calló, igual que él, y permanecieron unos instantes sumidos en un silencio resentido. Luego ambos se inclinaron hacia delante a la vez para coger sus respectivos vasos y bebieron. Resulta curiosamente inquietante cuando alguien y la persona con quien está realizan la misma acción al mismo tiempo y con movimientos idénticos; ¿a qué se debe? La vida mortal está plagada de minúsculos desconciertos inexplicables, ¿no os parece?

Anna se masajeaba la pierna por encima de la rodilla apretando y soltando la parte que le dolía mientras profería suaves gemidos.

—¿De verdad te dio una coz un caballo? —le preguntó Mordaunt.

—Fue más bien un empujón. Eso habría dicho él..., el caballo, el caballo que habla.

—Te está bien empleado. Imagínate que alguien se sentara encima de ti y te azotara con una fusta.

—Nunca has sido mujer, Felix —Anna pronunció el nombre con retintín.

—Cierto.

—Pero te has convertido en un amante de los animales. Yo tengo una religión y tú te has transformado en san Francisco de Asís.

Mordaunt echó hacia atrás con discreción el puño cerrado con un gemelo —según vemos, se respetan las normas indumentarias— y volvió a consultar su reloj. Suspiró. Advirtió que su ánimo decaía, que su mente se dispersaba, como si estuviera a punto de dormirse. ¿De nuevo el maldito efecto Godley? Se espabiló con un esfuerzo.

—Dijiste que querías pedirme algo.

Mejor acabar de una vez con el asunto.

El par de viejos minigolfistas han enfundado sus palos y se han marchado. Una fea nube del color de la marga azul se impulsa hacia arriba desde el horizonte. Las palmeras agitan inquietas sus frondas. Enseguida tendremos lluvia, el llanto del mundo.

—Ah, es verdad —dijo Anna dándole unos fuertes golpecitos en la rodilla con un dedo—, casi se me olvida.

—¿Y? —preguntó él con recelo.

Ella lo miró y sonrió más o menos.

—Quiero que me mates —dijo.

Os complacerá saber que estoy adaptándome, adaptándome bien. Trabajo todos los días, incluidos los fines de semana, en la Sala del Cielo, que de momento es mi habitación, sentado a la mesa del viejo Adam Godley, ante una ventana un poco saladiza. La mesa no tiene nada de especial, pero me he encariñado con ella. Es pequeña, cuadrada y antigua, y el tablero, con incrustaciones de cuero de color vino, está lleno de arañazos y tiene una muesca muy profunda en una esquina hacia la que se me va la vista a menudo, ignoro por qué; su único cajón está alabeado y no se puede abrir. Además, tiene una pata más corta que las otras y he debido calzarla con un trozo de cartón doblado para que no cojee. Hay una silla giratoria a juego, con respaldo en forma de lira, brazos curvos y patas oblicuas con ruedecillas; el asiento acolchado, también de color vino, está bordeado de clavos de latón de cabeza abombada muy bonitos, pulidos hasta adquirir un suave brillo por el roce repetido de incontables traseros a lo largo de los siglos, hasta el presente. Abrigo la convicción, sin prueba alguna, de que la silla y la mesa pertenecieron originalmente a un capitán de barco de la época de los grandes veleros. Soy dado a las fantasías de esa índole por lo que respecta a los llamados «objetos inanimados». Percibo su cosidad, incluso mientras percibo la mía. En esto coincido por completo con Adam Godley y siento que un gran espíritu del mundo atraviesa todas las cosas, de modo que tanto las montañas como las mesas de caoba tienen un corazón que late y recuerdos que evocar. Hay asimismo un lecho, pues duermo en esta cámara, o lo intento. La cama, aunque estrecha, ocupa más de la mitad del suelo, lo que no me preocupa en absoluto. ¿Por qué iba a necesitar más espacio del que tengo? Este pequeño rincón, aunque no es un ángulo, me basta, es más que suficiente. ¡Y pensar, pienso, que estoy sentado y suspiro donde antaño el gran hombre suspiraba y se sentaba, y que me revuelvo y doy vueltas en la cama donde él daba vueltas y se revolvía! La vida más corriente tiene episodios notables, qué duda cabe.

Entenderéis que me refiero a él como a un gran hombre con ánimo irónico. Pues no existen grandes hombres; preguntad a cualquier mujer.

No sé por qué se llama la Sala del Cielo. No es especialmente elevada, y la ventana saylediza, compuesta por tres hojas altas y delgadas, la que da al frente solo un poco más ancha que las inclinadas de la derecha y la izquierda, ofrece una vista triple del indómito césped de Arden, el camino flanqueado de árboles y poco más. De acuerdo, se ve el cielo, pero no demasiado, y lo que se ve no es nada extraordinario, ni siquiera durante la puesta de sol y el amanecer, o cuando el tiempo es tempestuoso y las cosas se agitan en el aire azul violáceo, hojas de árboles, ramitas, grajos. Pero ¿cómo habría de ser extraordinario, de qué manera? El cielo es solo cielo, igual que todo lo demás es solo todo lo demás. Haría falta un Tiépolo para convertirlo en un empíreo curvo henchido de dioses, héroes y lujuriosos *putti* gordezuelos y sonrosados, o, si lo preferís, un meteorólogo para leer las runas de los estratos, los cúmulos y los cumulonimbos. Por cierto, estos últimos son mis favoritos; me encanta atravesar a toda velocidad sus poderosas columnas blancas como el hielo, con el casco bien calado, las alas talares plegadas y la clámide ceñida al cuerpo, haciendo saltar chispas. Observo también que, a pesar de estar siempre presente, el cielo posee una característica singular y sobrecogedora de la que su primo hermano el mar carece, y es su inconmensurable profundidad. Si se os diera la facultad de verlo, y eliminados el vapor de agua, el polvo de estrellas y el resto de la basura celestial, cuando miraráis hacia arriba podríais distinguir con claridad hasta la curva al final del infinito. Reflexionad sobre ello.

Lo cierto es que aquí arriba, en mi torre pentagonal, llevo una vida tan contemplativa y satisfactoria como la de san

Simeón en lo alto de su columna. Es verdad que he tardado un tiempo en acostumbrarme a la casa y sus rituales, y aun así es probable que todavía me aguarden sorpresas desagradables. Establecerse en un lugar nuevo es un asunto delicado en las mejores circunstancias, y pensad en mi situación, haciendo un trabajo sobre la vida de un hombre que en esta misma habitación trabajó en esa mismísima vida durante largos periodos, con la diferencia, la diferencia radical, supongo que diríais, de que Godley vivía su vida mientras que yo solo la escribo.

Estoy descubriendo que la casa, el edificio en sí, es aún más amplia y laberíntica de lo que supuse a primera vista, y mucho más de lo que parece vista desde fuera. Hay habitaciones que llevan a otras habitaciones y luego más habitaciones más allá, no pocas de ellas olvidadas o abandonadas y en estado ruinoso, en extremo en algunos casos. En una que hay debajo del desván faltan los cristales de todas las ventanas y se han clavado cuadrados de arpillera para tapar los huecos; cuando el viento sopla con fuerza, como ocurre a menudo en estos pagos, oigo débilmente las sacudidas y los aleteos del yute allí arriba, como las velas agitadas del bergantín goleta de mi viejo capitán.

Desde el principio se me dejó claro —aunque no diré quién lo hizo, ni por qué medios— que formaré parte de la familia solo hasta cierto punto y no más. Por ejemplo, no como con ellos. Desayuno temprano, antes de que se hayan levantado si es posible, y por lo general lo es, pues los Godley no son nada madrugadores y Ivy Blount no viene hasta las nueve. Ivy me sube el almuerzo y la cena a la habitación, no sin refunfuñar, debo decir; le irritan sobre todo los seis o siete peldaños empinados de la estrecha escalera que debe superar con una gran bandeja de plata en equilibrio entre sus poco firmes manos. Nunca conozco el menú del día por adelantado y debo tomar lo que me dan. Eso tampoco me molesta, ya que nunca me ha interesado mucho la comida y la considero un mero combustible. Tras la cena bajo sigiloso con un libro o un par de revistas claramente académicas y me acomodo en un sillón bajo una lámpara en un rincón inadvertido. Nadie me importuna, nadie trata de entablar conversación conmigo o hablarme del tiempo. Siempre estoy deseoso de ver a Helen, por supuesto, pero se retira temprano por las noches o se queda en su dormitorio enfrascada en actividades no reveladas. Esos intervalos crepusculares son tranquilos. Cuando la inquietud amenaza, me sirvo un vasito o dos de whisky de la botella de Jameson que guardan en la cocina, en un estante del aparador de madera de turbera. Al parecer está destinada para mi uso exclusivo y, cuando se acaba, lo que suele ocurrir con una rapidez sorprendente, una mano invisible la reemplaza por una llena. O O O, aquel ragtime jamesohoniano.

Soy libre de husmear cuanto desee a cualquier hora del día, y estoy seguro de que, si quisiera, también de la noche. Es una ventaja, pues soy un fisgón inveterado. Una casa en la que a uno, aun siendo un extraño, se le permite deambular a voluntad emite un susurro casi erótico, cuando menos para aquellos, como yo, con oídos con los que oír u órganos táctiles con los que palpar. El placer que me proporciona hurgar entre las cosas ajenas procede fundamentalmente del sigilo y la cautela que requiere. Reto a cualquiera con un poco de sensibilidad a pasearse con pasos sonoros y silbando por una casa extraña. Uno camina sin hacer ruido, se estremece, se detiene ante la menor modulación del silencio, con un pie en un escalón y el otro inmóvil en el aire, cada folículo erizado y todos los minúsculos pelillos de punta. ¿Qué es lo que provoca semejante indecisión, semejante zozobra? ¿Será el efecto de ser demasiado tímido? ¿Soy demasiado tímido? Sea cual sea la razón, me dedico a curiosear y toquetear temblando de la cabeza a los pies. ¿Os acordáis de aquellas partidas de escondite de la infancia, cuando os quedabais agachados, consumidos por la incertidumbre, en un armario —¿acaso la oscuridad no era siempre más densa allí?—, entre el olor de las bolas de naftalina, el del sudor rancio y el de los vestidos veraniegos de vuestra madre, con la emoción apenas contenible ante la posibilidad de que se precipitara sobre vosotros la hermana o el hermano de alguien, ella mandona y él con un exceso de testosterona? *Vraiment, c'est comme ça avec moi.*

Arden House da la impresión de ser hueca, pero si la golpeo con un nudillo se oye un ruido sordo, más sordo que el de una tapia. Del atrio —el pomposo nombre que, una vez más con ironía risueña y socarrona, recibe el patio central acristalado— se escapan vapores que crean una atmósfera un tanto húmeda y verdosa en las habitaciones circundantes. Es como estar en una cueva, no, en una cisterna, una gran cisterna con numerosos compartimentos depositada en un lecho marino muy muy profundo, con peces que miran el interior mientras el aire va saliendo sin pausa. La sensación de inmersión, de sepultura líquida, me viene casi tan bien como los moderados alborozos de la Sala del Cielo. ¿Qué podría propiciar más la contemplación de la aburrida vida de un cretino que estar sumido a metros y metros de profundidad en este sumidero? ¿Aburrida? Sí. ¿Cretino? En efecto. Adam Godley tiene fama de intrépido entre los oficinistas cascarrabias, pero su biógrafo está aquí para desmentir esa leyenda. Según he descubierto, detrás de toda la palabrería y las bravatas, el tema de mi trabajo era tan indeciso y medroso como el resto de nosotros. ¿Pensáis discutirlo? Pensadlo mejor.

Otro aspecto curioso de mis ociosos vagabundeos bajo techo es que durante ellos casi siento que soy invisible..., no, siento que soy invisible, sin el casi. Es una sensación rara pero intensa, que debería volver superfluo el sigilo, pues, si nadie me ve, ¿por qué me muestro tan cauto? Me siento incorpóreo como un fantasma y sospecho que, si por casualidad me topara con una de los vivos, me atravesaría limpiamente sin reparar en mí. Una: sí. Porque solo hay una persona con quien ansíe darme de bruces. Ah, la veo a todas horas porque está por aquí la mayor parte del día, atareada, pero eso no me basta. Anhelo un encuentro en toda la extensión de la palabra, a hurtadillas —¡una cita!—, y sé que puedo confiar en la posibilidad de que llegue a suceder, en este mundo o en cualquier otro. No obstante, sin ceder al desaliento, me recreo con ella, pensando en ella, y concibo posibilidades disparatadas que espero que la casualidad materialice —¡ojalá todos perezcan y solo sobrevivamos los dos!—, aunque incluso en medio de esta inflamada pasión sé que, más pronto que tarde, soplará una ráfaga fría que aplanará el soufflé del amor hasta dejarlo como una tortita.

Respecto al tema de los seres fantasmales o los semifantasmas, he de informaros de un descubrimiento emocionante, emocionante en su momento, que realicé un día durante mis paseos por la casa. Pensé que me resultaría sumamente provechoso, pero no fue así. Me había arriesgado a internarme en una de las plantas superiores y estaba dando vueltas sin un solo pensamiento en la mente, salvo el de que debería estar en mi escritorio marino trabajando de firme, o trabajando sin más; estar mano sobre mano cuando debería estar escribiendo, preparándome para escribir o, más a menudo, destruyendo lo que he escrito me pone nervioso, pues soy un pobre y diligente esclavo del trabajo. La ociosidad me produce una sensación física real en el lugar donde imagino que tengo el diafragma. Dicha sensación apenas se distingue de un modesto episodio de ardor de estómago y, al igual que este, me provoca un agudo malestar, pero también, a diferencia del ardor de estómago, me eleva el ánimo de una manera extraña; es como si el proceso de combustión que se desarrolla en mi interior generara un gas más ligero que el aire, así que al moverme parece que rebotara como un globo demasiado inflado, creando aéreos arcos de ballet, *jetés* ingrávidos, sin que mis pies toquen apenas el suelo. ¿No es curioso que la inquietud ejerza en mí el mismo efecto que el helio? No dejo de ser una sorpresa para mí mismo, un misterio. Me pregunto si los demás son también su propio enigma, del mismo modo que yo soy el mío. Tal vez ese fuera el verdadero origen de la genialidad de Godley: la capacidad de ver cuán impropio es todo de sí mismo, y que a partir de esa percepción construyera una imagen válida de cómo son las cosas en la esfera humana, si es que es una esfera.

Sea como sea, en ese confuso estado de agitación y volatilidad me encontraba cuando una mañana entré en una habitación grande, alargada y de techo alto de una planta superior, con tres sombrías paredes de color hueso y una única ventana que ocupaba la mayor parte de la cuarta. Era un día nublado y, aun así, luminoso, o se diría luminoso en la ventana, ya que el aire del exterior tenía un tono gris azulado, como si estuviera impregnado de un fino humo inmóvil. Me llamó la atención el escaso mobiliario. Había una amplia cama de matrimonio con patas gruesas y cortas que más parecía una balsa que un sitio donde dormir, y sobre ella una manta de color rojo oscuro tirada de cualquier manera y que a primera vista sobrecogía porque semejaba una gran mancha de sangre. Al lado había un palanganero con una jofaina y un aguamanil esmaltados, si bien el esmalte estaba descascarillado en los bordes y dejaba ver trocitos del sustrato azul de Prusia; les dimos innumerables cosas secretas y hermosas, y ni siquiera saben de la existencia de la mayoría de ellas. El suelo carecía de moqueta y los tablones se habían pintado hacía mucho con una sustancia gomosa de color marrón bronce y aspecto glutinoso que debía de ser creosota. El aire era acre y flotaba un desagradable olor a cloaca cuyo origen preferí no buscar. Colocado en ángulo bajo la ventana de turbio fulgor había un mueble extraño, más alargado que un sillón pero menos que una *chaise longue*; al igual que la cama, era muy bajo, casi a ras de suelo —¿acaso había dado con el escondrijo de un enanito o con la cámara de un hijo idiota que mantenían oculto?—, y encima se amontonaban mantas y chales y una tela de encaje grueso, descolorida hasta adquirir un feo tono mostaza claro, que supuse que en el pasado debía de haber sido una gran cortina, ahora arrebujada formando una especie de nido. Me acerqué a ese cúmulo inquietante con suma cautela, furtivamente, estremecido como un viajero que, temeroso pero picado por la curiosidad, se topa en una carretera solitaria, a altas horas de la noche, con la escena aún humeante de una espléndida colisión múltiple con incontables víctimas. En lo que supuse que era la parte superior del revoltijo de cortinas y mantas había una abertura, un remolino, una suerte de socavón, al cual me asomé poniéndome de puntillas.

Al cabo de un instante distinguí los rasgos imprecisos de un rostro femenino, o una parte de él. Vislumbré el círculo negro de una boca abierta, una barbilla caída y con unos cuantos pelillos y la cuenca hundida de un ojo. Qué curioso es el tegumento, frágil y estirado, de un párpado cerrado, que parece pedir a gritos que le coloquen una moneda encima y, al mismo tiempo, evoca los besos de mariposa de nuestra juventud; ¿los recordáis: los aleteos temblorosos, los alientos mezclados, el roce abrasador de una mejilla tensa y ardiente sobre la vuestra? Capté un olor a bebida alcohólica; whisky, supuse. Eso me tranquilizó un poco. Así pues, una anciana borracha como una cuba quizá, pero no muerta. ¿Quién sería para que la hubieran dejado sola allá arriba, encerrada y abandonada sin piedad? Ya lo sabéis, o deberíais saberlo, pues hace un ratito os la ofrecí en primera persona, o debería ser en la última. Era, es, la viuda de Adam Godley, la otrora hermosa Ursula, Ursula la Mujer Cerda, como la llamaba cariñosamente su marido cuando estaba cariñoso, u Osita o Gran Osa u Osa Osada, con lo que en alguna parte, en una nota a pie de página, el profesor Benny Grace describe como la risa gruñona de Godley.

Mientras contemplaba tambaleándome a ese ser inquietante, esa Tutankamón de ropajes encerados, me pregunté si debía hacer algo, proceder al rescate o, cuando menos, dar la voz de alarma. Pero tal vez, pensé, tal vez esté aquí por decisión propia; quizá un día subiera sigilosa hasta esta habitación para esconderse y se olvidaron de ella; a estas alturas ya sé que esta familia es capaz de todo. Sin embargo, en ese caso, tras haber dado con la mujer de esa manera, ¿no estaría obligado yo a informar de su presencia y su situación a la olvidadiza gente de abajo? Se me cayó el alma a los pies. Ya me parecía oír la sirena de la ambulancia, ver la camilla bajando a trompicones por los sucesivos tramos de escalera con la figura envuelta en telas y atada bajo la manta de color sangre; ya me parecía sentir clavados en mí, el metomentodo, los furibundos ojos acusadores de Helen y la mirada más suave pero aun así reprobadora de su marido. Por el amor de Dios, ¿por qué dejé que me engatusaran y accedí a venir a esta casa caótica y a morar entre estas personas intratables, de las que acababa de encontrar otra?

Oí a mi espalda un ruido que, como es lógico, me dio un susto colosal. ¿Quién esperaba que fuera? ¿El fantasma de Godley el Perdidamente Enamorado de su Esposa, que, celoso, acudía a proteger a su comatosa mujer de la mirada fisgona de un literato canalla? Tras enderezarme con un chasquido, me di la vuelta y vi que solo era el ama de llaves, la señorita Blount, pues así es como la conozco; para todos los demás de aquí es Ivy —«hiedra»—, pero yo empecé con señorita y así continúo, y por consiguiente ella también continúa así por lo que a mí respecta. Se asustó tanto al verme como yo al oírla; bueno, supongo que, inclinado junto a la ventana, con todos los visos de albergar malas intenciones, debía de ofrecer una imagen alarmante. La señorita Blount se había detenido en el umbral con la boca abierta, la bandeja en las manos, la misma en que me lleva las comidas a mí, y miraba pasmada a ese Nosferatu diurno. ¿Profirió un gritito? Estoy seguro de que sí, pues, como sabemos, es de temperamento nervioso. Avancé un paso hacia ella e hice lo que me vimos hacer en el escalón de la puerta principal el día que conocí a Helen, lo que hago siempre que me pillan desprevenido y sin saber cómo reaccionar: le dirigí una sonrisa idiota de carrillos hinchados y me palmeé los bolsillos laterales de la alicaída chaqueta de lino con unas manos que de repente parecían haber adquirido el tamaño de aletas.

—¡Oh, doctor Jaybey! —dijo con voz trémula y aguda.

Para ella soy doctor, del mismo modo que para mí ella es señorita.

—Al contraluz de la ventana, no sabía que era usted —añadió.

Había subido a servir el almuerzo a la señora Godley. Estimé que debía dar cuenta y razón de mi presencia allí, pero no se me ocurría cómo explicarla. De todas formas, después de la sorpresa inicial y de haberme reconocido, la señorita Blount pareció aceptarla como algo que nada tenía de extraordinario; a fin de cuentas, ahora soy parte integrante de la casa. Depositó la bandeja sobre una mesita de tablero taraceado que había junto al mueble asiento donde estaba la anciana. Del muladar de mantas salió un hilillo de voz aflautada.

—Hoy tampoco ha parado el tren —dijo con tono quejumbroso—. Ya no para nunca. —A continuación, un silencio atento, seguido de un rumor y luego de la voz, que esta vez reflejó inseguridad y temor—. ¿Hay alguien ahí?

Miré a la señorita Blount, que hizo una mueca —fue más o menos una sonrisa, con la boca y la barbilla caídas y las cejas hacia arriba— con la que pretendía expresar una cómica desesperación. Es algo que suele hacer y que siempre sorprende a aquellos a quienes se lo hace. Helen dice que es su cara de la Novia de Frankenstein.

Luego se dirigió casi a gritos a la mujer reclinada.

—Ha venido a verla un caballero. —Pausa. Prestó atención. Volvió a hablar, en esta ocasión con voz más dulce, como si quisiera engatusar a una niña díscola—. ¿No quiere saludarle? Dígale: «Hola, doctor Jaybey».

Transcurrieron unos instantes más de tensión y por fin salió una extremidad de entre las mantas, el brazo de un perezoso que se estiraba lentamente, la carne flácida, la palma de la mano hacia arriba. La señorita Blount hurgó en el bolsillo del delantal y sacó una dentadura postiza completa, la parte superior encajada en la inferior y ambas sujetas con una goma elástica, que rompió. La mano las recibió, cerró los dedos sobre ellas y retrocedió.

—Yo se las guardo —me confió la señorita Blount en un susurro—, no vaya a ser que se las trague mientras duerme y se ahogue.

Se oyó un clic-clac apagado bajo las mantas. Silencio de nuevo y una inspiración, un momento de forcejo y tanteo, luego una sacudida y un impulso hacia arriba, y la mujer se incorporó.

—¡Ahí está! —exclamó la señorita Blount dando una palmadita—. ¿No es una niña estupenda?

Rebeldes mechones canos en un cuero cabelludo de color rosa apagado, frente pálida e inesperadamente tersa, ojillos oscuros, vivos y brillantes como las endrinas mojadas por la lluvia, nariz fina y pequeña, mentón puntiagudo y con pelillos. Todo eso y, aun así, belleza además, una belleza casi de factura arcaica, como un busto labrado con delicadeza en una magnífica piedra antigua descolorida. Me miró, a mí, el desconocido, e inclinó hacia un lado la cabeza y los hombros, como un pájaro, en una especie de reverencia. Su mirada era aguda pero incierta, y por un instante pensé que tal vez se hundiera de nuevo entre las mantas para esconderse. Había algo en ella que me resultaba un tanto familiar; ¿la había visto en algún otro lugar? No era tan anciana como la flacidez de la boca y los pelillos del mentón me habían inducido a suponer al principio, pero no cabía duda de que era bastante vieja. Y de repente una sonrisa.

El descubrimiento me emocionó sobremanera, por supuesto. Me sentía como un antropólogo que hubiera dado con una tribu desconocida incluso por sus colegas rivales, un pueblo manso como las tortugas gigantes de las Galápagos, con un idioma singular y rituales primitivos. Confiaba en que la viuda de Adam Godley, a quien, indolente de mí, había creído muerta, fuera una fuente prolífica de materiales que de otro modo sería imposible encontrar sobre la vida de su difunto esposo y su personalidad oculta; pero acabaría llevándome un chasco, y grande. Su memoria era como una caja de figuritas de Meissen que a un mozo de cuerda torpe se le hubiera caído sobre un suelo de mármol; estaban todas: los conocidos Pierrot y Pierrette y su *troupe* de damas con rizos y miriñaques y de petimetres exquisitos, pero todas hechas añicos, y los añicos revueltos en un batiburrillo sin remedio.

Después de que Ivy Blount se marchara, me quedé con la anciana una hora o más en aquella habitación alargada y desnuda, bajo la ventana con varias hojas de cristal que me produjo la sensación de estar en una capilla, o cuando menos en una casa de oración erigida por una secta severa que cultivara la sencillez y la austeridad en todos sus ritos. La rareza de la ocasión quedó acentuada en cierto modo por el hecho de que no hubiera ninguna silla para mí. Podría haber bajado a buscar una, aunque implicara cargar con ella por la escalera, pero no lo hice. Así pues, tendría que permanecer de pie, pasando el peso del cuerpo de un pie al otro, con un brazo cruzado sobre el pecho y, a falta de algo mejor, acariciándome el mentón con el pulgar y el índice, como si estuviera absorto en mis pensamientos; o bien podía caminar de un lado a otro, o incluso arrodillarme como un sobrino menesteroso que se las ingeniara para congraciarse con una tía rica y enferma, pero el aspecto glutinoso de los tablones del suelo no invitaba a la genuflexión. Tras meditar y rechazar esas opciones, me decanté por un término medio y me agaché junto a la anciana, con mis piernas flacas y ya no muy fiables dobladas torpemente bajo el cuerpo, apoyado con un puño en el suelo y el otro brazo estirado con toda la naturalidad posible sobre el borde delantero de... —oh, dejémonos de vacilaciones, al menos en este caso, y llamémoslo diván—, sobre el borde delantero del diván, mientras ella, como una yogui, continuaba sentada ante mí en medio del montón de mantas, con las manos en los costados, las palmas hacia arriba, y me miraba con atención, ora desconcertada, ora recelosa, pero siempre con aquella sonrisa confusa de inefable dulzura.

¿He descrito cómo iba vestida? Camisa de calicó sin cuello de rayas azules desteñidas, abotonada hasta arriba y no muy limpia. Mañanita acolchada de seda verde botella raída y mitones de lana tejidos a mano. Sujeto con una correa floja en la mano izquierda llevaba un macizo reloj de hombre, un Patek Philippe, no podemos por menos que señalarlo; debía de haber pertenecido a su marido, quien, como sabemos, gustaba de lo suntuario. Con él puesto, el brazo se asemejaba a un palo seco. El plato de gachas que la señorita Blount le había dejado sobre la mesa permanecía intacto; su aroma untuoso persistió mucho después de que se hubiera enfriado y hubiera criado una capa gris, brillante y en cierto modo maligna que todavía creo ver aunque preferiría no verla. Qué curioso: las cosas que se meten en la mente y resulta imposible sacar.

Al parecer tranquilizada por mi conducta nada amenazadora, la mujer se relajó enseguida y de repente sintió el deseo de hablar; sin embargo, lo que emitió fue un barboteo sin sentido. De vez en cuando se interrumpía y consultaba el enorme reloj de esfera negra, fruncía el ceño y se sumía no tanto en el silencio como en un estado de ausencia, con la frágil cabeza alzada, como si aguzara un oído interior para captar un sonido o una señal de lo más profundo de la casa o de lo más profundo de su ser, si es que todavía distingue entre ambas cosas. O se quedaba callada y me miraba con severidad, su sonrisa convertida en una mueca ceñuda de reproche, como si me hubiera sorprendido distraído o como si yo hubiera hecho un comentario gracioso e inapropiado. Durante casi todo el rato pareció convencida de que yo era su difunta hija, aunque también se dirigió a mí en más de una ocasión como si fuera Adam; no estaba claro si se refería al padre o al hijo. No obstante, a su manera sabía lo que se decía, pues no estaba del todo demente, solo, como decimos amablemente, un poco ida.

Con sorpresa y cierta consternación advertí que sus divagaciones, incluso ella misma, empezaban a resultarme extrañamente atractivas, hasta podría decirse que seductoras; sí, sin duda me sentí seducido. ¿Cómo, de qué modo? Medio tumbado con escasa elegancia junto a la *chaise longue*, o sea, el diván, mientras la pierna derecha se me dormía una y otra vez y tenía calambres en el brazo en el que me apoyaba tembloroso, cavilé sobre la cuestión y me vino a la cabeza a quién me recordaba la anciana. Porque, en efecto, la mujer tenía una precursora, y de lo más increíble, en el pasado remoto; Dios mío, no había pensado en ella desde hacía no sé cuánto. Misteriosas son las formas en que opera la memoria, algo que a menudo he tenido ocasión de señalar, como ya sabéis. Durante un tiempo uno adora el preciado juguete, luego lo envuelve con cariño en su crujiente papel de seda, lo guarda en un baúl del desván y no tarda en olvidarse de él, hasta que un día, agachado bajo la luz polvorienta de la buhardilla, hurgando en las profundidades de las virutas de madera en busca de otra cosa, lo encuentra con un «¡ah!» de reconocimiento y el juguete emerge, vivo y brillante como el día en que Geppetto le aplicó con todo cariño la última capa de barniz.

La persona a quien la anciana me había evocado, la predecesora de la señora Godley, es alguien a quien cortejé mediante el álgebra.

Tened paciencia, no me extenderé demasiado.

¿Cuántos años tenía en aquel entonces? ¿Nueve, diez? Porque estamos hablando de hace mucho mucho tiempo. Era una niña que había ido a visitar a una familia que vivía tres o cuatro casas más allá de donde vivía yo con la mía, en una plaza sombreada por árboles de mi ciudad natal, un lugar tan remoto para mí ahora como Nínive. Esa familia tenía una hija, y era a ella a quien su prima fue a ver, aunque, según recuerdo, las dos niñas no se tragaban. La hija de mis vecinos era un adefesio y poco recuerdo de ella, aunque curiosamente me quedó grabado un vestido que solía llevar: era de una tela azul claro y tenía cosidos por todas partes unos nudos flojos del mismo tejido azul retorcido para darle la forma de una flor mustia; me parece verlo con toda claridad al final del túnel cada vez más estrecho del tiempo. La visitante, cuyo nombre lamentablemente he olvidado —llamémosla Rosie, ¿por qué no?—, nada tenía que ver con su prima. Era bajita y regordeta de un modo atractivo, una bolita saltarina de alborozo, exaltación e inagotable expectación jovial; para ella el mundo era una caja pintada de un alegre rojo intenso y adornada con arcoíris, estrellas y plateadas lunas crecientes, cuya tapa se abriría en cualquier momento para dejar que el muñeco de sonrisa de loco saliera sobre su enorme muelle bamboleante.

Se quedó varias semanas en casa de la prima, quizá un mes o incluso más, porque en mi recuerdo el idilio parece durar todo el verano. Me enamoré de ella de la manera confusa y preadolescente en que lo hacíamos en aquellos tiempos, más inocentes. No podía imaginar qué sentía ella por mí, al menos al principio, aunque albergaba la fuerte sospecha de que me encontraba descacharrante. Jugábamos en la plaza, ella, la prima adefesio y yo, junto con otros niños del barrio de quienes nada recuerdo. Jugábamos a corre que te pillo, a la pelota y a la rayuela —ahora me acuerdo de que nosotros lo llamábamos *hecka-bed*—, y discutíamos quién paraba y quién había conseguido seis carreras. Al atardecer, cuando nuestra pandilla se cansaba o se aburría de jugar o ambas cosas, nos quedábamos en la calle un buen rato, sin ganas de que llegara la noche, con los codos apoyados en el borde del abrevadero seco de caballos que había en el centro de la plaza, debatiendo con extrema seriedad sobre los temas candentes que preocupaban a nuestros intelectos aún no formados.

Una tarde invité a Rosie y a la prima —había intentado deshacerme de esta última, sin éxito— a nuestro patio trasero. Allí coloqué una pizarra de juguete, un vestigio de cuando era aún más pequeño, y escribí con tiza unos cuantos ejercicios de álgebra que hacía poco nos habían enseñado en la escuela a mi clase y a mí. Era evidente que las niñas no sabían nada de álgebra y jamás habían oído hablar de la materia, de modo que, muy envalentonado, empecé a disertar sobre esa rama abstracta de las matemáticas, hasta el límite de lo prudente; como veis, ya era un pedante, además de un chuleta.

Era un día húmedo y gris azulado, muy parecido, por casualidad, a este de mi primer encuentro con la señora Godley. Mis dos alumnas de mentirijilla estaban sentadas juntas ante mí en un escalón bajo del gallinero de mi madre, con los brazos alrededor de las espinillas y las faldas estiradas sobre las rodillas. Desde la distancia veo a la prima, que era con diferencia la más corpulenta, de miembros recios, con la piel enrojecida y las rodillas huesudas, como una de esas figuras de cartón de tamaño natural tras las cuales los domingueros se colocan con el rostro metido en un agujero recortado y sonríen como idiotas a la cámara.

Rosie tenía una carita encantadora, inolvidable, con las mejillas redondas y coloradas y una naricita ganchuda; los hombros también eran redondos, el cuello corto y el pecho rollizo, de modo que en general recordaba sobre todo a un avecilla alegre, un herrerillo, digamos, o un petirrojo. Sus movimientos eran rápidos y trémulos como los de un pajarito, y estaba todo el rato sacudiéndose y cambiando con brusquedad el ángulo de la cabeza. No puedo explicarlo, pero la veo con un sombrero de terciopelo en forma de casquete, con muchos bordados y recamado de cuentas de cristal blanco, o tal vez fueran perlas, aunque —se siente obligado a añadir el profesor Tiquismiquis— no auténticas, por supuesto. Lleva un vestido de colores alegres, con tiras alternas de seda brillante y aspecto frágil cosidas por toda la prenda. En mi imaginación, es decir, en mi recuerdo, no calza los fuertes zapatos escolares, a diferencia de su grandota prima, sino delicadas bailarinas de tela, seda de nuevo, creo, con un estampado jovial, a juego con la falda y el sombrero. Todo esto le da, para mí, es decir, la parte de mí que recuerda, el aspecto, por extraño que parezca, de la última soberana de China, la taimada emperatriz viuda Cixí, aunque se trata de una insólita versión alegre de su eterna majestad, sin arrugas, con ojos redondos y rubicunda.

La prima estaba enfadada conmigo y mis «ridííículas» ecuaciones —por el amor de Dios, ¿qué se suponía que significaba todo eso y a quién le importa que $a + b = c$?—, y saltaba a la vista que recelaba de mis intenciones. Rosie, en cambio, estaba encantada de que yo supiese tanto de esa materia maravillosamente arcana. Sentada en el escalón bajo, me escuchaba embelesada y se retorcía contenta bajo la ropa, con las manos levantadas ante la cara, preparada para aplaudir muy muy deprisa, con una risotada de placer, cada vez que un nuevo enigma se resolvía por arte de magia en la pizarra ante sus ojos. Sí, pensaba que su profesor era un prodigio y lo amaba por eso. Si antes yo había sido para ella un hazmerreír, ahora estaba rendida por completo, y aceptó enseguida un beso la siguiente vez que me las arreglé para encontrarla sola. Tal es el poder de las matemáticas puras.

Por cierto, por si acaso creéis que no sé lo que me digo, $a + b$ no puede ser igual a c. Godley *dixit*. Aunque no hacía falta que nos informara de algo tan obvio. Una manzana más una naranja son iguales a un elefante. Seguro que sí.

El caso es que, dado todo esto, resulta extraño que percibiese siquiera el más leve eco de mi amada perdida hace tiempo en la viuda diminuta, trastornada y reseca de Adam Godley, pero así fue; supongo que la fantasía sopla de donde quiere. Me había quedado casi tan prendado de ella como lo había estado por mi recordada Rosie. A menudo tengo la impresión de que no he crecido en absoluto, de que los años simplemente se han acumulado en torno a mí como los anillos del tronco de un árbol y que en el núcleo continúa el pimpollo original, húmedo y trémulo y vibrante de vida fatua.

Tomé una manta del montículo en que se encontraba la anciana y, solícito, se la eché sobre los hombros, pues hacía frío en la habitación y su piel, como de papel de cera, había adquirido un tinte azulado allí donde se tensaba sobre los pómulos y los nudillos de las manos enmitonadas. Mientras le prestaba este pequeño servicio, me observó de nuevo con atención, siguiendo cada movimiento con expresión ceñuda y las fosas nasales distendidas como si quisiera percibir mi olor mientras yo percibía el suyo con excesiva claridad. Al verme tan de cerca sin duda debió de advertir que yo no podía ser su hija ni su difunto marido, ni siquiera su hijo. ¿Quién, entonces? Alguien a quien conocía o había conocido, desde luego, pues, de lo contrario, ¿por qué iba a estar yo en su dormitorio, preocupándome por ella de esa manera? La imaginé buscando un rastro de mí entre los fragmentos del pasado del mismo modo que un mirlo hurga en un montón de hojas de árbol tratando de dar con una lombriz.

Fuera había empezado a caer una llovizna que tamborileaba sin fuerza sobre los cristales de la ventana y rodaba en arroyuelos temblorosos como en busca de una grieta por la que colarse para protegerse de sí misma.

La señora Godley estaba hablando, si hablar es el término adecuado para describir sus murmullos inconexos, sobre una chica que murió, no su hija, sino otra muchacha que se quitó la vida en Italia, si es que oí bien. Sus palabras no tenían sentido, pero estaba en medio de su relato cuando de repente entró su hijo sin hacer ruido. Para ser un individuo tan grandote y desgarbado, se mueve con extraordinaria ligereza: apareció en un suspiro. Llevaba un libro. Sube todos los días a esa hora para leerle a su madre, según me informó frunciendo el ceño avergonzado. La anciana lo observaba con enfado y desconcierto, a todas luces preguntándose cuántos de esos espectros, molestos por ser irreconocibles, cabía esperar que surgieran de la nada en su refugio.

—Vaya, La, ¿así que has recibido la visita del doctor Jaybey? —le preguntó Adam con una efusividad forzada. «La» es como la familia llama a la señora Godley—. Ha venido para escribir la biografía de Pa. ¿No te lo ha contado?

La anciana le lanzó una mirada de enojo; incluso a los más viejos y los más chiflados de ellos, de nosotros, les molesta que los traten como a chiflados y a viejos. Buscó a tientas los bordes de la manta con que yo la había tapado y se la ciñó sobre los hombros huesudos y encogidos, con apenas más sustancia que una percha.

Acabo de recordar que de hecho era ella, y no la Rosie del pasado, quien llevaba el casquete recamado de cuentas, posado con un garbo involuntario sobre un lado de su frágil cocorota. ¿Cómo es posible que haya confundido de tal modo a las dos, la dulce joven Rosie y ese triste y viejo saco de huesos?

Me había levantado a toda prisa, avergonzado de que me pillara recostado en el suelo en una situación comprometedora. Eché un vistazo al lomo del libro que Adam llevaba en su mano, que tiene el tamaño de un jamón. ¡Anda, mirad! Es uno mío, de un servidor, *La invención del pasado*, nada menos que la monografía que escribí con la intención de desenmascarar a ese charlatán de Axel Vander. Pero espera, me dije, espera, no es posible. ¿Cómo se le ocurriría someter a su perturbada madre a dosis diarias de la vida de aquel monstruo, un monstruo aún mayor que el difunto esposo de la anciana? No, no, era un torpe paripé; no me cabía duda de que había elegido el libro con el propósito de halagarme. Sin embargo, ¿cómo había sabido Adam Godley hijo que yo me encontraría allí para verlo y reparar en el título? ¿Ha estado subiendo con él a la habitación todos los días por si acaso? ¡Qué vida ha tenido ese librito! A punto estuvo de rodarse una película basada en él, con aquel actor, no sé qué Cleave, no me acuerdo del nombre, ya sabéis a quién me refiero.

La señora Godley habló de pronto, con un hilo de voz, que sin embargo esta vez fue firme y resonante.

—Ha venido a darle la medicina a Petra —dijo.

Era a Adam a quien se refería, pero fue a mí a quien fulminó con la mirada; al parecer pensaba que por fin me había identificado y reconocido como un impostor y matasanos desvergonzado.

—Le he dicho que está perdiendo el tiempo —añadió secamente, todavía con aquella mirada asesina clavada en mí—, pero no me hace caso.

Su hijo y yo la observamos en silencio, sospecho que él tan asombrado como yo por el súbito ataque de supuesta lucidez. Luego el semblante de la anciana volvió a nublarse y sus ojos reflejaron la confusión de antes.

—Estuvo aquí hace un ratito —prosiguió con tono lastimero— mi hija, pero se ha ido. —Sonrió una vez más, con la dulzura de siempre, pero también con tristeza, y por un instante volvió a ser una niña—. ¿Qué estoy diciendo? Claro que se ha ido, porque está muerta, mi pobre Petra.

Estoy de nuevo en la Sala del Cielo, sentado a mi mesa, se supone que trabajando. Fuera el día declina; dentro también. Lo que debería descalificarme como biógrafo, lo que debería descalificarme como cualquier cosa, es la incapacidad de aceptar este mundo ignorante por lo que es y, de la misma manera, o más, a las personas de las que el mundo está plagado. Son muy pequeñas y llegan muy tarde. Sin embargo, oigo el viento en una grieta de la ventana, un sonido tan apagado que es casi inexistente, un silbido apenas audible pero agudo, una cancioncilla como la que Josefina la Ratona Cantora habría entonado detrás del revestimiento de madera de la pared, plantada delante de su pueblo, y llamo a los otros, a todos los otros sucesivos que estarán aquí cuando yo me haya ido y para quienes el aire volverá a silbar, quizá, como este del atardecer, en la luz menguante, y me digo que a pesar de todo, incluso con pruebas tan insignificantes, no es posible que todo sea en vano.

II

Sin embargo, aquel legendario *anno mirabilia* comenzó, según él, con una crisis espiritual calamitosa. Había recorrido medio mundo en un estado de viva esperanza y expectación, no solo en lo referente a su trabajo, sino también a la recuperación de lo que describió como sus nervios «destrozados», pero el desmoronamiento casi total que sufrió en los últimos días de diciembre lo llevó, según escribió, al mismísimo extremo de la angustia y la desolación espiritual. «No veo la forma de seguir adelante —escribió a Dorothy apenas unos días después de su llegada— y estoy convencido de que venir aquí ha sido un gran error que pagaré muy caro». Arcadia, comentó con amargura, no podía distar más de lo bucólico, y su nombre era inapropiado, cínico y burlón.

La universidad le había facilitado un apartamento en Euclid Street. Decidió interpretar el nombre como un buen augurio, uno de los pocos que se le concedían en aquel tiempo. Solía decir que «el Padre de la Geometría fue nuestro papaíto», y el tenor popular del ingenioso comentario no debería restar valor a la seriedad de su apreciación; el glorioso alejandrino fue uno de los contados maestros mundiales a los que Godley estaba dispuesto a aceptar en pie de igualdad.

Se alojaba en la planta superior de una casa de dos pisos con estructura de madera, modesta pero no exenta de encanto, como atestiguan las fotografías (ilustración 3). El edificio se alzaba en un terreno llano de dos mil metros cuadrados en lo alto de Euclid Street, al pie de las estribaciones montañosas. Tenía una cubierta de tejas muy inclinada, cuatro ventanucos con protección contra las tormentas y un porche delantero abierto con una vieja mecedora deteriorada por la intemperie y cubierta con una manta navaja descolorida (ilustración 4). La ventana que había sobre su mesa de trabajo daba a un cuadrado de césped con un único arce, muy frecuentado por las ardillas, cuyas cabriolas afanosas y a menudo divertidas Godley estudiaba en los intervalos de suspensión inquieta, cuando, según señaló, «las sumas no se resolvían» y su mente «funcionaba al ralentí». El terreno donde se levantaba la vivienda forma ahora parte del recinto de los Godley Memorial Laboratories de Arcadia, o ArcLab. El edificio quedó arrasado en un incendio causado al parecer por un rayo que cayó al día siguiente de que terminara el contrato de alquiler de Godley y él emprendiera el viaje de regreso a casa «perseguido», en palabras suyas, «por furiosas Furias».*

Según su propio relato de ese periodo, la pulsión de quitarse la vida continuó siendo fuerte durante los meses invernales del principio de su estancia de un año. Mencionó el tema en una carta tras otra de las que dirigió a Dorothy, aunque conviene señalar que en su correspondencia a otras personas no muestra ningún indicio de tendencias autodestructivas y emplea el tono lánguido y relajado de siempre. En cambio, para Dorothy forjó una imagen de sí mismo como un alma llevada al límite por la desesperación y el consiguiente impulso de destruirse; parafraseando a Nietzsche, a quien idolatraba, escribió: «He mirado las profundidades del abismo y el abismo ha mirado aún más hondo en mi interior». Aparte de las cartas de Godley que Dorothy conservó, la única prueba que respalda esas afirmaciones desmedidas es un telegrama enviado el día en que cumplió treinta y tres años, el 25 de diciembre, fecha que, como todos saben, compartía con sir Isaac Newton, en respuesta a uno de Dorothy con felicitaciones y expresiones de cariño. El de Godley reza: «Improbable que vea mi trigésima cuarta parada». Lo firma «El Crucificado».

---

* Los registros meteorológicos no muestran ningún signo de tormenta eléctrica en la zona en aquellas fechas. Como hemos visto en el capítulo anterior, Godley era un fabulador incansable y jamás desaprovechaba la oportunidad de ofrecer una imagen novelesca de sí mismo y de las circunstancias de su vida.

Ante esta descarnada predicción, uno abriga la sospecha, difícil de disipar, de que se trate de una artimaña cruel. ¿El mensaje es realmente una manifestación de desesperanza o un gesto destinado a la posteridad? ¿O es tan solo una broma despiadada a costa de su mujer? La firma apuntaría a esto último. Por supuesto, es otra referencia nietzscheana, pero también una de las numerosas comparaciones que estableció, no del todo en son de chanza, entre él y el Hijo del Hombre.

El relato más sorprendente y estridente de su estado de ánimo en aquel momento se encuentra una carta larga y pormenorizada a Dorothy fechada el 29 de febrero. La noche anterior se había desatado una tormenta de nieve, escribió, y él había pasado horas sentado al aire libre, en la mecedora del porche, sin abrigo y desdeñando la protección de la manta india; su propósito al exponerse a los elementos de esa manera era provocar un ataque mortal de pulmonía, explicó a su esposa. Semejante acto de desesperación, de casi locura a decir verdad, demostraría que se sentía compelido a la autodestrucción. Sin embargo, de nuevo los documentos arrojan dudas sobre el episodio. Las nevadas son de lo más infrecuentes en aquellas latitudes, y las tormentas de nieve, desconocidas. Los informes meteorológicos de la última semana de febrero no consignan más que casos de niebla matinal y aguaceros dispersos por la noche.

A miles de kilómetros de distancia, Dorothy se consumía de preocupación. «Una vez me telefoneó a altas horas de la noche —contó— o, mejor dicho, a primeras horas de la madrugada. Sollozaba de tal modo que apenas le entendí. Iba a "poner punto final", me dijo. Yo no sabía qué hacer. Me hallaba en la otra punta del mundo». No podía hacer nada, y su difícil situación se vio empeorada por la implacable antipatía que le tenía la madre de Godley, «la Viuda Godley», como el hijo llamaba con amarga jocosidad a esa persona imponente, a quien contemplaba con una mezcla de cariño, exasperación y vergüenza. Dorothy no acostumbraba confiarse a su suegra, y en aquella ocasión, como en todas las demás, no le dijo ni una palabra del contenido de las cartas de Godley ni de su supuesto deterioro mental. «Se habría limitado a decirme que todo era culpa mía, como siempre», comentó Dorothy apenada.

Aquella noche de febrero en que supuestamente se quedó tiritando en el porche de Euclid Street en pleno furor de la «tormenta de nieve» representó, según él mismo afirmó, el punto más bajo de su estancia en Arcadia. Solo y aislado, con su mujer a una distancia insalvable, se sintió incapaz de valerse por sí mismo. Apenas si se molestaba en comer y adelgazó hasta un extremo alarmante. Se dejó barba y le sorprendió que le saliera veteada de canas. «Era un viejo chocho de treinta y tres años», señaló con lúgubre ironía. Lo más desalentador era ver su trabajo empantanado y sin posibilidad de reanudarlo. Según comentó, tenía la sensación de que todo había «acabado» para él.

Estas afirmaciones desconcertaron a Dorothy. Cuando se había despedido de él la semana anterior a la Navidad, Godley no había mostrado señales de angustia. Sí, sentía que «los años no pasan en balde», como suele decirse. Muchos de los grandes científicos han consumado su obra más inspirada antes de cumplir los treinta. Newton desarrolló la teoría de la gravitación cuando tenía veinticinco, Heisenberg enunció el principio de incertidumbre a los veintiséis, los mismos que tenía Dirac cuando formuló su ecuación. ¿Qué había producido Godley que se acercara a la materialización de la promesa de que había hecho gala en su juventud? Unos cuantos artículos, un par de ellos en verdad brillantes, publicados en revistas desconocidas, a duras penas le asegurarían un lugar en el panteón de los inmortales.

Persiste la duda sobre su verdadero estado mental en aquellos meses. Quizá sí contemplara la posibilidad del fracaso y se planteara poner fin a su vida, como le dijo a Dorothy. Pero ¿por qué no mencionó nada de eso a quienes lo rodeaban en aquella época? Por supuesto, es posible que se sintiera muy angustiado y decidiera «sufrir en silencio» confiando su situación únicamente a Dorothy y manteniendo su habitual máscara de altivez y displicente desdén. Aun así,

¿acaso un observador tan agudo como Benjamin Grace, por ejemplo, no habría sabido ver más allá de la máscara, por muy bien hecha que estuviera?

Una posible solución al misterio es que en aquellas cartas a Dorothy estuviera «dejando pruebas documentales», esto es, creando un registro que, en expresión de los cosmólogos del pasado, «salvara las apariencias». Si fracasaba en su empeño de desarrollar lo que habría de ser la teoría Brahma, la correspondencia demostraría que la razón había sido su incapacitante enfermedad mental. ¿Cómo cabía esperar que un hombre que se hallaba en plena crisis nerviosa y contemplaba la idea del suicidio tuviera la concentración necesaria para descifrar las claves más secretas del universo? Y no compartir su angustia con nadie más que su esposa tenía la ventaja adicional de mostrarlo como un modelo de férrea circunspección, implacable consigo mismo y considerado con la sensibilidad de sus amigos. Por supuesto, esto implicaría atribuirle los poderes verdaderamente satánicos de la astucia y la ocultación. *Verbum sat sapienti.*

Fuera cierta o no la enfermedad de Godley, la salvación estaba cerca, y a nadie le sorprenderá que se presentara en forma de mujer, como sucedió tantas veces a lo largo de su vida, incluso al final.

No están claras las circunstancias de su primer encuentro, o más probablemente el segundo, con Anna Behrens. Ambos afirmaron, sin duda cada uno por sus propias razones, haber olvidado cómo, cuándo y en qué lugar de Arcadia coincidieron. Lo único que puede decirse con certeza es que ocurrió a principios de abril o poco antes. En una carta a Dorothy fechada el 4 de ese mes, Godley cuenta que «la otra noche tuve un punzante intercambio de palabras con una zorra rica que fingía dirigir una galería aquí y que dice conocerte». En aquella época Anna Behrens regentaba una pequeña galería de arte comercial situada hacia el final de Paris Street, en el lugar donde se pierde en las marismas de los márgenes de la Hellenic Bay. Había llegado el año anterior para asistir a la Universidad de Arcadia y terminar un doctorado sobre los pintores sieneses del Quattrocento. Al poco abandonó los estudios y empezó a trabajar, o más probablemente solo a «echar una mano», en la Galleria Gannaro, propiedad de un expatriado romano acaudalado de dudoso origen y con fama de tacaño. Eduardo Gannaro, conocido como «el Bernard Berenson del Área de la Bahía», comerciaba con arte moderno, pero también, de forma más lucrativa, con piezas antiguas llegadas de Europa, Asia y las Américas por vías intrincadas y, como en general se reconocía, ilícitas. «Es un italiano adulador y a todas luces un sinvergüenza», escribió Godley de él. En aquel tiempo corrieron rumores de una relación sentimental entre Gannaro y Anna Behrens, lo que tal vez explique que ella abandonara de repente los estudios y comenzara a trabajar para un marchante nada respetable.

En aquella etapa de vida en común de los Godley, Dorothy ya había aprendido a captar de inmediato el primer débil destello de una nueva luz en la frenética vida amorosa de su marido. La alusión de pasada en la misiva a un «intercambio de palabras» con una «zorra rica» se destacaba en el endeble papel azul claro del correo aéreo. En su prudente respuesta, Dorothy escribió que la señorita Behrens debía de estar equivocada, pues ella no conocía a nadie con ese nombre. En un suspense angustioso aguardó la siguiente carta de Godley, pero no volvería a aparecer ninguna mención a la discutidora galerista. Dorothy no sabía, según me confesó más tarde, si eso debería haber sofocado o aumentado sus sospechas. Como hemos visto, Godley demostró una y otra vez ser un disimulador experimentado y artero, y en el caso de Dorothy se deleitó especialmente esparciendo pistas para que ella las siguiera, pistas en su mayoría falsas pero urdidas con tal ingenio que ella rara vez logró distinguirlas de las auténticas. A Dorothy no se le escapaba que esa «Anna Behrens» a quien se supone que conocía tal vez fuera una invención, una figura ficticia tras la cual se escondiera una mujer muy real con la que su esposo hubiera iniciado una relación sentimental. Es difícil adivinar por qué Godley atribuyó a Anna Behrens la afirmación de que conocía a Dorothy y que más adelante ella misma negó haber hecho; a buen seguro no era más que un aderezo, por así decir, destinado a confundir y enmarañar. Godley no era solo un embustero, sino que además poseía un gran talento para adornar las mentiras.

Algunos observadores poco perspicaces[*] han manifestado su sorpresa y desaprobación ante la crueldad, en apariencia calculada, con que Godley trató a la serie de mujeres que en el transcurso de su vida lo amaron, cuidaron, toleraron y atendieron mientras soportaban sin quejarse las humillaciones que él gustaba de infligirles. ¿Por qué nombrar de pasada, en una carta a Dorothy, a la persona con quien con toda probabilidad ya había iniciado una relación amorosa? ¿Por qué aludir a ella siquiera? Sería comprensible, aunque no menos reprobable, apuntan esos autores, si Godley hubiera considerado que tenía motivos para herir a su esposa, ya muy maltratada, o vengarse de ella plantando un artilugio que, como todo material combustible, explotaría tarde o temprano. Sin embargo, por lo que sabemos de ella, Dorothy Lawless era un alma dulce, confiada y leal, y no le habría pasado por la cabeza engañar a Adam Godley de forma tan despiadada como él la engañaba a ella. Nos preguntamos por qué esa maldad con su esposa, por qué esas perversidades al estilo de Yago perpetradas solo porque sí, con un ánimo, se diría, de cruel diversión.

Con todo, debemos detenernos aquí y recordarnos una vez más que Adam Godley no puede compararse con el común de los mortales; es importante que lo tengamos muy presente en todas nuestras consideraciones sobre su carácter y sus actos. La suya era una mente compleja en todas sus áreas de operaciones: científica, social y espiritual. Esta última palabra no suele aplicarse a nuestro hombre. Si tenía algún credo espiritual era el animismo, aunque se tratara de una versión particular y, como todo en él, excéntrica de esa doctrina equívoca. Desde sus primeros años estimaba que el mundo y cada uno

---

* Véase, por ejemplo, *El brahmán: Notas sobre la vida de Adam Godley*, de Pavel Popov, Jagiellonian University Press, primera edición, no censurada, *passim*.

de sus objetos, desde las lejanas galaxias del universo hasta la molécula más simple, estaban imbuidos de vida, de vida prosaica. No era panteísta; no creía en Dios, en dioses de ninguna clase. Desde su punto de vista, tampoco existe el alma. Sostenía que el mismo concepto es, literalmente, una sandez. Estamos hechos de materia y «en el santuario de nuestro pecho no arde continuamente una lamparita de color rojo rubí». Antes de ser concebidos existíamos como pura potencia y, cuando muramos, la materia corpórea de la que estamos hechos se desintegrará en partículas y será devuelta al mundo, donde se distribuirá, de modo que cada partícula participará en el principio universal de la vida. Le gustaba citar a Schopenhauer para señalar que tras la muerte seremos «todo y nada».* De este modo, se resuelve fácilmente la eterna, difícil y todavía espinosa cuestión de cómo la conciencia pudo surgir de la simple materia. La materia, sostenía Godley, no es simple, es decir, no es nebulosa ni inerte; al contrario, está viva, incluso en un nivel inferior, y por tanto es inmanente al conocimiento de sí misma como existente; en otras palabras, es consciente.**

* «Tú, en cuanto individuo, acabas con tu muerte. Pero tu individualidad no es tu verdadera y última esencia, sino una mera manifestación de ella: no es la cosa en sí, sino solo su apariencia, que se representa en la forma del tiempo y, en consecuencia, tiene un principio y un fin. Tu esencia en sí, en cambio, no conoce ni tiempo ni principio ni fin ni la barrera de una individualidad dada, sino que existe en todos y en cada uno. En el primer sentido, pues, a causa de la muerte te conviertes en nada; en el segundo, eres y permaneces el todo». «Short Dialogue on the Indestructibility of Our True Being by Death», en *Essays of Schopenhauer*, traducción al inglés por la señora de Rudolf Dircks, Londres y Newcastle-on-Tyne, The Scott Library, s. f., p. 93. [Trad. cast.: «Pequeña diversión a modo de diálogo», en *El dolor del mundo y el consuelo de la religión*, traducción de Diego Sánchez Meca, Madrid, Aldebarán, 1998, p. 101].

** «... como de costumbre, un razonamiento confuso, si no manifiestamente falaz». *Materia pertinente: Una autobiografía*, de Benjamin J. Grace, Paragon Press, p. 73. En este libro, el profesor Grace vierte numerosas afirmaciones espurias sobre el papel que desempeñó en la vida y la obra de Adam Godley. Al menos parte de su amargura puede explicarse por la pérdida de su puesto de profesor numerario en la Universidad de Arcadia, pérdida sufrida por muchos miles de docentes debido al cierre sistemático de los departamentos de matemáticas y ciencias en las instituciones académicas de todo el mundo tras la identificación y confirmación del efecto de interferencia de Godley (EIG) y la calamitosa degradación en todos los aspectos de la vida, y en el campo de la tecnología en particular, que el EIG provocó y continúa provocando.

Esta creencia, si cabe denominarla así, no mejoró para su único adepto la imagen del mundo ni consiguió que sus gentes le parecieran más valiosas; más bien lo llevó a contemplar las cosas como son con una implacable mirada igualadora. Para Godley, todos los fenómenos, entre los que incluía a los seres humanos, incluso a aquellos que podrían considerarse más allegados a él, tenían la misma importancia, el mismo valor; o, dicho de otro modo, carecían de importancia, carecían de valor. Con este igualitarismo radical, conductas que otros habrían juzgado escandalosas le resultaban indiferentes, exentas de interés; eran, en una palabra, neutras para él. Si ofendía, lo hacía sin intención de herir. De hecho, lo hacía sin ninguna intención, ni de causar daño ni de lo contrario. Podría decirse que aplicó a su contemplación del mundo la indiferencia benévola de los arcángeles. Era fácil interpretar esa autosuficiencia como arrogancia, terquedad, egocentrismo desmesurado, incluso flagrante malignidad. Le parecía absurdo que le atribuyeran esos rasgos y otros asimismo reprobables. ¿Cómo podían acusarlo de infravalorar a tal o cual persona cuando para él todas las cosas, incluidos los seres humanos, tenían el mismo valor? Señalar que fijó su valoración en un índice muy bajo significa confundir la posición de Godley en el asunto. Ciertamente, puede decirse que amar a todos es no amar a nadie y que ese amor generalizado no es amor en ningún sentido real. Sin embargo, con este punto de vista se echan por tierra las enseñanzas de Sócrates, Buda, Jesucristo y sus santos, entre otros.

Anna Behrens era hija de sir Helmut Behrens, renombrado coleccionista de arte, heredero de una ingente fortuna amasada por su abuelo Hans-Urs von Behrens en los últimos años del siglo XIX con el comercio de piedras preciosas extraídas de África y Sudamérica.* En una fecha no especificada, antes de la

---

* Fue Helmut Behrens quien se desprendió del aristocrático «von» por considerarlo una muestra de afectación; vale la pena señalar el momento que eligió para hacer este gesto, al estallar la guerra holandesa contra Norteamérica, tal como era entonces, y sus aliados, de los que Alemania era el más destacado.

estancia en Arcadia, Godley había visitado Whitewater House, la mansión dieciochesca de los Behrens, que el Estado intentó comprar, sin éxito, tras la muerte de sir Helmut.* Godley apenas recordaba la ocasión y había olvidado quién lo había llevado allí y por qué, aunque es posible que aquel fuera el día en que conoció a Anna. Ella se había educado en Suiza antes de estudiar en Princeton, Oxford y La Sorbona. Cuando Godley se la encontró, o reencontró, aquella primavera en Arcadia, Anna tenía unos veinticinco años. Rubia, alta y esbelta, serena y lacónica, con una sofisticación impropia de su edad, poseía la clase de aplomo y belleza que debía de impresionar, quizá incluso intimidar, a Adam Godley, quien, pese a sus aires cosmopolitas, a menudo dejaba caer la máscara sin darse cuenta y mostraba al provinciano tosco y dubitativo que se escondía tras ella. A Anna le divirtieron al principio su aparente arrogancia y seguridad en sí mismo, pero le sorprendió descubrir que se sentía atraída por él.** Si ella era un fenómeno nuevo para Godley, él también lo era para Anna. A él no le interesaban los intereses de la joven y se reía entre dientes de la idea misma de la escuela de Siena del siglo XV. Además, las obras de arte contemporáneo expuestas en la galería de Eduardo Gannaro eran, en su opinión, chorrillos sin valor y manchurrones informes ejecutados por farsantes sin talento. El arte era un camelo, le dijo a Anna, y su ejercicio debería prohibirse. «Lee a Platón —le aconsejó—. El chavalillo te enseñará cómo tratar a tus pintamonas». A ella, por su parte, le hacía cierta gracia la seguridad en sí mismo que revelaba el punto de vista de Godley en esa materia, y de hecho en todas sobre las que se sintió impulsado a pronunciarse. No obstante, la vehemencia tenaz del hombre, unida a la alegría glacial y espontánea de su acti-

---

* Anna Behrens acusó al gobierno de «desvergüenza» y afirmó que quemaría la casa hasta los cimientos antes que ver cómo se la usurpaban y la abrían a los «vándalos». Ciertamente, era hija de su padre, como suele decirse.

** Hay pruebas, ninguna lo bastante sólida para ser concluyente, de que quedó encinta de él. En sus memorias B. J. Grace cuenta que un día Godley le dijo de Anna, sin duda con su sorna característica: «Está en estado interesante. Tú ni mu». El embarazo, si se produjo, no llegó a término. Anna Behrens permaneció soltera y no tuvo hijos.

tud, resultaba irresistible para una mujer con el temperamento y los gustos de Anna. El hecho de que con frecuencia fuera mezquino, se ofendiera enseguida y atacara con la brusquedad y rapidez de un ave rapaz solo contribuía a aumentar su atractivo. Ella sabía que tenía una mujer esperándolo en casa, pero no veía motivos para preocuparse. Se refería a Dorothy, cuando se tomaba la molestia de hablar de ella, como el Dodo o incluso, de un modo aún más desdeñoso, como el Dot (el Punto) tras oír a Godley aludir a su esposa con esos y otros diminutivos burlones. Él le pasaba las cartas de Dorothy para que las leyera a medida que llegaban, pero al parecer Anna encontraba en ellas poco que le interesara o divirtiera.

En la primavera de aquel año crítico se produjo otro encuentro quizá aún más importante. Si la personalidad de Godley tenía algo de bárbaro, Gabriel Swan era un verdadero primitivo. Con todo, era el único matemático —si cabe dar tal nombre a un pensador tan poco ortodoxo— de quien Godley reconocía que poseía una mente casi tan sutil y creativa como la suya. Esto resulta aún más extraordinario porque, pese a las afirmaciones en sentido contrario, el legado de Swan en el campo en que ambos trabajaban fue nimio, según han demostrado las investigaciones.[*] Al principio realizó una aportación no insignificante a la física de la temporalidad y el cálculo temporal: fue el primero en postular la existencia del cronotón, la escurridiza partícula del tiempo. Además, se contó entre los primeros defensores de la realidad del supratiempo, concepto que más tarde Godley desarrollaría y haría suyo. Pero esta obra, por muy trascendental que pareciera en su día, se vio superada por el maremoto que supuso la teoría Brahma, en la que de hecho quedó subsumida. Con todo, nadie apreciaba como Godley la valía de esa figura desacreditada y demoniaca, que de ninguna manera consideraríamos su amigo, a menos que estimemos que Mefistófeles fue amigo de Fausto. Cuando se conocieron en Arcadia, Godley se

---

* Esta polémica cuestión se tratará por extenso en un capítulo posterior.

sintió tan cautivado por él que la gente se refería al extraño hombrecillo como el instrumento ciego más íntimo y peligroso de Godley. «Lo que más admiraba de Gabriel Swan como teórico —escribió— fue su desprecio por las matemáticas aplicadas. Abominaba de la tecnología, que para él era la "democratización" imperdonable y la depravada vulgarización de la teoría pura.* La suya fue la inteligencia menos contaminada con que he tenido el privilegio de toparme en mi vida». Escribió estas palabras tras la muerte de Swan.**

Swan era el mayor de los dos, pero parecía el más joven. Fornido y muy bajito, tenía las piernas arqueadas, una mata de lustrosos rizos morenos que «le caían sobre la frente como un racimo de uvas a punto de echarse a perder»*** y ojos de un azul tan intenso que eran casi morados, con párpados caídos y muy afilados en las comisuras externas.**** Corre la

---

* «La tecnología es a la ciencia lo que el *kitsch* al arte». Gabriel Swan, *obiter dictum*.
** B. J. Grace y otros han apuntado de manera convincente que uno de los objetivos principales del postulado de Brahma eran precisamente los efectos regresivos que sin duda su aplicación tendría en el campo de la tecnología. Como escribe el profesor Grace: «El mundo depauperado e irremediablemente lúgubre que nos han dejado los avances científicos de Adam Godley representa el cumplimiento de su más viva esperanza y de su mayor ambición. Tenemos que darle las gracias (¿o deberíamos decir execrarlo?) por los artefactos defectuosos de hoy día que inevitablemente han reemplazado a los incontables aparatos de comunicación rápidos, brillantes y espléndidos que la tecnología pregodleiana ponía, de forma inmediata y barata, a disposición de millones, de miles de millones de personas en todo el mundo para enriquecer así sus vidas e iluminar sus días. En efecto, se ha afirmado que Adam Godley es el *spiritus pernicious* de nuestro tiempo y, es de temer, de los venideros» (Grace, *op. cit.*, p. 73). Cabe señalar que en la última frase del fragmento el profesor Grace se muestra tímido, pues fue él quien aplicó a Adam Godley el epíteto latino que menciona, en apariencia, de pasada. Por mucho que cargue las tintas, al profesor Grace no le falta razón. En este sentido, no debe olvidarse el significativo aumento de los suicidios en todo el mundo en los años posteriores a la aceptación general de la teoría Brahma y sus consecuencias. Como apuntó otro autor, de manera sucinta aunque un tanto imaginativa: «Antes de Godley todo hecho ocurría forzosamente en el punto medio exacto de la eternidad; él fijó una fecha y nos puso en el camino de la muerte y la disolución universales».
*** Palabras de Anna Behrens en una comunicación personal con el autor.
**** Axel Vander, una eminencia de la Facultad de Humanidades de Arcadia en aquella época, dijo que Swan tenía «el aspecto estragado de un fauno especialmente disoluto». Vander había publicado hacía poco su controvertida obra magna, *El alias como hecho saliente: el caso nominativo en la búsqueda de la identidad*. Tras su muerte, el crítico deconstructivista Fargo de Winter reveló que era un impostor

historia, no confirmada, de que siendo niño se vio atrapado en un incendio, supuestamente en una mina de antracita, lo cual parece improbable, y que sufrió grandes quemaduras. Es cierto que presentaba terribles cicatrices en la cara y que la carne de la frente y las mejillas era blancuzca y estaba llena de bultos, de modo que, como señalaría Axel Vander, se parecía mucho a uno de los retratos vegetales de Arcimboldo. En aquella época, antes de que el fracaso, la bebida y el deterioro mental lo redujeran a una piltrafa abotagada, se abría estrepitosamente paso a codazos por el mundo, travieso y juguetón, con un comportamiento que recordaba al de un personaje de Plauto o Aristófanes. Sin duda evocando las admoniciones religiosas de su infancia, Godley comentó que Swan era el ejemplo perfecto de mala compañía, amén de una grata ocasión de pecar. Otros, en cambio, vieron en él una figura trágica que, debido a las fuerzas autodestructivas que actuaban sobre él desde su problemática niñez, no llegó a hacer realidad cuanto al principio cabía esperar de él. No hay nada que respalde la acusación, formulada por Pavel Popov entre otros, de que deba atribuirse la desintegración mental y física de Swan directamente a la influencia maligna de Adam Godley, quien, según sus detractores del mundo académico, arrebató la cordura a su *soi-disant* amigo socavando de forma sutil y diabólica la fe, todavía tambaleante, en sí mismo y su talento

----

y destapó, entre otros rasgos vergonzosos de Vander, un largo historial de antisemitismo, pese a que era judío, algo que ocultó hasta el fin de sus días. De Winter demostró que la «obra maestra» de Vander es una mezcolanza de erudición falsa, investigaciones inciertas y plagio descarado. Persiste la duda de cómo Gabriel Swan llegó a conocer a Vander, uno de los muchos interrogantes en la vida de esos dos seres turbios y sumamente reservados, uno de los cuales era al menos un *brillant savant*, el otro un pícaro oportunista. Vander partió más tarde de Arcadia de manera precipitada y bajo una nube muy oscura de sospecha tras la muerte en extrañas circunstancias de quien había sido su esposa durante años. La cátedra Axel Vander de Estudios Deconstructivos de la Universidad de Arcadia se financió gracias al dinero legado por Vander en su testamento. La polémica propuesta de colocar una placa en recuerdo de Vander en el campus de Arcadia se abandonó después de diversas protestas estudiantiles, en una de las cuales un miembro del Departamento de Policía de Arcadia, el agente Orville Blank, perdió trágicamente la vida. Véase Jaybey, *La invención del pasado: La vida y obra de Axel Vander,* University of Arcady Press, edición revisada en curso.

que tenía la desesperada criatura. Es cierto que debía de ser fácil destruir el equilibrio psicológico de Swan, y también es verdad que Godley era un bromista de dedicación e inventiva luciferinas, pero no cabe duda de que tenía en alta estima a esa alma desgraciada y condenada.

Anna Behrens sentía por Swan una profunda aversión no disimulada, que al parecer solo contribuyó a alimentar una predisposición masoquista en la compleja personalidad del hombre. Para protegerse del desdén de Anna, Swan fingía no advertirlo y no perdía la oportunidad de tratarla con muestras exageradas de simulada galantería, «lisonjas, reverencias y besos en la punta de los dedos juntos, besos dados con un fervor salaz y labios lamidos»,* lo que al parecer solo sirvió para intensificar el odio que ella le profesaba. Hay un incidente que se ha relatado de diversas formas: en una fiesta nocturna celebrada en otoño de aquel año en Arcadia, la señorita Behrens arrojó una copa de vino al rostro desfigurado del hombre. Si bien debemos ser prudentes a la hora de dar crédito a las versiones, muy tendenciosas, del episodio, lo cierto es que en adelante Anna Behrens no toleraría que se mentara a Gabriel Swan en su presencia.

Volviendo por un momento a la cuestión del papel desempeñado por Swan en la formulación de la teoría Brahma, señalaremos que, antes de la publicación de ese artículo revolucionario, se oyó muchas veces a Godley sostener, con una generosidad desacostumbrada e impropia de él, que debería considerarse a Swan coautor de la teoría, o casi. Sin embargo, cuando le presionaban para que concretara la índole y el alcance de la aportación de su amigo al deslumbrante replanteamiento de la naturaleza fundamental de la realidad, se mostraba de lo más impreciso. Una corriente de opinión mantiene, hay que decir que sin ninguna prueba tangible, que las proposiciones que sustentan la teoría Brahma, tales como las ecuaciones del espacio topológico, esos milagros de

_____

* Grace, *op. cit.*, p. 47.

elegancia e inmaculada simplicidad; las leyes que rigen la «fisuración infinita» de las líneas de universo, e incluso la técnica metamatemática para combinar y recombinar los infinitos fueron, todas ellas, al menos en las primeras fases, obra de Gabriel Swan. Según esos sabios académicos, Adam Godley, supuestamente el único creador de la teoría Brahma, fue para Gabriel Swan el auténtico progenitor de dicha teoría, lo que Alfred Russel Wallace, considerado el padre de la teoría de la evolución, fue para Charles Darwin, su verdadero autor aunque no reconocido. Esto es, cuando menos, inverosímil. Después de que la teoría Brahma se publicara y obtuviera la aceptación general, Godley se abstuvo de mencionar a Swan y la aportación que pudiera haber realizado o no al proyecto. Los defensores de Swan ven en ello una prueba de que, en efecto, realizó una aportación, de que esta fue importante y de que Godley, una vez conseguidas fama y fortuna, deseaba atribuirse en exclusiva la autoría de la obra maestra. Señalan el contraste entre la conducta mezquina de Adam Godley con Swan y la generosidad del ensalzado Wallace hacia el arrinconado e ignorado Darwin, o del astrónomo Georg Joachim de Porris, conocido como Rheticus, quien planteó el modelo heliocéntrico del universo, hacia Nicolás Copérnico, renombrado en el pasado y ahora olvidado. Ciertamente, la ciencia, al igual que el críquet, tiene caballeros y jugadores.

Algunos de los descubrimientos científicos más radicales se han realizado en soledad y reclusión. Recordamos los años solitarios de Rheticus en Frombork, en la costa báltica, cuando Europa se veía asolada por la agitación religiosa; a Johannes Kepler, incomprendido y despreciado en la corte de Rodolfo II en Bohemia en los albores del siglo XVII; al joven Isaac Newton, que durante los años de la peste de la segunda mitad de la década de 1660 se fue a vivir al campo, a la casa que su madre tenía en Woolsthorpe, en Lincolnshire; a Albert Einstein, a quien a principios del siglo XX se negó un puesto de profesor y que tuvo que trabajar de firme como «examinador auxiliar, nivel III» en la Oficina de Patentes de Berna. Es probable que el logro de Adam Godley en el transcurso de aquel año sabático en Arcadia sea el último ejemplo de una reinterpretación completa, global y al parecer irrefutable de las leyes de la naturaleza llevada a cabo por una única mente trabajando en total aislamiento. Los métodos que Godley ideó eran del todo nuevos, no probados; tuvo que inventar una forma completamente novedosa de las matemáticas a fin de resolver los arduos cálculos necesarios para la formulación de la teoría. Sin embargo, más tarde afirmó que recordaba poco de aquel año de trabajo. «Estaba allí, desde luego —declaró—, sentado a mi pequeña mesa desvencijada, con el arce en la ventana, pero al mismo tiempo, de alguna manera, no estaba. A menudo tenía la sensación de que si me ponía a leer un libro o salía a pasear, encontraría al volver que las sumas en que había estado trabajando se habían resuelto por sí solas en mi ausencia».* Se apresuraba a afirmar que no había nada mágico ni místico en su tarea. El procedimiento por el que trabajaba parecía operar en un nivel más profundo que el que su mente consciente podía alcanzar. Disponemos de pocas pruebas de esos procedimientos tal como se manifestaban por escrito, o de si se manifestaban negro sobre blanco, dado que muchos de los papeles de Godley se perdieron en el incendio de la casa de Euclid Street.**

Cuando hablamos del aislamiento de Godley en aquel tiempo, nos referimos tan solo al aislamiento intelectual. Durante aquella primavera se recuperó de su supuesta postración

_____

* Esos eran los simpáticos términos de colegial, con toda probabilidad calculados, con que hablaba de su trabajo, como si le hubieran puesto unas «sumas» que debía «hacer» o que debían «salirle». Formaba parte de su plan presentarse como un hombre sencillo y normal. Logró convencer a algunos.

** Sería un descuido no referirse de pasada, y solo con la finalidad de rechazarlos, a los chismes que corrieron en aquella época y que con toda probabilidad partieron del infame Eduardo Gannaro. Según dichos chismes, la destrucción de la casa «no fue obra de Dios, sino de Godley»; él mismo, se decía, dejó a propósito una sartén con grasa hirviendo en el fogón de la cocina, consciente de que echaría llamas y desataría un fuego en cuanto él se hubiera marchado sin correr peligro alguno. Cierto que Godley era sumamente hermético, pero ¿es posible que llegara al extremo de quemar una casa con objeto de «borrar sus huellas»? La investigación policial del incendio no fue concluyente, como sucede con otros muchos aspectos de la vida de esta persona siempre escurridiza, que disfrutaba sobremanera jugando al gato y al ratón con la posteridad.

nerviosa sin tratamiento alguno y, sorprendentemente, sin que le quedara el menor trauma. En todo caso, ya se había repuesto por completo cuando conoció a Anna Behrens y ella le «metió en cintura», según contaría él más tarde. Anna, escribió Godley, «tal vez no haya sido del todo una buen persona», pero fue buena para él; «me sacó de mí mismo» y, por primera vez desde su llegada a Arcadia, Godley empezó a relacionarse con gente que estaba fuera de los imprecisos límites del campus, aunque dentro de esos límites no se había mostrado nada sociable. Anna le presentó a Eduardo Gannaro y a «su pandilla de jóvenes bulliciosos y afeminados y criadas tísicas, ariscas y calladas».* Estaba Axel Vander, por supuesto, a quien Godley describió de forma memorable como «de físico imponente, tuerto y tullido de una pierna, atrofiado y ennegrecido como el tocón de un árbol vetusto alcanzado por un rayo** en una noche de tormenta y tumulto de hace mucho tiempo en el Brocken». Durante un breve periodo Godley se sintió arrastrado hacia el ambiente sulfuroso de Vander después de que Gabriel Swan, «demonio familiar de Vander», según se decía, se lo presentara antes de pasar página y convertirse en un adorador a los pies de Godley.

Entre los expatriados que aquel verano formaban parte de ese cenáculo arcádico, del que Adam Godley era el miembro de mayor edad y mayor inteligencia, se contaba otro compatriota suyo, Frederick (Freddie) Montgomery, que no tardaría en adquirir una infausta fama. Godley afirmaría con posterioridad haberse percatado de inmediato de que se trataba de una figura sospechosa y peligrosa en potencia, por lo que al cabo de unos años no le sorprendería enterarse de que había sido acusado del asesinato, en apariencia absurdo, de una joven y declarado culpable, con la consiguiente condena a cadena perpetua. La esposa de Montgomery, Daphne, descrita por Benjamin Grace en su autobiografía como «curiosa-

---

* Axel Vander, en una carta dirigida a Gabriel Swan que aún se conserva (Archivos Vander, Universidad de Arcadia).

** N.B.: Un rayo, otra vez.

mente intangible», era una mujer alta de ojos oscuros y cierta belleza, con quien durante un tiempo Anna Behrens mantuvo lo que Godley sospechó que era una relación antinatural. Su trágica muerte en un accidente de tráfico, en el que también pereció su hijo, se produjo mientras Montgomery estaba en la cárcel; este declinó el ofrecimiento de un día de libertad vigilada especial para asistir al doble funeral. En la época se insinuó que alguien había visto cómo, segundos antes del accidente, Daphne forcejeaba con su hijo por el control del volante. Sin embargo, jamás en su vida había dado señales de tendencias suicidas y se han desestimado algunos testimonios en sentido contrario. La suya es una historia muy triste, que en ciertos aspectos recuerda a la de Dorothy, la primera esposa de Godley.

Es improbable que alguno de esos conocidos arcádicos de Godley —con la posible excepción de Montgomery, aspirante a matemático y futuro criminal— poseyera un intelecto lo bastante desarrollado para comprender la complejidad de la obra en la que se había enfrascado o para apreciar en su totalidad hasta qué punto había de transformar nuestra concepción del mundo y las fuerzas, hasta la fecha insospechadas, que lo sustentan y mueven. Y huelga decir que no le pasó por la cabeza explicárselo. «Hablar del trabajo propio con personas distintas de los colegas profesionales sería de una vulgaridad injustificable», observó en cierta ocasión en respuesta a una pregunta de uno de sus entrevistadores más audaces, y añadió: «Y me aseguro de no tener colegas profesionales». Por aquel entonces Gabriel Swan ya había muerto.*

---

* El año en que Godley fue objeto del engaño que lo indujo a creer, por poco tiempo, que le habían concedido el Premio Sobrero, que, por supuesto, ganaría años más tarde gloriosamente y con polémica, Axel Vander le escribió una carta, con matasellos y remite ilegibles, para manifestarle cuánto lamentaba la cruel broma que había sufrido. En ella decía que a buen seguro obtendría el galardón otro año y pasaba a hablar de la teoría Brahma de un modo que invitaba a pensar que al menos tenía una idea de su complejidad y sus repercusiones. La sinceridad de los sentimientos expresados con respecto al engaño quedó en tela de juicio cuando más de un miembro de la comisión del Premio Sobrero informó a Adam Godley, mediante comunicación confidencial, que se consideraba que el autor del camelo era nada menos que el mismísimo Vander, aunque resultaba imposible demostrar-

Swan fue el primero en aludir a la teoría Brahma por ese nombre. Lo hizo en una carta dirigida al consejo editorial de la *Annalen der Mathematik*. De hecho, empleó la palabra «teorema», no «teoría», pero sin duda los periodistas estaban más familiarizados con este último término, por la teoría de la relatividad de Einstein y otros ejemplos similares, y no vieron motivos para aceptar un término tomado del latín que les recordaba de manera inquietante sus años escolares. Así pues, se convirtió en «la teoría Brahma» en el habla común y así quedó, lo que irritó sobremanera a Godley durante toda su vida. El título del artículo enviado a los *Annalen*, una revista trimestral especializada y venerable que la Universität Leipzig Verlag continúa publicando, era breve y directo: «Sobre las singularidades y la fisuración de las líneas de universo». El artículo mostraba el territorio nuevo e inexplorado en el que se había adentrado, y ningún integrante del consejo editorial poseía los conocimientos matemáticos necesarios —de hecho, desconocían las metamatemáticas, inventadas por Godley, en que había formulado la teoría— para interpretarlo o ser plenamente consciente de la profundidad y amplitud de sus repercusiones. Eso no les impidió expresar su opinión sobre la materia, y se enzarzaron en un encendido debate respecto a la pertinencia de aceptarlo para su publicación. Se consideraba, y todavía se considera, que las teorías que veían por primera vez la luz en las páginas de los *Annalen* habían recibido el imprimátur del mundo científico, y los eminentes consejeros no habían oído hablar de Godley, aunque algunos de ellos se sintieron tan impresionados como estupefactos por lo que, a su parecer, eran afirmaciones estrambóticas pero muy convincentes. Gabriel Swan se enteró de algún modo de que en Leipzig la decisión pendía de un hilo* y, sin consultar a Godley, se encargó de es-

lo. Por lo que este biógrafo sabe del carácter de Vander, puede afirmarse con seguridad que la concepción y ejecución de una broma tan despiadada sería de todo punto característica del hombre. No es de extrañar que él y Gabriel Swan fueran tan amigos, pues ambos eran unos embusteros redomados, si bien el segundo poseía una inteligencia brillante, en tanto que el primero era un charlatán.

* En este contexto, no parece inapropiado señalar que el profesor Pavel Popov,

cribir al consejo una carta de apoyo entusiasta a lo que deno-
minó la «teoría Brahma». Godley jamás le perdonó esa inicia-
tiva impulsiva y, a sus ojos, impertinente, y sin duda se habría
producido una ruptura irreparable entre ambos si Godley no
hubiera valorado tanto la compañía de la persona a quien se
refería como el Hombre Chivo, el Niño Chiflado o, simplemente, Mefisto.[*]

Tras muchas dudas y demoras, por fin se aceptó el artículo. Su publicación, a finales de aquel año, cuando Godley preparaba su marcha de Arcadia, pasó casi inadvertida en
los círculos científicos, y del todo inadvertida en el mundo
en general. Godley no debió de rebajarse a darle publicidad y
se abstuvo de mencionarlo incluso en lugares donde la importancia del texto se habría apreciado al menos hasta cierto
punto. «El público debe mendigar mi tarrito de caviar»,[**]
decía a cualquiera lo bastante insensato para quejarse ante él,
y pronunciaba esas palabras despectivas con aquel rápido bu-
fido desdeñoso a través de las fosas nasales apretadas y levantadas que llegaría a ser tan familiar para amigos y enemigos
por igual. Se necesitaba un defensor tan acérrimo como sin
duda lo había sido Gabriel Swan, y más tarde B. J. Grace fin-
giría serlo. Por lo que respecta a Swan, ya había entrado en la
espiral descendente de autodestrucción que desembocaría en
su muerte prematura. En aquella primera publicación de
Leipzig, Godley dedicó lo que llamaba tan solo el «Artículo
de las Singularidades» a «Gabriel Swan, *maiorem magister*».
En posteriores impresiones, el homenaje, al principio inserto
al pie de la portada del texto, desapareció discretamente.

Anna Behrens, que disfrutaba de una sustanciosa asigna-
ción de su padre, fue quien financió la publicación del artículo
en forma de libro, con el título, autorizado por el autor, de
Sobre las singularidades y la fisuración infinita de las líneas de

a la sazón miembro enérgico y muy activo del consejo de los *Annalen*, se situaba en
la vanguardia de la facción opuesta a la publicación del artículo de Godley.

[*] «Mefisto», con «f» en vez de «ph», es un típico ejemplo de juego de palabras
godleiano más bien infantil, si no pueril; en alemán *fist* (puño) se dice *Faust*.

[**] Popov, *op. cit.*, p. 127.

universo.[*] Salió en una edición limitada de solo veinte ejemplares, encargada a través de Eduardo Gannaro a Unbegrenzt Verlag, de Basilea. Es un volumen bonito aunque delgado, de solo dieciocho páginas —doce de texto y cuatro de notas, con un breve prefacio de dos—, encuadernado en seda azul oscuro, con las iniciales de Godley estampadas en pan de oro en la cubierta dentro, de manera muy apropiada, de los ovoides de una lemniscata (ilustración 5). De los cinco primeros ejemplares enviados por el impresor a Arcadia por medio de entrega certificada de T&T con la intención de que llegaran la víspera del trigésimo cuarto cumpleaños de Godley, Anna Behrens remitió de inmediato uno a su padre, a Whitewater House, sin el conocimiento ni el consentimiento de Godley. Al recibirlo, junto con la carta adjunta de su hija, Helmut Behrens, pese a no entender en absoluto la teoría, se apresuró a viajar a Londres siguiendo las indicaciones de la joven, y allí, como el mundo sabe, citó al presidente de la Royal Society y a tres de los miembros más antiguos de la institución para que almorzaran con él en el Athenaeum Club, donde les mostró el valioso ejemplar. Aunque todavía quedaban muchos obstáculos por superar, como la oposición de algunas figuras eminentes del mundo de la ciencia que deberían haber sido más sensatas, el resto es historia.

Es posible que Godley estuviera aislado y solo, sobre todo los primeros meses de su estancia en Arcadia, pero, como él mismo sostuvo y ya hemos señalado, «la soledad no es estar solo». Nunca fue el ermitaño que presentaron los periodistas. Sin embargo, imponía reglas estrictas respecto a cuándo se juzgaba aceptable que lo visitara uno u otro de su

----

[*] La versión con que trabajaron los impresores era una copia mecanografiada del original manuscrito, cuyo paradero sigue siendo objeto de acalorados debates entre los estudiosos de Godley. Se han propuesto varias teorías. Hay quienes afirman que fue pasto del fuego que destruyó la casa de Euclid Street, mientras que otros sostienen que fue robado antes del incendio y vendido en secreto a Eduardo Gannaro. Sobre la identidad del ladrón, se barajan varios sospechosos, entre ellos Frederick Montgomery; se ha mencionado incluso a Axel Vander como posible culpable. Es improbable que el enigma se resuelva hasta que aparezca el documento, si es que todavía existe.

reducido círculo de íntimos. Las visitas a la casa de Euclid Street solo se permitían si se anunciaban de forma clara con antelación y en el entendimiento de que el visitante se exponía a que le pidieran que se marchara en cualquier momento sin previo aviso ni explicación. Godley accedió alguna que otra vez a que lo llevaran a cenar fuera. Su restaurante favorito era el Constellation, un establecimiento con muchas estrellas en lo alto de las colinas de Arcadia que ofrecía unas vistas ininterrumpidas del valle y de sus luces «esparcidas como gemas sobre la oscuridad que se extendía abajo».* Dentro de su círculo de íntimos, solo Anna podía permitirse el lujo de pagar los precios del Constellation, si bien Eduardo Gannaro llevó una vez a Godley al restaurante hacia el final de la estancia de este último en Arcadia, después de que se hubiera publicado el Artículo de las Singularidades y su autor empezara a parecer, a los perspicaces ojillos codiciosos del marchante, destinado a conseguir una gran fama y posiblemente una fortuna aprovechable. Los sábados Godley desayunaba en Joe's Diner, en Academy Avenue (ilustración 6), una casa de comidas anticuada con sillas de plástico y manteles a cuadros rojos y blancos; Godley seguiría recordando muchas décadas después las gruesas tazas de café de color blanco grisáceo. Cuando se dejaban en los platillos producían un repiqueteo que le evocaba, decía él, la risa de los ancianos con dentadura postiza; a menudo sus creencias animistas le inducían a establecer comparaciones antropomórficas como esa. Los camareros lucían largos delantales blancos tubulares, soltaban infinitas ocurrencias, insultaban a gritos y en tono amistoso a sus compañeros y con la misma frecuencia también a los clientes. A Godley le encantaba pedir huevos fritos «poco hechos» con «croquetas de patata» y una tostada de pan de centeno con *jelly*, que —hubo que explicárselo— no era mermelada, como él entendía, sino lo que él llamaría «gelatina». Una vez más, fue Anna Behrens quien le llevó por

---

* Grace, *op. cit.*, p. 87; el preciosismo acartonado de la frase es típico del estilo florido y exaltado de la prosa de B. J. Grace.

primera vez a Joe's; aseguró que fue la estampa que ofreció Godley aquella primera mañana, sentado a la mesa del rincón, que se convertiría en su lugar favorito, bajo la «estruendosa y chisporroteante» máquina de café, con una de las gigantescas servilletas de lino características del establecimiento remetida en el cuello de la camisa y extendida sobre el pecho como un babero, y con churretes de yema de huevo y brillantes pegotitos de mantequilla en la barbilla, lo que durante un breve lapso la impulsó a imaginar que tal vez estuviera enamorada de él, como su amigo ya sostenía que debía de estar.

Pese a ser un trabajador infatigable, Godley se permitía ciertas distracciones. No tenía oído ni ojo para el arte elevado, pero apreciaba con fervor lo que más tarde se conocería como «cultura popular». Le gustaba la música chabacana más lánguida y almibarada de los años posteriores a la posguerra. Le encantaba asimismo el cine y asistía con frecuencia a las funciones de tarde de la Arcady Arthouse (ilustración 7), una sala universitaria especializada en los clásicos en blanco y negro de los años dorados de Hollywood. Le gustaban los wésterns en particular. Él y Gabriel Swan, que compartía su entusiasmo por «esos cuentos morales de nuestro tiempo», como Godley los definió, se sentaban en la primera fila, en las dos butacas del centro, fascinados, con el rostro alzado con felicidad infantil hacia la parpadeante pantalla luminosa. Más de uno de los autores que estudiaron su figura, con Pavel Popov y B. J. Grace entre los más prominentes, han dado a entender que esta supuesta predilección por los placeres simples y los pasatiempos sencillos era una farsa orquestada con esmero a fin de promover la imagen de una personalidad sin pretensiones y con gustos corrientes, en la línea de otros grandes maestros de la mascarada, como los dos Albert (Einstein y Schweitzer) y el filósofo Ludwig Wittgenstein. «Actúo —solía señalar Godley—, luego soy actor». Tras la muerte de Swan, no volvió a la Arthouse y regaló, o tiró, sus discos gramofónicos.

No permitía que nadie lo viera trabajando. Así como tenía la impresión de que las hojas de papel cuadriculado, del que gastaba a espuertas, se llenaban solas automáticamente con una fina línea tras otra de minúsculos cálculos, deseaba, como ya se ha dicho, que los demás creyeran que, de algún modo, el trabajo se hacía por sí solo y que su presencia en la habitación de arriba, sentado a la mesa ante la ventana con la vista del arce y las ardillas, solo era necesaria cuando había que sacar punta a un lápiz o la estilográfica se quedaba sin tinta. Se refería con tono festivo a su despacho como el «agujero negro» del que no salía nada, ni siquiera la luz. Cuando abandonaba el escritorio para relacionarse con los demás, la gente daba fe de la estremecedora sensación de que Godley se encontraba a su lado y al mismo tiempo no estaba, de que se hallaba presente y a la vez en otro sitio. Él disfrutaba sobremanera con estas leyendas, las alentaba a propósito y con frecuencia contribuía subrepticiamente a su creación. En años posteriores se deleitaría con la imagen de sí mismo como un mago, conocedor de misterios, un sumo sacerdote de lo arcano, oficiante de los rituales antiguos en una hermanad de un solo miembro, a la par que afirmaba ser tan solo un humilde «mangoneador de números», «un chaval dedicado a sus sumas». Algunos se creyeron estas declaraciones de modestia y actuaron en consecuencia. Sin embargo, muchos de los que se plantearon patrocinarlo se sorprendieron al sentirse atraídos de forma irresistible en el perihelio de la órbita del hechicero, solo para verse expulsados sin contemplaciones al más gélido afelio.

Si bien era un maestro guardándose las cosas, lograba dar la impresión de que se entregaba sin cesar en una enorme e inagotable efusión de luz y sustento, como el mismo sol. Fue una habilidad que adquirió pronto y que nunca dejó de perfeccionar. La gente acudía a él imaginando que lo hacía por voluntad propia, sin reparar en la fuerza de atracción gravitacional que Godley ejercía sobre ellos. Tras fijarse en una persona, decidía interesarse por ese hombre o, con más frecuencia, esa mujer y la observaba inmóvil con aquellos ojos violeta oscuro de párpados caídos, la observaba y la estudiaba, sopesando, juzgando. Tenía un lugar para cada uno de sus cautivos, una órbita fija alrededor de la estrella abrasadora que era él mismo. Solo se permitían los tránsitos planetarios estipulados y nadie debía tratar de eclipsar la luz de otro. Y allí imperaba él, en el centro de su pequeño cosmos, *le Roi Soleil* supuestamente *malgré lui*. Sin duda debemos convenir, sean cuales sean nuestras reservas, en que hay algo impresionante, incluso admirable, en la historia tan extrema y violenta de contumacia, autoestima e incesante determinación.

III

Llevaba casi dos semanas en Arden House, a la espera e inquieto, cuando Adam Godley por fin juzgó oportuno desvelar, con lo que en ese hombre con manos de cazo se consideraría un ademán ceremonioso, la cámara acorazada secreta donde se guardan los documentos de su padre. Una cámara acorazada, ¡y un pimiento! Es un tinglado de lo más estrambótico, compuesto por un par de apartadizos o cubículos ocultos tras unos falsos tabiques en una de la media docena de habitaciones de la planta baja que dan al patio central, acristalado por los cuatro lados. La estancia es grande y de líneas proporcionadas, y aunque —o debido a ello— está abarrotada de todo tipo de cachivaches enormes y demasiado pesados, el ambiente es lóbrego y nada acogedor, como en la mayor parte del resto de la casa; no me sorprende que pasen tanto tiempo en la cocina, donde al menos se está calentito durante casi todo el día. Esa sala se conoce como la Biblioteca, un nombre imponente pero engañoso, pues no hay a la vista un solo libro ni señales de librerías o estantes. Debo decir que se trata de un sitio extraño para guardar un material tan valioso, habida cuenta del estado de las paredes exteriores —es decir, las del lado del patio—, húmedas hasta el borde del friso y, por encima de este, cubiertas de úlceras de pudrición. Los cubículos, uno a cada lado de una alta ventana central, llegan hasta el techo y juntos se extienden a lo ancho de la habitación. Tienen tan escasa profundidad que incluso a una persona de tamaño normal le costaría entrar por mucho que se apretujara. Cuando Adam abrió una de las dos puertas disimuladas —están hechas de modo que parezcan las jambas inclinadas de la ventana y llevan unas molduras de volutas en la parte de arriba y de abajo—, debió retroceder para dejarme pasar, e incluso entonces tuve que entrar de lado y contoneándome. Dentro de los cubículos, el suelo, el techo y los tabiques de yeso están reforzados con un revestimiento ignífugo. ¿Qué clase de mente idearía una solución tan tonta? Adam está orgullosísimo de ella, por supuesto, y se mostró tan satisfecho como un boy scout cuando me enseñó el funcionamiento de los chirimbolos ocultos en las puertas de las falsas jambas que, al presionarlos, sueltan los dispositivos accionados por resortes que las mantienen cerradas. Los papeles de Godley se guardan en armarios de acero poco profundos, archivados en carpetas de cartón de color rojo apagado catalogadas de forma minuciosa aunque extravagante; se ocupó de la tarea la hija de Godley, Petra, *diese Niemandskind*, poco antes de morir por su propia mano: con eso queda todo dicho. La temperatura del interior se mantiene constante mediante un mecanismo electrónico y el aire es seco y estanco. No querrías ser claustrofóbico y estar aquí, fue mi primer pensamiento, acompañado de un cálido fulgor de malicia que no supe ni sé explicar. Me pregunto si los Godley se dan cuenta de lo incómodo que me siento entre ellos y de las sombras que pueblan su casa. Y si lo advierten, ¿acaso les preocupa?

Los papeles en sí no son tan misteriosos —intento no pensar demasiado en los tesoros que debieron de perderse en el incendio de Euclid Street— y no entiendo que estén justificadas esas exageradas medidas de seguridad. Debo indicar que hasta ahora he realizado solo un examen somero. Quién sabe, tal vez olfatee un par de trufas entre la escoria. En el cubículo de la izquierda se guarda el material científico, los cuadernos, las hojas de trabajo y demás, mientras que el de la derecha contiene la correspondencia; de esta última, «copiosa» es la palabra trillada que me viene a la mente. Entre las cartas de sus colegas, sus iguales —aunque Godley no reconocía que hubiera alguien que pudiera equipararse a él, no entre los vivos—, hay una, de una jovialidad admirable, de Feignman,* cuya obra, a la que dedicó toda su vida, fue

---

* En la novela se mezclan nombres de personas reales y ficticias. En este caso, Banville juega con el nombre del físico Richard Feyman y con Feignman; *feign* significa «fingir, simular» y *man*, «hombre». (N. de la T.)

desestimada por la teoría Brahma, y otra bastante patética de Falconer, ídem. Solo Paul Dirac, aquel teórico prodigioso aunque impasible, lo ensalza con el debido respeto como a un colega e igual en una nota bastante fría pero cordial que le dirigió después de que el mundo científico se hubiera visto obligado a reconocer, muy a regañadientes, la importancia de los logros de Godley, «la mayoría de los cuales —escribió Dirac con afectuosa aprobación— no pueden explicarse de forma adecuada con palabras». Hay hojas y hojas del papel cuadriculado que Godley empleó en exclusiva durante toda su vida laboral cubiertas con los diminutos garabatos del gran hombre y salpicadas también de borrones, pues usaba estilográficas desechables y lo escribía todo con precipitación y al desgaire, ya que su mente iba más rápido que su mano. Hay también copias en papel carbón de numerosos artículos suyos, en su mayoría réplicas de tono elevado pero punta venenosa a las recusaciones y críticas de sus rivales de profesión, y debo añadir que eran muchos. Además, hay una amplia colección de separatas de revistas científicas que son de escaso interés y serán de menos ayuda a este pobre escritorzuelo en su abrumadora tarea biográfica.

Advertí que el joven Adam —tendré que dejar de llamarlo así, pues el individuo frisa en los cincuenta— se sentía un tanto desalentado por la apagada reacción, que fue lo único que pude mostrar ante el almacén de tesoros que me había abierto de par en par. Es cierto que hasta el investigador más hastiado experimentará un estremecimiento trémulo al coger por primera vez un documento en el que haya sudado el pulpejo de la mano de su objeto de estudio; para él, un tiznón de ceniza de cigarrillo o el mandala estampado en la base de una taza de té es lo mismo que una mancha de sangre para un sabueso. Y hablando de sangre, una tarde de lluvia por lo demás normal, mientras echaba un vistazo a las carpetas de la correspondencia, en un folio amarillento doblado cuatro veces —«Al Director, *Nature*: Muy señor mío, he leído con regocijo y paciencia lo que el profesor Pisaverde supone que es su refutación de mi refutación de su refutación y»—, encontré lo que al principio me pareció solo una mancha delatora de color teja. Sin embargo, tras un examen más detenido resultó que no era sangre, sino algo quizá más interesante: una marca seca de carmín. Qué no daría por saber de quién eran los labios que se posaron sobre el papel y con ocasión de qué.

Adam cerró las dos puertas de la cámara acorazada y con un suspiro descorazonado me condujo hacia —sí, lo habéis adivinado— la cocina; me pregunto si en algún lugar existe un pueblo en cuyas moradas sea el cuarto de baño el sitio donde se reúnen los miembros del clan. Me ofreció una botella de cerveza. Aunque no soy cervecero, me la tomé de todos modos, reprimiendo los eructos. La luz del sol matinal en la ventana y, al otro lado, el verdor vigorizante y juvenil de la mañana estival. Adam estaba sentado a la mesa, con una pierna enganchada en el travesaño de su silla y la otra levantada y con el talón del pie, calzado con una sandalia, metido bajo un muslo, postura que lo hacía parecer aún más un colegial grandullón. Qué cabezón tiene, como un orbe de arenisca arrancado de la columna de una puerta suntuosa. Tiene siempre el aire un tanto perplejo y un tanto dolido de un hombre antaño alegre y jovial que no acierta a entender qué ha sucedido para que ya no lo sea. Ahora bien, como ya he dicho, toda la casa transmite esa misma sensación. Debe de ser el legado de Godley *père*, un viejo Vesubio, en cuyos persistentes vapores mefíticos nosotros, los pompeyanos supervivientes, debemos andar a tientas en nuestro cegato camino. ¿Cómo es posible que el joven Adam —ya está, vuelvo a las andadas—, cómo es posible que sea hijo de un hombre tan arrogante y vanidoso? Los genes heredados de la familia materna debieron de imponerse bastante a la estirpe paterna. Advertí que aún se sentía contrariado y deseé hallar algo que decir en alabanza de su preciada cámara acorazada para así aligerar, siquiera un poco, el peso de su corazón. Me pregunto cómo lo aguanta esa magnífica esposa que tiene.

En ese momento hablaba de su madre. Decía que debía de parecer cruel por parte de la familia que la dejaran sola en la enorme habitación de arriba. Ha vuelto a ese tema en más de una ocasión, y es obvio que le remuerde la conciencia, como debe ser. Pero lo cierto, dice separando las manos con las carnosas palmas hacia arriba, lo cierto es que está allí por decisión propia. Se diría que, previendo su muerte, y sabedora quizá del día e incluso la hora señalados, la señora Godley ha estado desprendiéndose gradualmente de los bienes materiales, incluidos un dormitorio y una cama como es debido, a fin de tener el menor lastre posible en su partida.

—Nos mandó sacarlo todo menos la cama —dice Adam—. Era de los dos, ¿sabe?, de ella y mi padre, pero tuvimos que serrarle las patas para que pueda acostarse y levantarse. También se empeñó en conservar ese horrible sofá, o lo que sea, en el que dormita todo el día.

Asentí educadamente; ya sabemos que la anciana no me parece ni la mitad de patética de como la pinta su hijo. Reconozco que la mujer habla y se comporta como si estuviera gagá, pero sospecho que tras esa frente pálida y sin mácula pasan muchas más cosas de las que su hijo creería. Me recuerda a una de aquellas espléndidas místicas de la Iglesia medieval, a Juliana de Norwich, por ejemplo, o a Hildegarda de Bingen, la sibila del Rin; pienso también en la emperatriz Teodora tal como se representa en los soberbios mosaicos de Rávena: rostro sobrio, grandes ojos oscuros desapasionados y de mirada fija. Ignoro qué edad tiene, pero podría seguir viviendo años y años envuelta en sus mortajas como una momia viviente.

—Todo irá bien —me oí murmurar, y me interrumpí para dar expresión a un eructo cervecero en el puño—, y todo saldrá bien en todos los sentidos.

Adam me miró con gesto inquisitivo, preguntándose —saltaba a la vista— si esas palabras sentenciosas podrían encerrar una broma abstrusa.

—¿Eso cree? —me preguntó con cautela.

—No, por supuesto que no —espeté, y advertí que se me enrojecía la frente—. No es más que una frase tonta que alguien dijo.

No sé cómo hablar con la gente, eso es lo que ocurre. Me pongo muy nervioso y suelto lo primero que me pasa por la cabeza sin saber casi lo que me digo. Me produce una sensación de caída precipitada, continua, como en un sueño. Para mí, el acto de hablar constituye una forma de defensa desesperada e ineficaz, un palo llameante tendido hacia el hocico del tigre que se abalanza. Juliana de Norwich, ¡sí señor!, y durante años creí, no sin razón, que era un hombre. ¡Y eso que soy historiador!*

Adam volvió al tema de su madre.

—Pobre La —dijo con el tono que emplearía alguien retorciéndose las manos—. Antes, de joven, era bastante alegre. —Se interrumpió y frunció el entrecejo—. Bueno, eso decía siempre Pa.

Nos quedamos en silencio, agitando nuestras botellas y oyendo el movimiento de la espumosa birra en su interior. Yo estaba pensando en la esposa de Adam. Como imaginaréis, pienso mucho en ella. De hecho, sospecho que la tengo siempre en la mente, que está siempre allí, la radiación de fondo de mi universo interior, ante la cual se desarrollan con torpeza los eventos más ordinarios de mi vida, mi pensamiento y mis sensaciones. Me siento tonto revolviéndome en vano con el tormento de esta pasión absurda. Aun así, no renunciaría a ella; el amor calienta el corazón más frío. Pero no me malinterpretéis. Cuando digo «amor», me refiero, bueno, no del todo al amor, no en el sentido mundano. Voy tras su carne, no tras su alma. No me disculpo por ello. Una obsesión carnal no es menos noble que una obsesión del corazón, así llamada. Adorar el cuerpo es perdonarlo por ser cuerpo, y eso es mucho, ¿no? ¿Por qué pedir más? Pero, por supuesto, hay más, había más. En cierto sentido, creo —el pensamiento acaba de pasarme por la cabeza—, en cierto sentido, querría ser ella. ¡Santo cielo! Enamorado hasta los tuétanos.

Al otro lado de la ventana, un mirlo oculto empezó con su silbido de repartidor. Imaginad un mundo sin mirlos. Ahora bien, imaginad un mundo con mirlos.

---

* En inglés, Julian of Norwich, de ahí el malentendido. La frase que se cita líneas atrás es la más conocida de su *Revelaciones del amor divino*. (N. de la T.)

Tomando un nuevo rumbo, Adam preguntó por los progresos de lo que describió, en apariencia sin el menor rastro de ironía, como la «gran obra». Inclinó la cabeza de esa manera infantil tan suya y me miró de reojo.

—Quería preguntárselo.

Debo confesar que por un momento no entendí de qué me hablaba. Tengo esos lapsus, no hagáis caso.

—Acabo de terminar el segundo capítulo —respondí con cautela—. Me ha llevado unas cuantas horas.

Pero no habría sido así, pensé añadir, si me hubiera permitido acceder antes al material escondido tras los paneles de esa supuesta Biblioteca húmeda y con olor a cerrado donde no vive ningún libro.

—¿De veras? —Adam se mostró sorprendido—. Qué rápido.

—Siempre avanza deprisa al principio —repuse—, antes de que surjan las dudas.

—¿Dudas?

—Sobre las aptitudes de uno..., sobre las capacidades de uno. Sobre el buen tino de haber aceptado la tarea. —¿Debería decir esas cosas a mi cliente y pagador? O futuro pagador, porque todavía no he visto un penique ni se ha hablado de dinero. De todos modos, no pude contenerme; menudo bocazas estoy hecho—. Y dudas, por supuesto, sobre el proyecto en sí.

Mis palabras provocaron una pausa sombría.

—Dudas —murmuró Adam girando la palabra hacia un lado y el otro para examinarla, como si fuera una moneda extranjera de valor incierto. Luego, de repente, con un movimiento casi violento, se sacó el talón de debajo del muslo, donde lo había tenido aplastado, se volvió hacia mí con los brazos extendidos a lo largo de la mesa y me habló con una seriedad imponente—: Pero mi padre sí era un gran hombre, ¿no? O sea, un genio, ¿verdad?

Yo me había echado ágilmente hacia atrás y había apartado los brazos por miedo a que me agarrara y, ay, quién sabe, me cogiera la mano y la apretara contra su corazón; todo es imaginable en el inimaginable mundo de Arden.

—Verá —prosiguió con voz cada vez más empañada—, él nunca me hablaba de su trabajo...

—No era usted el único con el que no lo hacía.

—... así que no puedo juzgarlo. No es que hubiese podido juzgarlo, si me hubiera hablado de él —una risita explosiva—, porque no entiendo mucho de lo que mi padre hacía, sus teorías y demás... —su voz se fue apagando.

—Tampoco es usted el único en eso —solté con aspereza.

Pero él no prestaba atención y ardía en una fiebre de dudas y necesidad.

—Verá —continuó—, a veces me pregunto, bueno, solo me pregunto si...

Se interrumpió de pronto y dio una sacudida, compungido y exasperado. La situación era verdaderamente truculenta. ¿Qué debía decirle yo? Ambos sabíamos qué y cómo era su padre. Me sentía como un director de colegio victoriano a quien el delegado de la Escuela XI ruega que confirme que el famoso y muy condecorado papi del chico se mantuvo firme contra las hordas indígenas en la batalla del Bluf de la Patria y no puso pies en polvorosa como van diciendo los chavales de su curso. Sé contar mentirijillas tan bien como el que más, como el mejor de vosotros, pero esta vez era consciente de que debía callar, ceñirme a la dura verdad, que ya sabemos que no es dura, sino escurridiza como la seda, aunque no tan suave. Podría decir que fue el honor profesional lo que me impidió soltar las banalidades diplomáticas que el hombre suplicaba, pero no lo haré. Si Adam Godley fue grande, ¿dónde residía su grandeza —¿no os encantan los incorregibles ardides de las palabras?— más allá de los límites de su obra? Trató de forma abominable a sus esposas, hizo quién sabe qué a quién sabe cuántas chicas —es probable que lo averigüe cuando me abra un camino agorgojado entre esos fajos de papel de la cámara de la derecha— y trató mal en todos los sentidos a sus hijos, hasta el punto de convertir en un guiñapo a ese individuo joven-viejo y desvalido que tenía delante y de empujar a la otra a quitarse la vida. Se aprovechó de sus amigos, o de quienes aspiraron a serlo, y fulminó a sus rivales sin piedad y con un enorme y oscuro deleite. El mundo debería conocer ya qué clase de persona era en realidad y yo me encargaré de airear los trapos sucios. Pero ¿cómo podía transmitirle todo eso a su hijo?

Lo cierto es que aún tenía la mitad de la mente, más de la mitad, puesta en Helen, la exquisita y, por lo que a mí respecta, inviolable esposa de ese hombre, aunque me cuesta trabajo expresar lo que me atrevo a esperar de ella. Hay pocas cosas más ridículas que la lujuria de un anciano. Aunque «lujuria» no es la palabra; es demasiado, bueno, demasiado fuerte. Lo que siento por Helen es una especie de anhelo retrospectivo. Imaginadme, si lo deseáis, con una mano ahuecada junto a una oreja ardiente mientras me esfuerzo por captar una nota persistente de una dulce y melancólica música perdida. Ah, no os riais. Sé muy bien qué sucedería si hiciera un movimiento en falso contra su persona, si pronunciara una sola palabra sincera en la caverna encantada de su oído. ¿Cómo no voy a ser sentimental, siendo un náufrago como soy? Crusoe se enamoró de sus cabras, ¿no? Yo también estaba perdido y me habían dado por desaparecido, se suponía que me había ahogado, que me hallaba sumergido y reposando tranquilamente en las profundidades, con perlas por ojos y todo eso, cuando ella hundió un brazo desnudo —fijaos en las diminutas burbujas plateadas adheridas a cada brizna de vello—, me aupó, ya fofo y goteando una acuosa secreción gonorreica, y me administró el milagroso beso de la vida, y aquí estoy, entre la rubia playa y las aguas de azur, abandonado entre palmeras y loros, con solo el lejano horizonte que nunca alcanzaré ante mí, alimentando un amor imposible que duele como un forúnculo en el trasero, sin ningún boticario en mil leguas a la redonda al que pueda acudir en busca de un ungüento para aliviar la comezón. ¡Dios mío, menuda ensalada de metáforas!

En los momentos en que me siento menos agitado, con la mente reclinada y apoyada en los codos, me deleito con ese amor que nació en mí en cuanto la vi plantada en el escalón superior de la entrada, con un vestido sin mangas, un brazo levantado —pocas cosas más conmovedoras que la mancha de una sombra en la axila desnuda de una mujer— y un ramillete de jacintos silvestres húmedos, mirándome con una tenue sonrisa abstraída. Aquel día solo sabía de ella su nombre, que Adam debía de haberme dicho en Nueva Ámsterdam, pero aquella primera vez que la vi me tambaleé por dentro, como si una bala suave y silenciosa me hubiera atravesado limpiamente el corazón. ¿Qué fue lo que apretó el gatillo? ¿El azul de sus ojos, el lustre de su cabello, la pequeña protuberancia de carne pálida allí donde la parte superior de su brazo desnudo se une al hombro al aire? ¿Fue el sol de abril o el aroma de esas flores cabizbajas? ¿Fue la forma de sus tobillos? Todo ello, todo ello. Helen era la culminación de una imagen que sin darme cuenta portaba en mi interior, una escena como la de una postal antigua o la de la tapa de una lata de galletas, con una doncella con tirabuzones apoyada en una valla ante una casa con tejado de paja, un seto y un riachuelo y malvarrosas y un pajarito en una rama. Sí, había estado esperándola sin saberlo. ¿Acaso otra habría conseguido lo mismo? Es posible, es probable, pero prefiero pensar que no.

Tengo la fantasía —os hará reír— de que en cualquier momento del día, con solo que me detenga, me quede quieto y me concentre, sabré con exactitud en qué lugar de la casa se encuentra. Agazapado en mi nido de águilas, a la altura de la copa de los árboles, soy un dispositivo de vigilancia calibrado con la precisión necesaria para detectar la trayectoria de una partícula godleiana. Abajo, ella se levanta, da un paso, se detiene, bosteza, y la aguja se mueve. Con los órganos táctiles de la imaginación sigo su rastro de una habitación a otra viendo cada una más pequeña que la anterior, hasta que al final entra sin darse cuenta en uno de los cubículos poco profundos donde se guardan las reliquias de su suegro, el pestillo secreto se cierra tras ella y yo, Barbazul, la envuelvo en el remolino de mi capa y...

La puerta alta y estrecha del otro extremo de la cocina se abrió y ella entró presurosa, bajó los tres escalones de escasa altura con el plaf-plaf de las sandalias y se detuvo. Teniendo en cuenta lo que acabo de decir, ¿no sabía yo que se acercaba, no había captado su avance? Podría mentir, pero no lo haré: no, no lo sabía. Es una ilusión. No puedo seguir su rastro con la mente, del mismo modo que soy incapaz de bailar una giga marinera haciendo el pino. Pero las ilusiones confortan, y seguro que por ese motivo todo el mundo las tiene.

—Vaya dos —dijo clavándonos una mirada histriónica de enorme sorpresa y desaprobación—, pimplando cerveza y aún no es la hora de comer.

Aquel día llevaba pantalones cortos, de pernera holgada —pobre corazón mío—, y una blusa de lino azul. Sus sandalias eran un par de aletas de cuero en forma de pie sujetas por unas correas de cuero fino entrecruzadas hasta la mitad de las pantorrillas; los pies van más desnudos con ellas que si fueran desnudos; la preciosa curva del puente de la planta me quita el aliento. Se había echado el pelo hacia atrás de cualquier manera y se lo había atado con un trozo de cinta. Frente ancha y chata, grandes ojos azules muy separados, nariz cincelada en una línea que desciende recta desde la frente hasta el profundo surco del labio superior y ya no baja más: era como si una mujer de carne y hueso hubiera salido de una estatua de mármol esculpida por uno de los grandes maestros griegos. Y yo, oh, Dios mío, que soy más vil que un insecto que trepara arrastrándose por la pierna de esa mujer.

Algo que adoro en especial, una repetición más sutil del manto de pecas sobre el caballete de la nariz, son las manchitas, del color del chocolate sin leche, oscuras hasta el punto de parecer casi negras y casi demasiado diminutas para distinguirse, que salpican los esponjosos colchoncillos de carne de color blanco crema de debajo de los ojos. Es un efecto que he advertido en mujeres en estado avanzado de gestación, lo que no ocurre en este caso porque Helen no puede estar en estado, ni siquiera no avanzado. Me apena su pena por su esterilidad. Podría hablarle de mi esposa, Martha, de la que estoy separado, y de sus tres o cuatro engendros —seguiría intentándolo, pobre criatura desesperada; me refiero a Martha—, lo que tal vez la consuele aunque supongo que no. Debería llamarla, a mi mujer, porque hace mucho que no hablamos. Tengo entendido que se ha liado con un funcionario, nada menos; espero que le funcione y que el hombre sea amable con ella; yo no lo fui. Como veis, sí tuve una vida en otra versión de las cosas.

Y, sin embargo, con Helen se produce un efecto extraño, que no sé si solo se da en mí o si es común a cuantos se enamoran loca y perdidamente. Llevaba hasta tal punto en la mente el pensamiento de Helen, la idea de ella, le había dado tantas vueltas en la cabeza que, cuando la real apareció en la cocina irrumpiendo como la luz, apenas la reconocí. O no, no es eso, no del todo; es decir, es y no es. La imagen de Helen, el concepto de ella que había retenido en la cabeza eran tan vivos e intensos que casi me bastaban, de modo que ella misma, en carne —su anhelada carne— y hueso, casi parecía estar de más. ¿Tiene sentido? Sé que lo que digo da a entender que para mí ella no estaba allí, no en su integridad, a pesar de que lo que había allí era manifiestamente ella, el ser vivo que respira. Mis palabras son patosas hoy.

Esto del amor entre los mortales, observa el duende agazapado dentro, es un asunto muy peregrino.

El caso es que ella estaba allí, al pie de los escalones de la cocina, con esa máscara hermosa, serena y terrible que luce en vez de una cara. Adam se volvió hacia ella.

—He estado enseñándole la cámara acorazada al profesor Jaybey —dijo, con una sonrisa dubitativa; es evidente que tiene un poco de miedo a su mujer.

—¿Sí? —Helen se volvió hacia mí—. Un lugar agobiante, ¿eh? No es que yo entre allí. Todo ese maldito papel.

Adam suspiró, y fue como si hubiera puesto una mano sobre el brazo de su esposa para contenerla. Salta a la vista que le duele que se menosprecien los tesoros familiares.

—Todo ese maldito papel —replicó en voz demasiado alta, con una sonrisa tensa como la cuerda de un arco— constituye una fuente biográfica de valor incalculable, dice el profesor Jaybey.

Yo no había dicho tal cosa. Helen seguía con la vista clavada en mí. Soltó una risita áspera y seca.

—Estoy segura —replicó, y su marido torció el gesto, turbado.

Se dirigió hacia el frigorífico —un modelo vetusto y cascarrabias del tamaño de un sarcófago; incluso desde las alturas de la Sala del Cielo oigo débilmente por las noches sus gruñidos y trembleques—, abrió de un tirón la puerta y escudriñó el interior con el ceño fruncido. Adam me lanzó una mirada extraña, que parecía al mismo tiempo una advertencia y una súplica. Algo en el tenso ambiente se volvió un poco más tirante. Helen sacó una botella de vino; estaba abierta pero aún tenía vino. La llevó a la mesa. La depositó sobre la mesa. Fue al armario a buscar una copa. Dejó la copa sobre la mesa. Se sirvió vino en la copa. Todo esto con una parsimonia displicente. Tiene el aspecto de una ménade: mirada dura, extremidades fuertes, implacable.

Era la propia Helen quien se había bebido la primera mitad de la botella que acababa de sacar del frigorífico y se proponía vaciar antes de que acabara la mañana. Es un chablis, seco y refrescante, justo lo que necesita para aliviar su apesadumbrado corazón. Por esta época del año se pone un poco piripi casi todos los días, lo que provoca gemidos apagados en su esposo y una media sonrisa de satisfacción en Ivy. Adam teme que monte una escena, los sollozos, los gritos, los puños golpeándole el pecho, pues ya tuvo bastante cuando era niño y su madre, embriagada, recriminaba a Adam Godley padre las traiciones y las befas. Helen lleva mucho tiempo de duelo y no puede superarlo ni nadie puede curárselo. Falta muy poco para el aniversario de la muerte de su hijo y está decidida a conmemorar la ocasión, que por una casualidad cruel coincidirá con el día en que ella cumple años: cumpleaños y cumplemuerte, todo a la vez. Su actitud es crispada y jovial, su risa estridente, y se detiene a menudo para adoptar una pose, con los ojos brillantes y la boca torcida. La casa camina de puntillas alrededor de ella y contiene el aliento deseando que la funesta fecha llegue y pase sin incidente alguno.

La criatura tuvo una vida tan breve que a duras penas puede decirse que viviera. ¿Hemos mencionado ya que se llamaba Hercules? Su padre lo acortó de inmediato a Clem. Helen dijo que el nombre se le había ocurrido en un sueño y no toleró que se opusiera ninguna objeción. Ursula le advirtió que el niño jamás le perdonaría que le hubiera endilgado un nombre que daba pie a burlas. El suegro de Helen se estaba muriendo, pero aun así reunió la fuerza necesaria para reírse de ella diciéndole que si le ponía un nombre tan heroico, el pequeño estaría destinado a convertirse en un cagueta. Nadie se sorprendió cuando la criaturita murió. Sí, el pecho del marido de Helen recibió un duro golpe aquel día, el día en que el pequeño Clem sufrió un ataque y se asfixió. Fue la segunda pérdida de ese tipo —años antes había nacido un bebé muerto, ¿no lo he dicho ya?— y ahora Helen es estéril —me consta que eso sí lo he dicho—. Ivy Blount me contó todo eso en una conversación secreta que mantuvimos un día que me subió el almuerzo y se quedó en la Sala del Cielo mientras yo comía. No sentí compasión. Solo pensaba, con la boca llena, en el engendramiento de los hijos perdidos. Imaginaba a Helen y a ese marido suyo de torso y cabeza grandes, piel fina y pies pequeños, los imaginaba abrazados, resollando y gimiendo, y me alegré de que se les hubieran muerto sus diminutos renacuajos. Soy terrible, sí; el amor no conoce límites.

Pero Helen, pese a su pena, se niega a sucumbir a la melancolía.

—Voy a dar una fiesta —anunció de pronto con un tono de desafío displicente—. Una gran fiesta por todo lo alto, sí señor.

Adam cerró los ojos un instante, como para repeler la perspectiva de lo que se avecinaba. La última fiesta en la casa se había celebrado con motivo de la concesión del Premio Sobrero a Adam Godley. Fue una juerga en toda regla que duró varios días y solo terminó cuando Petra subió a su dormitorio y se cortó el pelo a trasquilones con unas tijeras dentadas y Benny Grace se bebió él solito una gran copa hasta arriba de champán, tropezó con el perro y se fracturó el fémur. Buen perro, Rex.

Helen cogió la copa de vino con las dos manos, se la llevó a los labios y bebió. Mientras observaba su tersa garganta inclinada pensé en el primer Adán y las nueces de Adán y la extrañeza impenetrable de todas las cosas.

—¿No es una buena idea? —añadió con tono alegre y desafiante—. El sueño de un día de verano. —Tenía los ojos anegados; parecía que estuviera llorando incluso mientras reía vacilante—. Invitaremos a todo el mundo —dijo—, a todo el mundo; ¡invitaremos a todo el puto condado!

Mordaunt no había imaginado ni por asomo que no volvería a saber de Anna Behrens, ni a verla, y no se había equivocado. Pese a la fachada de lánguida alegría que mostraba al mundo, Anna poseía una voluntad irresistible y consagraba su vida a la persecución de fines egoístas. Después de todo, era hija de Helmut Behrens. Estaba consentida y era codiciosa, dos de sus cualidades que sin duda cualquier otra persona deploraría, pero por las cuales Mordaunt la admiraba, aunque a su pesar. Aun así, habría deseado que no hubiera surgido del pasado de aquella manera, súbita y sorprendente. Era como si Ofelia saliese de las aguas cristalinas al pie del sauce, sonriendo y exigiendo hacer cosas y que alguien se las hiciera. ¿Por qué no le dejaba en paz? No hace mucho que Mordaunt está en libertad condicional —recordad que una condena de por vida es para toda la vida— y es un hombre celoso de su soledad. En las cárceles donde ha estado encerrado, e Hirnea House era tan penitenciaría como Anvil, había tenido que echar mano de la astucia y el ingenio, junto con sobornos administrados con prudencia, para conseguir estar totalmente a solas cinco minutos algún día, o alguna noche, porque incluso por la noche, tendido rígido en el catre, solo, en un rincón de un cubo de oscuridad tumultuosa, se había sentido observado y vigilado. A duras penas podría acusar a Anna de ser una espía, pero sin duda la mujer representaba una intromisión. Las personas con todo el tiempo del mundo son una amenaza, pues siempre imaginan a los demás tan ociosos y sin rumbo como ellas. ¿Cómo deshacerse de Anna? Debería ser sencillo, pero no lo es. En ciertos aspectos de su carácter, Mordaunt es, todavía y en contra de lo que cabría esperar, un caballero, y los modales caballerosos, una vez inculcados, permanecen inmutables como las huellas dactilares. Vosotros o yo nos limitaríamos a decirle que se largara y nos dejara en paz, pero él no, no, él no.

No mucho después del viaje de ambos a la playa llegó la inevitable citación, disfrazada de propuesta espontánea a pasárselo bien juntos otro día. «Esta vez iremos al interior —escribió Anna—, ya que te has convertido en un amante de la naturaleza». La nota le había llegado a gran velocidad mediante correo urgente de T&T; Anna prefería el gesto delicado pero preciso incluso en algo tan simple como el envío de un mensaje. El recadero, que ofrecía un aspecto inusitadamente sucio con el dorado sin brillo de su galón y el tricornio abollado, se había entretenido a propósito en busca de una propina, hasta que Mordaunt le clavó una de sus miradas inexpresivas y el individuo torció el gesto y se marchó silbando con insolencia. Ahora, sentado a la mesa de la cocina de Ivy Blount, Mordaunt contemplaba con desánimo el fino rectángulo turquesa de papel de telegrama que había apoyado contra la tetera. Había esperado con impaciencia pasar el resto de la mañana registrando las cosas de Ivy, que había ido a visitar a uno de sus numerosos parientes moribundos; quedaban pocos de los tristes secretos de la mujer por desenterrar, y esta habría sido su primera oportunidad de entrar en el dormitorio de Ivy y hurgar con tranquilidad en ese último sanctasanctórum.

Suspiró y apuró los posos de la taza —le gusta la textura de alga marina de las hojas de té tibias—, se levantó y subió despacio al baño para afeitarse. Era un cuchitril horrible, impregnado siempre de un desalentador olor plano y gris. Unos días después de que él llegara, Ivy había improvisado un tendedero colgando un trozo de cordel naranja de atar gavillas entre el mando del calentador de agua que había sobre la bañera y un clavo oxidado de la pared junto a la ventana, de modo que Mordaunt tenía que agacharse para pasar por debajo cada vez que quería acercarse al lavabo. Era otra de las estratagemas, todas igual de poco sutiles, de la campaña de Ivy para irritarlo lo máximo posible a fin de que tarde o temprano aceptara la derrota y se largara. Aquella mañana pendían de la cuerda una enagua de nailon, un calcetín de lana, solo uno, y unos pololos mustios, con elásticos en las perneras, que debían de haber sido azul oscuro al principio pero que tras repetidos lavados semanales se habían descolorido hasta adquirir un tono malva apagado especialmente desagradable. Mordaunt se agachó, pasó por debajo del cordel enseñando los dientes y se enderezó delante del lavabo, con su ojo izquierdo elevado y enorme en el espejo de aumento apoyado en una esquina de la ventana.

Aquella tarde de hacía años, en Arcadia, cuando se acostaron juntos, Anna, en mitad del asunto, le había puesto una mano en el hombro para impedir que hiciera lo que estaba haciendo con gran vigor y acercó la boca a su oído para exhortarle en un susurro ronco a que la pegara. No quería un cachete, oh, no. Mordaunt tenía que hacerle daño, asestarle un puñetazo en el pecho, atizarle en los senos, azotarle las nalgas con el cinturón. «No en la cara —dijo ella apretándole los labios suavemente con un dedo—, ni en las piernas ni en los brazos, las partes donde se verían las marcas». Y sonrió con dulzura, los ojos convertidos en rendijas. Él jamás había zurrado a una mujer y, a decir verdad, le sorprendió que Anna le instara a hacerlo. Tampoco estaba seguro de cómo debía proceder, pero cuando expresó sus reparos, ella le dio un fuerte pellizco en la carne sensible del costado, entre las costillas y el hueso de la cadera, y le ordenó que siguiera adelante. Él obedeció y se esforzó con gallardía, pero no salió bien, lo hizo sin entusiasmo, y al final Anna se impacientó y lo apartó con un suspiro de irritación, se dio la vuelta y, tumbada de lado, murmuró que más valía que se vistiera y se largase. Él no se marchó y al cabo de un rato Anna se aplacó y reanudaron lo que habían estado haciendo, y todo fue bien, o eso pareció. La cuestión no volvió a mencionarse, pero siguió presente entre ambos, encajada en un surco de la memoria como una semillita dura. Lo que le desconcertaba no era que Anna le hubiera pedido que la golpeara, sino que con su petición le hubiera provocado una vergüenza tan aguda y castrante. Más tarde pondría rojos, con brío e indiferencia, muchos traseros ofrecidos, pero su fracaso con Anna aquella tarde le preocupó y le dejó perplejo, y sigue preocupándole y dejándole perplejo hasta el día de hoy. No obstante, a veces se preguntaba si la invitación de Anna a que diera rienda suelta a la violencia contra su persona tal vez hubiera sido en cierto modo una autorización a cometer más adelante una agresión mucho más trascendental y mortal; parecía rocambolesco, pero las motivaciones humanas son un misterio.

Una vez afeitado, se aclaró la cara y se la secó, retiró de un papirotazo una bolita de jabón que quedaba en el lóbulo de la oreja izquierda —siempre le sucedía, a saber por qué, y siempre en el mismo sitio, en el lóbulo izquierdo— y se agachó de nuevo para pasar por debajo del tendedero intentando evitar los flácidos calzones de Ivy, sin éxito, pues una pernera le rozó la nuca con una fría caricia como de pez. En la cocina se detuvo para hundir una moneda de medio penique en la dulcera con mermelada de grosella negra que había sobre la mesa —él también tenía formas de enfurecer a Ivy—, cogió el sombrero y cruzó la puerta hacia una mancha de luz acuosa. Había indicado a Anna que no fuera a la casita, sino que lo esperara junto a la verja principal a fin de reducir las posibilidades de que los atisbara alguien de la Casa Grande, aunque no entendía por qué debía preocuparle que los vieran juntos. Caminó sin prisa por el sendero, con las manos en los bolsillos, el sombrero echado hacia atrás y un agradable escozor en las mejillas rasuradas. El sol seguía esforzándose por brillar, pero un gran festón de hinchadas nubes moradas llegaba del mar.

Anna se inclinó sobre el asiento delantero para abrirle la portezuela.

—Se te ve tan contento contigo mismo que da asco —dijo mirándolo con aire jovial.

El interior del automóvil apestaba a cuero caliente y al perfume dulzón y un tanto turbio de Anna, que tras ponerse unas gafas de sol de lentes pequeñas y tan oscuras que resultaban impenetrables sacó el Cachalot del semicírculo de la entrada lanzando una rociada lateral de grava. Él admiró una vez más la forma brusca y seria que tenía de manejar el coche; saltaba a la vista que hacía tiempo que se había impuesto a la gran máquina y que no había por qué volver sobre la cuestión. Una vez en la carretera, Anna condujo muy deprisa, tarareando para sí. Mordaunt tenía las manos sobre el regazo. Su estado de ánimo fue ensombreciéndose a la par que el cielo. Anna permaneció en silencio durante kilómetros. Él notaba que estaba pensando; que Anna pensara siempre lo inquietaba.

Circulaban a toda velocidad por un tramo recto de carretera en medio de un paisaje anodino —campos desaliñados, grupos dispersos de abedules larguiruchos y con aspecto de borrachos, una cadena de colinas aún más desganadas—, cuando a las nubes ventrudas les reventó la barriga y soltaron un estruendoso torrente de granizo. Las piedras eran tan grandes y la lluvia tan densa que Anna apenas veía a través del parabrisas y se vio obligada a dirigir el coche hacia un lado y estacionarlo torcido. Contemplaron sobrecogidos el furioso chaparrón de blancura helada y lo oyeron tamborilear sobre la capota de lona. Riachuelos de céreo pedrisco derretido cruzaban en zigzag el parabrisas.

—Da miedo —dijo Anna con una vocecilla infantil, y encorvó los hombros, metió las manos en las mangas de la chaqueta y hundió la cabeza en el cuello de la prenda hasta la nariz.

—No es más que una tormenta de verano —repuso Mordaunt con un énfasis lúgubre, como si las palabras significaran algo diferente de lo que significaban.

Aquello le había ocurrido otra vez, en Italia, en una carretera a mitad de camino entre aquellas ciudades montañosas, Todi y Terni, ¿no?, ¿eran esas? En aquella ocasión la mujer que lo acompañaba también se asustó..., ¿quién era? Supuso que Daphne, su difunta esposa. Sí, porque aquella mañana habían querido nadar en el lago Trasimeno pero no habían logrado encontrar ninguna zona de baño. Así pues, fueron a una *trattoria* situada en el borde de un acantilado sobre la vasta extensión de agua azul moteada de plata, se sentaron bajo un dosel de enredaderas trenzadas, comieron pan sin sal y aceitunas saladas y se bebieron una botella de vino local, tan dulzón que daba náuseas. Habló a su mujer de la batalla del lago Trasimeno, en la que Aníbal y sus elefantes aplastaron a los romanos, tras lo cual marcharon hacia Roma, donde el Senado se apresuró a elegir a Fabio Máximo el Cunctator como salvador —«¿Fabio Máximo el qué?», exclamó Daphne, y rio hasta que se atragantó con el vino y la gente la miró con el ceño fruncido—, aquel Fabio que, señalo yo con cariño, era amigo de los dioses y les ofreció, nos ofreció en sacrificio las riquezas del país, nada menos que una tricentésima trigésima parte. Más tarde, en el coche, Daphne se enfurruñó y le dijo que estaba harta de que siempre alardeara de las cosas que sabía y ella no, y luego cayó la granizada y él tuvo que aparcar el vehículo torcido en un lado de la calzada, igual que estaba aparcado ahora el de Anna, y Daphne le agarró la mano y tembló, y años después, en otro coche, en otra carretera, debió de estirar el brazo del mismo modo para agarrar la mano de su hijo sobre el volante cuando el camión dobló la curva y se precipitó hacia ellos y dio un bandazo porque se le había desplazado la carga —aquí todo se tuerce— y madre e hijo murieron aplastados, mientras que el camionero sobrevivió y no sufrió, como dicen, ni un rasguño. En fin.

—En fin —dijo Anna—, sea o no una tormenta de verano, me da miedo. Enseguida tendremos truenos y relámpagos.

¿Y qué clase de dios sería yo si pasara por alto una indicación como esa? Levanté un dedo y al instante un tritón de forma dentada se deslizó por el cielo y golpeó la cima de una de aquellas colinas abatidas, y al cabo de un instante llegó un ¡craaac!, bum, brom-brom, bum, bum, bum y Anna soltó un chillido, se retorció y se hundió aún más, hasta el punto de esconderse casi bajo el volante.

Mordaunt suspiró. Se le estaba acabando a toda prisa la paciencia que le quedaba. Se habría dicho que los años en la cárcel deberían haber supuesto una lección de tolerancia, pero siempre fue irascible y sigue siéndolo. De hecho, podría afirmarse que fue su irascibilidad, y no una invitación de Anna a la violencia erótica, lo que mató a aquella pobre muchacha hace años. Aquella doncella fue la persona que colmó el vaso al interponerse en el camino de Mordaunt y estorbarle, y murió por su error. Sí, sí, no olvidemos nunca que nuestro señor Mordaunt era y es un tipo peligroso y que es mejor no provocarle.

La tormenta amainó con la misma rapidez con que había estallado y al otro lado del parabrisas el mundo pareció levantar la cabeza y mirar alrededor con cautela. Anna encendió un cigarrillo con mano temblorosa. Todo goteaba.

—La primera señal —dijo con tono meditabundo— fue una mancha negra en el ojo izquierdo. Muy negra, reluciente como el betún y del tamaño de una moneda de seis peniques. La vi por primera vez una mañana al despertarme, antes de despertarme, de hecho, o sea, fue lo que me despertó. No duró mucho y me olvidé de ella. Luego empecé a perder vista en ese ojo de un modo muy raro y fui a hacerme una prueba y el médico me lo iluminó con una luz muy brillante y volví a verla, la mancha, del mismo tamaño y en el mismo lugar que antes, un poco hacia abajo, a la izquierda, y esa vez no era negra, sino de un intenso rojo oscuro, como el que se ve en la base de un tapón de corcho cuando se saca de una botella de vino, cruzado por las mismas líneas pequeñitas y serpenteantes. Muy bonita, la verdad. Estaba fascinada, no podía dejar de mirarla, solo que no podía mirarla porque se desplazaba y seguía moviéndose cuando intentaba seguirla. No se lo comenté al médico porque todavía pensaba que no era nada.

Mordaunt trataba de abrir la ventanilla de su lado. No fumaba y el humo del cigarrillo de Anna le provocaba escozor en los senos nasales y le hacía toser. ¿Por qué las cosas se le resistían de esa manera, porque se empecinaban en interponerse en su camino? Anna le vio toquetear la ventanilla y se echó a reír.

—Pareces un marinero intentando escapar de un barco que se hunde.

Pulsó un botón del reposabrazos de su asiento y la ventanilla de Mordaunt se abrió con un suave ruido como de rebanar algo.

—¿Tiene nombre? —preguntó él tratando en vano de no parecer de mal humor. Estaba enfadado consigo mismo por no haber sabido abrir la ventanilla.

—Oh, sí —respondió Anna—, pero lo he olvidado. El síndrome del doctor no sé qué. Espero que esté orgulloso de su obra.

El aire fresco y húmedo que entraba por el hueco de la ventanilla era un bálsamo para la frente de Mordaunt. Como hemos observado, le agobia que la gente tenga la poca consideración de mencionar sus dolencias. Le producen vergüenza ajena quienes lo hacen, su cenagosa desdicha, la caída afligida de la comisura de sus ojos, su jactancia dolida y quejumbrosa. Es como si estar enfermo fuera algo que pudiera elegirse y no hubieran pedido, algo por lo que se sintieran resentidos y de lo que, al mismo tiempo, se vanagloriaran, como la Virgen María y su increíble embarazo.

Pero no había forma de evitarlo. Anna ya había tomado impulso y él sabía que seguiría adelante hasta el agotamiento, a menos que intervinieran las lágrimas: siempre se puede contar con que las lágrimas detengan en seco incluso a la quejica más insistente. Advirtió que apretaba los puños sobre el regazo movido por la ira o el temor, no sabía cuál de los dos, pues, según su experiencia, no había mucha diferencia entre ambos. En circunstancias tensas como esa siempre ha sentido la necesidad insensata de reír y tiene la impresión de que una gran cámara de aire se va hinchando en su interior y que el gas de dentro se comprime cada vez más. Contempló apenado la reluciente carretera que tenía delante y los campos empapados de alrededor, donde el granizo no derretido permanecía entre la hierba como bolas de naftalina; una cuchillada de luz destellaba entre el follaje goteante de los abedules. Un tiempo tan impropio de la estación como ese le recuerda vagamente el vago pasado; ¿a qué se debe? En el aspecto de ese día de verano se percibe un rasgo primaveral, algo tierno y de lisura oleosa, como un palo de madera recién pelado.

Salió de su ensimismamiento con la sacudida temblorosa de un enorme motor viejo al ponerse en marcha. Anna estaba contándole algo de una avispa... ¿De una avispa?

—No sé de qué especie —espetó ella con impaciencia—, solo una avispa, una especie tropical... ¿Qué más da? Leí un artículo sobre ella no sé dónde, en una revista de la sala de espera de un médico, y Dios sabe que he pisado unas cuantas. Busca un bicho, por ejemplo una cochinilla de unas diez veces su tamaño, le clava en la frente esa cosa venenosa que tienen, la antena o lo que sea, la deja paralizada y enseguida pone huevos y los mete en el cuerpo de la cochinilla. Luego, antes de que pase el efecto de la inyección, la tapa con piedras...

—¿Qué es lo que tapa con piedras?

—¡El bicho, la avispa! Tapa por completo con piedras a la cochinilla dándole la forma de una de esas celdas de monjes para que no escape cuando vuelva en sí. Luego se va y la deja allí, atrapada y viva. Las hormigas lo hacen. Los huevos no tardan en abrirse y las pequeñas avispitas blancas que salen dentro de la cochinilla empiezan a alimentarse de ella, de su carne viva. —Se interrumpió y respiró hondo, retuvo el aire un instante y lo expulsó en un largo suspiro descendente. Miraba con ojos desolados al otro lado del parabrisas—. Imagínatelo —añadió—, imagínate que te comieran vivo así, de dentro afuera.

Mordaunt no dijo nada; no tenía nada que decir. Anna puso en marcha el coche, lo condujo dando botes hacia la carretera mojada y siguieron adelante con el silbido de los neumáticos.

—Quiero que hagas lo que te pedí que hicieras la última vez que nos vimos —afirmó ella—. Hablo muy en serio.

Lo dijo casi con timidez, frunciendo el ceño y echándose el pelo hacia atrás después de aclararse la garganta. Mordaunt recordó de nuevo aquella tarde de hacía muchos años en que le pidió que la pegara, recordó cómo Anna le clavó los dedos en el hombro desnudo, el calor de su aliento en el oído.

Se removió impaciente. No es que no crea que esté enferma. Anna lo ha convencido —casi le parece ver las avispas en el cráneo de la mujer, las minúsculas avispas blancas dándose un festín con lo que encuentran en su interior—, y él desearía que no lo hubiera hecho. Lo que le pide es absurdo, escandaloso y absurdo. ¿Cómo se atreve Anna? Se siente ofendido, sumamente ofendido.

—Me mandarían de nuevo a la cárcel —dijo, con toda razón—. Y esta vez no me dejarían salir.

—No, no. Lo tengo todo planeado.

El sol brillaba con fuerza sobre la carretera que tenían delante y cada charco contaba con sus centelleantes jirones de niebla.

—Nadie sabrá que fuiste tú —afirmó Anna.

Empezó a soltar otra sarta de disparates. Él la escuchaba a medias al tiempo que intentaba evitarlo. Anna le informaría de cuándo estaría en determinados lugares a una hora determinada y él podría elegir el momento y el método. Por lo que al resto del mundo respectaba, sería una agresión fortuita a manos de un agresor desconocido. Él tendría que actuar sin previo aviso —«No quiero verlo venir»— y hacerlo limpiamente y con rapidez. Ella se habría vestido con elegancia, de color escarlata para que la sangre no se destacara con toda su crudeza; quería tener un cadáver hermoso como un cuadro. Ah, y algo más: por favor, no un estrangulamiento, que, según tiene entendido, produce un efecto particular de lo más desagradable y vergonzoso. Le lanzó una mirada elocuente por encima del borde de las gafas, que eran negras y brillantes como los ojos de una lechuza.

—¿Me lo prometes?

Él no le prometería nada. ¡Ni hablar! ¿Cómo se atrevía a pedirle algo así? Porque hablaba en serio, a Mordaunt no le cabía duda. Por muy frívola y traviesa que le gustara fingir que era, ahora Anna era lo que era.

Pasaron por delante de una granja. En el patio de atrás, las prendas de un tendedero danzaban con el viento, tan henchidas de sí mismas como coristas con corsé. Se acordó de la cuerda de tender la ropa que Ivy había colgado en el baño; se ocuparía de eso en cuanto regresara a la casita. Subiría corriendo por la escalera, abriría la puerta de una patada, agarraría el cordel, lo arrancaría del clavo, lo enrollaría y lo tiraría al váter junto con los pololos, la enagua y el calcetín raído y desparejado de Ivy. Eso es lo que haría.

—Primero me quedaré ciega —dijo Anna sin apartar la mirada de la carretera—, ya casi no veo con el izquierdo, el de la mancha. Luego perderé la memoria y ya no sabré quién es nadie y, con el tiempo, tampoco quién soy yo. —Hizo una pausa y asintió despacio, con los labios apretados, para confirmar sus propias palabras—. Los animales mueren con los ojos abiertos; ¿lo sabías? Somos los únicos que no soportamos ver aquello de lo que no podemos escapar. Cuando te acerques con sigilo por detrás y me sorprendas, dejaré este mundo antes de que me dé tiempo a cerrar los ojos. Te asegurarás de que así sea, ¿verdad?

Habían llegado a lo alto de un promontorio, y al otro lado se abrió ante ellos, como un abanico, un valle que acogía un damero de campos salpicados de granjas, bosques apiñados y caminos cubiertos de hierba que conducían a verjas altas; un río lo cruzaba, una serpenteante veta de mercurio; el cielo, tras su furia, era de un tono azul muy claro y se mantenía a flote gracias a unas esponjosas nubecitas rollizas y blancas.

—De todos modos —soltó Anna con el gimoteo ofendido de una niña—, no es mucho pedir. Y tampoco se trata de algo que no hayas hecho nunca.

Mordaunt entrelazó los dedos con fuerza hasta hacer crujir las articulaciones.

—Una vez es más que suficiente, pienso yo, y tú también deberías pensarlo —replicó con sonoridad moralista. Su señoría, cuando me pida que se lo cuente a los miembros del jurado...

Descenso por la larga cuesta hacia el valle; esos campos, esas granjas.

—¿Piensas en ella alguna vez? —le preguntó Anna.

—¿En quién?

—Ya sabes. En ella.

Sí, lo sabía. Y sí, piensa en ella a menudo, no con el remordimiento y el tormento de los primeros días, sino con afecto, casi con una dulce melancolía, como si fuera una hija que hubiera perdido hace tiempo. Los ojos de la muchacha mirándolo entre los mechones de pelo ensangrentado. Una vez, en Marruecos, otra le había mirado exactamente del mismo modo desde detrás de una cortina de cuentas; le había invitado a entrar murmurando expresiones cariñosas en su suave lengua pastosa, de la que él no entendía ni media palabra.

—No pienso en nada cuando puedo evitarlo —respondió.

Anna encendió otro cigarrillo, con una mano en el volante y un ojo cerrado para protegerlo del destello de la llama del mechero.

—No te importa lo que me ocurra, ¿eh? —dijo.

—No.

—¿Te ha importado alguna vez?

—No.

—No. Ya lo sabía.

—Entonces ¿por qué lo preguntas?

—Porque pensé que me mentirías. Tampoco te costaría tanto. No te pasaría nada por fingir.

Era como una pelea de enamorados.

—¿Qué tal la rodilla? —le preguntó él—. ¿Todavía te duele?

—A mi rodilla no le pasa nada.

Él sigue recordando aquel atardecer en el Magreb, en una villa junto al mar, en una habitación con los postigos cerrados, cuando el sol, derretido por fin, se había puesto y la suave lluvia del desierto caía de manera subrepticia esforzándose por no hacer ruido, por no molestar a la pareja atareada en sus placeres. Los enormes labios marrones de la chica, secos y excitantemente rasposos, la punta de su lengua una brillante bolita roja y húmeda, las palmas de sus manos de color rosa viejo y ásperas como el papel. Lo abrazó con suavidad, acunándolo como habría acunado a un niño. ¿Es él ahora lo que era entonces? El enigma de siempre.

—Tengo el junco ahí detrás —dijo Anna señalándolo con la barbilla—. Podrías hacerlo con eso.

—¿Con qué?

—Con el junco. El bastón.

—Es demasiado ligero.

—Pues dame con más fuerza.

—No seas vulgar.

Ambos se rieron lánguidamente.

—Tengo algo a lo que querrías echarle el guante —dijo Anna—. Es valioso.

—¿De qué se trata?

Ella le dirigió su sonrisa de ojos gatunos.

—¿No te gustaría saberlo?

—Sí, me gustaría.

—Vaya, de repente me prestas atención. Andamos mal de fondos, ¿eh? ¿Estamos sin blanca?

—Cuéntame.

Otra granja, otro patio, un huerto más allá. Vivir aquí y no ser nadie, el trino de los pájaros al amanecer, el mugido de las vacas con el ocaso. Un mundo aparte, retirado, aislado.

—¿Has oído hablar del original del famoso artículo de Adam, su tesis o lo que fuera?

Vidrio soluble. ¿Por qué le vino al pensamiento esa expresión?

—¿Te refieres al manuscrito del teorema Brahma? ¿El que escribió a mano? —Mordaunt volvió despacio la cabeza y clavó la vista en Anna—. ¿No estarás diciéndome que tú...?

Ella asintió sin entusiasmo. No lo miraba a él, sino al otro lado del parabrisas mientras sonreía con los labios muy apretados, otra vez como una niña traviesa.

—Me lo quedé, sí. A él le daba igual... Creo que olvidó que lo tenía yo. —Anna hizo una pausa y volvió a entornar los ojos, todavía sonriendo, todavía con la vista fija en la carretera—. Debe de valer una millonada. ¿Por qué no te pasas por Whitewater y le echas un vistazo? Pero no me avises antes. Dame una sorpresa. Yo estaré vestida de rojo y tú irás hecho un pincel, vestido para matar. —De pronto se volvió y lo miró a la

cara. Los ojos le brillaban con una especie de alegría demente—. Ya lo hiciste una vez, fuiste a robar un objeto valioso y
acabaste cargándote a una chica. ¿Lo recuerdas?

Él le ordenó que lo llevara de vuelta a Arden House. Ella
detuvo el coche ante la puerta de la resurrección. Él se bajó
sin pronunciar palabra y cerró de golpe la portezuela tras de
sí fingiendo no reparar en las dos gruesas lágrimas, como bolitas de algo, que temblaban en la comisura de los ojos enfermos de Anna, que seguía sonriendo.

Vidrio soluble: como bolitas de vidrio soluble.

Helen, la señora de la casa, andaba literalmente de cabeza. Bueno, no, literalmente no. Además, no es que ande mucho. Y tampoco le gustaría verse descrita como la señora de esta u otra casa, pues eso evoca el pañuelo en la cabeza, el trapo de cocina y la porquería. Además, su suegra, la anciana señora Godley, sigue entre nosotros, la emperatriz viuda reinante aunque senil, e incluso Ivy Blount tiene más control sobre el lugar del que nunca ha tenido Helen. Pero esta mañana se ha pertrechado para la tarea que tiene entre manos como un profesional, una profesional. Es preciso organizar la fiesta. Se ha puesto una camisa blanca de Adam que le queda muy grande, tanto que parece un blusón de artista, y unos pantalones vaqueros, o un peto, supongo que se llama así, holgados en la cintura y amplio en los fondillos, con unos tirantes anchos sobre los hombros y una pechera que se abrocha. Esta vestimenta tan poco favorecedora la vuelve dolorosamente deseable a mis ojos, que la devoran. La falta de forma de las prendas, dentro de las cuales solo puede adivinarse el contorno de su silueta, hace que mi imaginación se ponga en marcha como una máquina de vapor, con los pistones en movimiento y los tubos al rojo vivo. Se ha recogido el pelo en la nuca y no lleva maquillaje, lo cual me indica que para ella soy un viejo objeto confortable, el eunuco del palacio, inofensivo como una anciana senil, y sin duda alguien para quien no le merece la pena emperifollarse. Le miro los pies enfundados en sandalias de correas y me fijo en el esmalte de uñas desportillado; ese indicio de dejadez, junto con la camisa suelta y ese no sé qué vaquero, me evoca un marimacho en una balsa: mi Huckleberry Helen. Cuánto abarca la fantasía del deseo y qué lejos llega.

Pero hoy está atareada, muy atareada, ¡y tan llena de vida que me marea verla! Lleva al teléfono desde primera hora de la mañana hablando con el carnicero, el panadero, el hombre que trae la verdura en una furgoneta. Primero intentó camelar a Ivy Blount para que accediera a hacer un pastel y luego la intimidó para que lo hiciera, y envió a Adam a la ciudad a comprar un aluvión de vino: tinto, blanco, rosado y espumoso. Todo, piensa Helen, saldrá a las mil maravillas. Todo.

El día es cálido y una gran jaula etérea de luz del sol pende en la ventana de lo que ella gusta de llamar su despacho. Es una habitación parda y de techo bajo, de esas donde en otros tiempos un párroco rural habría escrito sus sermones la víspera del día del Señor. Es su cuarto privado y tengo el privilegio de acceder a él. Estoy sentado a una mesita redonda, pelando guisantes en un cuenco de cobre, y ella está ante su desordenado buró de persiana, bañada en una luz vaporosa y teñida de verde que entra por la ventana desde el jardín. Maneja el auricular del teléfono como si se tratara de una mancuerna. Al final de cada llamada copia el pedido en una libreta escolar inclinándose mucho hacia la hoja y entornando los ojos porque, al igual que yo, es corta de vista; la primera vez que lo advertí, mi corazón, mi corazón de enamorado, se vio inundado de nuevo por una gran ola caliente de ternura y conmiseración. Es demasiado presumida para usar gafas, por supuesto. De vez en cuando levanta la cabeza y me mira y esboza esa sonrisa de lado tan suya. Soy esclavo de su amor, algo que ella sabe con orgullo y que le parece maravillosamente divertido. Huelga decir que no le he declarado mi pasión —antes moriría, y tal vez así sea—, pero puede deducir sin dificultad cómo me siento por la inclinación alicaída de mis hombros, por cómo me tiemblan las manos cuando ella está cerca, por la mirada soñadora de mis ojos aquejados de mal de amores. Me pregunto si los demás de la casa se han dado cuenta de que soy su cautivo. ¿Se habrá percatado su marido? ¿Habrá descubierto mi secreto el siniestro inquilino de Ivy Blount? Tengo el terrible temor de que tal vez no sea un secreto para nadie. Por lo que sé, quizá sea el hazmerreír del lugar. Bueno, me trae sin cuidado.

Por la ventana veo una nubecita algodonosa y refulgente de un blanco puro que flota solitaria en el azul y pienso que es el último aliento, que aún perdura, de un joven delgado como un espectro, un hijo de la poesía, que un minuto después se echó en un sofá y lanzó al aire su hálito silencioso. Una mosca se posa en la mesa y se queda de cara a mí, apoyada en cuatro patas estevadas y frotándose con vigor las delanteras como si se las lavara. Las moscas domésticas son unos seres bonitos. Sus costados acorazados no son negros, como le parecerán al observador indolente, sino de un brillante azul chillón de vitral, sus alas semejan tinta en agua y sus ojos son rojos cual escaramujos; siempre activas, están siempre frotándose, rascándose y lamiéndose. Moscas, que aplastamos de un manotazo con toda tranquilidad, sin preocuparnos de las redes intricadas del ser que de ese modo deshacemos.

Helen se levanta, rellena su copa con el vino de la botella que tiene en el alféizar y se acerca con sus andares desgarbados y ágiles para sentarse a la mesa frente a mí. Huelo el vino en su aliento, intenso y agrio, con un fuerte aroma cítrico. No me ha ofrecido una copa. Supone que desapruebo que beba a esta hora temprana del día, y así es.

Mirad, la nube sigue allí, no se ha movido un ápice, tan solo se han suavizado sus contornos y se ha ahuecado a sí misma, por lo que ahora parece una almohada más que un último aliento. Algunas mañanas de verano, serenas, con una luminosidad difusa y granulada y una sensación como de alturas refulgentes y abismos lejanos que tiemblan en el aire, logran evocarme la infancia, no la real, en la que entré dando mis primeros pasos y de la que salí trastabillando, sino la otra versión, la anterior a la Caída, que nos imaginamos o que me imagino, en la que cuanto estaba por venir flotaba ante mí en la brumosa distancia, una miasma del color del algodón con posibilidades y un potencial incontrovertibles.

Helen estaba encendiendo un cigarrillo.

—Usted sabe que era un viejo verde redomado, ¿no? —dijo. Habíamos estado hablando de su suegro durante las pausas entre sus sesiones al teléfono—. Le pillaba mirándome, intentando ver por debajo de la falda, incluso cuando estaba embarazada e hinchada como un globo cautivo. Siguió haciéndolo en el lecho de muerte, cuando se suponía que estaba en coma, pero juro que yo lo veía mirarme con disimulo. Tenía los párpados casi cerrados y en la rendija que formaban se distinguía aquel horrible brillo viscoso, como si un caracol hubiera cruzado los globos oculares. —Se estremeció, encogió los hombros y apretó los labios al tiempo que hacía que su cabeza se agitara con temblorosa repugnancia—. Todo el mundo lo sabía —añadió con un suspiro desdeñoso, y tomó un sorbo de vino—. Un bruto viejo y lascivo. —Levantó la copa y la miró con cara de asco—. Esto se ha calentado.

Deslicé la uña del pulgar por la juntura de una vaina, la abrí y los guisantes cayeron en el cuenco repiqueteando cual perdigones. No me gusta oírla hablar de Adam Godley de esa forma, descarada y vulgar, con los ojos llameantes. No es que me importe lo que diga de él, pero la manera en que lo dice no le favorece. Enseña un semicírculo de dientecitos afilados que se apiñan en la parte delantera de la mandíbula inferior de tal modo que su boca parece más bien un hocico. Perdonadme, digo lo que veo.

—Cuando estaba en las últimas se lio con una chica que tenía un cuarto de su edad. ¿Sabía usted eso? ¿No?

Con la punta del índice dio unos golpecitos en el extremo del cigarrillo y dos centímetros de ceniza cayeron silenciosamente a sus pies sobre la moqueta. Observo con indulgencia que en ocasiones es una verdadera cochina. Esos pitillos baratos que fuma son gordos como barritas de tiza y deben de ser malos para ella. Soltó una risita alegre y desagradable.

—¿Quiere decir que no sabía nada de la muchacha de Venecia que se quitó la vida como la hija del viejo, Petra? Solo que el suyo fue un suicidio de altura. Me refiero a la otra chica.

Creó con la mano la forma de un clavadista y la bajó describiendo una curva desde lo alto de su hombro hasta los abismos engullidores de debajo del borde de la mesa. Me miró y chasqueó la lengua moviendo lentamente la cabeza de lado a lado.

—Menudo biógrafo está hecho.

Dio una calada profunda al cigarrillo y arrugó toda la cara tras el rizado zarcillo de humo. Se echó hacia delante hasta apretar la caja torácica contra el borde de la mesa y se apoyó en los codos.

—Bien, déjeme que se lo cuente —dijo. Y me lo contó.

Los guisantes recién desvainados desprenden un aroma suave que me recuerda el olor de las lilas, de las lilas mojadas, al atardecer, tras la lluvia. El mundo posee secretas concordancias, no todas ellas fortuitas. Qué poco sabemos de las cosas, de las migraciones de los animales, de los remedos de ojos abiertos de par en par que los perros pastores tienen encima de los reales, de las bandadas de estorninos, de la flor del amor redonda que el pez globo japonés dibuja con cariño en la arena del lecho marino. El propio Adam sería el primero en reconocer la pasmosa extensión de nuestra ignorancia, él, que se suponía que lo sabía todo.

—... y fue ella —concluyó Helen—, la última de las titis del viejo verde.

Me dirigió una sonrisa de oreja a oreja. Se le había desenfocado un poco la mirada; es cierto, no debería beber de esa forma durante el día, no debería.

—¿No es la monda? —añadió.

¿No os pasa que cuando alguien os cuenta algo de gran trascendencia, algo de lo que no teníais ni la más remota idea, os sentís muy emocionados y al mismo tiempo pensáis que sería mejor no haberlo oído? Ya había bosquejado un capítulo sobre los innumerables amores de Adam Godley y creía haberlos documentado y tabulado todos, y de pronto me enteraba de una pasión tardía de la que nada sabía y que tendría que investigar. ¡Maldita sea! Más motivos para las dudas. Helen me dirigía una mirada achispada y traviesa. ¿Debía dar crédito a la historia de la joven de Venecia y el desdichado amorío de Godley? Helen fue actriz y debe de saber un poco cómo se forjan las historias, cómo se crean las tramas.

Me sentía un tanto mareado al encontrarme a una distancia que me permitía oler a esa irresistible criatura. Nos imaginé a los dos sentados en sendos extremos de un barco columpio —¿los recordáis de los parques de nuestra juventud?— que se elevaba más con cada balanceo, la fuerza de su arco impulsándome hacia atrás e inmovilizándome, por lo que, por muy cerca que estuviera de ella, no podía soñar siquiera con estirar la mano para tocarle la manga de la camisa, y mucho menos con rodearla con el brazo..., como si ella fuera a permitírmelo si yo pudiera. No me malinterpretéis, sé que solo estoy jugando, alargando el momento, como sin duda Godley jugó con su amiga en Venecia. ¡Vuela alto, dulce barco columpio!

De la cocina, que está un poco más allá, al otro lado del vestíbulo, me llegó el chirrido de la puerta del patio cuando alguien entró. Helen y yo nos quedamos muy quietos, mirándonos y haciendo conjeturas mudas. Quienquiera que hubiese entrado tenía que ser alguien conocido, familiar, pero por nuestras caras habríase dicho que temíamos que nos atacase un bandido o malhechor. Yo oía los rápidos latidos de mi corazón. En el borde del cuenco que tenía delante sobre la mesa incidía un minúsculo rayo de sol que arrojaba filamentos de luz cobriza en todas las direcciones en torno a un núcleo borboteante, una galaxia dentro de una galaxia. Oímos abrir una alacena, luego un grifo, oímos el ruido del agua. Algo sonó en lo más profundo de mis entrañas, o quizá en las de Helen, es imposible saber en cuáles. ¿Qué había allí para que tuviéramos miedo? Nada, nada de nada. Éramos un par de niños que se asustaban por la mera emoción del miedo. Habéis conocido momentos como ese de oídos aguzados incluso antes de la infancia, más atrás, hasta la cueva y el rumor de bestias voraces fuera del resplandor del fuego. Algo se estiraba entre nosotros, se estiraba y estiraba, y me pareció que nunca volvería a estar tan cerca de ella, la hija de mi padre, en esta vida ni en ninguna otra posible. Qué criaturas somos. Helen Helen Helen, Helen la polifónica, la botadora de barcos, la castradora de hombres.

Unos pasos rápidos cruzaron el vestíbulo y Adam apareció en el umbral con una jarra blanca desportillada en la mano. Llevaba su jersey azul, pantalones de pana marrones con las rodillas peladas, gruesos calcetines de lana y las habituales sandalias de padre del desierto. Al verme frunció el ceño. Me temo que el pobre hombre vive en un estado permanente de nervios e inquietud debido a su impulsiva y juguetona esposa, atormentado por pensamientos de celos que no se atreve a expresar y que deben de verter en su oído oscuras insinuaciones a las cuales no osa dar crédito. No le culpo; yo estaría igual. Pero pregunto: ¿qué amenaza podría representar yo en su felicidad conyugal, siendo como soy un vejete caduco, con mi barriga, mis papadas, mis tics y mis temblores? Y, sin embargo, es cierto, incluso los viejos petimetres del mundo fueron adorados antaño; ¿quién sabe si este no podría volver a serlo? ¿Acaso no conquisté en mi infancia a un pimpollo con la única ayuda de unas cuantas ecuaciones garabateadas con tiza chirriante en una pizarra de juguete? En verdad, hay más cosas en el álgebra, maestro Adam, de las que sueña tu etcétera.

¡Hala!

Helen pregunta a su marido por el vino. Adam lo ha comprado, sí, sí, dice con una pizca de irritación. Lo ha dejado fuera, en el coche. Lo traerá más tarde. Tuerce el gesto y dice que no, que no le han engañado con el precio. Mira la jarra que tiene en la mano y frunce el ceño como si se hubiera olvidado de ella, la levanta y bebe; contiene agua. Se queda con la mirada fija en una pared y un músculo le tiembla en la mandíbula. Su expresión es hosca e insegura. Parece un niño grandote que se ha puesto pantalones largos por vez primera. Helen me guiña un ojo la mar de contenta. Ahora tiene la mirada totalmente velada —de la botella de chablis del alféizar solo queda un tercio—, aunque conserva un brillo achispado. ¿Y si tuviera que empezar las frases siguientes, todas y cada una de ellas, hasta el final, con la «H», la letra mágica, de Helen?

¡Hala!

—Estaba hablándole de la última gran aventura amorosa de tu querido padre —dijo mi amada a su marido con un tono de chanza displicente—. Él no tenía ni idea; ¿no es gracioso?

Adam me lanzó una de sus perrunas miradas dolidas y tristes. Supongo que imagina que me las he ingeniado para conseguir que su mujer se medio emborrache, pese a que, como ya sabe, ella puede arreglárselas solita. Ese hombre me da pena, en serio, aunque pueda parecer lo contrario. Los hijos que perdió Helen también eran suyos y está casado con ella. Sí, y ella está casada con él. Un duro hecho al que hincarle el diente.

Adam salió. Oímos abrir la puerta del frigorífico y, de nuevo, un ruido de algo, no de agua esta vez, que caía en un recipiente, gluglú. Volvió con un vaso de leche en la mano y se lo bebió casi entero de un solo trago —qué sed tiene hoy—, echando la cabeza hacia atrás con una curiosa vehemencia, como para dejar algo claro. Se volvió para dirigirse a Helen, pero ella soltó un grito de alegría y aplaudió.

—Tendrías que verte, ¡te ha quedado un bigote! —exclamó.

Soltó una risotada entrecortada, se cubrió la boca con la mano y resopló entre los dedos. Adam se limpió la medialuna de leche del labio superior con la manga del jersey. Helen advierte lo desanimado y molesto que está, y en una muestra de arrepentimiento fingido deja caer los hombros y adopta su mueca de payasa apesadumbrada.

Sé que debería levantarme de la mesa y salir de puntillas; tengo por norma evitar las escenas de discordia conyugal, aunque sean mudas. Helen me adivina el pensamiento y abre los ojos como platos con una mirada amenazadora para ordenarme en silencio que me quede. Adam se ha bebido toda la leche. Sospecho que, como yo, es propenso al aburrimiento, o más bien al miedo al aburrimiento, que es igual de malo, si no peor. Eso explicaría, al menos en parte, el aire de inquietud abstraída que siempre lo envuelve. O quizá no sea tanto que se aburre como que es melancólico por naturaleza; yo también lo soy, así que debería saberlo.

—He oído una cosa curiosa sobre el Maromo de Ivy —dijo acercándose a la mesa.

Hoy tiene unos andares raros: parece que a cada paso que da esté a punto de volverse atrás como en respuesta a algo que dijera alguien a su espalda. Su corpachón es una carga para él; trata de arreglárselas de la mejor manera agachando la cabeza, inclinando una cadera, curvando sus grandes hombros, redondeados y de aspecto blando, como un carbonero que desplazara un saco demasiado pesado. Está indefenso frente a sí mismo y frente a los oscuros tormentos que lo aquejan; imagino que su hermana, la suicida, era igual: una síntesis más pura de Adam y sus penas. He visto fotografías suyas, de Petra, y de Adam con su hermana, y en ellas no se parecen en nada. Petra debió de ser en vida una sombra de sí misma, más de lo que lo es ahora que está muerta. Y la vi el otro día, la sombra de Petra, su fantasma; enseguida os lo cuento.

Adam hunde los dedos en el cuenco de los guisantes, coge unos cuantos, se los lleva a la boca y los masca. Contempla la mesa y la silla vacía junto a ella. Me detengo para preguntaros, aunque no venga al caso, si alguna vez habéis pensado en la vida que se ve obligada a llevar una silla. Miradla, acuclillada todo el día, a cuatro patas, como si rindiera pleitesía, y siempre consciente de la inexorabilidad de servir de asiento en cualquier momento a cualquier trasero, flaco o gordo, limpio o no, al que se le ocurra pararse y dejarse caer sin miramientos. Deberíamos llevar a cabo algún ritual antes de sentarnos, hacer una pequeña reverencia, por ejemplo, o una especie de genuflexión al revés. Se lo debemos a esas sufridas bestias de carga que nos aguantan sin una sola queja, salvo algún que otro gemido o, de tarde en tarde, muy rara vez, una caída.

—Vamos, cuéntanoslo —exhorta Helen a su marido.

Él ha dejado de pensar en sillas —¿estaba pensando en sillas?— y se ha sentado en una ante la mesa entre Helen y yo. Mira a uno y luego al otro y vuelta a empezar. Tiene el ceño fruncido en una expresión de perplejidad y asombro.

—Cuando he ido a Walker's a comprar el vino, estaban hablando de él.

—¿Quiénes?

—Ah, unas mujeres. Amas de casa. Saben que se hospeda aquí.

—¿Sí? ¿Y?

Helen nunca es tan actriz como cuando ha bebido. Mantiene la espalda muy recta, estira el cuello, ya de por sí largo, e incluso logra que parezca que se le dilatan las pupilas. De pronto ve una cerilla usada en el suelo, la atrapa con destreza en el pliegue de debajo del dedo gordo del pie y la levanta, ¡alehop!, la ingeniosa chica-mono.

—Al parecer —dijo Adam despacio, rascando con una uña una partícula dura de algo adherido en un lado de la taza—, al parecer es de la zona, pero no es quien dice ser ni se llama Mordaunt.

—¡Lo sabía! —gritó Helen dando tal manotazo en la mesa que su copa de vino saltó.

—... y ha estado en la cárcel.

—¡Eso también lo sabía! El mismísimo día que llegó me...

Se interrumpe y me mira encantada y triunfal. Y a mí me parece oír, muy a lo lejos, un débil repique. Se diría que se trata solo de un pitido en los oídos, si no fuera porque es muy distante, un toque a rebato remoto. Algo se está reuniendo, algo está a punto de divulgarse. ¿Sabéis cuando, al anochecer, os paráis delante de un escaparate sin luces y las formas reflejadas en la oscura luna de la gente que pasa por la acera detrás de vosotros se fusionan ante vuestros ojos creando un plano de sombra inmóvil y sin profundidad? Pues eso es lo que me ocurre a mí ahora, mientras espero escuchar qué más tiene que contarnos Adam.

—Sigue —le exhortó Helen de nuevo—, sigue sigue.

Adam se encogió de hombros.

—Las mujeres se dieron cuenta de que estaba escuchando y se callaron —dijo—. Ya sabes cómo son. —Hizo una pausa y volvió a mirarnos a los dos—. Supongo que tendré que pedirle que se vaya. —Suspiró. Detesta los enfrentamientos.

¿Y yo? ¿Cómo debo interpretar esto? Creía que lo tenía todo cerrado y ahora los hilos se aflojan por las costuras; si tiro de uno, ¿qué se desatará? Me fatiga pensarlo.

En el transcurso de los años que Felix Mordaunt pasó entre rejas, le quitaron, o se quitó él solito, el deseo de poseer. El lado de la celda que ocupaba Billy bien podría haber sido el interior de la choza de un adorador del culto del cargo, con un revoltijo cada vez mayor de sus preciados objetos, entre ellos un álbum encuadernado en polipiel con fotografías, descoloridas hasta tener algo de fantasmal, de su familia y de él mismo en su juventud, así como una maqueta de la marca Horby de la locomotora del Flying Scotsman, de color verde hierba, elegante y de una minuciosidad extraordinaria, y, enroscado en los barrotes del cabecero de la cama, un rosario con un Cristo crucificado de un tono blanco verdoso que brillaba en la oscuridad. Además, la pared junto a su cama estaba empapelada hasta el techo con pósteres de famosos; el más grande, colgado en el lugar de honor, era el retrato en blanco y negro satinado de Ingemar Johansson, el Martillo de Thor, el más apuesto de los campeones mundiales de pesos pesados a los ojos admirados de Billy. A Mordaunt no le quedaba más remedio que tolerar el amasijo, pues no deseaba herir la sensibilidad de su compañero de celda o, mejor dicho, no quería provocarle, ya que Billy era un chaval peligroso cuando se soliviantaba. La mitad correspondiente a Mordaunt era tan anodina como la sala de visitas de la cárcel. Los únicos objetos suyos a la vista eran un pequeño reloj eléctrico y un calendario, el primero para medir el tiempo y el segundo, la condena. En los primeros días de reclusión había tenido escondida bajo el colchón una postal con una reproducción del *Retrato de mujer con guantes* que Anna Behrens le había enviado al poco de que entrara en prisión. Ignoraba por qué sintió la necesidad de ocultarla. «Saludos de tu antigua amada», le había escrito Anna al dorso, lo que él consideró una muestra inusitada de mal gusto por su parte, hasta que cayó en la cuenta de que no se refería a sí misma, sino a la miserable mujer del cuadro de Vaublin. Rompió la tarjeta y la arrojó al váter. Tuvo que tirar cuatro veces de la cadena porque los pedazos de cartón seguían saliendo a flote, y cuando por fin desaparecieron estaba sudando y le temblaban las manos. «No lo haga», le había dicho la chica, la mujer, la doncella aquel lejano día de verano, con una voz curiosamente firme y clara, antes de que él, Thor el Terrible, le asestara el primer golpe con el martillo, que cayó por encima del ojo izquierdo, justo en la línea del nacimiento del pelo. Antes oía a menudo en sueños aquella voz pronunciando con calma las mismas palabras una y otra vez, pero ya no. El tiempo primero diluye las cosas y luego las silencia.

Tras su regreso a Coolgrange, o tras su llegada a Arden —a estas alturas ha dejado de estrujarse el cerebro con el enigma de dónde se supone que está y llama al lugar Coolarden o Ardgrange, cuando lo llama de algún modo—, había empezado a coleccionar cosas de nuevo, baratijas y fruslerías que se llevaba de la Casa Grande y ocultaba en diversos escondrijos de su dormitorio, situado encima de la cocina de Ivy Blount. Entre ellas, un portaminas de plata, con la plata vieja sedosa al tacto y las iniciales A. G. grabadas; lo había encontrado por casualidad en un estante del comedor, donde alguien lo había metido en un vaso de cristal y se había olvidado de él. Yo no debería decir que lo encontró por casualidad, pues había estado buscando algo por el estilo, personalizado, singular y listo para el hurto. También tiene una cuchara de los apóstoles, muy bonita, aunque tan gastada por el largo uso que la figura del extremo del mango, más que un apóstol, parece los restos momificados de una miniatura de faraón, con sus frágiles brazos cruzados sobre el pecho; en el dorso de la parte cóncava tiene tres minúsculos sellos estampados: uno es el número 925 dentro de un círculo; el segundo, una rosa Tudor; y el tercero, un leopardo estilizado agitando una cola increíblemente larga que semeja un látigo. Para distinguir esas marcas se precisaba el uso de una lupa, y tras una prolongada búsqueda frustrante había dado con una en la habitación donde tienen a la viuda de Godley. No era grande pero sí pesada, con una lente gruesa y mango de hueso. La anciana, acurrucada bajo su montículo en el diván, se había incorporado en el acto, alerta y ojo avizor, al oírle cruzar el umbral. La intrusión no pareció sobresaltarla ni molestarle. Lo observó con viva atención, con la cabeza ladeada, mientras él se movía por la estancia sin hacer ruido abriendo armarios e hincaba una rodilla en el suelo para mirar debajo de la cama. Al final Mordaunt encontró la lupa metida en el lateral del diván donde estaba la mujer. Le preguntó con educación si se la prestaba, pero la anciana no respondió y se limitó a mirarlo de hito en hito como si él perteneciera a una especie singular y fascinante con la que se topaba por primera vez. Luego Mordaunt decidió hacerle otra visita más larga, pero, por la razón que fuera, no había ido. Los Godley no hablaban de ella, al menos estando él presente. Pensó que tal vez se tratara de un espíritu que había llegado de la tierra de los muertos invocado por su calenturienta fantasía. ¿Por qué no? Difícilmente sería más extraño que el resto de las cosas con las que uno se topaba en esos extraños dominios.

Guardaba las piezas más preciadas de su colección en una cajita ovalada de madera bruñida que tenía el color de la miel oscura y una tapa barnizada con laca japonesa que se abría mediante una exquisita y diminuta bisagra de latón. La había encontrado en un cajón del escritorio de la Sala del Cielo —el cajón estaba atascado y había tardado cinco frustrantes minutos en abrirlo haciendo palanca con un abrecartas de acero, apretando los dientes y mascullando palabrotas— antes de que Jaybey, su actual ocupante, se instalara en ella. Experimentó un pequeño e insólito arranque de entusiasmo navideño al abrir la tapa. La caja contenía dos perlas regordetas, una al lado de la otra, sobre un soporte de terciopelo negro. No eran redondas, sino que tenían forma de lágrima, y mostraban un intenso brillo rosado. Pese a no entender de perlas, consideró que eran auténticas. Eran antiguas y, evidentemente, habían sido muy preciadas. Pero ¿de quién eran para haber quedado en el fondo de un cajón, olvidadas desde quién sabía cuándo? El viejo Adam Godley había vivido sus últimos meses en la Sala del Cielo, comatoso e inmóvil, pero parecía improbable que fueran suyas. ¿O acaso se trataba de un recuerdo de una de sus muchas aventuras amorosas? Poco importaba; ahora son de Mordaunt, quien, por su parte, las tiene en gran estima.

Eligió con cuidado los sitios de su habitación donde esconder sus tesoros —guardó la caja con las perlas en las tinieblas del fondo del armario, sobre el reborde estrecho de un estante alto—, porque una cosa era que descubrieran su identidad de asesino convicto y otra muy distinta que lo consideraran un ladrón de poca monta. Ivy no pisaba su dormitorio desde el día en que, creyendo que Mordaunt había salido, asomó la cabeza por la puerta para realizar un rápido reconocimiento del sitio y lo sorprendió recostado en la cama, con los pantalones por las rodillas, entregado a un acto de onanismo, aunque hay que reconocer que con indolencia. La próxima vez, antes de entrar a hurtadillas para controlarlo y estar al corriente de sus actividades, se aseguraría de que en efecto él no estuviera. Si fuera a registrar el cuarto y diese con algo incriminatorio, se lo llevaría directamente a Adam Godley y a la fisgona de su mujer. Eso sería embarazoso. Mordaunt sabía que debía conseguir un cerrojo para la puerta, pero las ferreterías le inspiraban cierto recelo, por un motivo personal, y además no era ningún manitas.

La única *trouvaille* valiosa, valiosa para él, que no se había molestado en esconder era una reproducción en arcilla de un dragón chino —suponía que era un dragón—, dos veces más largo que alto, esmaltado en verde, rojo intenso y azul cianina, con temibles dientes afilados, ojos saltones y lo que parecía una quinta pata con seis dedos injertada en la punta de la cola, que era pequeña, gruesa y curvada hacia arriba. Agazapada en la repisa de la chimenea sobre el exiguo hogar de la habitación, la aterradora bestia mostraba una mirada de feroz malevolencia de la mañana a la noche; en ocasiones, cuando Mordaunt se despertaba en la oscuridad, con la luna brillando en la ventana, la veía entre las sombras, dispuesta a saltar, un ser de ojos despiadados y numerosas garras, implacable. La había encontrado en lo que supuso que era la sala de estar, o una sala de estar, en la planta baja, una estancia nada acogedora y con olor a moho, donde el dragón acechaba en una librería con puertas de vidrio y sin libros, entre un surtido de otros trofeos animales parecidos, todos igual de exóticos, todos igual de feos, que los antepasados exploradores de Ivy Blount habían adquirido en territorios extranjeros. Y Helen Godley, la fisgona, reconoció la estatuilla con una risotada envuelta en humo y le dijo que se había dado cuenta de que era un ladrón la primera vez que lo vio, sí, un ratero de tres al cuarto y quién sabía cuántos otros tipos de bribón.

Mordaunt estaba ante el escurridor de la cocina abrillantándose los zapatos cuando la oyó acercarse por el patio cubierto de grava. Tiene tres pares de zapatos muy buenos, dos marrones y uno negro, confeccionados a mano para él hace años por John Lobb, maestro zapatero de Londres, y pagados por un querido amigo de aquellos tiempos llamado Charlie French; el bueno de Charlie, caballero y marica no declarado. Se pregunta si la horma original, la que el señor Lobb y sus maestros remendones le hicieron, todavía se conserva en algún cubículo de las profundidades de la tienda de St. James's Street, junto con los escarpines de Palmerston y las botas del duque de Wellington. Los zapatos siguen estando en buenas condiciones, pues últimamente solo se los había puesto en los permisos de fin de semana de sus últimos años de reclusión, mientras que dentro había tenido que apañárselas con los zapatones que entregaban en la cárcel. Saca brillo a los tres pares cada tres días, por turnos, lo necesiten o no; se distingue a los condenados a cadena perpetua por sus pequeños rituales. Este lo ejecuta siempre en la cocina, ante el escurridor, sin hacer ni caso a Ivy cuando le ordena a gritos, como ocurre en cada ocasión, que los limpie fuera, sobre el escalón de la puerta de atrás o en el cobertizo que hay más allá del huerto. Cada vez que lo ve sacar los cepillos, las gamuzas y las latas de betún importadas ex profeso, se levanta de un brinco, ágil como una gamuza ella misma, y extiende una hoja de periódico para proteger el escurridor antes de que él se ponga manos a la obra. No obstante, Mordaunt siempre se cuida de dejar unos cuantos churretones anchos de betún en el borde frontal del escurridor y en el filo del fregadero. Es otro de los pequeños desquites con que la fastidia, aunque ella los sufre en silencio, con el rostro ceniciento de rabia, como todas las provocaciones de su inquilino. Una noche, después de la cena, Mordaunt, que había bebido más clarete de la cuenta —lo manga de la Casa Grande y al parecer nadie lo advierte—, comentó que bien podían estar casados por lo mucho que se detestaban. La reacción de Ivy fue sorprendente. Se le crisparon las facciones de la forma más extraña y él pensó que tal vez fuera a echarse a llorar. En cambio, Ivy salió corriendo por la puerta trasera con la cara muy roja e hinchada. Una mujer imposible. Mordaunt no tiene por qué quedarse ahí; podría irse a vivir a cualquier otra parte, por ejemplo a Whitewater con Anna Behrens, que está seguro de que acogería a quien ha nombrado su verdugo. Pero sacar de quicio a Ivy se ha convertido en un pasatiempo, un juego intrincado, como una partida de ajedrez en solitario que él juega con la sutileza y el ingenio de un gran maestro. Lo cierto es que no sabría estar sin ella.

La puerta de atrás estaba abierta, y cuando Helen se detuvo en el umbral, Mordaunt, que se hallaba ante el fregadero, pensó que sería Ivy y se volvió torciendo el gesto, con un cepillo en una mano y un gran zapato negro de cordones en la otra. Helen lo miró y golpeó con un nudillo la puerta abierta de par en par.

—¿Hay alguien en casa?

Recorrió lentamente con la mirada a Mordaunt, que llevaba puesto un delantal de Ivy, corto, con volantes y en forma de venera.

—Te queda bien el mandil —dijo.

Había llovido, pero el sol había vuelto a salir, de modo que el día brillaba con destellos verdes detrás de ella, lo que a

Mordaunt le evocó vivamente el primer día que llegó al lugar, hacía siglos.

—¿Puedo? —preguntó ella, y avanzó un paso, cruzó el umbral y pasó junto a Mordaunt rozándole la manga con el brazo como por casualidad.

Lucía un vestido blanco de lino fino con cinturón que dejaba al aire las rodillas y las lustrosas cimas de los hombros, zapatos de salón con una correa abotonada en el empeine y un collar de perlas. Llevaba suelto el pelo, que, como la luz le daba por detrás, parecía una aureola resplandeciente. Él exhaló un suspiro silencioso de cansancio. Pese a que había estado mucho tiempo fuera del mundo, todavía reconocía los problemas cuando los veía venir.

Está sentado en la cama desnudo, con la espalda apoyada en las almohadas, los brazos y los tobillos cruzados. Tiene enfrente una ventanita cuadrada, la única ventana de la habitación, con una pinza de la ropa colocada en vertical en la parte inferior del marco para mantenerla abierta. Por el hueco se cuela un viento suave que lleva consigo los fragantes aromas de la hierba, el tojo y los árboles calentados por el sol. Llega hasta la cama y ondula por encima de él, fresco y suave como el satén, haciéndole cosquillas en los dedos de los pies y agitándole el vello de los antebrazos. Verano. Le gustan las vistas que tiene desde esa posición y muchas veces se repantiga ahí por las mañana para ver cómo el clima hace lo que le da la gana con el paisaje. El algodonoso follaje y la suave ondulación de las colinas le evocan un grabado de Samuel Palmer, *The Weald of Kent*, por ejemplo, o *The Timber Wain*, con esos preciosos árboles inclinados que tanto le gustaban a Samuel. A escasa distancia se ven un ángulo del tejado de uno de los viejos establos de piedra, el murete, la verja y, al otro lado, el pequeño robledo, y a lo lejos, en el horizonte, una mancha de brillo palpitante que es el mar. La fresca sustancia viscosa sobre su regazo es algo del pasado, un recuerdo de otros dormitorios, de otras tardes. ¿Cuándo fue la última que él...? No se acuerda. No, espera, sí se acuerda. Fue con Anna Behrens, cuando él era un fugitivo y ella le siguió la pista hasta su guarida, o quizá él se pusiera en contacto con ella, no lo sabe, ha pasado mucho tiempo. Pero ¿cómo se las arreglaron, dónde estaban para que...? Ha olvidado muchas cosas, ha perdido muchos recuerdos, como monedas que le hubieran caído por un agujero del bolsillo. Han desaparecido sin que él oyera siquiera su tintineo.

—Me han contado que vino a verte una fulana en un coche elegante —dijo Helen como si hubiera oído sus pensamientos—. Te lo tenías muy callado.

—Es asunto mío, señora —se apresuró a replicar él con una sonrisita de suficiencia—, no suyo.

Estaba tumbada en la cama boca abajo, apoyada en los codos, con los pechos apretujados en una masa entre los antebrazos y el rostro levantado hacia él, fumando un cigarrillo. La luz de la ventana refulgía sobre sus hombros desnudos y creaba más abajo sendas aureolas de suave vello en los círculos rollizos del trasero. Tiene el aspecto de una beldad prerrafaelita de cuello ancho. Mordaunt no había supuesto hasta qué punto esa mujer resultaría ser de su agrado. Se conoce muy poco a sí mismo.

—¿Quién te lo ha contado? —preguntó.

—Duffy.

Ese hombre otra vez.

—Eres una auténtica incógnita —dijo Helen, con el humo del cigarrillo saliendo por ambas comisuras de la boca—. ¿Cómo te llamas de verdad?

Él se rio.

—¿Y tú eres rubia de verdad?

—Claro que sí. —Helen se tendió de costado y levantó una cadera para que él mirara—. Como habrás visto.

Aquel primer día en que Anna Behrens le pidió que la matara y él se negó, ella lloriqueó como una jovencita plantada por el novio. Cuando a la gente se le mete una idea en la cabeza no hay nada que hacer, nada.

—¿Y si mi casera vuelve y te pilla aquí?

—¿Ivy? No vendrá. Le he dado dinero para que vaya a la ciudad, a la peluquería. Tardarán media tarde en desenredarle los nudos.

—Conque lo tenías todo planeado.

—¿Todo qué?

Él la miró y luego se miró a sí mismo.

—Esto.

—Bueno, era evidente que tú no darías el paso.

—Tu marido...

—No metas a mi marido en esto. No nombres a mi marido.

Helen dio unos golpecitos al cigarrillo y arrojó un gusano de ceniza en la sábana, frunció los labios y lo sopló. El gusano rodó hasta detenerse en el borde del colchón, por lo que ella volvió a soplar, con más fuerza, hasta que rodó y cayó desintegrándose en un remolino de blandos copos grises.

—Una vez conocí a un hombre —dijo él con aire meditabundo— que vendió a su hija, una niña en aquel momento.

Helen arrugó la nariz en un mohín de repulsión.

—¿Por qué lo hizo?

—Imagino que necesitaba dinero. Era drogadicto o alcohólico, no recuerdo cuál de las dos cosas. Quizá ambas; no me extrañaría. Años más tarde, cuando estaba en un burdel, se dio cuenta de que la chica con la que acababa de tener tratos era ella.

—¿La hija?

—La hija.

Helen dio una calada y reflexionó en silencio unos instantes.

—Con qué gente más agradable te codeas —dijo—. ¿Cómo supo que era ella?

Mordaunt se encogió de hombros.

—No se lo pregunté. Supongo que reconoció una mancha de nacimiento o algo así.

—¿Y ella supo quién era él? ¿Lo reconoció?

—No me lo dijo. Se llamaba Pender. Seanie Pender. Murió a manos de su compañero de celda, que se volvió loco y lo estranguló. No sé por qué me he acordado de él. Amor, sordidez, transgresión.

Ella se quedó con la mirada clavada al frente y los ojos muy abiertos de asombro ante el horror del hecho.

—Es una historia terrible —dijo—. No deberías habérmela contado. ¿Qué estoy haciendo aquí? «Sordidez» es una buena palabra. Tienes edad para ser mi padre. Quizá lo seas y por eso hayas vuelto. —Estiró la mano convertida en garra y hundió las uñas en el pecho de Mordaunt, entre los crepitantes pelillos grises—. Eres un hombre malo. Lo supe nada más verte en el patio aquella mañana, plantado allí con el perro, los dos mirando a la luna.

—Sin embargo, aquí estás.

Ella hizo otro mohín.

—No deberías hacer eso —dijo.

—¿Qué?

—No deberías sonreír así. Me produce escalofríos.

Le dan a la lengua de lo lindo. Yo solo lo digo.

Helen se arrodilló soltando un suave gruñido, bajó de la cama y arrojó la colilla por el hueco inferior de la ventana.

—Tengo frío —dijo.

Cogió la chaqueta de tweed de Mordaunt, que estaba colgada en el respaldo de una silla, y se la puso. Le quedaba demasiado grande, por lo que de repente Helen pareció pequeña. Se llevó las solapas a las mejillas y respiró hondo.

—Huele a ti.

—¿Y a qué huelo?

—A carne.

—¿A carne?

—A algo así. Carne pasada. —Helen se acercó a la repisa de la chimenea y puso el dragón chino de cara a la pared—. Y este bicho mirándome con ferocidad —añadió con una mirada feroz a su vez.

Él pensó en contarle algo que le había ocurrido el primer día en la cárcel, es decir, en su primer día entero, ya que lo habían trasladado la tarde anterior directamente desde el juzgado. Se había sentido muy tranquilo, lo cual era sorprendente dadas las circunstancias, pero ahora sospechaba que se trató de un espejismo, que no estaba tranquilo, sino todo lo contrario. La prisión era un mundo nuevo, un mundo concebido por demonios, ¿cómo iba a estar su espíritu en paz en aquella sima oscura y vertiginosa? Lo que le había sucedido había sucedido la tarde de aquel día, aquel primer día entero, el día que está recordando, una tarde muy similar a esta, aunque sin la posibilidad de admirar las dichas hogareñas de Samuel Palmer desde la ventana de la celda, sino solo aquel árbol solitario, gris, indestructible. Estaba sentado en su litera igual que ahora está sentado en la cama, con las piernas estiradas, aunque no desnudas como ahora, desde luego, pues llevaba el uniforme de la cárcel, que picaba pese a estar muy raído y desprendía un fuerte olor a jabón con fenol y un tenue olor al sudor de otros como él que lo habían usado antes, la infinidad de otros. No estaba pensando en nada en particular, pues tenía la mente embotada tras el clamor y la confusión del día anterior —aunque su comparecencia ante el tribunal había sido breve porque había presentado una declaración de culpabilidad y se había dictado la preceptiva condena y eso había sido todo—, e incluso tal vez hubiera echado una cabezadita vigil, si tal cosa era posible. Es decir, estaba despierto, de eso no cabía duda, pero tenía esa sensación de estar a punto de caer que se produce en el vertiginoso borde del sueño, una sensación que es en sí misma sueño, pero sueño de una clase especial. Y, en efecto, pareció que caía, en cierto modo, en su mente, no hacia delante sino hacia atrás, detrás del borde. La cosa terminó en un instante, pero fue un instante en el que se perdió a sí mismo por completo, se perdió a sí mismo y desapareció del mundo que lo rodeaba. La experiencia fue singular y extraña, más extraña que ninguna que hubiera tenido ni antes ni después, porque, durante la fracción de segundo que duró, dejó de ser él mismo y, con él, todo lo demás dejó de ser ello mismo. Lo que había ocurrido —estaba convencido y nada le convencería de lo contrario— era que por espacio de aquel soplo infinitesimal de tiempo había pasado de alguna manera al no-lugar de la muerte, había cruzado esa frontera y había regresado en el mismo instante. En ese otro lado, todo era diferente, no, todo había sido nada, todo incluido él mismo. Nada. Comprendió que la experiencia no había sido una experiencia de vida ni tampoco de muerte, sino una ausencia, un intermedio, una cesura, comoquiera que se llame, como aquello en lo que las partículas más diminutas caen, de lo que salen, cuando ejecutan ese famoso salto imposible de un giro a otro, un enigma que quedó resuelto, y de forma muy sencilla, en la ecuación de interferencia de Adam Godley. Y le había quedado una señal: la señal indeleble de Lázaro. La vida que hasta aquel momento había sido un abanico de posibilidades en expansión había llegado a parecer de repente tan estrecha como la muesca cincelada entre las dos sombrías fechas de una lápida, un instante de un instante. Él había muerto y había vivido. Imposible, pero había sucedido.

—¿Cómo voy a explicar esto? —preguntó Helen.

—¿El qué?

—Estas perlas.

En un movimiento frenético sobre la cama, uno de los dos había roto el collar. Las perlas se habían desperdigado por todas partes y la mayoría había caído al suelo y rodado. Cuánto rato habían pasado a cuatro patas, desnudos, recogiéndolas de una en una y echándolas en un cuenquito de madera labrada que ahora estaba en la repisa de la chimenea, junto al dragón de arcilla.

—Estoy segura de que nos falta la mitad —añadió Helen—. Las más pequeñas se habrán colado en las rendijas entre las tablas.

¿Debería él sacar la cajita ornamentada de su escondrijo del armario y enseñar a Helen su contenido? Quizá debiera regalársela, como un símbolo de aquel momento, con las dos tersas bolitas de color blanco pálido resplandecientes en su soporte de terciopelo, un recuerdo diárquico de la ocasión.

Helen estaba encendiendo otro cigarrillo. Fuma mucho, casi de un modo vengativo, como si lo hiciera por rencor. Agitó la cerilla para apagarla y lanzó un estrecho cono de humo al aire.

—Adam, mi marido, dice que no eres quien aparentas ser.

—¿Quién aparento ser?

—Dice que no te llamas Mordaunt y que has estado mucho tiempo en la cárcel, años y años. Supongo que ahí conociste al tipo que vendió a su hija.

Todavía con la chaqueta de Mordaunt puesta, se sentó en el borde de la cama y cruzó las piernas, cuya palidez fulgente él admiró. La sombra entre sus pechos era azul como el azul bruñido de un tejado a la luz de la luna. Las mangas de la chaqueta le quedaban tan largas que tenía que estar echándose los puños hacia atrás para dejar libres las muñecas.

—¿Qué hiciste? ¿Mataste a alguien? Fue eso, ¿a que sí?

Mírame, el que se come a las niñas, ágil y peligroso, caminando con sigilo de aquí para allá en mi jaula. Inmediatamente después de consumar el hecho, se había encontrado en un lugar nuevo y le había pasado por la cabeza que ya no era humano, que quizá nunca lo hubiera sido, que era un ser distinto, apenas un animal, más bien como una piedra partida, un terrón de tierra, un palo roto. Sí.

—La mujer que vino —dijo—, la mujer por la que me has preguntado, se acostó una vez con tu suegro.

Helen lo miró de hito en hito.

—¿De veras?

—De hecho, más de una vez, si no me equivoco.

—¿Cuándo?

—Oh, hace muchos años. Y mi esposa también.

—¿También se acostó con él?

—Sí. Y con ella.

—¿Con tu amiga la fulana? ¿Tu esposa? ¿Las dos...?

—Sí.

Helen apoyó un codo sobre las rodillas dobladas y el mentón sobre una mano y alzó una ceja en señal de incredulidad.

—¿Todo eso es verdad o te lo estás inventando?

—¿Por qué voy a inventármelo? Ya sabes que las esposas se acuestan con otros hombres, querida mía.

Mordaunt la miró con frialdad y ella apartó la vista, con la frente enrojeciéndosele. Pasaron los minutos. Fuera se oyó el repentino trino de un pájaro, que sonó como si algo brillante volara hacia la luz del sol, una cuchilla o una esquirla de cristal.

—¿No te importaba que se acostara con toda esa gente? —le preguntó Helen.

—¿Mi mujer? No se acostaba con toda esa gente.

—Cualquiera diría que sí.

—Pues bien, no lo hizo.

—Él sí. El viejo Adam. Se acostaba con todo el mundo.

—Ah.

Mordaunt asintió. Él también empezaba a sentir el frescor del final del día. Daba la sensación de que algo declinaba, de que oscilaba en el aire mientras descendía.

—De hecho, me he enterado de lo de ella hace poco.

—¿De lo de tu esposa? Supongo que la otra te lo contó cuando vino. ¿Cómo se llama?

—¿Mi esposa? Daphne. La gente se reía al oírlo, nunca entendí por qué.

—Me refiero a la fulana.

—Ah. Se llama Anna. Creo que te caería bien. O tal vez no.

—¡Vaya! Esas mujeres. Eres tan malo como tu esposa, como el viejo. —Helen jugueteó con el cigarrillo sin alzar la vista—. ¿Te contó ella lo de Daphne?

—¿Si me contó qué de Daphne?

—Que se había acostado con ella.

—No. Eso ya lo sabía. Lo adiviné.

—¿Cómo?

—Una tarde nos fuimos a la cama los tres. —Se encogió de hombros—. Los tíos nos lo olemos, ¿sabes? Bien podría no haber estado allí.

Silencio. Helen se toqueteó distraída la carne de alrededor de una uña.

—Creo que voy a vestirme —dijo.

Mordaunt la miró. Ella no se movió, sino que permaneció con la mirada gacha, el cabello como una especie de aureola caída, marchita. De nuevo se la veía más pequeña dentro de la gran chaqueta cuadrada, pequeña, joven y perdida, con la cabeza entre las hombreras cubiertas de tweed como si se la hubieran cortado y vuelto a colocar en su sitio. Él se imaginó las entrañas de Helen, los bucles apretados de color morado atareados en crear un truño para entregarlo por la mañana, puntualmente como el correo o la hogaza de la panadería. Qué sorpresa se llevaría ella si supiera en qué estaba pensando. Pero ¿por qué? ¿No es tan digna de aprecio por dentro como por fuera? Casi todo lo que somos está doblado y guardado en nuestro interior, pensó Mordaunt, la blanda máquina entregada con humildad a sus incesantes labores. Recalco que estas son reflexiones suyas, no mías. Además, es posible que ella esté pensando lo mismo sobre él o algo similar. Nunca se sabe qué pasa por la mente de los demás, nunca se sabe.

Helen se levantó, se quitó la chaqueta, recogió el vestido y alzó los brazos para embutirse en él. Salió por el cuello de la prenda como si emergiera de un círculo de espuma.

—El domingo será el cumpleaños de mi hijito —dijo—. Antes de que lo preguntes: murió.

Apoyó una rodilla en el suelo, deslizó el pie en el suave zapato negro y abrochó el botón. Él está al tanto de la muerte de los hijos de Helen, que se mencionan a menudo y con solo una malicia moderada en los monólogos de Ivy Blount durante la cena.

—En realidad, no llegó a nacer. —Helen interrumpió el gesto de abrochar el botón y se quedó inmóvil—. Esto no se repetirá, ¿verdad? —añadió sin mirar a Mordaunt.

—No.

Ella se inclinó y empezó a abotonarse la otra correa.

—¿Te marcharás?

—Imagino que ahora tendré que hacerlo —respondió él—. Sería embarazoso.

—Lo lamento.

—¿De veras?

Ella movió su cabeza inclinada de lado a lado, con los labios apretados y los párpados caídos, como una niña atrevida y enfurruñada.

—¿Dónde está el hilo? —murmuró tras coger el cuenco con las perlas—. Se supone que tiene nudos para impedir que caigan.

Otro pájaro, un cuco esta vez, cantó a lo lejos, como si se burlara de ella, como si se burlara de todo. En la cama, Mordaunt se inclinó hacia delante, con las manos enlazadas en el regazo. Tenía frío en las espinillas, debía vestirse.

Con la cabeza gacha, Helen le miró desde debajo de su melena.

—Podrías decir que me quieres —dijo—. Podrías mentirme, no me importaría.

Otra vez, pensó él: siempre quieren que les mientan.

—Te quiero.

Ella lo miró radiante y de pronto le arrojó un puñado de perlas.

—Mentiroso.

Él se agachó demasiado tarde, de modo que una perla le dio en el borde de la cuenca del ojo izquierdo y le provocó un dolor punzante.

—Perlas lanzadas a un cerdo —le espetó ella, lo cual solo pareció enfurecerla aún más. Se enderezó y se quedó ante él con los puños en los costados, los nudillos blancos—. Seguro que mataste a alguien. Seguro.

Cuando la gente está a punto de llorar, ha observado Mordaunt a menudo, adopta una expresión tensa, decidida, como si se dispusieran a anunciar algo.

—No llores —le dijo procurando no parecer impaciente, y tendió los brazos hacia ella—. Ven aquí. Ven.

Cucú.

Pero Helen sí lloró, no mucho rato, y dio la impresión de que más por despecho que de pena. Se sonó la nariz en el pañuelo que él le tendió, enderezó la chaqueta de Mordaunt en el respaldo de la silla en que la había colgado y se dio la vuelta. No obstante, al salir por la puerta trasera se detuvo, le echó torpemente los brazos al cuello y aplastó la boca contra su oreja para susurrarle con voz entrecortada algo, una súplica o una promesa, que él no captó. Mordaunt detestaba esa clase de manifestaciones exageradas. Iba descalzo, de modo que ella estaba a su misma altura —recordad que es una chica grandota—, por lo que se sintió en desventaja, lo cual le irritó. Se zafó con brusquedad del cálido abrazo y dio un empujón a Helen intentando, demasiado tarde, disfrazarlo de palmadita de despedida. Ella le dirigió una mirada enternecedora con sus ojos heridos y cruzó tambaleante el patio mientras buscaba la cajetilla de cigarrillos.

De vuelta en la cocina, Mordaunt pasó un rato sentado a la mesa mirando al frente con expresión ausente, sin importarle el frío del suelo de piedra bajo sus pies. Es un hombre sin una fuerte conciencia de sí mismo, de sus deseos y anhelos; siempre ha sido así, pero además los años de reclusión han reducido y descolorido algunas facultades esenciales. De hecho, en ocasiones se olvida por completo de sí mismo, se extravía a sí mismo, igual que a veces no sabe dónde ha dejado el sombrero o la llave de su puerta. No es una sensación del todo desagradable. Le resulta relajante liberarse, siquiera un rato, de la tiranía de su propia vigilancia. ¿Será así la muerte, una última falta de atención, un dejarse ir distraído?, se pregunta. No. Él ha visto la muerte y sabe que es una lucha hasta el final.

Subió a su habitación y se puso los calcetines y los zapatos. La chaqueta olía un poco a Helen. Se quedó mirando la cama y las manchas en la sábana, ya casi secas. Qué cosa más extraña, pensó, son las transacciones que los hombres y las mujeres realizan juntos con tanta desesperación. De nuevo abajo, bebió un vaso de agua —de pronto se moría de sed— y salió de la casita en dirección a la carretera. Era un día fresco y sin viento, de luz brumosa, como sus pensamientos. En su estado de extenuación, intuye que en cierto modo es un peligro para sí mismo.

En la bifurcación de la carretera torció a la izquierda y siguió la tapia de la finca hasta la zona herbosa donde había aparcado el Sprite aquel primer día. Sus pasos eran indolentes, su rumbo caprichoso, o eso parecía. Pasó por debajo del arco de piedra, recorrió el sendero y cruzó la verja de cinco travesaños percibiendo el intenso olor del hierro oxidado. Todavía le intriga que pueda entrar por el Paso de la Señora pero no salir. Quizá, piensa, se trate de una forma del miedo que algunos reclusos con condenas largas sienten al pensar que un día saldrán a un mundo que ya no reconocerán y que se habrá olvidado de ellos. Sabía de tipos que no llevaban ni un mes en libertad cuando rompieron el escaparate de una joyería o tumbaron a alguien en la calle con el único fin de regresar a la seguridad de la cárcel.

Se detuvo para mirar la parte posterior de la casa y, sin saber por qué, recordó que su padre tocaba la sierra musical. Era su pasatiempo. Lamenta no haberle preguntado cómo había llegado a adquirir una destreza tan extraordinaria. El instrumento producía un sonido horrible, una especie de maullido gomoso, como el de un gato sobre una tapia por la noche. Pero pensad en todos los días de práctica que debió de necesitar para dominarlo. La sierra musical. Su padre.

De pronto, en el momento oportuno, Rex, el perro, salió de su caseta y cruzó el patio renqueando, pegado a los talones de Mordaunt. La puerta de atrás estaba abierta, como de costumbre, y los dos entraron en la casa y se pasearon a sus anchas por las habitaciones de la planta baja. Reinaba una quietud vigilante. Mordaunt se siente intranquilo en estos entornos sosegados. La cárcel era como un cementerio donde los muertos armaran un barullo estridente día y noche; dentro de la inmensa jaula, cada golpazo y portazo, cada grito y sollozo incorpóreos tenían su eco metálico y producían en el oído un zumbido abigarrado. En cambio, el silencio en esta casa es un escándalo. La gente dedicada a sus tareas cotidianas debería crear un buen alboroto, no mantener este silencio conspirador. Mordaunt imagina conversaciones entre susurros, acuerdos furtivos sellados a puerta cerrada.

En la cabecera de un pasillo estrecho de baldosas blancas y negras, de repente el perro se sintió derrengado, apoyó en el suelo los cuartos traseros con un castañeteo sordo de huesos y observó al hombre, que seguía caminando.

Llegó a una habitación grande que estaba hecha una leonera. A lo largo de los años los muebles más feos de la casa habían ido a parar allí, quizá por sus propias fuerzas, para formar un conjunto heterogéneo. Ese batiburrillo de caoba azulada, objetos de latón sin brillo y brocado cubierto de polvo le resulta familiar. Había conocido la vida de las casas de campo, en su día había sido un figurín, con un estilo desenfadado y desaliñado, antes de ir por el mal camino y huir a la Costa del Dolor para repantigarse y empinar el codo, y luego de vuelta a casa para convertirse en un malhechor y, por consiguiente, en un convicto: de estar a la bartola a acabar en chirona en tres pasos.

En el otro extremo de la habitación había una ventana arqueada, alta y angosta que, curiosamente, evocaba la botica de un monasterio. Tenía seis hojas estrechas y una luneta resquebrajada y no daba al exterior, sino a la penumbra teñida de verde de lo que llaman el jardín de invierno. Mordaunt se detuvo junto a la ancha jamba y contempló sin interés aquel espacio cuadrado y frío, lóbrego por su desnudez. No había siquiera una silla de hierro forjado ni una maceta con una palmera en la amplia extensión de suelo. Entre las losas de arenisca amarillenta, los cojinetes de musgo verde fuliginoso se habían abierto camino y creado un tenaz agarre en el suelo. Suspiró. En las últimas semanas su corazón se había consumido. Su vida había sido durante tanto tiempo un estado negativo, formado por cuanto él no era ni tenía, que ya no sabía cómo tener o ser o ni siquiera si le es posible ser y tener. Y en cierto modo era..., en cierto modo se había convertido en su propio anverso. Continuó junto a la ventana de esa habitación fea como si se encontrara dentro de su cabeza, contemplando el vacío con ojos vacíos de expresión. Era como una habitación dentro de una habitación.

Qué hacer, cómo vivir o, más simple aún, cómo existir. Porque renunció a la vida mucho tiempo atrás, no, renunció a vivir, al elemento vital de su interior.

Se alejó de la ventana y empezó a husmear por el cuarto, de mal humor, con un puño hundido en un bolsillo de la chaqueta y el labio inferior hacia fuera. Hay momentos en los que uno puede apartarse de las cosas por completo y dejar de ser sin apenas darse cuenta, o sin darse cuenta en absoluto; es decir, no morir y, aun así, perderse, desaparecer. Junto a la chimenea había una cesta de mimbre llena de lo que tardó en reconocer como los restos de doce o más raquetas de tenis. Eran modelos anticuados, poco más pesadas que las de bádminton, con el bastidor en forma de óvalo estrecho. Estaban todas rotas en pedazos, para servir de leña menuda, supuso. Al verlas le pareció oír un tenue plum-plam llegado de una pista lejana y las exclamaciones lánguidas de unas jóvenes vestidas de blanco.

Lo sobresaltó un ruido a su espalda. Fue un clic, tal vez el de una puerta de armario al cerrarse, seguido de un carraspeo gutural. Se volvió bruscamente y vio una figura plantada junto a la ventana, igual que había estado él hacía unos minutos, y por un instante, un instante sublime de terror y euforia mezclados, interpretó que era él mismo, su doble, su fantasma vivo. Pero era tan solo Adam Godley. ¿Cómo había conseguido materializarse así, como si se hubiera filtrado por una rendija del suelo de madera o hubiera caído del techo con un salto silencioso? Tenía una mirada furtiva, la de un chico mayor a quien sorprenden haciendo alguna diablura en el lavabo de los alumnos de un curso inferior. Llevaba en las manos un atado de hojas amarillentas de lo que parecía papel cuadriculado.

—Ah —dijo Godley con una risita entrecortada—. Es usted.

Mordaunt frunció el ceño.

—Menudo susto me ha dado. No le he oído entrar.

—No.

Siguió un silencio tal que fue como si el agitado mundo se hubiera detenido tras un tropezón. Godley volvió a aclararse la garganta.

—Solo estaba... Estaba buscando algo.

Mordaunt es consciente del aura de misterio que lo envuelve —recordá que es un aparecido en la casa— y lo exagera para divertirse y desasosegar a los demás. Está claro que ese otro hombre, el grandullón, el de los ojos saltones de liebre y los pulgares gruesos e inquietos, se ha puesto nervioso al verlo. Seres humanos. Sus órbitas no se cruzan, sus superficies no se tocan. Están tan alejados entre sí como de las nebulosas más distantes. Viven su vida en la cárcel, oyendo la vistosa cabalgata que desfila al otro lado de la alambrada de espino e imaginándose que están en ella. Él lo sabe, ah, claro que lo sabe.

—¿Y lo ha encontrado? —preguntó.

—¿El qué?

—Lo que estaba buscando.

—Ah, esto —respondió Godley, de nuevo con una risa entrecortada, apretándose los papeles contra el pecho bajo los dedos abiertos de ambas manos—, sí.

—Estupendo.

Y con un murmullo de despedida se marchó.

Mordaunt se quedó pensativo un instante, todavía saboreando abstraído el olor de las raquetas destrozadas. ¿La mujer habría contado a su marido lo que una hora antes había terminado con una breve tempestad de lágrimas junto a aquella angosta cama de la estrecha habitación encima de la confiada cocina de Ivy Blount? No le extrañaría. Sin duda eso explicaría la expresión desazonada de Godley, su repentina huida. Mmm. Resultaría de lo más violento. Pero, la verdad sea dicha, él mismo empezaba a experimentar cierta desazón. Juntarse con Helen implicaba juntarse con su consorte, por fuerza, aunque solo en cierta medida, en una medida ínfima y solo por poderes, y la idea de cualquier forma de relación, por distante que fuera, con gente como ese hombretón pecoso y desmañado bastaría para revolver el estómago al libertino menos selectivo.

Cogió el mango descabezado de una raqueta y lo sopesó en la mano, meditabundo. A continuación, se tiró un pedo que produjo una nota muy grave, con una reverberación satisfactoria, e hizo una mueca cómica. Ser uno mismo, con toda la ambigüedad de la propia individualidad, eso es lo difícil.

Regresó a la ventana y se quedó allí como antes, él mismo en persona. ¿Por qué es la jamba tan ancha, por qué es la pared inclinada de ambos lados tan gruesa? Desliza la mano por el borde, detente, da unos golpecitos diestros con la punta del dedo corazón tieso, tap, tap, tapatán. Escucha. Se oye un ruido hueco. Hay algo ahí; ¿qué es? Apretó una muesca poco profunda en el panel y se produjo un clic, igual que el que había oído antes de volverse y ver...

Pero, por los poderes de sésamo, ¿qué tenemos aquí?

¡Jujurujúú! ¡Jay, jay!, musité, e incluso es posible que diera un par de brincos alegres a ritmo de giga. ¿Qué ha ocurrido, os preguntaréis, que me tiene tan exaltado? Esperad a que os lo cuente. Del desfiladero mal ventilado del lado de la derecha, es decir, el de la correspondencia, de la cámara doble que alberga los papeles de Adam Godley, su hijo, el segundo Adam, ha extraído una pepita de oro purísima —lo habéis visto salir con disimulo un momento— y la ha dejado a mi cuidado. La he llamado el Testamento Veneciano. Suena bien, ¿no os parece? Trece hojas sueltas de papel cuadriculado con alguna que otra mancha, con ambas caras cubiertas de texto muy apretado escrito en una letra minúscula que hace lagrimear los ojos y que ahora conozco tan bien como la mía. Tienen un agujero perforado en la esquina superior izquierda y están ensartadas en un cordel azul descolorido y flojo. No se indica cuándo lo redactó; las manchas invitarían a pensar que hace mucho, pero por el aspecto de la tinta, que se ve con claridad, es posible que el papel ya fuera viejo cuando escribió sobre él. Podría mandarlo fechar mediante técnicas químicas, pero no lo haré. Es una especie de carta en forma de borrador, aunque cuesta creer que incluso Adam Godley se hubiera atrevido a enviarla de haberla terminado. Su hijo no puede ofrecer ayuda alguna por lo que se refiere a su procedencia, afirma no saber nada de sus orígenes. No obstante, me pregunto: ¿cómo pudo conseguirla con tanta habilidad? Y, en cualquier caso, ¿cómo sabía que se hallaba allí? Una vez más, tengo la clara sensación de que no se me cuenta todo lo que hay que contar.

¿Cómo la interpretaría Petra? Porque seguro que la leyó, pues, por insistencia suya y pese a las quejas oficiales —os recuerdo que la construcción de la cámara se financió con cargo al erario público—, catalogó sola los papeles de su padre con desinteresada aplicación y rechazando las ofertas de ayuda o asesoramiento profesionales. ¿Le escandalizó lo que leyó? Sin duda ya había leído cosas idénticas o peores en el transcurso de su labor, pero no, no podían ser idénticas, esta es algo único, estoy seguro. A los chiquillos les resulta absurda y repugnante la idea de que sus padres hayan amado, cortejado y deseado igual que ellos, pero cabe preguntarse si alguna vez Petra fue una chiquilla, en el sentido comúnmente aceptado de esta palabra en principio carente de ambigüedad. Quizá se mostrara tolerante con ese testimonio angustiado del último *amour fou* de su padre, o incluso, por lo que sé, la conmoviera. Tal vez se sintiera también celosa. Por lo que he oído contar de esa joven singular, me parece más que probable que estuviera un poco enamorada de su desagradable papá. ¿Se sintió desplazada al enterarse por el documento que tengo, trémulo en mis manos temblorosas, de que en la muchacha de Venecia su padre había encontrado, o creía haber encontrado, o anhelaba creer que había encontrado, a alguien con una sensibilidad tan grata para él como la de su hija?

Lo cual me recuerda mi promesa de hablaros de la visión de ella, de Petra, que tuve el otro día. Sí, en serio. Apareció en la escalera principal, la de la doble barandilla curvada y labrada de forma exquisita que conduce del vestíbulo delantero al rellano de la primera planta. De golpe y porrazo la vi allí, bajando en un frenesí de raudos pasitos silenciosos. Pero esperad, he de mostrarme cauto en este punto. Cuando digo que apareció, empleo la palabra en un sentido especial, difícil de definir. Su aspecto no tenía nada del otro mundo: ni yo era Hamlet ni ella era el fantasma del padre de Hamlet. De Petra solo conozco su imagen en unas cuantas fotografías borrosas, y en todas ellas rehúye la cámara con una lastimosa mueca de agobio y dolor, pese a lo cual, cuando la vi descender presurosa por esos escalones, no me cupo duda de que era ella. Era el crepúsculo, esa hora penumbrosa pero de brillo delicado que tanto gusta a fantasmas y duendes de todos los colores y de ninguno. Yo subía para visitar a la Emperatriz Viuda Godley —vivo esperando el día en que la niebla se disipe en su cerebro y la anciana descubra por fin los enormes pasteles que sé que está guardando— y había puesto un pie en el primer peldaño cuando por casualidad miré hacia arriba y...

¿Y qué? Existe una palabra para describir el estado entre ser y no ser. ¿Liminal? No es exactamente eso, pero tendrá que servir. Pensad en un momento de la mañana mar adentro, cuando el límite de un mar blanco en calma se funde con un cielo que clarea y el horizonte se desvanece y el mundo se convierte en el interior perfecto de la cáscara de un gran huevo pálido y uniforme. Pensad en un pensamiento que reposa sobre un pensamiento como un lobo en la cuerda de una viola. Pensad en una figura vista, no vista y vuelta a ver y otra vez no vista entre jirones etéreos de humo. Pensad en un ave de un blanco puro que se halla suspendida contra un amenazador cumulonimbo y luego atraviesa un desgarrón de las nubes y se funde con la luz y se desvanece. O pensad en cómo aparecen en vuestros sueños los desconocidos, sin extrañeza y como si estuvieran en su propia casa mientras se dedican a sus inescrutables asuntos. Allí estaba ella, en mitad de la escalera, una presencia y, sin embargo, no una presencia, una chica de negro, muy menuda, muy frágil, con su rostro blanco y sus blancas manos y la blanca cara interna de los brazos surcada de cicatrices entrecruzadas como relucientes churretones de cera. Ni siquiera me miró y pasó por mi lado como si nada, de hecho dudo que reparara en mí; seguramente para los muertos somos tan irreales como ellos para nosotros. Parecía abstraída pero resuelta, como si se dirigiera a un lugar concreto, a hacer algo en concreto. Me volví a mirarla. Cruzó deprisa el vestíbulo rumbo a la puerta principal —¿por qué estaba abierta de par en par?— y salió al atardecer, una sombra que se fundió con las sombras, y desapareció. Vale, lo sé, lo sé, solo estaba allí porque yo la invoqué, pero qué real parecía, una presencia presurosa y clara llamada a la vida por la fuerza de mi imaginación.

No puedo por menos que preguntarme si Adam Godley no tendría a Petra en el pensamiento cuando redactó ese grito de amor y pérdida para la persona a quien se dirige solamente como Cissy. No afirmo que albergara apetitos carnales por su hija, posibilidad que la mente especulativa rehúye enseguida, pero ¿qué es el dolor sino una forma de deseo? Y debió de dolerle la locura de su pobre ilusa. De todos modos, quién conoce la naturaleza de sus relaciones con la joven de Venecia. Tal vez no hubiera relaciones de ningún tipo, al menos dignas de mención o de especulación; me refiero a relaciones carnales. En cualquier caso, no es posible que Adam Godley fuera tan ciego como para no ver un eco, más aún, un trasunto de Petra, su niña herida, sangre de su sangre, en la pobre criatura desamparada y perdida cuyo rastro vacilante siguió durante días y noches por el laberinto estancado y desierto de la ciudad. Petra era para él su propia imagen en un cristal resquebrajado. Por más que estuviera loca, Adam Godley afirmó que era la única persona, quizá la única en todo el mundo, que le entendía por completo, es decir, que entendía no solo quién era —su carácter, su personalidad, si pudiera decirse que poseyera tal cosa—, sino también las repercusiones más hondas de su obra. Eso es improbable, sin duda, pero ¿qué quiso decir exactamente al declarar que ella le entendía? Tal vez creyera que su hija tenía no un verdadero conocimiento, pero sí una comprensión profunda e intuitiva de quién era él y de la importancia y trascendencia de cuanto había conseguido. Él reconoció el papel desempeñado por la intuición en la formulación de sus hipótesis más audaces —el famoso «Primero sueño, luego pienso», que pronunció con un ojo puesto, no, con los dos ojos puestos, y con firmeza, en la posteridad—, y acaso viera en su hija un prodigio roto capaz de comprender, con solo un vistazo, conceptos aún incomprensibles para muchas de las que, estoy seguro, son las mejores mentes de la época. O tal vez imaginara que los males de Petra cederían con el tiempo y un día su hija se levantaría y sería la verdadera custodia de la llama, la guardiana del santuario. Las ilusiones a las que un padre cariñoso da rienda suelta no conocen límite. Menos mal que no vivió para verla morir.

Me inquieta, no me preguntéis por qué, aquella puerta abierta de par en par que cruzó. Algo de otro lugar, un eco. No se me ocurre qué.

Y he aquí algo extraño, por no decir pasmoso. Cuando empecé a leer el testamento de Godley, con los ojos como platos, no logré, por más que lo intenté, alejar el pensamiento de que quizá, después de todo, el hombre que lo escribió fuera humano y tan capaz como el que más de amar, sufrir y expresar lamentos sinceros. ¿Recordáis que en mis primeras investigaciones dentro de la cámara hallé una hoja de papel cuadriculado con una mancha de lo que erróneamente creí que era sangre de Godley? Pues bien, aquí hubo una hemorragia, cuya abundancia bien podría exigir que yo, el biógrafo, revalúe a mi objeto de estudio en los niveles más radicales. Era una perspectiva desalentadora. ¿Acaso me había equivocado con él desde el principio? ¿Mis prejuicios contra su persona me habían engañado convirtiéndolo en un monstruo? Por lo que sé, no hay monstruos. Sé que incluso en el peor de nosotros existe una rendija por la que se asoma el niño inocente y asustado.

Así pues, debo hacer examen de conciencia, rendir cuentas. ¿Cuándo fue que empecé a considerarlo un vil granuja redomado, un hombre de paja, un embustero? Podría decir que tenía fama de sinvergüenza, conocida por todos. Pero su hijo me había encargado que ofreciera un relato fiel de su vida y celebrara sus triunfos con moderación..., con todas sus imperfecciones, ¿lo recordáis? ¿Debía tomar como fuente las habladurías, formar mis juicios a partir de chismorreos? Haya dicho lo que ya haya dicho, permitidme decir ahora que no sabía casi nada del hombre, que sentía poco aprecio por su persona y tenía poco en contra de él salvo mis prejuicios, hasta la mañana en que llegué a Arden y contemplé a su nuera en el escalón superior, con su vestido azul y jacintos silvestres en la mano, y al punto me convertí en una copa de cristal fino en cuyo borde la yema mojada de un dedo —¡el de ella!— produciría notas prolongadas y prolongadas de exquisito tormento. Pero ¿por qué tiene él que ser odioso para que ella sea amada? ¿En qué balanza amatoria habría que pesarlo y encontrarle carencias? No tiene sentido, ningún sentido en absoluto. Y sin embargo, para mí ella fue la luz que lo arrojó a las sombras.

Me pregunto qué pensaría él si supiera que he leído su atormentado texto, que este obra en mi poder, que tengo el documento, por así decirlo, a mi merced. Aun así, ¿qué esperaba cuando se sentó a escribirlo? Las palabras, que son tercas, se empecinarán en hacerse valer, y se harán valer una y otra vez, hasta que la tinta se desvanezca y el papel y la mano que escribió sobre él se hayan convertido en polvo. Él quería que se leyera, debía de quererlo. Y debía de saber que alguien como yo lo descubriría por casualidad y saldría corriendo a la calle agitándolo por encima de la cabeza y dando voces.

Sí, estoy preocupado. Esas complejas coincidencias en que me veo envuelto en estos tiempos posgodleianos apocalípticos pero cada vez más inerciales me hacen sospechar. En ocasiones me producen la terrible sensación de que lo que yo y todos los demás creemos que es la realidad no es en realidad más que los fragmentos revueltos de un friso destrozado tras el cual existe un orden de cosas del todo distinto, fijado de forma inamovible y serena, y del que de vez en cuando el mundo, el metamundo, concede de manera ladina un atisbo tentador. Pero no, no, rechazo esos trillados postulados platónicos. Pese a las garantías de quienes se dice que entienden de esas cosas, en el fondo nunca me ha convencido del todo —¿y a vosotros?— que unas cuantas ecuaciones concebidas con el sudor de las especulaciones de un hombre puedan haber engendrado los fenómenos que están corroyendo el tejido del mundo. Estoy seguro de que las cosas son infinitamente más sencillas de lo que las disparatadas premisas de Godley pretenden que sean. Soy, y lo digo con firmeza, un pateador de piedras impenitente.

Pero venid conmigo y escuchad esto.

Queridísima niña, ¿por qué no iba a estar loco? El demonio sabe que tengo la disposición necesaria y bastantes años encima, aunque ya en mi mocedad me decían que estaba loco por mis fantásticas fantasías sobre el funcionamiento del mundo en lo pequeño y en lo grande, fantasías que se oponían al sentido común. Pero yo sabía lo que hacía, igual que tú, aquella tarde de nieve que estuvimos juntos en aquel puentecito sobre el canal de color verde escarabajo, tú cobijada en busca de calor, como un gorrioncillo, bajo el ala de mi gran capa, y yo perdidamente enamorado de ti y, a través de ti, de todas las cosas de la creación. Era la Giudecca, ¿no?, ¿o era el Dorsoduro? Lo he olvidado. Ay, mi cerebro está confuso, hundido como me encuentro en la ciénaga de la vejez y la gris decrepitud. Aunque no sabía nada de ti, ni siquiera tu nombre, de algún mágico modo fue tu llamada lo que oí con claridad cuando la corneta del cartero emitió su toque estridente bajo la Sala del Cielo aquí, en Arden, y tu tono lo que reconocí en cuanto, por la escalera de caracol de la torre, me subieron sobre una bandejita de plata tu carta, que me habló con una voz como la del viento. Todos los enamorados que yacen abrazados habitan en dos estados, el de él y el de ella, el de ella y el de él, iguales y, sin embargo, distintos como lo son los gemelos más parecidos. Pese a que nunca fui tu amante ni tú la mía, no a la manera habitual, te envolvía, y todavía te envuelvo, en un abrazo indisoluble. Qué diferentes éramos, tú poco más que una niña y yo un viejo loco entrañable. Lo que había entre nosotros tenía que ver con la mente, con el corazón, con la sangre. ¿Y por qué, de todos los lugares posibles, te estableciste en Venecia en aquella dura época de la peste? Habías estado en los Países Bajos; ¿por qué no me citaste allí? Habría ido adondequiera que estuvieses. Los médicos me desaconsejaron viajar, pero ¿cuándo me he plegado yo a la petición de un matasanos? Y por ti falté a la verdad, yo, que por mis principios no mentiría ni siquiera a fin de evitar el dolor a otra persona. ¿Qué me importaba a mí que la mujer sintiera el dolor de mi ausencia? Ha conocido ese latigazo muy a menudo y ya debería habérsele endurecido la piel.

Pero no le hablé de ti, y ahí radicó la falsedad que me temo que habría de contaminar todo cuanto siguió.

Así reza el cántico inicial del *testamentum de profundis* de Adam Godley. Ya imaginaréis el torbellino mental que me provocó cuando lo leí por primera vez.

No obstante, ¿no os gusta el salero del hombre, su desfachatez, al decir con total despreocupación que no mentiría ni para evitar el dolor a otra persona, y por sus principios y demás? ¡Principios! ¡Anda ya!, si el párrafo en el que vierte esa afirmación está plagado de falsedades, por emplear el término grandilocuente usado por él. Permitid que os diga ahora mismo que no soy contrario a la mentira cuando sirve para engrasar las muelas de la maquinaria de la vida. Sin embargo, esa clase de mentira tiene un objetivo práctico, mientras que, por lo que veo, Godley mintió sin más propósito que su propia diversión. Otrosí: fue él, no «Cissy», quien propuso que se reunieran en Venecia, dato que se le escapa más adelante en un momento de distracción. ¿Por qué la trola innecesaria, que incluso para alguien con su retorcida idea de la diversión a duras penas tendría un alto valor como entretenimiento? ¿No recordamos cómo mintió, sin necesidad ni propósito alguno, a su primera esposa sobre su encuentro con Anna Behrens en Arcadia? Bueno, supongo que hay que considerarlo como una apoyatura en una melodía maravillosamente fluida, ejecutada con un movimiento del ágil meñique del virtuoso.

Tened en cuenta que la sinceridad era en él un modo de crear confusión. Al admitir desde el principio que había mentido por omisión a su esposa sobre la joven de Venecia, pretendía neutralizar el tejido de trolas que vendría a continuación. Ah, era un maestro consumado en el arte de la duplicidad, no cabe ninguna duda. Sí, sí, mirad cómo me he librado de las dudas de antes y una vez más le desprecio de todo corazón por ser un embustero y un impostor. Qué alivio.

Da la casualidad de que Godley había estado pensando en realizar una visita, la última a buen seguro, a La Serenísima, como sus engreídos habitantes gustan de llamar a su ciudad, nombre que le provocaba un mohín de desdén siempre que lo oía. Hacía años que no iba. La última vez había sido hacia el final de las andanzas sin rumbo que emprendió tras el fallecimiento de su primera esposa y, dada esa circunstancia, fue una estancia poco alegre. También era invierno entonces, con nieve en la plaza de San Marcos, escarcha destellando en la cúpula de la basílica de Santa Maria della Salute y los canales cuajados de nieblas y vapores fríos y pestilentes. ¿Por qué se plantearía regresar al final de sus días? Dice que no habría sabido decirlo, solo que reinaba una sensación general de caducidad, de acabamiento de las cosas, y una parte primordial de él anhelaba las aguas del olvido y dónde mejor tomarlas que en la ciudad que se hunde en la laguna.

Entonces, por casualidad, llegó la carta. Si existió y Cissy la escribió, como él afirma, no se conserva, lo cual no prueba nada. Tal vez Godley la tirara, pues no le gustaba guardar recuerdos y despreciaba a quienes lo hacían. Ella estaba

Hago una pausa. Titubeo. Una inhalación profunda, y otra, y otra, y cada una parece un escalón, un escalón alto que he de subir con gran esfuerzo. Madre mía. No soy el de siempre, es un hecho, no soy el de siempre en este momento. Ahora bien, ¿cuándo soy el de siempre? ¿Cuándo ha sido alguien el de siempre?

Debo parar. O no debo, debo continuar. Sin embargo, siento tal dolor en mi agitado pecho...; la respiración acabará conmigo. La madre de Flaubert dijo que su hijo había desperdiciado su vida con la obsesión por las frases. O algo por el estilo. *Flaubert, c'est moi.* Aunque en mi caso no se trata de frases, sino de hechos, o de hechos fijados en frases. ¿Qué otra cosa podría haber hecho con el tiempo que me ha sido asignado? Los hechos descritos son las tachuelas que mantienen una vida en su sitio, me refiero a su forma. La vida de Godley, la mía, la vuestra. Aun así, sigo preguntando: ¿qué es exactamente un hecho? ¿Algo para remachar la verdad? Ay, la verdad. Que me traigan un aguamanil y una jofaina para lavarme las manos.

Repito: no debería haber respondido al hijo de Godley, no debería haber cedido a sus exhortaciones de que fuera a Nueva Ámsterdam, sobre todo no debería haber venido a vivir aquí y ser preso de un loco ardor en Arden.

Mi corazón, mi pobre corazón exhausto por el exceso de trabajo, ha recibido un impacto terrible.

Ella no quiere tenerme pero, por lo que parece, debe de tener a otro, o nada de parece, lo ha tenido, sí, ha sido poseída por él. ¡Y qué otro! Debería habérmelo figurado, eso o algo por el estilo, aunque ¿qué podría haber de ese estilo?

Al principio mi amor por ella se hizo a su imagen y semejanza, una chica grande de piernas delgadas y largas, con una capellina de cabello rubio, un rictus hosco y olor a verano y sudor. ¿Y ahora? Ahora todo ha cambiado de golpe. Ahora está apergaminado y es pequeño, lo que queda de mi amor es pequeño y está apergaminado como un santo diminuto conservado milagrosamente con las manos enguantadas unidas y expuesto tras un cristal bajo un altar italiano. Bueno, un amor embalsamado sigue siendo amor y aún puede dejar el corazón transido de dolor. Pero ¿quién habría imaginado que sería tan veleidoso, yo, que creía haber encontrado por fin el amor de mi vida? No me conozco, no sé lo que siento, solo que sufro.

Fue Duffy quien la vio salir por la puerta trasera de la casita y encaminarse presurosa hacia la Casa Grande. Más fresca que una lechuga, según Ivy, y fumando un cigarrillo, cómo no. Pobre Ivy, cuando subió a llevarme el almuerzo tuvo que contarme lo que Duffy le había contado, no pudo guardar el secreto ni un segundo más. No se lo reprocho, cómo no iba a irse de la lengua. Estoy seguro de que la cara me delató, como siempre. Madre mía, he aquí una nueva forma de sufrimiento.

Buuuah, ah, buuuah.

Lo sabía: hay un diosecillo desagradable merodeando por estos pagos, jugueteando con su varita mientras silba por

271

la comisura de la boca, encantado con mi ruina. No soportan que las cosas nos vayan bien, no toleran siquiera nuestro alborozo más silencioso, y por eso sufrimos en sus meticonas manos.

Piensa en otra cosa. Medita los hechos, Gustave, *mon semblable*, hechos, los mejores desviadores, los mejores sustentadores. No importa un carajo lo que sean o dejen de ser, servirán de momento. ¿Y si no son los hechos mismos sino solo interpretaciones? Bueno, ¿y si lo son o no lo son?

¡Guárdate de los dientes que trituran y de las zarpas que desgarran!

Adelante, adelante, impertérrito ante la calamidad.

¿Por qué él, nada menos que él? Por qué él. ¡Abyecto usurpador!

De vuelta al trabajo, de vuelta al trabajo.

Aquí están mis hígados, ¿dónde he de echarlos?

He leído tres veces, ¿o son cuatro?, la desdichada, cómo llamarlo, la desdichada «carta» de Godley, indagándola con mayor detenimiento en cada ocasión, y me siento obligado a comunicar mis recelos, mis más que recelos, sobre su autenticidad. Para empezar, la historia que cuenta, tanto en las líneas como entre ellas, nos resulta inquietantemente familiar. En verdad es muy extraño y no sé explicarlo. Soy como un viajero en un paso alpino elevado que de pronto sale de la niebla y atisba en el valle, con sorpresa y consternación, nada menos que el pueblo de donde partió unas horas antes, el mismo u otro de parecido increíble, con la misma iglesia pequeñita y pintoresca como un reloj de cuco, la nieve surcada de roderas en la misma empinada calle principal y los mismos esquiadores raudos descendiendo agachados entre pinos negros idénticos por las laderas de las montañas de detrás. Tengo la sensación de haber sido engañado y traicionado, pero no estoy seguro de cómo, por qué ni por quién. Me parece que yo mismo formo parte de la farsa y que en cierto modo soy culpable, aunque solo sea por asociación, ¿o quiero decir con mi ejemplo? Pues es evidente que Adam Godley había leído mi monografía sobre Axel Vander y sus proezas, conocía al dedillo una sección en particular y la tomó como modelo para su propia... ¿qué?, ¿su propia qué? ¿Cómo he de denominar ese texto exaltado, el llamado Testamento Veneciano? Llamado así por mí, os recuerdo abochornado; ese título, pomposo e insulso a la vez, ahora me provoca sonrojo.

Mas ¿cómo decir con cierta convicción, con cierta seguridad de qué se trata el asunto? ¿Es una ficción, una fantasía, la narración de un sueño? ¿El autor lo escribió para divertirse, para excitar su perversa afición por lo incongruente y lo inapropiado, o abrigaba un propósito más siniestro? Huele a artimaña, y tengo que preguntarme si no formará parte de una conspiración contra mí, sí, contra mí, cuyo alcance no acierto a adivinar. ¿Podría tratarse de una falsificación? Parece la letra de Godley, pero la letra puede falsificarse y yo no soy grafólogo. ¿Detecto la huella de B. J. Grace, del lamentable Pavel Popov o de algún otro zorro artero desconocido? Pero no, Popov sería demasiado medroso para participar en un engaño tan descarado, y demasiado corto de entendederas también; en cambio Benny Grace...; es la clase de broma maliciosa que divertiría a Benny. Desde que llegué a Arden he tenido la impresión de que hay unas fuerzas que actúan entre bambalinas para ponerme la zancadilla, engañarme e inducirme a hacer el ridículo y a caer en la ignominia pública. ¿Han estado jugando conmigo? ¿Soy el panoli, el pardillo, el primo? ¿Es todo un camelo, una bomba trampa que estallará bajo mis pies y me lanzará disparado al aire como un cohete, agitando los brazos y con el pelo envuelto en llamas? De ser así, ¿quién es el bromista y por qué la broma?

Noté el primer aguijón de la duda cuando Adam Godley me informó de que había encontrado al tipo ese, el chófer, en la Biblioteca al salir de la cámara acorazada con un montón de hojas de papel cuadriculado en las manos. No me preocupó que la seguridad de la cámara se viera amenazada —como si tuviera que preocuparme—, aunque la idea de que aquel individuo apareciera allí arrojó una sombra sobre el asunto, dejó una mancha en sus páginas, estampó una filigrana borrosa e imposible de eliminar. Pero rechacé mis sospechas y dejé que la emoción del momento las sofocara. Qué raros esos escalofríos premonitorios a los que soy propenso. Debo de ser supersensible a la tensión humana oculta en el discurrir de las cosas. El primer atisbo que tuve de Helen me llevó a tomarle una ojeriza instantánea e inexplicable al viejo Godley, y la mera presencia de Mordaunt el Maniaco parece ahora la advertencia que, de haberla tenido en cuenta, me habría arrancado mucho antes las escamas de los ojos. Debería tener el buen tino de prestar más atención a mi varita de zahorí interior. Mas así soy yo, imprudente e impulsivo hasta el final. Y miedoso también, por supuesto, no pasemos por alto la *pusillanimitas.*

Si fue Godley y no un diablillo entrometido quien redactó el documento, dedicó un esfuerzo y una energía extraordinarios al proyecto. Concibió para él un estilo arcaico, recargado y declamatorio que es radicalmente distinto de la voz irónica y gélida empleada en otros textos y que parece una clara parodia de esta. ¿«Aunque en mi mocedad»? ¿«Mi gran capa»? ¿«Su toque estridente»? ¿«Un abrazo indisoluble»? ¿Acaso no veis el fulgor del espejismo dorado de un loco?

El relato que forja —he aquí un verbo sugerente— reproduce ciertos pasajes de mi monografía sobre Vander de manera tan fiel que llega a ser su reflejo exacto. ¿Cómo es posible?, ¿y por qué? ¿Acaso sabía que su hijo me encargaría a mí que escribiera su biografía? Tal vez me eligiera él mismo, tal vez dispusiera en su última voluntad que, de todos los otros posibles candidatos, posiblemente mejor preparados, se me encomendara a mí la tarea. Pero ¿por qué me escogería a mí? Debía de haber olvidado nuestro tenso encuentro en Arcadia hacía años..., ¿no? Y si no lo había olvidado, ¿debo pensar que el recuerdo de aquel momento de fugaz *froideur* le habría influido en la elección de un biógrafo? Sobre todo, ¿por qué se tomaría la molestia de escribir a mano un texto de trece páginas, no, un texto a dos caras de veintiséis páginas, por si se diera el caso, *primus,* de que su hijo obedeciera su orden y me contratara como su biógrafo oficial, y *secundus*, de que yo viniera a Arden, encontrara la carta en la cámara acorazada y la diera por auténtica? No, es todo demasiado rocambolesco, francamente.

Y aun así, y aun así. En el capítulo «Imposturas» de *La invención del pasado* relato las circunstancias de la más que cuestionable relación de Axel Vander en Italia con una joven en las que resultarían ser las últimas semanas de vida de la muchacha. Ella, Catherine Cleave, había estado en Amberes, Gante o Brujas, en una de esas ciudades ridículamente pintorescas inventadas por los grandes maestros, realizando un estudio de algún tipo sobre la obra de Vander —era una verdadera erudita, aunque excéntrica, y a ratos tan loca como la hija de Godley de principio a fin—, y le había escrito para solicitarle una entrevista, pues deseaba consultarle a él, la fuente original, ciertos puntos de su investigación. Vander vivía en Turín en aquel tiempo, tratando de pasar inadvertido tras toda una vida dedicada a cometer fechorías, cuando ella viajó allí para verlo e inició con él un fatídico escarceo amoroso. Pasaron juntos varias semanas en la ciudad, suponemos que ella interrogándolo sobre sus disparatadas teorías deconstruccionistas y acostándose con él además, o bien él se acostaba con ella. Es una historia escabrosa, tan trágica como sórdida, y el motivo por el que Adam Godley decidió remedarla en su propio *Liebestodlied* es un misterio indescifrable para mí.

Cass Cleave era un alma turbulenta con la acuciante necesidad de que alguien la guiara por el laberinto de su vida, aunque cada hilo que siguió la llevó justo al regazo del Minotauro. Era hija de un actor, e imagino que esa herencia formaba parte de su problema; fijaos en mi Helen, que no es precisamente un modelo de equilibrio y serenidad. Vander trató fatal a la pobre chica, su Cissy, su C. C., moviéndose entre un desprecio sonriente y una especie de abstraída voracidad; ella tenía la sensación, según escribió en su diario —ahí tenéis un testimonio, desgarrador por su caos y desconsuelo—, de ser devorada, literalmente, de que una bestia de la selva se la estaba comiendo viva. Al final se liberó y huyó, solo para terminar destrozada al pie de un promontorio rocoso de uno de esos pueblecitos situados divinamente a lo largo de la divina costa ligur.

En la versión de Adam Godley, que debe de ser, tiene que ser una adaptación de la mía, su Cissy le escribe en secreto y dispone lo necesario para ir a verlo a Venecia a fin de que, a su vez, él la salve de su amante demoniaco. ¿Salvarla? ¡Huyó del fuego para caer en las brasas! Todo esto en el caso de que estemos hablando de la misma joven, como parece que estamos hablando, como parece que él habla. Godley y Axel Vander se conocían, habían estado en Arcadia en la misma época y se movían en los mismos círculos, así que ¿por qué no lo menciona?

Godley había estado en Suiza despidiéndose sin demasiado cariño de otra víctima de la teoría Brahma, el Gran Colisionador de Hadrones —me pregunto si con anterioridad hubo uno pequeño, que creció—, antes de que se cerrara y su inmensa red subterránea de túneles y salas de pruebas quedara anegada por las aguas del lago Lemán, lo que, como es bien sabido, provocó que el nivel de este disminuyera algo más de quince centímetros. De camino a casa realizó esa excursión a Venecia, no sabemos si porque formaba parte de un plan previo o en respuesta a la supuesta carta de Cissy; sí, él afirma que acudía a la llamada de ella, pero más adelante se contradice, por lo que la cuestión sigue abierta, al igual que muchas otras similares. Se instaló en un hotel suntuoso del Gran Canal, muy cerca de la plaza de San Marcos. El Palazzo Inverno era el antiguo hogar y refugio frecuente de una rama norteña de los Gannaro, la centenaria familia romana de banqueros turbios, traficantes de cuadros y asesinos profesionales; entre las fechorías de la familia, no fue la menor la de traer a este mundo a Eduardo Gannaro, el último de su estirpe, la fama y la infamia de la Galería Gannaro. Mi esposa Martha y yo nos alojamos una vez en el hotel Inverno, en la época en que nuestro encadenamiento matrimonial se acercaba a su sórdido final. Yo estaba borracho la mayor parte del día en aquellos tiempos, y estoy seguro de que por eso confundí la palabra Inverno con Inferno y me puse en evidencia quejándome ante el director de que el nombre del establecimiento no era adecuado, pues en nuestra habitación hacía un frío de mil demonios. A veces pienso que en conjunto mi vida no ha sido más que una serie enlazada de malentendidos y equivocaciones y los embarazosos líos que comportan.

Godley había enviado un telegrama para reservar una lujosa suite en el *piano nobile*, con vistas al canal. En esa misma planta nos habíamos hospedado Martha y yo, en una agobiante habitación esquinera donde durante todo el día y la mitad de la noche nos atormentaron los gritos pajariles de los gondoleros, el chapaleo y los resoplidos de los *vaporetti* que iban y venían, y el arrastrar penitencial de pies de miles de millones de turistas por el muelle y las *calli, callette* y *calleselle* en medio de las cuales el hotel se agazapa con una ligera escora, como el casco de un inmenso buque de guerra veneciano fantásticamente ornamentado. En la «carta» —pero más vale que prescinda de las comillas, esas alas que necesitan un angelito de Fra Angelico— cuenta que la tarde de su llegada salió al balcón, bajo un cielo de un color azul amargo, y al punto se sintió transportado a la primera infancia al ver una placa de nieve centelleante sobre el ancho parapeto de piedra. «En invierno, en mis juegos infantiles —escribe—, arrancaba un pedazo de nieve congelada y lo colocaba entre dos obleas de pizarra para hacerme un helado de corte de mentirijillas. Siempre imitaba a los hijos de los campesinos en sus juegos. Encontraba ahí la autenticidad, lo real indígena». Sí, le encantaban los indígenas.

¿Qué hacían juntos su chica y él en su palacio de invierno sobre el agua, en esas enormes habitaciones frías y húmedas? La carta abunda en detalles, en ocasiones de manera insensata, pero no en lo referente a las pasiones, pues en ese aspecto bien podría haberla escrito la hija virginal de un clérigo en la época de la guerra de la Independencia española. Se dan muchos datos sobre el tiempo que hacía. El sistema de calefacción —un nombre inapropiado donde los haya, de lo que yo mismo doy fe— del Inverno producía los días en que funcionaba un destello intermitente que solo servía para crear una neblina que flotaba en los pasillos y salones cual capas colgantes de fino encaje recamado. Cissy se quejaba, decía que no conseguía entrar en calor. Llevaba guantes y se quedaba sentada en la cama, con los brazos alrededor de las rodillas, meciéndose, hasta que Godley perdió la paciencia, la abofeteó y le dijo que parecía la santa de yeso de uno de esos cepillos de limosnas para pobres que inclinaba la cabeza en un gesto metronómico de agradecimiento cada vez que se introducía una moneda en la ranura. Muchas imágenes como esta surgen del pasado, hasta el punto de que él la acusa de tratar de convertirlo en un niño en la vejez. La pasividad de la muchacha lo apacigua y enfurece a un tiempo, hasta que advierte que no es pasiva en absoluto, sino que está enroscada en su interior, a la espera. Pero ¿a la espera de qué?

—Estás loca —le grita él—, ¡loca de atar!

Como si ella no lo supiera.

La joven le dice que siempre le ha gustado la idea de la entropía, de que todo se vuelva más confuso y más incierto hasta que al final no haya orden. Se habría sentido contenta en un mundo al límite. Él le replica que ella no sabe nada de esas cosas, ¡nada! Y suelta su carcajada fría.

En el crepúsculo caminan juntos por las estrechas calles resonantes, bajo los muros escarpados con altas ventanas enrejadas; pasean por los muelles, cruzan y vuelven a cruzar los puentes arqueados, que a Cissy le parecen, dice ella, juguetes barrocos. La ciudad está desierta, vacía de turistas y autóctonos por igual debido a una plaga mortal que a principios del otoño barrió hacia el norte la costa hasta instalarse en la húmeda ingle del Adriático y extender un manto venenoso sobre la laguna; ha habido muchas muertes, aunque las autoridades se niegan a facilitar la cifra exacta. Ella entrelaza el brazo con el de Godley y hunde la mano enguantada hasta el fondo del bolsillo del abrigo de él. Las farolas, que despiden un resplandor grisáceo, semejan hileras de flores de dientes de león. La humedad enfanga las losas del suelo, y una vez, bajo las arcadas de la gran plaza, poco iluminada, él tropezó y a punto estuvo de caer, y habría caído de no haber tenido al lado a la muchacha para aferrarse a ella, su bastón salvador, su sustento.

—Qué tópico sería morir aquí —dice, y vuelve a reír—. Los periódicos harían su agosto.

Ella le aprieta el codo con tal fuerza contra su cuerpo que él le nota las costillas. Ella también se ríe.

Todas esas risas, ¿a qué vienen? Mucha gente se esforzaba por conocerlo, dice él, muchísima, y avanzaba a empujones hacia él con los dedos curvados en forma de garras, sonriendo y rociándolo de saliva, y durante todo ese tiempo no había nada que conocer, nada que descubrir. Él es un enigma para sí mismo igual que lo era y lo es para ellos.

Cenaron en un restaurante de Rio Carampane. Erizos de mar y bacalao desalado y un vino tinto elegido al azar que resultó que debía servirse frío, lo que le contrarió. Cissy apenas probó bocado y él se comió casi todo lo que ella dejó. Estiraba el brazo para pinchar con el tenedor un surtido de exquisiteces del plato de ella y se las llevaba a la boca. Sonreía al masticar, por lo que ella veía la masa húmeda y gris de la fibrosa carne del pescado entre los dientes y sobre la lengua. Cissy tiró su copa sin querer y el vino cayó en el mantel de tal modo que sobre el grueso lino blanco se dibujó el contorno perfecto de una mano masculina con los dedos separados, un negativo rojizo fantasmal. Lo contemplaron en silencio; él afirmó que era un buen presagio, una señal de buena suerte, como cualquier italiano les diría; pero ella sabía que no. Godley llamó al camarero, quien con desdén altivo afirmó que el *signore* debía de haber apoyado la mano ahí y dejado una marca con su *sudore* —«su sudor, *signore*, ¿me entiende?»—, y para demostrarlo posó la palma sobre la huella.

Después de eso, Godley se puso de mal humor. No le gustaba que nadie le explicara nada. Ella se rio y dijo que con sus demoniacas cejas arqueadas, su barba desaliñada y su nariz larga y gruesa era el vivo retrato del papa Inocencio X de Velázquez. Él se apostó el precio de la cena a que ella no sabía cómo se llamaba el papa Inocencio antes de convertirse en sumo pontífice.

—Tendrías que saberlo, tú estudias esas cosas.

Pero ella no lo sabía.

—¡Giovanni Battista Pamphili! —exclamó él con jactancia, y se reclinó en la silla con una sonrisa de satisfacción—. Pamphili, el azote de los jansenistas. ¿Y dices ser una erudita? Lo que eres es una pequeña ignorante.

Ella bajó la cabeza, hundió la barbilla en el pecho y lo miró con semblante solemne. Él cruzó los brazos apoyados en la mesa y se inclinó sobre ellos, de tal modo que sus huesudos hombros se alzaron por encima de las orejas. Parecía un chimpancé, le dijo ella, un chimpancé viejo y peludo de ojos caídos.

—¡Papa Pan Pantocrátor! —dijo él con oscuro deleite.

Silencio en el silencioso comedor. Tamborileó con los dedos sobre la mesa mirando las mesas vacías. Me he convertido en la muerte, el destructor de mundos.

—Sabía que conocerías un local como este, pequeño y maravilloso —dijo ella con desprecio—. Muy auténtico, muy exclusivo.

Él le levantó la mano de la mesa y la observó girándola hacia un lado y hacia el otro como si se tratara de algo que tuviera intención de comerse.

—Te gusta fanfarronear —añadió ella.

—Hablando de fanfarrones, ¿no dijiste que tu padre era actor? Sí. Me gustan los actores, su patetismo y su vulnerabilidad. Cumplen la magnífica función de protegernos de la necesidad de reconocer que nosotros mismos, todos nosotros, estamos actuando.

—Francamente, tendrías que oírte.

El camarero recogió los platos y tomaron sendas tacitas de café negro como el betún y una fuerte *grappa* de color pajizo en vasitos panzudos. No había nadie más en el restaurante. Hablaron de costras. En los viejos tiempos de inconsciencia, cuando los niños todavía jugaban al aire libre, en sitios donde había piedras y espinas, todos tenían costras, según escribe Godley —recordad que seguimos estudiando con detenimiento su carta, escépticos y llenos de curiosidad—.

Al principio, cuando la costra acaba de formarse, es sumamente delicada y sangra al menor pinchazo o golpecito exploratorio. Los cortes dejaban una sola costra, pero los arañazos, sobre todo los provocados por las zarzas, dibujaban una larga elipse rojo oscuro, como un collar de rubíes diminutos. Una vez secas y endurecidas, las de mayor tamaño adquirían el color de las moras no del todo maduras y presentaban su mismo brillo opaco y su mismo tacto irregular, firme y cálido en la superficie. Los chiquillos las cuidaban y protegían, y al menos una vez al día alzaban un borde con una uña, solo un poco, con cautela, para comprobar el grado de resistencia que aún oponían. Una punzadita aguda advertía de que todavía no estaban maduras. Sin embargo, llegaba el día en que era posible levantarlas por completo, como la tapa de un joyero en miniatura, despacio y conteniendo el aliento. Siempre había un punto pegajoso al que se aferraban tercamente, o que las aferraba tercamente, por lo que se requería una pausa para reflexionar, tras la cual se reanudaba la operación con una maniobra más firme y más enérgica, y de repente el caparazón se desprendía, intacto y ligero como una escama de mermelada de mora seca, y el último punto de fijación cedía con lo que parecía un beso minúsculo al revés, y allí, expuesta al fin, estaba la zona de piel irrealmente nueva y tierna, fresca, frágil y brillante como el ala de una libélula.

Era tarde cuando se levantaron de la mesa. Godley volvió a sufrir un breve mareo y dio un rápido pasito vacilante hacia un lado arrastrando los pies. Esta vez, cuando ella se ofreció a ayudarlo, él le apartó la mano con un golpe furioso y se irguió. Salieron a la bruma y la oscuridad, aturdidos, con el rostro tenso y la frente ardiente. Bajo los puentes se desplazaban imprecisas masas de niebla sobre el agua oleosa. A lo lejos se oyó un grito súbito, de sorpresa, miedo o ambas cosas, y desde otra parte recibió en respuesta —pareció una respuesta— una carcajada aguda y chirriante que fue atajada enseguida como por un bofetón. En cada esquina, en las sombras, las ratas retozaban a sus anchas; se decía que los gatos de la ciudad habían demostrado ser vulnerables a la peste y que todos habían perecido, ellos y sus dueños por igual.

—¡Estar vivos en medio de tanta muerte! —exclamó con alegría el viejo Adam, resollando. Hundió la mano en el bolsillo para agarrar la de ella, sin guante y fría como un pez, y la apretó con fuerza—. Los dos.

Una vez en el hotel, se dirigieron al bar y ocuparon una mesa baja a la tenue luz de las lámparas. No había nadie, salvo el camarero. Era mayor y guardaba un notable parecido con uno de los césares, con un rostro grande y serio que se diría esculpido en piedra pómez y un cráneo calvo picado de cráteres como la luna. Llevaba una chaqueta blanca muy sucia y abotonada hasta la nuez de Adán. Les sirvió café —Godley comentó que seguramente no dormiría esa noche— y les dejó al lado unos vasos achaparrados de agua. Tuvieron la sensación de que les pesaba el vacío del hotel; de vez en cuando el edificio entero parecía exhalar un gran suspiro de cansancio. Me gustaría saber qué clase de vestido llevaba Cissy, cómo iba peinada, qué zapatos calzaba. No puedo verla, de modo que, como es natural, veo en su lugar el fantasma de Petra tal como era aquel día en que bajó corriendo por la escalera y pasó por mi lado, toda de negro, con la cara blanca, las cicatrices de los brazos y aquel aire de tener entre manos un asunto urgente.

A la luz de las lámparas, el agua de los vasos mostraba un extraño brillo metálico, como el que adquiere el aire antes de una tormenta.

¿Compartían habitación? Más aún, ¿compartían cama? Él no lo dice. Observo que describe las piernas de la muchacha, bien torneadas y un tanto arqueadas, con el dedo gordo de los pies ganchudo como un pulgar. Las compara con las extremidades blancas de zinc de una de las estilizadas Evas de Cranach el Viejo. Por consiguiente, tal vez la viera desnuda, o casi desnuda. O tal vez no. Un hombre puede imaginar cómo es la pierna de una mujer, hasta arriba, con solo echar un vistazo al tobillo.

Sin tomarse el café subieron por la amplia escalinata de mármol sumidos en un silencio ebrio, con la mano de ella envuelta en la de él. La muchacha tiene las manos siempre frías, frías y húmedas, y tan delgadas que él distingue con claridad la forma de cada uno de los frágiles huesos. Estaban cansados después del largo día y se despidieron en el pasillo. ¿Qué debían de estar pensando? Habían planeado viajar a Poveglia al día siguiente, pero el servicio de ferris se había suspendido y, de todos modos, no había ninguno que llevara a aquella isla de los enfermos y los locos, abandonada como está hoy en día. Por tanto, irían a la Academia, anunció él, a ver una pintura de Bellini, la desilusionada Virgen de la Mirada de Reojo, con su manto azul oscuro y flanqueada por dos arbolitos maravillosamente etéreos, su Niño Jesús, con caracolillos y los ojos hundidos, apoyado en ella con el desenfado de un pilluelo de las calles. Pero Cissy propuso que fuera él solo, pues no le apetecía ver cuadros. Su humor se había ensombrecido, o quizá solo lo pareciera porque estaba fatigada y había bebido mucho. Entró en su habitación y le cerró la puerta en las narices, pero no con fuerza. No, no con fuerza.

A una hora avanzada, él oyó sollozos a cierta distancia y fue a buscarla y la encontró acurrucada al pie de la escalinata de mármol por la que habían subido. La joven tenía la frente apoyada en los brazos cruzados sobre las rodillas. Él se sentó a su lado, la estrechó y la dejó llorar sin decir nada. Miró a su alrededor preguntándose, no por primera vez, por qué los peldaños de esas escalinatas antiguas eran tan bajos, tan bajos y tan empinados. Grandes alturas por encima, tinieblas piranesianas de quietud y aire estancado; él tiene una sensación de lo ilimitado. Sentado en el escalón de piedra, el trasero se le enfría. Entre sus brazos, los hombros de la muchacha se agitan. Vamos, vamos, murmura abstraído. Vamos, vamos. Tener a una chica llorando en la noche no es nada nuevo para él.

Al día siguiente, o al otro, ella enfermó. Al principio fue solo una fiebre leve, pero al cabo de unas horas estaba ardiendo y tiritando y vomitaba una y otra vez. También tenía diarrea. Estaba tan débil que él hubo de llevarla al cuarto de baño y esperar mientras ella evacuaba gimiendo y con la cara entre las manos. Godley tuvo que limpiarle el pompis y lo hizo lo mejor que supo antes de llevarla de nuevo a la cama. Con la tenue luz de las lámparas, la habitación parecía expandirse a su alrededor. Ella no hablaba y rechazaba sus interrogatorios, cada vez más apremiantes, negando con la cabeza y volviendo la cara. Tumbada bajo la sábana con las rodillas dobladas y la mejilla apoyada sobre las manos unidas, miraba al frente con unos ojos que de repente se habían tornado gigantescos. Él se sentaba a su lado o paseaba por el cuarto, enfadado y sin saber qué hacer. Mandó que subieran sopa y pan, y la conminó a comer, pero ella se dio la vuelta hacia la pared. La situación continuó así desde la mañana hasta entrada la noche. Él se asustó. Sintió lo que semejaba la desesperación de un enamorado. ¿Y si ella muriera?

Fue en busca de ayuda. En recepción no había nadie. Una lámpara con pantalla de cristal verde, cuya bombilla emitía un zumbido, arrojaba un resplandor siniestro. Había pensado en hacer la maleta y huir, o ni siquiera hacer la maleta, tan solo depositar unos cuantos billetes en el mostrador, salir presuroso a la noche y dejar que la joven se recuperara lo mejor que pudiera, pero sabía que no podía hacerlo. Golpeó el timbre con la palma de la mano una vez, dos veces, tres, creando un eco estridente, pero nadie acudió. Se dirigió al bar. Allí encontró al camarero, que se parecía más que nunca a César Augusto, sentado con toda su corpulencia en un taburete, al final de la barra, leyendo la *Gazzetta dello Sport*. El hombre alzó su pétreo rostro y miró con majestuosa indiferencia al agitado huésped que tenía delante.

—La niña está enferma —le informó Godley—, *molto malata*. Tiene que llamar usted a un médico.

Antes sabía italiano, pero ya no. El hombre no respondió y se limitó a mirarlo con semblante inexpresivo al tiempo que marcaba con el dedo la página donde se había quedado.

—*Un dottore* —dijo Godley aturullado—, *un dottore* para la..., para la *puella*, o sea, *la signorina*. Por favor.

Al fin, frunciendo el ceño, el hombre dejó el periódico, se levantó y se alejó con paso solemne. Tras él, el silencio se reafirmó. Solo se oía el débil zumbido de la lámpara del mostrador de recepción.

Al cabo de un rato entró el director, que parecía nervioso y enfadado. Lucía un fino bigotito y tenía los ojos pequeños, agudos y tan brillantes y negros como pedacitos de carbón. Cogió una servilleta y se chupó los dientes de un lado; debía de haber estado cenando. Al principio se confundió y pensó que Godley era el enfermo, de modo que lo miró de arriba abajo con gesto de incredulidad.

—No —se exasperó Godley—, no, es la niña, la niña está enferma. *La signorina.* Tiene que verla un médico.

El director negó con la cabeza y murmuró algo. Reparó en la servilleta que tenía en la mano e intentó meterla en un bolsillo del pantalón.

—Es muy tarde —afirmó.

—Está muy enferma.

Godley se sentía cansado, cansado y repentinamente viejo. Debió de preguntarse qué hacía allí, en un hotel vacío de una ciudad desierta en una laguna estancada.

Llegó el médico, un hombre alto y encorvado, de rostro largo y húmedo y barba entrecana bien recortada. El traje debía de ser de una talla mayor que la suya y pendía alrededor de su huesudo cuerpo como las muchas capas de unos pañales sueltos. Exhalaba un tenue y penetrante olor a vinagre. Había algo raro en él, algo turbio e ilícito. Un hombre roto, que alimentaba una oscura herida. Expulsado de su profesión, quizá, por la bebida o por mala praxis, trabajaba de noche en el hotel a cambio de una miseria, dormía durante el día en una habitación encima de una tienda, gorroneaba bebida y sobras del mostrador y se corroía con sus fracasos. Godley advirtió cuán parecidos debían de ser —ambos encorvados, con los mismos rasgos demacrados, la misma barba puntiaguda— y se sintió un tanto consternado. Tuvo la sensación de ser un personaje de una farsa que se detiene en seco al toparse con su doble; casi creía oír las risotadas más allá de las candilejas. Observó que el médico también reparaba en la semejanza. Subieron despacio uno al lado del otro por la ancha escalinata en un silencio incómodo, como un par de hermanos separados desde hacía tiempo que se reunían de mala gana por una infausta casualidad.

Ya en la habitación con sus lámparas de pantalla, se detuvieron junto a la cama y contemplaron a la enferma, tumbada boca arriba con los brazos sobre la sábana y las manos enlazadas en el pecho, como si estuviera rezando. Les devolvió la mirada en silencio, con sus ojos de foca. El médico se inclinó para tocarle la frente, le bajó el párpado inferior de un ojo y le olió el aliento. Godley se había fijado en sus manos, delgadas y de color tostado oscuro, las manos del hombre que había sido hacía mucho. El médico se volvió hacia él.

—*Non è la peste*. No peste..., ¿lo entiende?

Godley se sobresaltó. No había contemplado semejante posibilidad.

El médico se sentó junto a la cama y habló con voz queda a la muchacha. Le preguntó algo en italiano. Ella asintió y él sonrió y asintió a su vez. Godley retrocedió para abandonar el envoltorio de intimidad que se había tejido entre ambos. Qué extraño es lo que ocurre entre médico y paciente. Se dirigió hacia la ventana y se quedó mirando al exterior. En la oscuridad de color humo, un destello opaco de oro en el agua. Ni un alma. Un día de estos moriré, pensó, y no sintió nada. Mejor, quizá. Terminar con todo, no estar en ningún sitio; ¿no era lo que en el fondo había deseado siempre? Se dio la vuelta y regresó a la cama.

El médico dijo que la muchacha solo tenía fiebre, no era nada grave, remitiría en un día, en dos como mucho. Cuando Godley quiso pagarle, alzó las manos y retrocedió rápidamente negando con la cabeza. Al parecer creía que Godley era el abuelo de la chica y no le extrañó en absoluto que estuvieran juntos allí, alojados en el hotel Inverno en una época de peste.

Bajaron por la escalinata, de nuevo uno al lado del otro, de nuevo en silencio, serios como enterradores. La joven no moriría; no, no moriría.

Cuando Godley regresó a la habitación, Cissy estaba sentada y buscaba algo en la mesita de noche. Aún tenía un aspecto febril, pero le sonrió y aseguró que se encontraba mejor. Añadió que le había caído bien el médico. Godley asintió. La comunidad de los afligidos.

—El hombre había estado bebiendo —dijo ella—. ¿No te has dado cuenta?

Él le aconsejó que durmiera, pero ella negó con la cabeza. Sus ojos ardían con una luz febril.

Aquella noche sí compartieron cama, pero él no se desvistió y se tumbó encima de la colcha. Dormitó a ratos. Ella hablaba en sueños, entre suspiros y convulsiones. De vez en cuando la recorría una especie de ondulación, él la sentía, la recorría desde la nuca hasta la punta de los pies. Despedía un olor a flores que se han dejado demasiado tiempo en un jarrón.

El médico se había detenido en la puerta del hotel. *«Lo sa che è incinta, sì?»*, «Sabe que está embarazada, ¿verdad?».

Godley no lo sabía. No se había enterado. ¿De quién era el hijo? Suyo no..., suyo no.

El médico se internó a toda prisa en la oscuridad y la niebla, bien podría haber sido un conspirador que huyera tras un golpe de Estado fallido, el flaco Casio, con los faldones aleteando.

La noche llegó entonces a una hora relevante y las campanas empezaron a tocar en las inmediaciones y a lo lejos. A los oídos de Godley fueron como las voces de los pregoneros anunciando que la ciudad estaba condenada, que sus habitantes debían huir, que los godos se hallaban a las puertas.

Tumbado en la cama vestido, cabeceó y dormitó y soñó con la muerte y con estar muerto, que era solo oscuridad, o ni siquiera eso; una nada, un no algo, en un no lugar. *E basta!*

¿Qué quería ella de él, qué buscaba? Él no osaba preguntarlo por miedo a que la muchacha se lo dijera. ¿Por qué había accedido a reunirse con ella allí? La joven le había pedido que fuera, que se vieran en cualquier parte, para hablar de él no sabía qué. El tema de Cissy era el arte y los artistas, algo de lo que él sabía poco y que le interesaba aún menos. Además, era muy joven... ¿Cuántos años tendría?, ¿diecinueve, veinte? Y él era viejo, muy viejo, tenía el cuerpo encorvado y enjuto, las manos con venas que semejaban cuerdas, la frente despejada y con un brillo parduzco y manchas escamosas y secas como líquenes. En algunos momentos ella lo miraba y también parecía vieja, tan vieja como la misma ciudad, más vieja aún, pero él sabía que las mujeres de cualquier edad podían adquirir ese aspecto. ¿Y la forma en que había vuelto hacia él su rostro encapuchado y le había dirigido aquella inexplicable sonrisa de complicidad cuando oyeron los pasos que los acompañaban en la callecita de detrás de la Salute?, ¿qué había que decir de eso?

Era media tarde y el día ya declinaba, aunque en la atmósfera vaporosa el cielo conservaba un resplandor blanco teñido de lila. Era la primera salida de la muchacha tras su recuperación y avanzaba con pasitos cautelosos y delicados, procurando no apartarse de Godley. Él la había llevado al otro lado del canal con algún pretexto. Su verdadero propósito, que no reveló a la muchacha, era buscar la casa a la que había ido en aquella otra ocasión, tras la muerte de Dorothy, en una tarde muy similar a esa. Una casa como cualquier otra, según recordaba, descolorida y destartalada, junto a una iglesia en una calle anónima que era poco más que una callejuela. En su mente veía el estuco amarillo sucio de la pared delantera y los grandes pedazos que se habían desprendido para dejar a la vista los ladrillos y la polvorienta argamasa de debajo. En una habitación de esa casa, en una cama alta y cuadrada, había hecho el amor con una joven pálida y luego había llorado entre sus brazos y le había hablado de Dorothy, que se había ahogado dos semanas antes.

Pero naturalmente no daba con la casa. Estaba seguro de que esa era la calle donde se encontraba. Debe de seguir ahí —en Venecia no se derriba nada—, pero ¿dónde estaba? Caminaron por la angosta calle, él observando los edificios y musitando para sí, la chica en silencio, aferrada a él por miedo a caer, muy débil todavía por la fiebre y la diarrea. Ella intentó cogerle del brazo, pero él se apartó con brusquedad y la fulminó con una furiosa mirada de soslayo y ojos coléricos, y por un segundo dio la impresión de que iba a golpearla. La criatura, él estaba pensando en la criatura que ella llevaba en su vientre. Estaba..., ¡Dios mío, estaba celoso!

Empezó a nevar, una nevada ligera y como distraída. Más que caer, los caprichosos copos oscilaban en el aire enrarecido. Fue en la tercera o cuarta vuelta cuando Godley oyó las pisadas. Al principio pareció que los dos habían perdido el paso y creaban una especie de síncopa, pero no, alguien, alguien caminaba con ellos, no detrás ni delante ni a un lado o al otro, sino que parecía avanzar entre ambos. Godley se detuvo y miró alrededor, pero no había nadie. Será por la nieve, se dijo, de alguna forma el efecto amortiguador de la nieve habrá dado lugar a un eco. No creía que fuera eso, pero ¿qué otra cosa iba a pensar? Fue entonces cuando Cissy volvió la cara, cenicienta y demacrada bajo la luz menguante, y le sonrió de una manera tan extrañamente íntima y cómplice. ¿Qué pretendía hacerle saber que sabía? Él no se atrevió a preguntarlo, y no lo habría preguntado siquiera de haber sido capaz.

—¡Vamos! —dijo de malos modos, y se dio la vuelta y se alejó.

Oyó detrás los pasos apresurados de ella y, una vez más, los de aquel otro fantasmagórico. El corazón le latía con fuerza y el sudor se le metía en la comisura de los ojos.

Y sin embargo, aunque parecían sumarse, él se preguntó, y no podemos por menos que preguntarnos con él, si la muchacha estaba allí de verdad o era otro fantasma que le pisaba los talones. ¿La joven era, nos planteamos una vez más, tan solo —¡tan solo!— una proyección de Petra, su hija, cuya muerte él ignoraba que se produciría poco después que la suya? Últimamente sus sueños habían adquirido un carácter nuevo e irresistible, parecían más una alucinación que un sueño, y no despertaba de ellos en el mundo de la vigilia, sino en otra clase de estado durmiente. ¿Estaba soñando con la muchacha, estaba soñando que se hallaba con ella, eran ambos yoes oníricos en una ciudad soñada? O acaso ella fuera algo muy distinto. ¿Sería aquel *angelus novus* que él había tenido delante durante toda su vida, con las alas extendidas, cerrándole el paso, imposible de superar mediante la lucha, con el que no se podía forcejear o al que era imposible someter, aquel cuya herida él llevaba y de la que moriría...? ¿Era ella aquel ángel o su precursor? El ángel le había puesto obstáculos desde el principio, le había hecho dudar de sí mismo y de lo que tenía que hacer, de lo que él sabía que debía hacerse, de lo que haría sin importarle las consecuencias. Estaba siempre allí, el ángel del fracaso, de la muerte y la perdición. Todo el mundo pensaba que él era unos de esos héroes encumbrados y fríos que cabalgaban despreocupados más allá de la muerte y el diablo, pero, ah, ¡si el mundo supiera! Y no obstante, hizo lo que hizo a pesar de todo. ¿Cómo? ¿Cómo venció al final al intrépido serafín? ¿Había acudido la muchacha allí para darle la respuesta, o solo para pedirla de otras maneras? De otras maneras.

Se detuvieron juntos en el puente arqueado, sobre el apático y hediondo desagüe del canal, y ella se apretó contra él, que la abrazó distraído. La nieve caía con su silencio acostumbrado. Se encendían las luces, las lucecitas. Él la estrechó y notó que los omóplatos de ella se doblaban bajo su mano como alas plegadas.

Después lo que todos recordaban eran los manteles. En el campo de atrás, más allá del sendero embarrado y la verja herrumbrosa, en el terraplén cubierto de hierba donde las tres hayas brindaban una zona de sombra de color azul humo, habían montado con caballetes tres mesas largas y estrechas, y sobre ellas habían desplegado rollos de lino. La blancura de la tela resplandecía en contraste con el verde de alrededor como algo rememorado, algo de la felicidad perdida y nunca recuperada pero jamás olvidada. Como las mesas estaban cubiertas de fuentes de canapés —Helen se había superado a sí misma—, de los manteles solo se veían los faldones de los lados y de los extremos, que casi llegaban al suelo y ocultaban la fea armazón metálica de los caballetes. En particular eran de admirar las blancas copas esbeltas y cónicas, evocadoras de claustros y catedrales, que el lino formaba en cada una de las cuatro esquinas de cada mesa. De vez en cuando una brisa cálida descendía por la ladera de la colina y agitaba las telas en una rápida sucesión, porque era un día límpido y luminoso, y cuando se agitaban, cuando se agitaban y ondulaban en toda su longitud, parecían bailar un vals, o soñar que bailaban un vals, solas, lánguidamente. Se habría dicho que disfrutaban de lo lindo en su propia fiesta campestre, ajenas a los bulliciosos invitados que pululaban por el lugar y sin relacionarse con nadie, como adultos que en un pícnic hicieran caso omiso de los niños que tuvieran al lado, se abanicaran la garganta y miraran alrededor abstraídos y suspirando satisfechos. Y los invitados, por su parte, parecían no prestarles atención a los manteles, y sin embargo en un momento u otro todos acabaron deslizando la mano por la brillante y fresca tela almidonada y percibiendo, sin motivo y casi sin darse cuenta, la textura misma del pasado, del pasado irrecuperable pero al mismo tiempo, en cierto modo, presente; desaparecido y no obstante, de alguna manera, un aquí y ahora.

¿Es posible que se celebre una bacanal refinada? Veamos.

Acudió mucha gente, mucha más de la que había sido invitada, como advirtió Helen. No importaba. A ella le traían sin cuidado, estuvieran invitados o no; solo había querido reunir una multitud para distraerse y no pensar. Nadie se había atrevido a desearle un feliz cumpleaños.

En cuanto quedó claro que no se expulsaría a quienes se habían colado, los gorrones se mezclaron contentos con los convidados más distinguidos, en su mayoría gente fina de las otras mansiones de la zona, hombres de rostro rubicundo con prendas de tweed y sus delgadas señoras con chaquetas de punto hasta el muslo y vestidos floreados de algodón. Había granjeros acaudalados, agentes inmobiliarios, subastadores, comerciantes de ganado, de trigo y de maquinaria agrícola, y otros tipos igual de poco interesantes; era la gente de Adam. También asistieron dos abogados, conocidos por su enconada rivalidad, y dos médicos, asimismo rivales: el doctor Fortune, muy viejo, y el doctor Nosequé, cuyo nombre nadie recordaba y que era muy joven. También se presentó el excéntrico del lugar: un individuo desgreñado con chaqueta de montar a caballo y pantalones a cuadros de payaso que ondeaban de una manera cómica alrededor de las rodillas mientras correteaba de aquí para allá acorralando a quien pareciera dispuesto a escuchar su exaltado parloteo. Tenía el rostro fascinantemente surcado de cicatrices —recordaban las de Gabriel Swan—, pues era un inventor, según decía él, y un día había volado por los aires al realizar un experimento en el que se mezclaban herbicida, caña de azúcar y ácido clorhídrico. Su propósito había sido producir una alternativa económica al agua del mar, con la que la mayoría de los vehículos funcionan en la actualidad y cuyo procesamiento resulta muy caro. Dentro de unos años convencerá a Adam el joven, que entonces ya no será tan joven, de que financie la creación y producción de un artilugio para eliminar el elemento nocivo de las efusiones gaseosas del ganado; para asombro de todo el mundo, incluidos su patrocinador y el mismísimo científico loco, el plan resultará sumamente rentable, hasta el punto de que, entre otras espléndidas consecuencias —incluso se arreglarán por fin las goteras del techo de Arden—, Helen, con una sustanciosa suma obtenida mediante una separación judicial aceptada a regañadientes por Adam el del Corazón Roto, se trasladará a Nueva Ámsterdam y se convertirá en una de las grandes anfitrionas de la época; los jueves por la noche regentará un salón frecuentado por personas famosísimas, entre ellas poetas, pintores e ilustres hombres de letras, una institución que llegará a ser tan grande y célebre como las que tenían lugar en los tiempos gloriosos de la Vieja Nueva York. El sinsentido de la vida nos traspasa con extrañas relaciones; ¿no es justo así?

Al llegar al campo todos iban derechos a las mesas y las bebidas. Había jerez, vino y whisky para la gente bien, barriles de cerveza negra y botellas de cerveza rubia para los demás, y limonada y naranjada para los niños. Iba a ser un día magnífico, oh, sin duda, un día espléndido.

Con mi colaboración, o complicidad si lo preferís, Helen había contratado a un grupo de doncellas escandalosas y jóvenes guasones que, en opinión de Ivy Blount, serían más un problema que una ayuda. Los dirigía, y los refrenaba, una reina amazona, a quien llamaremos Penny, abreviatura de Pentesilea. Penny es una mujer de buen talle. Tiene el cabello muy rizado, extremidades musculosas y rodillas del tamaño de nabos, lleva una falda torcida y calza unos de esos botines de fieltro negro con cremallera que yo creía que habían dejado de fabricarse hace un par de generaciones. Considerada una fiera, no tolerará tonterías de nadie, ni siquiera de Felix Mordaunt, con su aire de autoridad y peligro del viejo mundo. Fue Penny quien con una sola mirada fría puso en su sitio a Billy Hipwell cuando este, que se había pasado de la mejor rubia de Murphy al whisky, empezó a gritar obscenidades y a tratar de meter la mano por debajo de la falda de cualquier chica que entrara en su órbita.

Helen es la única debilidad de Penny. Está enamorada hasta el tuétano de ella y en su presencia se convierte en un laurel tembloroso y adula, revolotea y tropieza con sus pies embotinados.

Ivy Blount consideró un grave insulto a su persona y a su posición privilegiada en Arden House que a una mujer licenciosa como Penny, con sus antebrazos pecosos de hojalatera y una mandíbula con la que podría cortarse leña, se le permitiera tener autoridad sobre alguien, aunque solo fuera por un día. Había que añadir la prepotencia con que Penny trató a Billy, lanzándole una mirada asesina con sus ojos saltones y escondiéndole el whisky.

Lo cierto es que Ivy no se encuentra bien hoy ni se ha encontrado bien últimamente. Sufre desmayos cada vez más frecuentes y nota una pesadez plomiza en las piernas. Por otro lado, le pasa algo en el ojo izquierdo, que se le ha nublado, de modo que no para de parpadear con la intención de despejarlo, en vano. En más de una ocasión Helen se ha ofrecido, suspirando y mirando al cielo, a pedir al doctor Fortune que la examine, pero Ivy insiste en que está la mar de bien. Ivy no flaqueará; tiene que defender el honor de los Blount. Además, considera que el viejo Fortune es un matasanos.

La reina Penny tiene sus cualidades, como incluso Ivy se ve obligada a reconocer, aunque para sus adentros. Tiene vista de lince y logrará contener gran parte del pillaje previsible en acontecimientos como este. Y, en efecto, al día siguiente se descubrirá la falta —ahí está otra vez, la lengua con sus tretas y sus usos— de diversos objetos de la casa, entre ellos una preciada pluma estilográfica de Swan que pertenecía al joven Adam desde la época escolar, así como un ingenioso bibelot de un metal muy bruñido y del tamaño de una bola de billar que al ser agitado producía un tintineo fantasmagórico, como si en su interior chocaran entre sí tres clavicémbalos diminutos. Se sospechará, erróneamente, de los más pícaros de los chicos contratados, y también de algunas de las chicas, como autores de los robos. Solo Helen adivinará quién es el verdadero ladrón, pero no dirá nada a nadie.

Las gemelas Godkin, Nell y Nora, ménades mías, viven colina arriba en la granja más próxima. Se dice que son idénticas, lo que provocaría un resoplido cáustico en Godley el viejo, para quien el mundo en su totalidad no es idéntico a sí mismo. Robustas y musculosas, menean las caderas mientras van arriba y abajo por las mesas sirviendo comida y bebida, con los codos moviéndose igual que las rodillas. Nora es la gemela dominante, pues fue la primera en nacer, o la segunda, nunca lo sé. Accedieron al champán antes de la llegada de los invitados, de modo que sus chillidos y carcajadas salpicarán la tarde como estallidos de petardos. Sobrias carecen por completo de garbo, y las burbujas casi las han desmadejado. Tropezaban y se empujaban la una a la otra muertas de risa —«¡Para, Nellie, que casi me sacas un ojo!»— mientras las copas resbalaban de sus manos de mantequilla; todo un salmón ahumado cayó en un cuenco de bizcocho con nata y fruta, y un jamón al horno salió disparado del plato y rodó por la hierba hasta desaparecer en una maraña de zarzas. Rex, el perro, las siguió de cerca y logró atrapar un montón de manjares suculentos, hasta que al final se tumbó a la sombra de una mesa, con los ojos vidriosos y jadeante, la barriga hinchada y lustrosa.

A diferencia de las gemelas y, como hemos visto, de sí misma en gran parte de los últimos días, Helen estaba sobria. Aquella misma mañana había hecho una promesa solemne y había devuelto sin abrir al frigorífico de la cocina una botella bien fría de chablis. Tras cerrar con fuerza la pesada puerta, se apresuró a dar media vuelta y se alejó seguida de su mejor yo, que, sujetándola con firmeza por los hombros, la empujó hacia delante. Más tarde, sintiéndose virtuosa pero frágil, se ocupó con determinación de sus invitados, a quienes sorprendió con su actitud alegre; esa jovialidad era preocupante en una persona conocida por su mal humor. Y en realidad era fingida, un poco, pues Helen estaba nerviosa tras un encuentro perturbador que había tenido horas antes.

Había bajado de su habitación y se dirigía a la cocina cuando se le ocurrió echar un vistazo a la biblioteca y se fijó en que la puerta oculta de la derecha de la cámara acorazada estaba entreabierta. Solo lo advirtió porque un intenso rayo de sol entraba al sesgo por la ventana alta creando un efecto teatral, como si el director de escena hubiera pedido un foco justo allí para mostrar dónde acechaba el villano.

Y sin duda había un villano. Helen atravesó de puntillas la estancia, abrió de par en par la puerta con el índice curvado en forma de gancho y encontró a Felix Mordaunt apoyado cómodamente en los cajones de acero apilados, con los tobillos cruzados y una carpeta con papeles abierta en las manos. Él dejó pasar un instante antes de volver la cabeza para mirarla con ojos audaces e imperturbables. Era la última persona que ella hubiera pensado encontrar allí —Jaybey entraba y salía de la sala todos los días, caviloso y suspirando—, y por un momento no supo qué decir. Era extraño. Se dio cuenta de que si Mordaunt ofrecía la menor excusa, si expresaba la más leve disculpa, ella le ordenaría que se marchara y llamaría a la policía para que lo echara de la propiedad. Fue el descaro del hombre, su mirada de insolencia medio divertida, lo que la detuvo; eso y la punzada de arrepentimiento que la traspasó en el acto, aguda y fría como una astilla de vidrio, al recordar la hora que habían pasado juntos en la habitación de la casita de Ivy Blount. Solo una vez, pensó, solo aquella única vez y nunca más.

—Hoy cumplo cuarenta años —dijo.

—Ah, ya lo sé —repuso él bajando un poco la cabeza en lo que ella supuso que pretendía ser una inclinación—. Imagino que todo el mundo lo sabe.

Ella enderezó el cuello y adoptó una pose teatral.

—¿Ah, sí? ¿Y cómo es eso?

—Estás dando una fiesta, ¿no? Además, llevas varias semanas diciéndole a todo el mundo la edad que tienes.

Helen decidió no ofenderse, pues solo conseguiría que él le dirigiera su sonrisa aterradora.

—¿Qué estás haciendo, si puede saberse?

—Leyendo las cartas de tu suegro. ¿Se supone que no debería?

—Se supone que no deberías saber que están aquí. Se supone que este es un lugar secreto.

De pronto él sonrió, pero apenas, apretando los labios y moviéndolos un poco, como si estuviera mordiendo algo muy pequeño con los incisivos. Se preguntaba si tendría que matarla también a ella, y al pensarlo casi se echó a reír: ¡un cadáver en la biblioteca! Cerró la carpeta y, tras devolverla a su sitio, también el pesado cajón metálico, se dio la vuelta, agarró a Helen suavemente por los brazos y la besó en la mejilla.

—Que cumplas muchos más.

Ella percibió su olor a carne. Solo una vez y nunca más.

Sabía que no debía, lo sabía, pero no pudo contenerse. Con la sensación de precipitarse de cabeza desde un lugar alto, avanzó un paso y casi chocó con él, que tuvo que retroceder hacia el espacio estrecho y asfixiante. Ella le rodeó el cuello con los brazos y entrelazó los dedos, como había hecho aquel otro día singular en que salió de la casita de Ivy con la baba del hombre aún entre las piernas. Hizo ademán de besarlo, igual que había hecho entonces, pero él se apartó, desbarató el abrazo y la miró con una expresión en los ojos que ella no había visto hasta ese momento.

—Lo siento —farfulló Helen—. Lo siento, yo...

Pero no lo sentía. Más bien estaba furiosa, dominada por una especie de furia, y él lo vio y ella vio que él lo veía y que le complacía lo que estaba viendo. Mordaunt volvió a apoyar sobre ella las manos, sus manos de asesino, y la sacó de espaldas de la cámara acorazada hasta dejarla con firmeza a un lado, como si ella fuera una criatura boba que se hubiera cruzado por accidente en su camino.

—Discúlpame —murmuró con un tono de indiferencia y, aun así, un tanto amenazador, como el de un policía, pensó Helen.

Cruzó la habitación, se detuvo en el umbral para quitarse algo, un pelo seguramente, a buen seguro de ella, de la manga de la chaqueta y se fue.

Helen se quedó junto a la ventana mirando al patio. De vez en cuando la recorría un estremecimiento, aunque no porque tuviera frío. El sol aún calentaba con fuerza a través del techo acristalado, pero se había desplazado —¿era posible que hubiera transcurrido tanto tiempo en lo que se le había antojado un intervalo brevísimo?— y su oblicuo haz de luz quedaba partido en el alféizar exterior y formaba un charco amarillo y caliente en las losas de color arena del suelo. A este lado de la ventana, a la altura de sus ojos, una mosca se estampaba contra el cristal en una especie de baile de brincos desesperado. Helen se recordó a sí misma estampándose contra el hombre. Observó los esfuerzos frenéticos del insecto e intentó imaginarse lo que sería quedar atrapada así, con lo que había sido aire y luz transformado súbitamente en esa barrera invisible y fría, dura, lisa e irrompible. Se fijó en su mano derecha, cerrada en un puño; debía de llevar un rato así. Tenía algo en ella. Aflojó los dedos. Era un botón. Había estado apretándolo con tanta fuerza que se le había adherido a la palma. Debe de ser de la chaqueta del hombre y, como es pequeño, debe de ser de la manga. Había leído en algún sitio que alguien, Beau Brummell, eso era, había iniciado la moda de coser botones en los puños de las chaquetas masculinas para evitar que los hombres se limpiaran la nariz con la manga. Pero ¿sería verdad, dado que se colocaban a lo largo de la costura de la parte de abajo? Tal vez hubieran empezado en la parte superior, por el lado del pulgar, y con los años, cuando los hombres empezaron a usar pañuelos, hubieran migrado al sur.

¿Cómo se las había apañado para arrancar un botón de la chaqueta de Mordaunt? Había unas hebras de hilo en los ojales. Las retiró con las uñas. El botón estaba caliente por el calor de su mano. Se lo metió en la boca, sobre la lengua, y de inmediato recordó el día de su primera comunión, ella de hinojos en el comulgatorio con los feligreses detrás, callada, y el sacerdote murmurando las mismas palabras latinas una y otra vez mientras se desplazaba por la hilera de niñas arrodilladas con sus vestidos y sus velos blancos, y un haz de luz del sol como el del jardín de invierno descendía desde una ventanita alta y las motas de polvo pululaban lentamente en él y el órgano empezaba a sonar con una especie de susurro, a interpretar las primeras notas de un himno religioso, «Tantum ergo», ¿o era «Alma de Cristo»? Sin darse cuenta de lo que hacía, cerró los labios y se tragó el botón, y de inmediato algo se hinchó detrás de su frente, por encima del caballete de la nariz, y comenzó a sollozar con fuerza, incapaz de contenerse. Fue terrible. Era como vomitar. Le parecía verse desde fuera, como si fuese otra persona que la mirara mientras estaba junto a la ventana, temblando, con los dedos crispados hundidos en el pelo y las manos sobre las sienes, berreando como un bebé.

El ataque de llanto no duró mucho. Cuando cesó, se sintió mejor, un poco mejor, pero también pesarosa, y lanzó una rápida mirada hacia atrás por si había alguien observándola con su sonrisa serena, burlona y peligrosa. ¿Por qué había llorado, qué había motivado los sollozos? ¿Los hijos perdidos, imposibles de reemplazar? ¿Los años igualmente perdidos? ¿El haberse puesto en ridículo arrojándose a los brazos de Mordaunt y viéndose rechazada? Exhaló un suspiro tembloroso y, tras limpiarse la nariz con el puño —Beau Brummell se habría escandalizado—, se sentó en una silla de respaldo recto y volvió a suspirar. ¿En qué estaba pensando? No contenta con arrancarle un botón de la chaqueta, ¿se lo había tragado? Les decían que en la comunión no debían permitir que la hostia tocara los dientes, que había que tragársela entera, en una sola pieza sagrada, pero siempre se le quedaba adherida en el paladar, en aquella concavidad donde sentía cosquillas cuando la rozaba con la lengua, pegada como un asqueroso pedazo de papel de seda grueso, y ella tenía que regresar deprisa a su sitio, arrodillarse, cubrirse la cara con las manos y fingir que rezaba mientras con la punta de la lengua intentaba arrancar la horrible sustancia pegajosa y repugnante, que se desprendía en forma de fibras empapadas y bolitas blandas que apenas soportaba engullir y cuya falta de sabor le revolvía el estómago. El botón, en cambio, había descendido con la misma facilidad que una moneda introducida en una ranura. Ahora tenía dentro esa profana eucaristía, y aunque no permanecería mucho tiempo ahí, le alegró pensar que acabaría penetrando en las entrañas de la tierra, o en las profundidades marinas, y quedaría incrustado allí, un símbolo secreto de su momento de amor loco.

Se dirigió a la cocina e, inclinada sobre el fregadero, abrió el grifo y se echó agua fría en la cara para refrescarse las mejillas y aliviar la hinchazón de los párpados. Al menos Mordaunt no la había visto llorar; le quedaba ese consuelo, esa pizca de consuelo. Era un bruto despiadado y sin duda había cometido un asesinato. Ella debería tenerle miedo, y se lo tenía, pero no mucho, ni siempre. Apoyó el pulpejo de las manos en el borde del fregadero y se quedó con la cabeza gacha, mientras de su barbilla caían gotas de agua. ¿Qué quería, qué esperaba, qué anhelaba? Nada. Todo.

Se secó la cara con un paño, cruzó la cocina en dirección al frigorífico y lo abrió, contempló la botella de vino tumbada en un estante, cerró la puerta y se alejó.

Se oían ruidos extraños en la casa. Recorrió el pasillo hasta el vestíbulo principal, donde se encontró con que estaban bajando a su suegra por la escalera sobre una especie de camilla con mantas extendidas encima y debajo de la anciana. Adam agarraba el extremo delantero. Ivy iba detrás, con las gemelas Godkin ayudando inquietas a proa y popa. Les estaba costando mucho, ya que la camilla era ancha y saltaba a la vista que pesaba. Además, Adam bajaba de espaldas y debía avanzar con cautela, mirando a menudo hacia atrás por miedo a perder el equilibrio y provocar que su madre rodara por los escalones. La frágil anciana, medio incorporada, apoyada en los codos, observaba con sumo interés la desmañada procesión. Su expresión, vivaz y atenta, era la de una niña que participa en un juego improvisado en el que es la figura principal, aunque inactiva.

—¡Despacio!

—Cuidado con la pared.

—Jesús, María y José.

—¡Ay!

Resultó que la camilla era la puerta de la habitación de Ursula. Siguiendo órdenes de Adam, Duffy la había arrancado de los goznes y adaptado para esa función.

—Por el amor de Dios —dijo Helen—, ¿no podía simplemente bajarla alguien en brazos?

Ursula miró con desagrado a su nuera, la posible aguafiestas, y las gemelas rieron con disimulo. Adam no dijo nada, solo soltó un gruñido. Ivy Blount jadeaba. ¡Menudo día!

En ese momento un elegante automóvil de color verde musgo entró por la verja principal con un delicioso crujido de grava. Era un Alvis de época, uno de los últimos de la línea —imposible adaptar esos motores fabricados a mano para que utilizaran agua salada como combustible—, que funcionaba como la seda y estaba muy bien conservado. Al volante iba un individuo de mandíbula azulada por la barba, con pinta de matón vestido con una túnica gris abotonada hasta la garganta y una gorra del mismo color con una visera brillante que llevaba muy baja. Se llama Nockter. Tiene los ojos pequeños, incoloros y muy juntos. Ha estado en muchos lugares, ha hecho muchas cosas. Más adelante, al anochecer, cuando vosotros y yo nos hayamos ido, se ofrecerá a llevar a casa a las Godkin, quienes, tras intercambiar una mirada, aceptarán con una sonrisa bobalicona. El resplandeciente vehículo rodará con elegancia por las carreteras, colina arriba y valle abajo. En la parte de atrás, sentadas en el mismísimo borde del asiento, con las rodillas muy juntas y las manos entrelazadas, las gemelas no se atreverán siquiera a mirarse por miedo a estallar en carcajadas. Qué emocionadas están, qué emocionadas y expectantes. Contemplarán la línea azulada de la mandíbula de Nockter y al ver en el retrovisor sus ojos despiadados se sonrojarán. Entonces Nell, o tal vez Nora, echará un vistazo a la carretera, fruncirá el ceño y señalará, con un leve recelo, que por ahí no se va a su casa. Y Nockter, por su parte, las mirará en el retrovisor y sonreirá sin decir nada. ¿Acaso no os prometí diversiones de baja estofa y juergas por todo lo alto?

Pero todavía es pronto y aún queda mucho por venir.

En el asiento trasero está repantigado un personaje gordo y pálido con una chillona chaqueta de tweed amarilla y marrón sobre un chaleco de seda a rayas. El profesor Benjamin J. Grace, en el pasado profesor de Patatín y Patatán en la Universidad de Blablablá, hace su entrada.

Caramba, que me aspen, se dijo Bill Jaybey, un chófer nada menos, ¡con gorra de plato y todo! Estaba ante la puerta principal, protegiéndose los ojos con la mano mientras contemplaba cómo el maravilloso vehículo, seguido de su remolino de polvo, avanzaba majestuoso, aunque dando botes, por el sendero sembrado de baches. Suspiró. No podía enfrentarse a Benny Grace, todavía no. Dio media vuelta y se retiró al interior de la casa desplazando el aire, raudo como un dios, porque naturalmente es un dios, él es yo, del mismo modo que yo soy él, del mismo modo que todos son yo y míos, criaturas creadas por mí, *entheos* en suma, en su breve lapso en este pedazo de tierra que les he concedido, pedazos ellos mismos, mecanismos de inspiración divina. He aquí la cocina intemporal, la puerta trasera con su gozne chirriante, el patio, el sendero embarrado y la verja herrumbrosa, y luego la luz del sol y el césped, y bajo los grandes árboles las mesas largas con sus manteles, y deambulando alrededor, como esparcidos al azar, mis pequeños, y sobre ellos la inmensa e intrincada arquitectura de un cielo estival augustamente nublado, y bajo ellos la modesta hierba, con una brisa alborotadora, hierba retraída encerrada en su ser herboso.

A Jaybey le sorprendió ver que ya había acudido tanta gente, dos veintenas o más según su estimación, y seguían llegando. Reconoció a bastantes, y de alguna manera no le parecieron desconocidos ni siquiera aquellos a quienes no conocía. Todos estaban vueltos hacia la casa e inmóviles, observando cómo la Emperatriz Viuda madame Godley, sentada erguida en un derrumbe de mantas y contemplándolos con una mirada cauta aunque animada, era transportada en su improvisado palanquín. Habían sacado de la biblioteca con gran dificultad una *chaise longue* tapizada en satén plateado y apolillado —un saliente de la verja de cinco travesaños había hecho un desgarrón largo y dentado en la tensa tela de la parte posterior—, y a ella trasladó su hijo a la anciana. La levantó poniéndole un brazo alrededor de los hombros y el otro bajo las rodillas y la depositó en el asiento con la misma ligereza con que una doncella extiende el vestido de su señora.

Silencio en ese momento, y por un instante pareció que habría aplausos, pero nadie fue lo bastante atrevido o había bebido lo suficiente para arriesgarse a dar la primera palmada. Ursula llevaba una mañanita verde acolchada, su camisón de calicó sin cuello, su gorro de cuentas y zapatillas de terciopelo negro que habían pertenecido a Petra, con la puntera pelada y brillante; el reloj de esfera negra parecía más grande que nunca en su consumida muñeca. Ivy y las gemelas apoyaron la puerta del dormitorio, ahora innecesaria, contra el tronco de uno de los tres árboles, el del medio, donde permaneció austera bajo la desacostumbrada luz del exterior, feúcha e incongruente, con su pintura blanca descascarillada y el pomo de porcelana desportillado.

Con una copa de champán en la mano, Felix Mordaunt se movía despacio entre las mesas examinando los comestibles que se ofrecían. Más de un invitado lo observó con disimulo porque le pareció conocerlo, o al menos reconocer su cara, no sabía de dónde o de cuándo, aunque sin duda lo recordaría si lograra concentrarse lo suficiente. Sin embargo, ninguno pudo. Nadie puede en este mundo forjado por Godley. Continuamente algo se interpone, desvía sus pensamientos, los atonta o los absorbe por completo, y enseguida aparece otra cosa para atraer su atención, siempre menguante.

—¿Ese no es el tipo que...?

—¿Qué tipo?

—El que...

—¿Qué?

—Ojo con las hormigas, que han invadido esa silla.

Las Godkin estaban fascinadas con el señor Mordaunt, cuya cautelosa elegancia y apostura decadente casi les provocaron un desmayo. Es un auténtico caballero, afirmó Nell con un suspiro, y sí, convino Nora, pero no como los estirados habituales que vemos por aquí, con palos metidos en el culo. Admiraron su chaqueta con doble abertura en la espalda y los zapatos confeccionados a mano, la corbata de seda de color burdeos, los pantalones de sarga bien planchados y el pañuelo arrugado de cualquier modo que asomaba en el bolsillo del pecho. Era más viejo que andar a pie, claro, observó Nora, pero no importaba: ellas preferían a los hombres maduros y, además, ese llevaba sus años con una desenvoltura vulpina. Durante toda la tarde buscaron sin cesar excusas para acercarse a él y sonreírle con aire insinuante y pícaro, pero se sintieron frustradas al ver que no parecía advertirlo, ni siquiera cuando Nora, al estirar un brazo hacia una bandeja con sándwiches de jamón cocido que había en la mesa junto a la que él estaba, dejó que el escote del blusón le colgara todo lo posible. Vaya, míralo, como si nada, exclamó Nora, y añadió: «Debe de ser marica», lo que sorprendió a su hermana.

—Ah, no —gimoteó Nell en voz baja—, no, imposible: ¿no le contó Duffy a Ivy que lo había visto con la de la Casa Grande?

—La reina del baile, ¿no? —repuso Nora, con un destello en sus ojos bovinos—. Esa se iría hasta con Duffy, si le viniera en gana.

De hecho, *la belle Hélène* había visto a Nora inclinarse con todo descaro delante de Mordaunt para enseñarle las tetas. Debería haberse enfadado, o quizá debería haberle hecho gracia, pero no ocurrió ni lo uno ni lo otro. Una oleada de lo que parecía pena la inundó como la bilis y se dio la vuelta.

El pobre Jaybey, que deambulaba en la periferia de la fiesta con su chaqueta de lino arrugada y sus pantalones de pana caídos, y que, como de costumbre, había estado observándola, la vio alejarse por el camino cubierto de hierba rumbo a la casa. Echó a andar tras ella, aunque tuvo la cautela de dar un rodeo. Al final del sendero embarrado, en lugar de continuar hacia la casa, Helen giró a la izquierda. Él adivinó adónde se dirigía y, en efecto, al cabo de un momento la vio agacharse para pasar por debajo del arco de zarzas y acebo enmarañados que protegían el acceso al pozo sagrado. Creía haberse curado de Helen, haberse curado en parte, pero en realidad la enfermedad persistía y persistiría como una afección crónica. Un día, quizá, una vez que todo esto haya quedado en el pasado, un día como cualquier otro, percibiría una súbita ausencia, como cuando en el crepúsculo cesa el canto del mirlo y la quietud se adapta a la nueva armonía en la que algo se ha perdido, y entonces buscaría a tientas el nombre de Helen y no lo encontraría.

De pronto titubeó y se apretó un labio con un dedo. ¿Debería? ¿Se atrevía?

Si la seguía hasta el pozo, podría fingir que ignoraba que ella estuviera allí. Helen tendría que concederle unos minutos de su tiempo, no sería tan despiadada como para desairarlo, la magnánima Helen, a quien no le gusta ser adorada, al menos por él. ¡Ay!, ¿qué hacer?

Los observadores eran observados, pues Adam lo había visto todo: a la joven Godkin exhibiéndose ante Mordaunt el Mortífero, a Helen alejándose apenada y a Jaybey realizando su recorrido entre los invitados y detrás de los árboles sin perderla de vista ni un instante. Me pregunto cuánto ha de saber Adam. Por ejemplo, ¿sabe que Helen le ha engañado con el asesino y que Jaybey cree estar loco por ella y que ella anhela otra vida, lejos de Arden y lejos de él...?, ¿sabe todo eso? Yo podría decirlo, pero no lo haré.

Estoy cansado. Hasta un dios desfallece en ocasiones.

A Jaybey le faltó el valor y regresó a la fiesta dejando a Helen tranquila en el bosquecillo sagrado. Miradla, ahí está, sentada en el banco estrecho, parte de un viejo pupitre escolar cuyas patas alguien fijó con cemento al suelo. Tiene un codo apoyado en una rodilla, la mejilla apoyada en una mano y la otra mano en el regazo, con algo agarrado; ¿qué es?, ¿una ramita ahorquillada? Es tan misteriosa y sólida como el ángel andrógino de la *Melancolía* de Durero. Y fijaos, Rex, el perro, ha ido allí y se ha echado a sus pies como el perro viejo tumbado al lado del ángel melancólico. Qué hermosa estampa, ¿no? Helen llora un poco, pues la ocasión lo requiere, pero solo un poco y solo para no perder la práctica. Hay objetos religiosos por doquier, colgados en los arbustos, porque los creyentes siguen viniendo, en virtud de un antiguo derecho de paso, y dejan ofrendas propiciatorias, rosarios y medallas, estatuillas de santos, fotografías borrosas de los seres amados perdidos. El agua mana de una zona musgosa de un verde intenso, corre un poco en hilillos y vuelve a hundirse en el suelo, olvidada de sí misma. Helen sabe que nada cambiará, no como ella solía querer que cambiara. Esto parece una especie de final para ella, quien una vez, sin saberlo, fue abrazada aquí mismo por el dios, mi aguerrido y menguante padre.

En este lugar de súplica se acuerda no solo de sus hijos perdidos, sino también de Petra, y es Petra quien más allá, donde los árboles, se ha acercado a su madre, entronizada en la *chaise longue* con un desgarrón, y se ha sentado a su lado sin que nadie se lo pida. ¿Petra? Bueno, entre los convidados no invitados llegó un joven, o un niño, o un hombre niño, digamos, con una mata de rizos grasos y un rostro de palidez cadavérica, vestido con un traje de luto negro tan usado que brillaba, un camisa blanca bastante limpia y zapatos gastados pero finos. Camina con pasos cortos y no muy firmes, como si anduviera sobre muelles, con las manos hundidas en los bolsillos del traje y los codos muy pegados a las costillas. Fuma sin parar, por lo que parece siempre el mismo cigarrillo, y mira a los demás con el suntuoso desprecio de las personas de espíritu herido y una leve sonrisa en un lado de su boca de labios finos. Aunque por su aspecto recuerda en cierto modo al joven Rimbaud —¿el Rimbaud viejo habría podido ser Rimbaud?—, sabemos quién es en realidad, igual que la madre de Petra. Horas después Benny Grace se le insinuará con torpeza y el joven lo rechazará con una carcajada hueca y aguda de tísico, pero para entonces ya nos habremos ido, así que da igual. Quizá no sepamos de qué charlaron Ursula y esa criatura espectral, pero Jaybey, al regresar entristecido tras el fracaso de sus últimas esperanzas en el pozo sagrado, los encontró enfrascados en una conversación, ambos tan inclinados que sus frentes casi se tocaban. Se separaron al acercarse él, aunque era evidente que no tenía intención de detenerse, se dieron la vuelta y se quedaron mirándolo con gesto de profunda desaprobación, y el joven llegó al extremo de quitarse el cigarrillo de los labios y hacerlo girar entre los dedos de una manera que en cierto modo expresaba desprecio.

—Tú —dijo Ursula de repente señalando a Jaybey con un dedo curvo y trémulo imposible de enderezar—, me acuerdo de ti: ¡una vez intentaste enseñarme álgebra!

Jaybey, perplejo y agitado, esbozó una débil sonrisa sin decir nada y siguió su camino. Había advertido que la anciana ya no llevaba el enorme reloj negro de pulsera, lo cual le preocupó.

Desde hacía un rato notaba una sensación punzante en su interior, y de pronto se dio cuenta de que era hambre. Llevaba sin probar bocado desde el desayuno, que Ivy le había subido a la Sala del Cielo. Ivy acudía a la misma hora todas las mañanas y él procuraba estar levantado, afeitado y espabilado para saludarla, y cada día percibía la desilusión de la mujer por no haberlo encontrado vergonzosamente dormido, o con una muchacha que hubiera metido en casa a hurtadillas, o desnudo y despatarrado en medio de una maraña de sábanas empapadas de sudor, embriagado y delirante tras una noche de borrachera y libertinaje en uno de los pubs de peor fama de la ciudad. ¿Acaso no había pillado a Mordaunt aquel día en la habitación de arriba?, ¿por qué no iba a pillarlo igualmente a él? Esa mañana Ivy no tenía buena cara, y Jaybey lo advirtió. Tenía los ojos hundidos y, en la cruda luz matinal, su frente presentaba un enfermizo brillo amarillento. El deterioro no podía haberse producido de la noche a la mañana... ¿Cuándo la había mirado con atención por última vez? Tampoco se mostró tan habladora como en otras ocasiones similares. Por lo general tenía algún cotilleo que contar, un chisme sobre la última fechoría de Helen o el comportamiento furtivo y exasperante de su inquilino. La pobre y marchita Ivy. Podríamos informar a Jaybey de qué le ocurre, pero no lo haremos, no, guardaremos silencio sobre el asunto. Fijaos en lo míseros y cicateros que nos estamos volviendo al final. Ah, qué triste, las pobres criaturas apenas tienen tiempo de acostumbrarse a estar aquí cuando ya se las llevan.

En cada una de las alargadas mesas Jaybey se topó con una legión de espaldas encorvadas y vueltas hacia él. A esas alturas se había congregado una gran multitud y por lo visto todos tenían tanta hambre como él. Inevitablemente pensó en lechones pegados al vientre de su madre y en sí mismo como el canijo de la camada. Y sin embargo, qué nebulosas eran esas personas, en realidad no parecían personas en absoluto, aun cuando él conocía al menos a algunas de ellas. Las densas nubes altas conferían al aire un brillo argénteo y los seres que se desplazaban en él se movían de manera vestigial, como apariciones o como las figuras que pululan en segundo plano en un sueño. Sus voces sonaban frágiles en todo aquel espacio y daba la impresión de que, en vez de hablar, emitían una especie de trino, como hace una bandada de pájaros al posarse sobre los oscuros árboles en el ocaso. Sí, el día avanza, la luz del sol viene y va, las nubes se reordenan majestuosas e indiferentes y el mundo declina.

Un hombre alto, canoso y medio calvo se alejó de la mesa y Jaybey se precipitó a toda velocidad hacia el hueco antes de que se cerrara, sorprendido no tanto por su propia determinación como por su presteza. No habían transcurrido muchos minutos desde que se lamentara una vez más de que Helen no lo amaba y ahora ahí lo tenemos, empujando y llevándose comida al hocico con los demás. Si el primo Eros estuviera aquí, se ceñiría el carcaj alzando un hombro con exasperación y se marcharía asqueado, pero, como sabemos, para el pobre y viejo Bill ese muchacho dorado es un destello que va apagándose en el cenit.

Cercado por doquier, tenía que estar de lado, con el codo de otro invitado clavado en la espalda y las cálidas nalgas de una mujer pegadas al muslo. Se las ingenió para pescar uno de los últimos platos de cartón e inspeccionó la mesa. A esas alturas solo quedaban sobras. Consiguió atrapar un muslo de pollo embadurnado con pálidos centelleos de grasa, medio tomate acuoso y una rebanada de pan de soda. Una de las gemelas, Nora o Nell, no sabía cuál de las dos, le pasó por encima de la mesa un vaso desechable con un par de dedos de vino blanco tibio.

—Ah, no, el tinto se ha acabado —le dijo la muchacha metiendo la mano debajo de la blusa para subirse un tirante caído—, fue lo primero que voló.

Él asintió, se liberó de la presión del codo y del esponjoso trasero, y arrastrando los pies se alejó malhumorado con sus migajas entre la muchedumbre gorjeante. Una mariposa revoloteó a su lado, Jaybey la vio con claridad por un segundo, vio sus alas celestes y traslúcidas, con una media luna de manchas ocres en los bordes exteriores. El hombre cuyo puesto en la mesa había ocupado Jaybey estaba inclinado hacia una niña de ojos neblinosos que parecía retroceder ante él.

—En el condado de Clare, querida mía —decía el individuo—, hay una localidad llamada Quilty, donde abundan las mariposas, pero cuidado, porque...

¡Así que es él!

Jaybey siguió adelante en busca de un lugar donde sentarse y estar solo.

Pero, ¡ay!, el bobo y desdichado Jaybey se había olvidado por completo de Benny Grace, que apareció de pronto avanzando impaciente por la hierba como un pato y sonriendo ante la alegre expectativa de cometer diabluras.

Se detuvo y miró alrededor.

—¡Dios mío! —exclamó, e introduciendo los pulgares en los bolsillitos del chaleco palmeó complacido la pendiente de su enorme barriga con los otros ocho dedos—, mira lo que ha provocado el efecto Godley. ¡Qué pintoresco y festivo es todo...! Estamos en otra parte del bosque.

Debajo de la chaqueta chillona y el elegante chaleco llevaba unos bombachos holgados, calcetines de rombos y zapatos de color crema y marrón para ocultar sus pequeñas y pulcras pezuñas hendidas. Había engordado muchísimo desde la última vez que Jaybey lo había visto, de modo que ahora era casi completamente esférico; por lo demás, apenas parecía haber envejecido y su pelo conservaba su negro lustroso, aunque cuando se acercó quedó claro que el color era de bote. Con todo, llamaban la atención el vigor y la agilidad que parecía poseer pese a su enorme corpulencia, y su cara, grande y redonda, seguía siendo tan tersa y sonrosada como siempre había sido, y probablemente no hubiera cambiado mucho desde que era un bebé.

—Mi querido William —dijo avanzando hacia él, y se detuvo de nuevo y jadeó un poco—, nunca habría creído que te fuera el campo, pero aquí estás, apuesto, lustroso y con todo el aspecto de un aristócrata rural.

Había adquirido un acento extraordinario, sonoro y melodioso, lo que junto con el tweed y los ridículos calcetines y zapatos le daba un aire de dandi eduardiano, aunque el chaleco lo situaba en el extremo más amanerado del espectro.

No se estrecharon la mano, aunque Benny inclinó su esférica cabeza en una reverencia burlona, tras lo cual pasaron unos segundos evaluándose el uno al otro, Benny con una sonrisa de oreja a oreja y Jaybey como si se hubiera tragado algo desagradable e intentara vomitarlo. Luego cambió el centro de atención de Benny, que entrecerró los ojos y, agarrando a Jaybey por el codo, se dirigió a un paso asombrosamente rápido hacia un par de tumbonas instaladas a la sombra de una de las hayas. Acababan de quedar libres y Benny lo había visto, y dos ancianas con vestidos floreados avanzaban hacia ellas con avidez. Benny llegó primero y se arrojó como un saco en una de las sillas y de inmediato tiró de Jaybey hacia la otra profiriendo un «¡Buf!» triunfal y haciendo caso omiso de las miradas fulminantes de las dos señoras rezagadas.

Apoyó sus sebosas manos en las rodillas y miró contento alrededor. Se fijó una vez más en los invitados, ya un tanto beodos, que comían los últimos manjares y tomaban las últimas bebidas; se fijó en las mesas y en los manteles y en el terraplén herboso donde se hallaban las mesas, en el campo y en el seto de espino del otro lado y, por encima del seto, en las numerosas y venerables chimeneas de Arden House, con el resplandor oscuro de los ladrillos bajo el sol.

—Qué agradable es estar aquí —dijo—, en lo que describiría como el centro perfecto de una espléndida tarde de verano. Con muchos viejales y muchos de blanco. Es como un descanso de un partido de críquet. —Echó un vistazo al plato de cartón que Jaybey mantenía en equilibrio sobre las rodillas—. ¿Qué tienes ahí? Es pollo, ¿verdad?

—Cómetelo si quieres.

—Ah, ni pensarlo...

—Ten, tómalo.

Jaybey no habría podido comerse el pollo, ni nada, porque el encuentro con Benny le había quitado por completo el apetito. Benny ejercía en él el mismo efecto que un matón de escuela. La proximidad del gordo le provocaba un estado de angustia contenida pero bullente. Por su parte, Benny adoptaba ante su viejo adversario una actitud de regocijo cómplice: en lo más profundo de su enorme panza siempre parecía borbotear turbiamente una risotada burlona. Conocía los secretos de todo el mundo o lo fingía de forma convincente. Se zampó el muslo con delicada fruición echando hacia atrás sus carnosos y violáceos labios y extendiendo un delicado meñique tieso. Cuando acabó, arrojó el hueso a la hierba alta que crecía al pie del árbol que tenía al lado y tiró el plato. Sacó del bolsillo un gran pañuelo rojo con lunares blancos y se limpió las manos con esmero, dedo regordete a dedo.

—Bueno, William, ¿qué hay de nuevo?

—No mucho —respondió Jaybey.

—¿Cómo va el *grand projet*? ¿Ya has despellejado al viejo charlatán?

Jaybey mencionó el Testamento Veneciano casi sin querer. Benny lo miró de hito en hito.

—¿El Testamento qué?

—Yo lo llamo así. Es una especie de carta que al parecer escribió cuando...

—Ah, ya sé qué es, lo conozco —afirmó Benny con espontánea displicencia, y asintió, de modo que sus múltiples papadas ondularon como el fuelle de un acordeón—. Su nota de suicidio, más bien.

—¿Lo conoces? —le preguntó Jaybey, que empezó a sentir una sombría inquietud—. ¿Lo has visto?

—Me habló de él —contestó Benny con un encogimiento de hombros elefantino—. Todo muy bochornoso. Al final perdió bastante la chaveta, antes de que el Señor hiriera a su autoproclamado rival, lo privara de sus facultades y le arrebatara la voluntad de morir. —De nuevo alzó los hombros de forma convulsiva—. Le aconsejé que lo rompiera, pero es evidente que no me hizo caso. —Miró de reojo a su compañero y rio entre dientes—. Así que está enredándote y haciéndote perder el tiempo. ¿Y prevés una buena muerte limpia al final?

En ese momento la conversación, si es que puede denominarse así, quedó interrumpida por un alboroto entre los invitados. ¿Qué había pasado? He aquí lo que había ocurrido: Billy Hipwell, borracho y con ganas de aventuras amorosas, había llevado a Nell Godkin al claro que había junto al pozo sagrado, del que Helen ya se había marchado. Nell había opuesto solo una resistencia simbólica a sus insinuaciones, y la cosa avanzaba entre el apuesto vendedor de automóviles y la joven fascinada —los mozos del lugar sabían bien que Nora era la más animada de las gemelas y Nell la más crédula— cuando oyeron el fuerte chasquido y el lento crujido de una rama que se rompió sobre ellos, y acto seguido una persona cayó agitándose entre el denso follaje y aterrizó a sus pies con un ruido sordo y un grito.

—¿Qué co...? —exclamó Billy de malos modos, como un personaje de película, y se apoyó en un codo para incorporarse, con el cuello de la camisa desabrochado y la bragueta abierta, mientras Nelly, sonrojada, se colocaba bien la ropa interior a toda prisa.

Quien se levantó ante ellos, no sin dificultad, pues se había torcido un tobillo y dislocado un pulgar, fue, como sin duda ya habéis imaginado, el vaquero Adrian Duffy, con hojas de acebo en el pelo. Nell, emocionada y nerviosa, huyó por el bosquecillo en busca de su hermana, quien al enterarse de todo, o de casi todo, lo que había ocurrido entre los dos y luego, inopinadamente, entre los tres junto al pozo sagrado declaró que mandaría llamar de inmediato a sus hermanos para que dieran a Duffy el Mirón la paliza de su vida. Entre los invitados apiñados alrededor de ellas se elevó un murmullo, al parecer de aprobación. Sin embargo, la muchacha no necesitó llamar a nadie, ya que en ese momento Billy, nuestro intrépido Billy, estaba propinando al ya lesionado Duffy una zurra tan fuerte, diestra y completa que el doctor Fortune enviaría a la víctima al hospital, donde permanecería una semana quejándose y profiriendo palabrotas. Helen, según contaría más tarde una angustiada Ivy Blount entre sollozos e hipidos, se rio con tantas ganas que le sangró la nariz, de modo que Ivy también tuvo que reír, la pobre Ivy, moribunda, y rio incluso mientras lloraba, y Helen lloró, incluso mientras reía y sangraba. Porque a esas alturas había roto la promesa que se había hecho y, sentada a la mesa de la cocina, con las piernas cruzadas y balanceando una de ellas, había apurado hasta las heces la botella de vino blanco.

—¿De qué estábamos hablando? —dijo Benny Grace al tiempo que alzaba la vista hacia el envés gris plata de las hojas de haya que se extendían sobre ellos. Se removió de manera convulsiva en la tumbona, se hurgó en la entrepierna (Benny está siempre acomodándose una parte íntima de sí mismo) y se pasó el pañuelo por los ojos—. Ah, sí, sí, nuestro colega fallecido, cuya vida e inciertos tiempos estás consignando. Por supuesto, jamás escribió una sola palabra que no fuera mentira..., lo sabes, ¿no? —Volvió a reír entre dientes, hinchado de sí mismo, y las papadas le temblaron—. ¿Cómo lo has llamado? ¿El Testamento qué? ¿El Testamento Veneciano? Una sarta de mentiras, querido amigo, medio kilo de falsedades. Al igual que... —Se interrumpió y se echó hacia delante sin dejar de mirar al otro lado del campo, hacia la casa—. ¿Quién es ese personaje sospechoso que se escabulle?

—¿Dónde? Ah, ese. Se llama Mordaunt.

—Mordaunt, ¿eh? Muy apropiado dada la pinta que tiene. Me suena de algo.

—Dicen que ha cometido un asesinato.

—No me extrañaría. ¿Qué tramará para estar escondiéndose de ese modo? Matar a más gente, diría yo.

Pero a Jaybey no le interesaba lo que Mordaunt se trajera entre manos. Estaba pensando que, además de infligir dolor y humillaciones, un matón se propone extraer la textura de las cosas y así volverlas grises y carentes de vivacidad. Hasta ese día, hasta ese último cuarto de hora, y pese a sus incertidumbres, Jaybey había creído, muy en el fondo, sin asomo de duda, estar embarcado en una tarea al menos medianamente digna de él y de sus talentos, por otra parte dudosos. Oh, sí, a pesar de cuanto hemos dicho en sentido contrario, se había aferrado a una brizna de fe en el gran proyecto. Es cierto que la reconstrucción de la vida de Adam Godley no podía ser más que una desastrada ficción atravesada por —¿qué dije?— las tachuelas de los hechos, aunque, como ya sabemos, no hay hechos. Aun así, incluso el simulacro de la vida de un hombre como ese sería algo importante, o eso había supuesto él hasta que llegó Benny con su nueva imagen —¡bombachos!, ¡críquet!— y le demostró, con un movimiento de su muñeca salpicada de hoyuelos de bebé, la futilidad y la vulgaridad de su empeño. Lo que ejerció un efecto anulador no fueron las palabras de Benny, sus negaciones burlonas y sus bruscos rechazos, sino su mera presencia allí, tocándose con sus zarpas y removiendo su gordura.

—Se lo birló todo a Gaby Swan, claro está —dijo Benny Grace reclinándose en su tumbona y juntando la punta de los dedos para formar un triángulo con las manos.

—¿Eso crees? —murmuró melancólico Jaybey.

—Sí, y luego, para no dejar rastro alguno, procedió a borrar todas las menciones a su otrora amigo. Recuerda que retiró la dedicatoria a Swan de su famoso artículo.

—Mmm —dijo Jaybey.

Había pasado muchos largos días, muchísimos, del alba al anochecer, asimilando cuanto sabía sobre su objeto de estudio, pero ¿qué representaba eso? Lo desconocido constituía la porción mayor. Se vio a sí mismo como el jefe de los caníbales, sentado solo en la casa comunal, una vez devorados el misionero y su señora hasta la última ternilla y con la tribu sumida en un sueño profundo entre borborigmos, agitando una y otra vez el reloj de bolsillo del reverendo Chuleta de Cerdo y llevándoselo al oído, desconcertado por el misterio del tictac. Estaba cansado, quería que todo acabara y quedara atrás. ¿Todo qué? Todo esto, toda esa cosa inexplicable, imposible de conocer o entender. El mundo me resulta siempre extraño, pero supongo que es aún más extraño que me resulte así, porque ¿cuáles son las verdades eternas con las que comparo estas aberraciones temporales?

¿Quién habla ahí? Yo.

—En fin, solo te pidió que lo escribieras para que no lo hicieran otros —continuó Benny—. Por ejemplo, Popov.

—¿Qué?

—Ese libro tuyo, estoy seguro de que nunca verá la luz del día. Encontrarán la forma de impedirlo. Su papá no quería que se escribiera, y menos aún que lo hiciera Popov, que ya tenía la pluma en ristre. Ah, sí, el joven Adam no es tan lerdo como parece. Tú has sido solo un apaño, amigo, el desbaratador de la jugada. Ah, en fin. Aun así, no lo acabarás. Todos sabemos lo vago que eres.

Y sonrió.

Mordaunt, que está cruzando el campo, se detiene para dirigir una última mirada atrás. La multitud está dispersándose, la tarde ya ha empezado a declinar. Las nubes, los árboles, la hierba, los manteles. Billy Hipwell, a esas alturas como una cuba, está desmadejado en el suelo, apoyado contra el tronco de un haya, hablando con Rex, el perro.

—Ah, viejo chucho, ¿cómo estás, colega?

Deirdre aguarda con un mohín de impaciencia; quiere irse. No han acudido en el impetuoso Dolphin, sino en el pequeño Sprite, cuya llave da la casualidad de que está en el bolsillo de Mordaunt. ¿Cómo la ha conseguido? Mediante la astucia y el sigilo, ¿cómo si no? Continúa adelante por el sendero, sorteando las partes embarradas para no manchar sus lustrados zapatos. Se dirige a la casita por el atajo. Ivy Blount sigue en la fiesta. Mordaunt sube a su habitación para recoger sus cosas. Ya tiene el maletín preparado. Se lleva sus baratijas. Su colección ha aumentado hoy, pues a las perlas de la caja barnizada con laca japonesa, la cuchara de los apóstoles y el portaminas de plata con las iniciales grabadas hay que añadir una estilográfica de Swan y una bolita musical de plata de cuyo encanto está prendado. Tiene además el Patek Philippe, que se deslizó con suma facilidad por la flaca muñeca de la anciana. Dejará el dragón chino en la mesa de la cocina para que, cuando Ivy lo vea, la asuste con su mirada furiosa y sus fosas nasales dilatadas. En una carpeta de cartón ya metida en el maletín guarda un surtido selecto de los escritos de Godley. No ha sido codicioso, solo se ha quedado unos cuantos documentos buenos, como la correspondencia con Dirac acerca de los fermiones y con Ironmount sobre matrices, además de algunos textos de menor relevancia, con la intención de crear una especie de apéndice para el manuscrito del Artículo de las Singularidades, que obtendrá gracias a Anna Behrens y venderá personalmente, por mediación de Guido Gannaro, el turbio hijo del difunto y aún más turbio Eduardo, de infausto recuerdo. Mira la pequeña habitación por última vez, se asoma por la ventana baja —¡adiós, campos afortunados!—, coge el maletín y el sombrero y se echa el abrigo sobre los hombros como una estrella de ópera anticuada. Se marcha.

Helen, sentada con su copa vacía a la mesa junto a la cocina económica, ve la sombra de Mordaunt en la entrada y tuerce el gesto. Él se detiene en el umbral, sorprendido de encontrarla allí; ¿no debería estar atendiendo a los invitados? Helen tiene la boca flácida, la mirada apagada. Ajá.

—¿Te vas? —pregunta ella.

—Sí —responde él acercándose con su actitud amenazadora—. Tengo cosas que hacer.

Ella suelta una risita.

—Como ver a tu fulana, supongo.

—En cierto modo, sí.

Permanecen en silencio y al cabo de unos instantes se despide con un movimiento del brazo derecho, da media vuelta y sale de la cocina. Tenía la intención de buscar un poco de dinero suelto, pero ni siquiera Helen borracha, como era evidente que estaba, toleraría que le robaran con semejante descaro. Tarareó una tonada desentonada. El Sprite estaba aparcado en el patio. Arrojó el maletín al asiento de atrás y se instaló al volante. Helen salió y se quedó en la puerta, apoyada en la jamba con los brazos cruzados y la cabeza ladeada. Está descalza. Recuerda las manos de Mordaunt, secas y frías, sobre sus omóplatos. Empieza a decir algo, pero el ruido del motor al ponerse en marcha ahoga por completo sus palabras.

Al final del camino, Mordaunt dudó, torció a la izquierda y avanzó en paralelo a la tapia de la finca. Se detuvo en el triángulo de espeso verdor, salió del vehículo pasando por encima de la baja portezuela y caminó por la hierba hasta cruzar la puerta de la resurrección, se paró, dio media vuelta, respiró hondo y salió despacio por la puerta que acababa de trasponer, subió al coche y se alejó esbozando una fría sonrisita de satisfacción. No habría vuelto a sentirse tranquilo si no hubiera roto ese hechizo.

Superó la cima de la colina y enfiló el coche hacia la larga pendiente vislumbrando la ciudad a lo lejos. En el horizonte, borbotones de nubes de color azul plomo en la parte inferior de un cielo bajo de un intenso tono melocotón. Probablemente volvieran a atraparlo. No le importaría. Tal vez estuviera mejor dentro, a gusto entre sus viejos colegas. O quizá restauraran la pena capital solo para él, un caso especial. Podrían contratar al verdugo de un tirano para que realizara el trabajo. Sonrió con el aire veloz en la cara.

A este engendro de tinieblas por mío lo tengo.

Pero de pronto tuvo que aminorar la marcha. Una especie de desfile subía por la colina. Mordaunt la miró entornando los ojos. ¿Qué era...? ¿No sería...?

Helen había cruzado el patio y rodeado el costado de la casa. Se detuvo en lo alto del camino. Hacía rato que el Sprite se había alejado y en el aire vespertino no quedaba siquiera una pizca de los salobres gases del tubo de escape. Suspiró y le salió sin querer una burbuja. Sus pensamientos eran sinuosos. No debería haberse bebido toda la botella.

De la carretera llegaba un sonido cada vez más cercano, una barahúnda, como música metálica salida de un altavoz.

Se protegió los ojos con la mano. ¿Camiones? Y un mástil de colores y una bandera. Pom, pom, pom en el enorme bombo. ¡Tachán! Ahí estaba, sí, ahí estaba. El Circo Mágico de Próspero había regresado después de tanto tiempo, y solo para ella. Recordó al malabarista, sus caderas y sus exquisitas muñecas. Echó a correr por la cuesta del jardín, descalza sobre la hierba cálida y húmeda. Pese al vino, pese a los años, se sentía súbitamente ligera y etérea, como si le hubieran brotado un par de alas chiquitas en los tobillos.

¡Tatachán!

Komm du, du letzter...

El sol brilla, la masa de nubes se mueve en masa, la resonante música retumba y aquí la punta de acero avanza a lo largo de la línea con un minúsculo sonido secreto característico, ran-ran, ran-ran, y por último da la postrera estocada para señalar un punto infinitamente completo, un punto final.